한국 근대 여성소설과 몸의 은유

김 원 희 지음

지식과교양

머리말

　근대 여성소설의 시학과 젠더를 조명하고자 한 의도에서 기획된 기존 논문을 몸의 은유에 맞춰 보완하여 정리하되 근대 여성소설의 출발 지점으로 나혜석 소설 연구 논문은 새롭게 작성하여 수록하였다. 우선적으로 이 책 표제에 기호화한 근대는 한국 여성소설이 처음 발표된 1910년대부터 일제 강점기를 거쳐 해방을 맞고 한국 전쟁 후 1960년대 초까지로 상정하였다. 이에 따라 근대 제 1기 나혜석 소설을 한국 근대 여성소설의 출발로 조명하였다.

　이러한 입장에서 한국 근대여성소설에 반영된 몸의 은유를 파악하는 방법은 남성작가와는 다른 여성작가들의 신체적 경험뿐만 아니라 각기 다른 젠더의식의 다양한 차이를 밝히는 점에서 한국 근대성의 의미를 해명할 수 있는 근거가 될 뿐만 아니라 작가 개별적으로 소설 창작으로 실현한 서사시학과 젠더의식을 조명하는 의의가 있다. 어쩌면 이번의 시도는 또 다른 각도에서 한국 근현대 소설을 바라보아야 새로운 과제를 확인하는 행보였을 것이다.

　우선적으로 필자는 텍스트에 내포된 몸의 은유를 파악하는데 있어

레이코프와 존슨의 인지론적 관점과 맞닿아 있는 개념적 은유를 적용하였다. 개념적 은유에 따르면 몸의 은유는 수사의 차원에 국한되지 않고 우리의 일상적 사고의 문제와 경험으로 몸의 의미를 확장하는 측면에서 작가뿐만 아니라 독자의 인지론적 시각과 깊은 관련이 있다. 우리의 인지론적 개념체계는 우리의 몸에서부터 비롯되기 때문에 자아와 타자를 아우르는 세상의 의미는 우리가 인지하고 경험하는 몸에 근거하며 우리의 몸을 통해 반성되고 학습되는 데 이 모든 과정이 몸의 은유와 깊은 연관이 있기 때문에 작가들이 소설 속에 구현한 젠더의식 또한 몸의 은유를 통하여 새롭게 바라볼 수 있다.

이러한 관점에서 한국 근대 여성소설을 몸의 은유로 들여다보는 작업은 양성의 차이로 행복한 삶의 조화를 모색하는 미래지향적 가치를 기대할 수 있다. 양성의 성적 차이, 더 구체화하자면 생태적인 몸의 차이를 긍정적으로 바라보는 크리스테바 페미니즘 이론은 남녀가 조화를 이루는 세상과 생명력에 고귀한 가치를 부여할 수 있는 영감을 주었다.

이 책은 애초 기획하였던 집필 내용을 변경하여 우선적으로 근대 여성소설에 초점을 맞춰 여성작가들이 보여준 몸의 다양한 의미를 탐색하였다. 이러한 선택과 변경은 몸의 의미에 있어 남성작가들의 소설이 뒷전에 밀렸다는 뜻이 아니다. 필자가 여성이기에 여성과 남성을 온전히 이해하기 위해선 여성으로서 미처 이해하지 못한 여성을 마치 내 안에 또 다른 나로 존재하는 무수한 타자성과 소통할 필요가 있었다. 어떻게 남성의 행복이 배제되고 여성만이 행복한 세상이 있겠는가, 역으로 여성의 행복이 배제되고 남성만이 행복한 세상이 없듯이 말이다.

이런 시각에서 필자가 주목한 한국 근대 여성소설 작품을 통한 탐색으로서 몸의 은유는 생물학적 의미뿐만 아니라 역사와 공간의 무수한 흔적을 달리한 양성의 조화로움의 반성과 각성의 가치로 세상에 존재하는 모든 차이를 존중하며 배려하는 인격으로부터 우주를 향한 인간 실존의 사명을 환기한다. 필자가 여성이라는 실천적 사명으로 한국 근대 여성소설의 몸의 은유를 본 이유다.

정리하자면 제1장, 근대 1기 여성소설 연구는 나혜석 소설 논문을 수록하는 것으로 한국 근대 여성소설 출발을 조명하였다. 동 시대 김명순, 김일엽의 논문을 수록하지 못한 아쉬움이 없지 않지만, 한국 근대 여성 소설의 첫 발자국으로 나혜석 소설에 방점을 찍게 되었다. 제2장, 근대 2기 강경애, 박화성, 백신애 등의 여성소설 논문을 수록하는 방식으로 근대 여성소설의 사회적 확장으로 근대 여성소설 전개의 의미를 조명하였다. 제3장, 전후 강신재, 박경리, 한말숙 등의 여성소설 논문을 수록하는 방식으로 근대 여성소설의 정립의 의미를 조명하였다.

소박하지만 새로운 책을 출간하면서 은사님들께 머리 숙여 감사 인사를 올리며 열악한 여건에서도 한국문학 연구에 심혈을 기울인 모든 연구자님 그리고 어려운 상황에서도 출판을 마다하지 않은 출판사에 감사한 마음이다. 근대를 여성의 이름으로 견디며 극복하며 소설작품을 창작한 작가님들의 헌신 앞에서 태만하였던 연구 태도를 반성한다. 섣부른 도전이고 미처 익지 못한 열매다. 그럼에도 불구하고 맛과 격 그리고 영양으로 우리 사회 문화가 보다 성숙하게 도약하는데 힘이 되기를 소망한다.

김 원 희

| 차례 |

제1부

근대 여성소설의
출발과 몸의 시학

1장

나혜석 소설의 인지시학과 몸의 은유

1. 머리말

한국문학사에 정월 나혜석(1896-1948)의 독창적이며 도전적 여성주의가 새롭게 조명되기 위해서는 다채로운 연구 방법론이 시도되어야 할 필요가 있다.[1] 이러한 문제의식으로 필자는 나혜석의 소설세계

---

1) 2000년대 이전까지, 나혜석(羅惠錫, 1986-1948, 호는 晶月)에 대한 평가는 김명순(彈實, 金明淳), 김일엽(一葉, 金元周) 등과 함께 빈약한 예술적 성취를 가리키는 말로 곧잘 부정적으로 사용되었다. 그러나 「경희(瓊姬)」(1918.3)가 서정자(「나혜석 연구-1910년대의 단편소설을 중심으로」, 『문학과 의식』, 1988)에게서 처음 소개된 것만으로도 나혜석은 1910년대 한국문학사에서 중요한 자리를 차지하게 되었으며, 새로운 작품들이 계속 발굴됨으로써 근대문학 최초의 여성작가로서의 면모를 해명할 수 있는 기회가 제공되었다. 또한 그가 남긴 산물들은 여성의 경험을 공론의 장으로 끌어내는 발판이 된 점에서 재평가될 필요가 있다. 이상경 편집교열, 『나혜석 전집』, 태학사, 2002.3.20. 18면 각주7) 참조. 이 글에서는 제일 먼저 발간된 이상경 편집교열 『나혜석 전집』에 수록된 소설 작품을 텍스트로 삼되, 괄호 안 면수로 표기한다.

에 반영된 근대적 예술의 경험과 젠더의식을 상대적이며 객관적인 언어의 의미화 과정과 맞닿아 있는 몸의 은유를 조명하고자 한다.

나혜석 소설의 독창성은 한국문학사에 화가이자 작가이자 여성으로서 글쓰기의 경계를 뛰어넘는 문학성의 선도적 발자취로 기록되었다. 나혜석의 역사적 의미뿐만 아니라 비전까지 탐색하는 차원에서 나혜석의 삶은 여전히 문제적이고 현재 진행형이다.[2] 최초의 여성화가로서 근대 여성작가의 길을 개척하며 파격적 삶을 살았던 나혜석 소설세계에는 인간으로서 여성의 길이라는 조선의 근대 문화 혁신을 향한 실천적 모험을 기꺼이 시도한 나혜석의 역동적인 여성주의가 자리한다.

이러한 차원에서 나혜석 소설에 반영된 몸의 은유는 나혜석 시학의 독창성을 조명하는 객관적 준거로 작용할 뿐만 아니라 새로운 삶의 가치를 생성하는 역동적인 의미작용으로 볼 수 있다. 이처럼 나혜석의 소설세계에 반영된 몸의 은유는 소설에 드러난 몸 담론[3]을 내포할

---

2) 나혜석은 조선 여성으로서는 처음으로 『학지광』에 글을 실었고 조선 최초로 경성에서 개인 유화 전람회를 가졌으며 조선 최초로 이혼 고백장을 작성한 여성이었다. 지금으로서도 쉽지 않은 사고는 단지 '이론'으로 그치는 것이 아니라 '행동'으로 실천했기에 더 놀랍고 논란이 끊이지 않았으며, 스스로의 길을 두려워하지 않았기에 많은 시간이 지난 후 '나혜석'이라는 이름이 복원될 수 있었다. 우리에게 반성되는 나혜석의 삶은 여전히 문제적이고 현재 진행형이다. 나혜석이 '개인으로서', '여성으로서', '어머니로서' 제기한 문제의식은 사회의 변화에 의해, 자각에 의해 많은 부분들이 개선되고, 변화되는 과정에 있지만 본질적인 측면에서는 여전히 해결되지 않고 있다는 점에서 진행형이다. 박죽심, 「근대 여성 작가의 자기 표현 방식-나혜석, 김명순, 김일엽을 중심으로」, 『어문논집』32권, 중앙어문학회, 2004, 329-330면 참조.
3) 한국 근대소설에 나타난 몸 담론의 쟁점은 '체제를 내면화하는 집단의 모형', '근대적 인간으로서 '개인'의 존재방식', '여성의 '목소리'를 재현하는 여성의 몸'으로 구분된다. '사람이 되고저'라는 것이 나혜석이 여성으로서 추구한 평생의 목표였다.

뿐만 아니라 신여성[4]의 몸의 의미구조가 근대를 향한 내포작가의 경계인의 사유로 탐색되는 작가의 존재론적 가치의 기저(基底)로 작동한다.

이와 같이 나혜석의 소설언어의 형상화는 작가의 삶과 문학적 세계의 경계를 공유하는 타자성의 의미가 구체화되는 측면에서 닮음과 다름을 다각화하는 언어의 '과잉'[5]이 윤리적이며 미학적으로 육화된 몸의 은유로 이해할 수 있다. 크리스테바에 따르면 나혜석은 경계인의 사유로 언어의 역동적 예술세계를 창조한 셈이다.[6] 따라서 필자는 나

여자도 사람이라는 것, 사람이 되어야겠다는 것, 사람의 대우를 받아야겠다는 것, 이것이 나혜석이 쓴 글이나 행동을 관통하는 하나의 주제이며 그의 그림 속에도 이러한 흔적이 나타난다. 그렇게 시대를 앞서 살아갔던 나혜석 소설에서 몸의 은유는 근대적 인간으로서 '개인'의 존재방식을 여성의 목소리로 여성의 몸을 재현하여 보여준 심층에서 21세기 인간으로 사는 것의 행복을 개개인의 인격을 존중한 미래지향적 사회 문화 가치로 환기하는 효과가 있다. 안미영, 「근대소설연구에서 몸 담론의 전개과정과 쟁점」, 『여성문학연구』 15호, 한국여성문학학회, 2006, 127-163면 참조; 이상경 편집교열, 앞의 책, 19면 참조

4) 신여성(New Woman)은 영국 빅토리아 시대 규범에 맞선 독립적 여성을 가리키는 말로 1894년 처음으로 사용된 이래 한국에서는 20세기 초 주로 근대식 교육을 받은 여성을 일컫는다. 그러므로 한국 문학사에서 신여성담론은 과거의 유산으로부터의 해방의 표현인 동시에 현존하는 현실이 아닌 약속으로서의 근대에 대한 비전을 제시하는 텍스트(text)의 의미가 있다. 안숙원, 「신여성과 에로스의 역전극- 나혜석의 「현숙」과 김동인의 「김연실전」을 대상으로」, 『여성문학연구』 3권, 한국여성문학학회, 200.04. 62, 64면 참조.

5) 일반적으로 언어의 '과잉', 달리 말해서 의미화 실천이 주체와 그/그녀의 의사소통 구조를 넘어서는 잠재적으로 폭발적인 방식을 억제하려고 노력함으로써 작동한다. (Kristeva 1984 : 16) 이러한 과잉이 이 사회적 질서를 교란할 수 있는 격정이 예술, 종교, 제의祭儀 등 다른 방향으로 돌려지는 영역에서는 허용되었다. 그러나 '예의 바른 사회'에서는 우리 모두 '자신을 억제하라'는 요구를 받는다. 노엘 맥아피 지음, 이부순 옮김, 『경계에 선 줄리아크리스테바』, 앨피, 2007, 42면.

6) 크리스테바는 언어 속에서 잃어버리고 부재하거나 불가능한 것 때문에 슬퍼하지 않고, 언어로 가공되는 이 다른 영역(즉, 육체적 경험)에 경탄한다. 언어의 힘은 언어 속으로 유입되는 활발한 추동력이다. 의미작용은 마치 살아 있는 육체가 언어

혜석의 소설에 반영된 몸의 의미를 작가의 경계인의 사유와 밀접한 경험이 의미화되는 구조를 '개념적 은유[7]'로 바라봄으로써 한국 근대 여성소설세계를 구축한 하나의 육화 과정으로 나혜석 소설의 독창성을 파악하게 될 것이다.

　근대 여성작가 나혜석의 소설에 내포된 몸의 은유구조와 입체적 반영이야말로 나혜석이 경험한 조선의 복합적인 근대문화와 맞닿는 시공간성의 형상화의 역동적 의미작용을 보여준다. 달리 말하면 나혜석 소설언어의 역동적인 의미화 과정은 나혜석의 직간접적 경험과 상상력이 인지론적 시각 개념화되는 몸의 은유와 맞닿아 있다. 개념적 은유로 접근하면 나혜석의 소설세계는 인간으로서 여성의 인간적 삶의 탐색이라는 목표영역에 도달하기 위하여 '젠더의 근대성'이라는 근원영역을 끌어들여 식민지 근대 문화와 연관된 몸의 경험을 다각적으로 사상(Mapping)하는 서사적 상호작용에 다름이 아니다.

속으로 흘러들어가는 것과 같다. (Oliver 1997 : xx)언어를 분리되고 정태적인 실체로 보지 않고, 역동적인 '의미화 과정signifying process'의 일부로 본 크리스테바는 결코 이 핵심 용어를 분명하게 규정하지는 않지만, 이 의미화 과정은 육체적 충동과 에너지가 표현되고, 말 그대로 언어를 사용함으로써 방출되는 방식, 그리고 우리의 의미화 실천이 주체성과 경험을 형성하는 방식을 의미하는 듯 보인다. 노엘 맥아피 지음, 이부순 옮김, 위의 책, 41면 참조,

7) 소설 연구에서 개념적 은유의 접근 방법은 G. 레이코프 M. 존슨의 『삶으로서의 은유』를 원용한다. 이러한 차원에서 필자는 삶의 편재된 몸의 경험으로 소설의 시공간의 특성과 존재의미를 작중인물 경험의 층위뿐만 아니라 작가 그리고 독자와의 소통체계로 들여다 볼 것이다. 이와 같이 환유의 속성인 소설의 서사에 있어 개념적 은유의 적용은 은유의 속성인 시 연구에 있어 이를 원용하는 것과는 다른 다층적이며 입체적 소통 체계의 분석과 해석을 함축한다. 또한 소설을 바라보는 수사학적 은유를 포괄하지만 보다 유연하고 개방적인 삶의 의미와 가치로 은유를 개념화하는 차이가 있다. 레이코프 M. 존슨, 노양진 나익주 역, 『삶으로서의 은유』, 박이정, 2006 참조.

나혜석 소설에 반영된 몸의 개념적 은유는 "인생은 여행이다." 또는 "인생은 하루다."[8]라는 시간 구조를 함축하는 지점에서 나혜석의 소설 외 그의 모든 글과 기록뿐만 아니라 미술 작품에까지 경계를 확장하는 이면에서 작가 전기 또는 사회 문화적 맥락에서 젠더의식에 따른 타자성의 재현과 경계 이월과 맞닿는 서사 시학과 연계되어 있다. 그러한 창조성의 시간성의 바탕에는 작가가 직간접으로 경험하였던 세계에 대한 인식이 몸의 시공간성과 맞닿는 은유로 자리한다. 그러므로 나혜석의 소설에 반영된 시간구조에 따른 몸의 은유는 소설세계에 소실점으로 작용하는 작가의 실천적 삶의 의미와 연동된 문학성의 의미를 내포한다.

따라서 나혜석 소설의 개념적 은유는 나혜석이 창작한 시와 희곡 그리고 수필을 비롯한 신변잡기의 글쓰기의 사이에 있는 창조적 경계의 시간구조를 통한 몸의 의미로 공간 지향적 방향성에 따른 존재론적 의미를 보여준다. 즉 개념적 은유의 시각으로 보면 소설에 반영된 몸의 은유는 경계인으로서 작가의 창조적 시간성과 맞닿는 사유를 함축할 뿐만 아니라 육체적 이동과 상관되는 공간 지향성에 따른 존재의식과 깊은 관련이 있다. 달리 표현하자면 나혜석의 소설에서 몸의 개념적 은유는 작가의 실천적 삶의 시간구조와 연동된 의미작용으로 인생 여정의 시작으로서 아침, 중간으로서 오후, 끝으로서 저녁의 시간성과 맞물리는 타자성의 경험에 따른 공간적 방향성으로 사회 문화의 시대적 변동에 따른 존재의식을 보여주게 된다.

이와 같이 개념적 은유로 본 몸의 의미작용에는 시대의 흐름과 그

---

8) G. 레이코프 M. 존슨, 위의 책, 21-37면.

에 따른 사회문화 및 젠더의 갈등을 함축한 작가의식의 변이 과정을
내포하는 시학의 차이가 포착된다. 그러므로 근대 여성작가의 소설의
출발과 맞물린 근대 여성주의 시작에 뿌리를 둔 나혜석 소설 세계에
반영된 몸의 의미를 개념적 은유로 파악하는 방법은 남성 작가들과
다른 경험과 타자성의 차이로서 젠더의식을 이해하는 의의[9]뿐만 아
니라 화가로서 작가로서 한국문학의 독창성을 확보한 나혜석 소설시
학의 역동적 의미 생성의 구조를 해명하는 작업이 될 것이다.

또한 나혜석의 소설은 그가 남긴 다른 여타 다른 글(문학 장르의 글
뿐만 아니라 문학 외의 글)의 언어의 전달과정과 차이가 타자성의 수
용한 여성의 글쓰기로서 차이를 구체화한다. 크리스테바가 지적하듯
타자와 비천한 것에 대한 관심[10]은 여성의 몸에서 출발하여 여성적 글
쓰기를 지나 여성적 원리의 실현에 이르는 여정을 지향하게 되는 것
이다.[11] 이러한 타자를 수용한 존재의식으로 젠더 차이를 내포한 여성
적 글쓰기의 차이는 실천적 삶의 전달로서 언어라는 도구적 기능을

---

9) 한국 근대소설에 내포된 몸의 은유에는 작가의 젠더의식이 반영되어 있다. 크게는
   남성작가와 여성작가가 바라보는 몸의 시각이 차이가 있을 수 있듯이 작가 개인의
   입장이나 태도 그리고 관점에 따라 각기 다른 몸의 시각으로 젠더의식의 차이를 반
   영하는 차이 또한 개인들의 얼굴만큼이나 다른 다양성을 내포한다. 이러한 차이는
   작가들의 타고난 성의 차이뿐만 아니라 사회적 경험과 연관된 젠더 차이 더 나아가
   세계관의 차이를 함축하는 점에서 한국 근대문학의 출발 지점에서 각기 다르게 경
   험된 젠더의 근대성을 해명할 수 있는 동기로 작용한다. 이처럼 남성과 여성의 각
   기 다른 육체적 구조로서 몸을 바라보는 젠더의 차이에는 여성과 남성의 성별의 차
   이뿐만 아니라 비록 같은 성이라고 하더라도 작가 개인의 경험과 성격과 비전에 따
   라 다른 세계관의 차이도 반영될 수밖에 없다.
10) 김인환, 「줄리아 크리스테바의 정신분석과 문학-프로이트에서 크리스테바로」,
    『불어불문학연구』vol.37, No.0, 한국불어불문학회, 1998, 62-63면.
11) 안혜련, 「1920년대 〈여성적 글쓰기〉의 모색 : 나혜석, 김명순, 김원주를 중심으
    로」, 『한국언어문학』50권50호, 한국언어문학회, 2003.

공유하지만 직접적이거나 간접적인 또는 주관적이거나 타자적인 소통의 측면에서 다른 구조에 따른 의미 생성의 경로로 이해될 수 있다.

이렇듯 나혜석 소설에 반영된 몸의 은유로 포착되는 문학적 의미는 언어로 타자성을 형상화하고 개념화하는 차원에서 한층 더 객관적이며 상대적인 시각을 구조화한 차이를 내포한다. 즉 나혜석의 소설세계에 반영된 몸의 은유는 작가의 다른 글쓰기 내지는 미술작품과는 다른 구조로 시대와 독자 수용에 따른 생산적 담론으로서 몸의 의미를 새롭게 생성한다. 달리 표현하자면 다른 글쓰기와 다르게 나혜석의 소설세계에는 작가가 직간접적으로 경험한 근대적 젠더의식의 의미과정뿐만 아니라 그것을 상상력과 현실 비판의식이 타자성의 입체적 재현과 반영으로 상대적이며 객관적으로 체현되고 있다.

이러한 입장으로 선행연구를 살펴보면, 1980년대 처음 시작된 나혜석 소설연구는 근대 여성문학 1세대 중 김명순, 김일엽의 소설 연구보다 가장 활발한 논의가 진행되어 온 만큼 가장 많은 연구 성과가 집적되었다.[12] 특히 나혜석 전집 발간[13]은 나혜석 소설 연구와 논의에 종합적이며 객관적 근거를 제공하는 계기가 되었다. 〈정월 나혜석기념사업회〉, 〈나혜석학회〉 등을 중추로 하여 나혜석 논의가 활발하게 진행됨으로써 나혜석 연구의 수위가 높아졌을 뿐만 아니라 괄목한 만한

---

12) 나혜석 소설연구는 1980년대 서정자(「일제 강점하 한국여류소설연구」, 숙명여대 박사학위 논문, 1987)에 의해 처음 시도 된 이후 많은 석 박사 논문이 발표으며, 페미니즘의 이론을 중심으로 활발한 논의가 전개되어 왔다.

13) 무엇보다 2000년대 들어서 이상경과 나혜석기념사업회, 서정자에 의해 나혜석 전집이 발간된 것은 나혜석 연구에 박차를 가하는 기회가 되었다. 이상경 편, 『나혜석 전집』, 태학사, 2000; 나혜석기념사업회, 서정자, 『나혜석 전집』, 푸른사상, 2013.

성과를 거두는 토대가 마련되었다. 이러한 맥락에서 2000년대 이후 나혜석 소설 연구는 다양한 방법론적 접근이 다양한 적용되었다.[14]

한편으로 비교문학의 관점에서 나혜석의 문학연구가 국내 여성작가 특히 근대 여성문학 1세대인 김명순과 김일엽 등과 비교 연구[15]뿐만 아니라 국내 남성작가와의 비교[16]가 진척되어 왔으며, 영국, 일본, 중국 등 외국 작가 또는 외국 문학 작품들과 비교 연구[17]가 꾸준히 진

---

14) 필자는 2007년 4월 28일 경기도 여성비전 센터에서 열린 제10회《나혜석 바로 알기 심포지엄》논문(정미숙 발표,「나혜석의 공간과 육체 페미니즘」) 토론자로 참석한 바 있다. 토론자로서 갖게 된 문제의식은 첫째, 나혜석 소설과 다른 장르 글쓰기의 경계이월성(境界移越性), 둘째, 전기적 의미가 반영된 나혜석 소설시학의 경계성(境界性), 셋째, 동시대 여성소설과 다른 나혜석 소설의 타자 재현성(再現性) 등이었다. 이러한 문제의식은 이 글을 쓸 수 있는 동기가 되었지만 보다 깊이 있는 논의는 다음 기회로 넘긴다. 2000년대 이후 나혜석의 소설연구를 개괄하면 다음과 같다. 정미숙,「나혜석 소설의 '여성'과 젠더수사학」,『현대문학이론연구』46권0호, 현대문학이론학회, 2011.9. 201-220면, (20면); 조미숙,「나혜석 문학의 공간의식 연구-나혜석의 소설과 희곡을 중심으로」,『인문과학연구』제39집, 강원대학교 인문과학연구소, 2013.12, 55-82면, 276면참조; 송명희,「나혜석 문학의 공간과 젠더지리학」,『인문사회과학연구』제16권3호, 부경대학교인문사회과학연구소, 2015.8. 49-77면,(20면), 73면.

15) 안혜련, 안혜련,「1920년대〈여성적 글쓰기〉의 모색 : 나혜석, 김명순, 김원주를 중심으로」,『한국언어문학』50권50호, 한국언어문학회, 2003; 박죽심,「근대 여성 작가의 자기 표현 방식-나혜석, 김명순, 김일엽을 중심으로」,『어문논집』32권, 중앙어문학회, 2004, 329-330면.

16) 송명희,「이광수의「개척자」와 나혜석의「경희」에 한 비교 연구; 이덕화,「신여성문학에 나타난 근대체험과 타자의식」,『여성문학연구』제4호, 한국여성문학회, 2000; 안숙원,「신여성과 에로스의 역전극- 나혜석의「현숙」과 김동인의「김연실전」을 대상으로」,『여성문학연구』3권, 한국여성문학학회, 2000.04.

17) 이덕화,「영국과 한국에 있어서의 초기 해방 두 여성작가들의 여성성의 실천적 의미 비교 연구」,『우리문화』16호, 한국여성문학회, 2006; 최인순,「한.중 계몽서사에 나타난 신여성의 비교연구」,『한국문학연구』35호, 동국대학교 한국문학연구, 355-382면; 송명희,「나혜석와 요사노 아키코의 모성이데올로기 비판과 여성적 글쓰기」,『인문사회과학연구』17권3호, 부경대학교인문사회과학연구소, 2016.

행된 왔다. 이처럼 나혜석 문학세계는 한국 근대의 의미를 넘어 세계
문학과 소통하는 한국 문학의 연구 차원에서도 시사적 의미가 크다는
것을 확인하게 된다. 또한 나혜석의 문학과 미술의 상관성을 조명한
성과가 축척된 점[18]과 나혜석의 여행기에서 근대적 자기 발견의 의미
를 구명한 성과가 진척된 점[19] 그리고 나혜석 문학연구의 기존 성과와
전망을 정리한 점[20] 등의 논의는 나혜석 소설을 다양한 예술의 스펙트
럼과 풍부한 문학성의 연속선상에서 바라보며 나혜석 소설연구의 비
전을 탐색하게끔 하는 길잡이가 될 수 있을 것이다.

　나혜석은 6편의 단편소설과 1편의 희곡작품 그리고 6편의 시를 발
표하였으며 기타 논설과 에세이, 일기, 만화 등의 글을 남겼다.[21] 이러
한 맥락에서 나혜석의 소설은 소설 외 다른 문학 장르의 작품을 포함

---

18) 나혜석과 문학과 미술을 접목시킨 연구는 나혜석 소설 세계의 독창성을 미술과의
　　상관성으로 조명할 수 있는 의미를 제공한다. 안숙원, 「나혜석 문학과 미술의 만
　　남」, 『제3회 나혜석 바로알기 심포지엄 발표집』, 정월 나혜석 기념사업회, 2000,
　　81-104면. 서정자, 「나혜석 문학과 미술 이어 읽기」, 『현대소설연구』제38호,
　　2008.8. 153-179면,(27면); 송명희, 나혜석의 미술과 문학의 상호텍스트성 403 송
　　명희, 「나혜석의 미술과 문학의 상호텍스트성」, 『한국문학이론과 비평』제47집(14
　　권 2호), 한국문학이론과 비평학회, 2010. 6. 383-406면; 최정아, 「나혜석문학과
　　미술에 나타난 인상주의적 경향 고찰」, 『한중인문학연구』제30집,2010. 117-143
　　면,(22면); 홍지석, 「나혜석論-몸의 회화로서 풍경화-1920-20년대 나혜석 미술
　　비평을 중심으로」, 『나혜석연구』제8집, 2016.6.
19) 우미영, 「서양 체험을 통한 신여성의 자기 구성 방식 : 나혜석 박인덕 허정숙의 서
　　양 여행기를 중심으로」, 『우리문화』12호, 한국비교문학회, 2004, 131-160면; 손
　　유경, 「나혜석의 구미만유기에 나타난 여성 산책자의 시선과 지리적 상상력」, 『민
　　족문학사연구』36권 36호, 한국비교문학회, 2008, 170-203면.
20) 송명희, 「나혜석 문학연구의 현황과 과제」, 『현대문학이론연구』46권46호, 현대문
　　학이론학회, 2011, 71-95면 참조. 이 논문에서 소설의 본문 인용은 이상경 편, 『나
　　혜석 전집』(태학사, 2000)을 참조한다.
21) 송명희, 「나혜석의 미술과 문학의 상호텍스트성」, 앞의 논문, 49-77면 참조.

한 모든 글 그리고 미술작품과 경계를 공유하되 다원성과 복합성의 혼성적이며 상호텍스트적인 경계마저 파괴한 서사구조로 파격적인 존재의식을 반영한다.[22] 나혜석의 소설세계에 반영된 타자성의 경험과 존재의식을 몸 담론으로만 국한할 수 없는 이유이자, 그 전체로서 풍경으로 조선의 근대 문화의 이중성을 포괄하되 인간으로서 여성을 지향한 젠더로서 얼굴을 부각하는 경계 확산이자 파격인 몸의 은유로 나혜석 소설 시학을 조명하는 이유다.

요컨대, 나혜석 소설에 재현된 몸의 은유는 소설 외 다른 글쓰기의 기록이나 미술보다 한층 상대적이며 다층적이며 객관적인 몸의 타자성을 보여주는 경로로 젠더의 경계를 확장하며 이월한 작가의 존재의식과 소통할 수 있는 근거이다. 이는 나혜석과 같이 제1기 근대 여성작가로 꼽는 김명순과 김일엽의 소설에서 부각된 서사의 단선적 서정성이나 교술성과 구별된 차이일 뿐만 아니라, 당대 남성 작가들이 사랑의 대상으로 바라 본 여성적 경험과도 구별된 차이로 나혜석 서사 시학의 독창성을 환기하게 된다. 이에 따라 나혜석 소설에 반영된 몸의 은유의 의미 생성경로를 파악하면, 초기 소설에서는 이상적 자아를 통한 자율적 존재의식을, 중기 소설에서는 계몽적 타자를 통한 비판적 존재의식을, 후기 소설에서는 해체적 관계를 통한 파격적 존재의식을 전달하는 인지구조의 변화과정이 살펴진다. 이러한 몸의 은유를 통하여 나혜석의 소설세계의 독창적 시학을 조명하는 궁극에서 나

---

22) 오늘날 예술 텍스트는 다원성과 복합성을 피할 수 없게 되었다. 실제로20세기 후반 예술작품들은 대단히 혼성적인 양상을 보이고 있다. 문학 텍스트 속에 이미지들이 있으며, 이미지 텍스트 속에 문학적 서술이 교차되어있다. 송명희, 위의 논문, 385면.

혜석이 실현한 역동적이며 도전적인 삶의 의미를 보다 입체적으로 풍
부하게 이해할 수 있을 것이다.

2. 이상적 자아의 인지시학과 자율적 젠더

「경희」(1918, 『여자계』2호)와 「회생한 손녀에게」1918, (『여자계』3
호)은 1910년대 후반기에 발표된 나혜석의 초기소설이다. 우리 경험
내부의 체계적 경험과 상관성에 근거를 둔 몸의 개념적 은유로 보면
이 소설들은 아침의 시간성이 반영된 인지구조로 이상적 자아의 의미
를 보여준다. "인생은 여행이다"라는 구조적 은유와 맞닿는 여행의 출
발과 시작을 내포한 소설 속 주인공의 경험으로 재현된 타자성은 나
혜석이 추구한 이상적 자아의 추구하는 신체화된 경험을 구체적으로
보여주는 과정에서 빛을 향한 존재론적 의미를 파장한다. 이상적 자
아의 인지구조로 전달되는 타자성의 존재론적 의미는 인간이자 여성
으로서 그리고 하나님의 딸로서 직분에 충실하며 우주만물과 소통하
고자 한 자율적 존재의식으로 나혜석이 젊은 시절 추구한 몸의 은유
를 환기하는 효과를 낳는다.

나혜석은 동경여자미술학교에서 서양화를 전공하기 위해 1913년
에 도일하여 1918년에 귀국한다. 이 기간 중 1915년에 아버지의 결혼
강요로 일시 휴학하고 여주공립보통학교의 교원으로 1년간 근무하고
1916년에 복학한다.[23] 이러한 작가의 실제 경험은 「경희」와 「회생한

---

23) 일본 유학에서 돌아와 1921년 만주 안동현에 이주하기 전까지 서울에서 3년여 기

손녀에게」에서 이상적 자아의 공간 지향성[24]에 따른 몸의 은유로 전근대와 근대, 남성과 여성, 국내와 국외, 삶과 죽음 등의 경계를 넘는 사람이자 여성의 사유와 경험을 체현하는 효과로 기능한다.

이러한 관점에서 보면 나혜석의 초기 「경희」와 「회생한 손녀에게」에서부터 소설 외 다른 문학 장르의 작품 그리고 미술작품과 예술성을 공유하는 경계뿐만 아니라 그 경계마저 파괴한 서사 시학의 독창성이 부각된다. 이러한 초기 소설들에는 당시 나혜석이 그린 스케치나 신문과 잡지에 실은 만평, 만화, 삽화 등의 소품 등의 미술작품의 예술적 경계성뿐만 아니라 이 소설이 창작되기 전 발표된 비평문 「이상적 부인」에서 드러난 근대 신여성으로서 미술교육을 받은 작가의식의 경계성이 부각된다.[25] 이와 같이 「경희」와 「회생한 손녀에게」에서 드러난 주인공들의 실천적 경험과 인간적 삶의 비전에는 작가가 추구

간 동안 나혜석은 신문과 잡지에 만평 형식의 그림과 목판화를 발표했다. 이들 작품에는 신구 여성의 고달픈 일상에 대한 연민과 3.1 운동 이후 전개된 민중운동의 열기가 담겨 있었다. 또한 잡지 『신여자』와 『폐허』의 동인으로 문학운동에도 힘썼던 나혜석은 안동현에서 국경을 오가는 독립 운동가들의 편의를 보아 주고 여자 야학을 여는 등 민족주의 운동에 일정하게 맥을 대고 있었다. 이상경 편집교열, 앞의 책, 21 참조.

24) 공간 지향적 은유와 상호 간의 체계 즉 위-아래, 안-밖, 앞-뒤, 접촉-분리, 깊음-얕음, 중심-주변의 공적 지향을 중심으로 전체 체계를 조직하는 것이다.G. 레이코프 M. 존슨, 노양진 나익주 역, 앞의 책, 37-57면 참조.

25) 나혜석의 에세이 「이상적 부인」은 1914년 《학지광》에, 소설 「경희」는 1918년에 《여자계》에 발표된 점을 고려할 때, 초기 소설에 드러난 여주인공의 경험과 비전은 나혜석이 「이상적 부인」에서 지향한 이상적 자아로서 일하는 여성상과 밀접한 연관성에 주목하게 된다. 이처럼 나혜석은 당대 여성의 현실인식을 토로하고 앞으로 여성이 나아갈 길, 나혜석 자신이 할 일등 여성과 여성이기 전 사람으로서의 자의식을 분명히 보이며 자신의 미래상을 제시하였고 이러한 구체적 경험을 소설 속에 재현한 것으로 볼 수 있다. 송명희 앞의 논문, 72면; 최정아, 앞의 논문, 121-122면 참조.

한 이상적 삶의 목표와 방향이 반영되어 있다.

먼저 「경희」에 반영된 몸의 은유에서 이상적 자아의 인지구조가 드러나는 경로는 다음과 같이 살펴진다. 여주인공 경희는 동경 유학 중 조선에 있는 본가를 방문한 시간성을 보여주는데 여기에는 나혜석의 실제 일본 유학생활의 인식과 경험뿐만 아니라 결혼과 일에 대한 작가의식이 반영되어 있다. 그 중심에는 이상적인 사랑과 사명을 향한 작가의 신념을 내포한 역동적인 생명력이 자리한다.

"“아이구, 무슨 장마가 그렇게 심해요.”하며 담배를 붙이는 뚱뚱한 마님은 오래간만에 오신 사돈마님이다.”(79면) 이 작품의 모두(冒頭)에서 드러나듯이 이 작품의 시점은 주인공 경희를 초점화한 작가 시점이다. 이에 따라 작품의 서사는 신여성 교육을 받은 경희가 일본에서 방학 중에 조선 본가에 와서 하루 동안 겪는 경험을 병렬적 시간구조로 전개된 것이다. 플롯 중심이 아니라 경희라는 인물을 중심으로 한 장면 묘사에 치중하고 있으며 마치 조명을 비추듯이 경희라는 인물을 형상화한 것이다. 1, 2, 3장에서 경희의 생활상이 어머니의 말이나 경희의 행동 혹은 주변 인물들을 통해 드러날 뿐 내면 의식이 직접 표출되는 부분이 거의 없다면, 4장에서는 결혼을 강요하는 아버지에 대해 대항하는 경희의 내면이 전면화 되면서 여성적인 각성이 표출되고 있다. 특히 이러한 여성 자의식을 드러내는 기제로서 인상주의인 기법이 활용 되고 있다는 점을 주목할 필요가 있다. [26] 이러한 서사의

---

26) 최정아, 앞의 논문, 127-128면 참조. 한편, 「경희」에 드러난 장면은 당시 나혜석의 스케치나 판화 등 신문 잡지 게재작품과 신문 잡지에 실은 만평, 만화, 삽화 등의 소품 그리고 목판화 작품 표지 장정 그림과 겹쳐진다. 화가로서 나혜석의 다양한 관심이 소설 묘사에도 반영된 것으로 볼 수 있는데 이는 인상주의 기법의 또 다른 표현방식인 신문 삽화와의 경계성으로 확인할 수 있을 것이다. 예컨대,《매

특징은 원근에서 경희와 접속된 인물과 사회 문화를 조망하는 풍경화를 배경으로 하여 경희의 캐릭터에 집중하여 근거리로 인물화를 전경화함으로써 풍경과 인물의 조화를 보여주게 되는 인상주의적 기법의 원용으로 볼 수 있다.

이처럼 경희를 초점화한 인상의 기법으로 인물과 장면을 묘사하는 서술방식은 나혜석의 미술작품에 드러난 인상파 내지는 후기 인상파와의 연관성으로 볼 수 있을 것이다. "담배를 붙이는 뚱뚱한 마님"으로 사둔 마님이 소개된 데 비하여 경희 어머니는 "하명 마주앉아 담배를 붙이는 머리가 희끗희끗하고 이마에 주름살이 두어 줄 보이는 마님"으로 좀 더 구체적으로 묘사될 뿐만 아니라 "이철원 (李鐵原)댁 주인마님이다."라는 신분의 정보까지 명시되어 전달된다. 사둔마님과 경희 어머니에 이어지는 경희의 인물묘사와 유학생이라는 정체성은 좀 더 구체적인 경험으로 전달된다. "경희는 지금 시원한 뒷마루에서 오래간만에 만난 오라버니댁과 앉아"있다는 정보뿐만 아니라 "오라버니댁은 버선을 깁고 경희는 앉은 재봉틀에 자기 오라버니 양복 속적삼을 하며"(80면) 오라버니댁에게 일본서 지내며 겪은 경험을 이야기하는 상황이 경희를 초점화한 작가시점으로 전달된다. 경희가 일본에서 겪었던 일들 즉 어느 날 전차에 치일 번하였던 경험과 그 때를 생각만하면 지금도 몸이 아슬아슬하다는 상태뿐만 아니라 다리를 펴고 자본적인 없고 그래서 아침에 일어나면 다리가 꼿꼿하다는 몸의 증상

일신보》에 연재된 〈섣달대목〉 삽화 아침상(1919.1.21.), 빨래 다듬기(1919. 1.30. -1.31 2.1.) 뿐만 아니라 《매일신보》에 연재된 〈초하룻날〉(1919.2.1.) 삽화인 차례상(2.2.), 화장 (2.3), 새배(2.4), 널뛰기(2.6), 동서끼리 윷놀이와 윷패책(2.7.) 등과 나혜석의 소설 장면 묘사의 공통점에 대한 논의는 다음 기회로 미룬다. 이상경 편집교열, 앞의 책, 53-57면 참조.

과 비가 심하게 오는 날 굽 높은 나막신을 신고 급히 학교에 가다가 넘
어져서 다리 가죽이 벗겨지고 옷에 흙이 묻어 통증뿐만 아니라 부끄
러움을 느낀 경험 등을 열거하는 장면에서 정보량은 내포작가의 수준
과 위치에서 전달된다. 경희를 제외한 작중인물의 경험은 외적 정보
에 초점이 맞춰진 반면에 경희의 경험은 외적 정보뿐만 내적 정보까
지 제공되는 점에서 경희를 초점화한 인물 시점이 부각된 것이다. 내
포작가의 정보량이 경희에 인식과 동일하게 제공될 뿐만 아니라 내포
작가의 위치가 경희에 맞춰진 것이다. 이처럼 이 소설 서사에 반영된
몸의 은유는 신여성 교육을 받은 경희를 초점화로 하여 전근대적 사
회 인식을 교화하는 자율적 경험을 구체적으로 보여주는 궁극에서 이
상적 젠더를 환기하는 효과를 낳는다.

　근대적 여성인식을 보여주는 경희의 노력을 내포한 몸의 이동은 어
머니와 사둔마님 그리고 산월이와 올케 등과의 접촉과 대화로 같은
여성을 설득하는 시간성으로 시작되어 여성과 다른 권력을 가진 남성
을 설득하고자 하는 과정으로 아버지의 현실인식에 봉착하여 갈등하
는 시간성의 전개로 구조화된다. 여성을 설득하는 시간성의 구조에는
구세대인 어머니와 사부인뿐만 아니라 경희와 같은 세대에 속한 올케
와 산월이와 다른 신여성의 현실인식을 보여준다. 이에 비하여 아버
지를 설득하지 못한 갈등의 시간구조는 세대 간뿐만 아니라 성적인
차이로 젠더인식의 갈등이 첨예하게 부각되는 궁극에서 인간의 길을
모색하는 존재의식을 보여준다.

　1장부터 3장까지 경희는 같은 여성인 세대 차이를 갖는 구여성 또
는 세대 차이는 없지만 근대여성교육의 혜택의 여부에 따른 현실인식
을 설득하는 데 있어서 가정에서 여성의 역할이라는 구체적 일상의

경험을 통해 이상적인 여성상을 체현하는 방법으로 설득과 감동의 효과를 구현한다. 경희가 여성인물들과 나누는 경험과 대화는 일본 유학생 신분임에도 불구하고 구세대 여성들과 하녀들이 하는 가정 내 일상적 노동을 하는 몸의 평등한 의미뿐만 아니라, 세대와 계층 차이를 막론하고 대화하는 열린 정신으로 경계인의 사유를 보여준다. 특히 4장에서 경희가 아버지와 대립하며 타자에 의하여 강요된 결혼이 아닌 자율적인 사랑의 생명력으로 결혼과 일을 선택하고자 하는 과정은 하나님의 딸인 사람이자 여성으로서 삶의 목표를 구체화하는 동기로 작용한다. 이러한 차원에서 경희가 보여준 타자와 소통하며 사람으로 자신의 본분을 인식하는 과정은 자율적인 인간상을 탐색하는 의미를 보여준다.

먼저 경희는 서사 첫 장에서부터 전통적인 여성의 삶을 살아 온 사돈마님이 유학생 여성을 바라보는 성적인 편견을 설득하고자 하는 노력으로 구여성과 신여성의 경계 사이 소통으로 이상적 자아로서 신여성의 모습을 구현한다. 사돈 마님은 여성은 집을 지키며 가사노동에 충실해야 한다는 가부장적 가치관으로 여학생을 봉건적인 시각으로 평가하는 구여성적 젠더의식을 보이는데 비하여 경희 어머니는 여자도 배워야 사회에서 사람노릇을 한다는 유연성을 보여준다. 전통적 여성의 삶을 살아 온 사돈마님과 어머니 사이에서 경희는 자신이 받았던 신여성의 근대교육을 활용하여 바느질, 청소, 설거지 등의 가사노동을 효율적이고 과학적이며 미적으로 수행함으로써 사돈 마님의 신여성에 대한 편견을 해소시키는 역할을 수행한다. 그 결과 사돈 마님은 "내가 여학생을 잘못 알아 왔다. 정말 이 집 딸과 같이 계집애도 공부를 시켜야겠다. 어서 우리 집에 가서 내외시키던 손녀딸들을 내

일부터 학교에 보내야겠다."(86면)는 결심으로 신여성 교육에 설득당한 입장의 변화를 보여준다. 이에 대한 경희의 반응은 "눈앞이 아물아물해 오고 귀가 찡"하고 "아무 말 없이 눈만 껌뻑껌뻑하고 앉"아 "뒤 곁으로 불어오는 시원한 바람 중에는 젊은 웃음소리가 사(沙) 접시를 깨뜨릴 만치 재미스럽게 싸여 들어온"(86면) 인상주의와 맞닿는 몸의 은유로 환기된다.

1장에서 사둔 마님을 설득한 효과는 2장에서 떡 장사와 수남 어머니와의 접촉을 통한 경희의 현실 비판의식으로 이어진다. "내가 가질 가정은 그런 가정이 아니다. 나뿐 아니라 내 자손 내 친구 내 문인 門人들이 만들 가정도 결코 이렇게 불행하게 하지 않는다. 오냐, 내가 꼭 한다."(90면) 자율적 자아의 결심이 경희가 "껑충 뛴" 몸의 지향적 인상으로 포착된 것이다. 신여성 교육의 효과는 현모양처의 역할을 넘어서 주변 사람들과의 인격적 관계를 지향하는데, 특히 같은 세대인 산월과 나누는 대화적 관계에서 구체적으로 드러난다. 산월과 가사 노동을 하는 중에 발현되는 경희의 예술적 감각은 행복한 가사 노동의 문화를 창출하는 교육의 효과를 환기한다. "경희는 불을 때고 시월이는 풀을 젓는"(90면)장면에서 작가는 경희를 초점화로 가사 노동을 하는 몸의 공감각적 경험을 예술성으로 확장하여 보여줌으로써 여성 교육의 필요성을 강조한 것이다. 시월이가 풀을 젓는 행위는 위에서 "푸푸" "부글부글" 하는 단조로운 소리로 전달된다면 아래에서 경희가 불을 때는 행위는 밀짚의 탁탁 튀는 소리가 "마치 경희가 동경음악학교 연주회석에서 듣던 관현악주 소리 같다"(91면)에 반영된 작가의식은 예술 교육 또한 가사노동의 가치를 새롭게 창출하듯이 산월이를 포함한 계층에 상관없이 모든 여성에게 있어 교육의 중요성을 강조한 것으로 볼 수 있다. 경희와 시월이가 집안일을 하는 장면이 제시된 후 불을 때고 풀을 젓는 집안일에서 예사롭지 않은 예술세계를 경희의 인식으로 펼쳐 보인 것이다.

"아궁이 저 속에서 밀짚 끝에 불이 댕기며 점점 불빛이 강하게 번지는 동시에 차차 아궁이까지 가까워지자 또 점점 불꽃이 약해져 가는 것은 마치 피아노 저 끝에서 이 끝까지 칠 때에 붕붕하던 것이 점점 땡땡하도록 되는 음률과 같아 보인다."(90-91면) 이 장면에서 경희의 인식은 집안일을 하면서도 가사 노동을 단순하게 하는 시월이와 다르게 예술적 감각으로 행복을 충만하게 느끼는 몸의 감각을 보여주는 심층에서 여성 교육을 강조하는 효과를 낳는다. 시월이가 습관적으로 하는 집안일의 의미와는 다른 경희의 존재론적 차이로 노동하는 몸의 인식이 작용한 것이다. 여기에서 각기 다른 소리가 빛의 생명력으로 열정을 발휘하면서 융합한 음률의 조화로움이 경희의 복합적 감각으로 인지된다. 그 심층에서 나혜석이 추구한 이상적 예술세계를 음악, 미술, 문학의 경계를 넘어 융합된 조화로움으로 보게 된다.

예술세계의 조화와 맞닿아 있는 몸의 은유에는 각기 다른 타자성으로서 여성과 남성, 구여성과 신여성 그리고 주인과 하인이 서로의 타자성을 존중하되 경희와 시월이가 힘을 합하여 노동을 하듯 유기적 자매애의 연대의식으로 행복한 세상을 꿈꾸며 현실을 혁신하고자 나혜석의 자율적 존재의식이 반영된 것이다. 이렇듯 경희의 복합적 예술의 감각과 예술 교육의 효과로 조화로움의 관계성을 발휘하는 시간성과 맞닿는 몸의 은유는 나혜석의 예술세계를 향한 창조성과 현실을 혁신하고자 한 존재의식을 내포한다. 또한 가정학에서 배운 질서, 위생학에서 배운 정리, 또 도화시간에 배운 색과 색의 조화, 음악시간에 배운 장단의 음률을 이용하여 지금까지와 다른 가사 노동의 혁신을 꾀하는 경희의 인식과 실천적 행동[27]과 맞닿아 있는 몸의 은유는 전통적인 가사 일에서 근대적 교육의 효과를 현실생활의 혁신으로 응용하면서 예술적 감각으로 역동적 생명력을 발휘하고자 한 작가의 이상적 자아로서 자율적 존재성이 작용한다.

3장에서는 경희와 아버지의 갈등이 본격적으로 부각된다. "내가 잘못이지, 계집애를 일본까지 보내다니 계집애가 시집가기를 싫다니 그런 망칙한 일이 어디 있어. 남이 알까 보아 무섭지. 벌써 적합한 혼처를 몇 군데를 놓쳤으니 어떻게 하잔 말이야. 아이……"(93면) 경희의 혼처를 놓친 데 대하여 경희 아버지 이철원은 혀를 톡톡 차며 후회를 한 것이다. 경희의 혼인 문제로 인한 갈등이 부각된 상황에서 경희의 아버지는 결혼과 가정이 경희에게 최우선의 가치라는 가부장적 인식으로 전통적 결혼의 조건을 제시한 반면에 경희 어머니는 당사자 간의 의사가 중요하다는 인식의 차이로 유연성을 보여준다. 「경희」에 반영된 작가의 자전적 경험을 고려한다면 최승구와 사랑에 빠진 나혜석이 아버지가 권유한 결혼의 조건을 수용하지 않았고 이러한 나혜석을 아버지와 다른 입장에서 포용한 어머니의 태도가 반영된 것으로 볼 수 있다. 이러한 관점에서 보면 경희가 자율적 인간으로서 이상을 품을 수 있도록 도움을 주는 조력자인 어머니의 사랑은 아버지의 사랑

---

27) 시월이에 대한 경희의 동반자 의식을 엿볼 수 있는 대목이다. 경희에게 시월이는 집안의 하인이기보다 식구이자 친구와도 같은 존재다. 그래서 경희는 시월이를 자신과 동격인 대화자로 본다. 이러한 태도로 경희는 학교에서 배운 교육을 가사에 적용하거나 그것을 통하여 새로운 방법을 시도할 때 시월이를 떠올리듯 조선 여성의 근대적 교육의 필요성을 절감하였던 것이다. 서정자, 앞의 논문, 158-160면 참조.

과는 다른 유연성과 포용성을 주는 상대적 존재의식을 내포한다. 새벽닭이 새날을 알린 후 까맣던 밤이 백색으로 활짝 열리며 "동창의 장지 한 편이 차차 밝아오며 모기장 한 끝으로부터 점점 연두색을 물들인" 새벽녘이 경희의 지각으로 그려진 것이다. "곤히 자던 경희의 눈은 뜨였다. 경희는 또 오늘 종일의 제 일을 시작할 기쁨에 취하여 벌떡 일어나서 방을 나선다."(97면) 결국 아버지가 권하는 조건적인 결혼을 하지 않겠다고 선언하고 돌아 온 경희의 내면의식에는 아버지의 명령에 맹목적으로 따르는 복종이 아닌 자율적 인간의 길을 선택하고자 한 존재의식을 보여준다.

"경희의 앞에는 지금 두 길이 있다. 그 길은 희미하지도 않고 또렷한 두 길이다."(98면) 갈래 길의 인지구조는 경희가 삶의 목표를 선택하는 자율적인 존재의식을 보여준다. 두 갈래 길에 대한 경희의 인식은 대조적인 정보로 전달된다. 전통적인 결혼의 관습에 순응하는 여성의 순탄한 길에 대한 정보는 "쌀이 곳간에 쌓이고 돈이 많고 귀염도 받고 사랑도 받고 밟기도 쉬운 황토(黃土)요, 가기도 쉽고 찾기도 어렵지 않은 탄탄대로"로 부귀영화를 누릴 수 있는 몸을 구체화한다. 전통적 결혼에 순응한 여성의 길은 순조로운 반면에 다른 한 길은 험난한 길이다.

가부장적 결혼에 순응한 여성의 길과 대비적인 여성의 길에 대한 정보가 경희의 인지 감각으로 전달된다. "제 팔이 아프도록 보리방아를 찧어야 겨우 얻어먹게 되고 종일 땀을 흘리고 남의 일을 해주어야 겨우 몇 푼돈이라도 얻어 보게 된" 노동의 수고는 부귀영화와 거리가 멀다. 오히려 "이르는 곳마다 천대뿐이오, 사랑의 맛은 꿈에도 맛보지 못할 터"로 낭패와 좌절을 맛보아야 한다. 그 길을 선택한 후 걸어야 할 시간구조는 "발부리에서 피가 흐르도록 험한 돌을 밟아야" 하고 "뚝 떨어지는 절벽"과 "날카로운 산정(山頂)" 그리고 "물도 건너야 하고 언덕도 넘어야 하고 수없이 꼬부라진 길이요, 갈수록 험하고 찾기 어려운 길"로 인생여정의 고난과 고통을 "뚝 떨어지는 절벽도 있고 날카로운 산정(山頂)도 있다. 물도 건너야 하고 언덕도 넘어야 하고 수없이 꼬부라진 길이요, 갈수록 험하고 찾기 어려운 길"(98면)로 거칠고 험함 인생여정을 함축한다. 그 길 위에 여성은 여성이기 전에 자율적 의지를 갖고 있는 사람이다.

이와 같이 경희가 관습에 순응한 여성의 탄탄대로로 부귀영화를 누릴 수 있는 순탄한 길을 포기하고 인간으로서 어려움을 감내해야하는 길을 선택한 몸의 은유는 여성으로서 주어진 환경이나 전통에 복종하지 않고 인생여정의 고통과 고난을 마다하지 않는 인간으로서 도전을 보여준 작가의 실천적 삶의 의지로서 존재의식을 반영한다. 물론 인간으로서 고난과 역경을 경험해야 하는 순탄치 않은 길 사이에서 고뇌한다. 전자의 길이 타율적인 길의 복종이라면 후자의 길은 자율적인 길의 선택인 셈이다. 이러한 두 가지 길의 경계에서 경희는 어떤 선택을 할지 숙고하며 고뇌하다가 인간으로 겪어야 할 험난한 길을 선택하는 시간구조로 이상적 자아를 실현하고자 한 자율적 의지를 보여준 것이다.

이상적 자아로서 인간의 길을 선택하기까지 갈등하며 번뇌하는 경희의 내면의식은 경희가 제 몸을 만져보면서 자신이 사람임을 확인하는 인지구조로 전달된다. "왼편 손목을 바른편 손으로, 바른편 손목을 왼편 손으로 쥐어본다. 머리를 흔들어도 본다. 크지도 않고 조그마한 이 몸……. 이 몸을 어떻게 서야할까. 이 몸을 어디로 향하여야 좋은가

……."(99면) 이처럼 경희가 제 몸을 스스로 만져보면서 몸의 지향점을 탐색하는 장면에서는 자율적인 사람으로서 삶을 살고자 한 내포작가의 고뇌를 엿볼 수 있다.[28] 이와 같이 경희가 자율적 인간의 길을 선택하기까지 고뇌하고 갈등하는 시간적 구조와 맞물린 몸의 은유에는 주어진 길에 순종하는 전근대적 여성이 아니라 자율적 인간으로서 이상적인 길을 걷고자 한 신여성의 존재의식뿐만 아니라 화가로서 세상을 입체적으로 바라본 작가의 예술 감각이 반영되어 있다.

경희가 자신의 몸을 만지면서 어디로 향하여야 좋은지 방향성을 탐색하는 인지구조에 따른 몸의 은유는 인생의 목적이 삶의 방향성과 연동되어 있음을 상대적으로 인식하는 작가의 존재의식을 입체적으로 보여주는 객관적 근거이다. 자신의 진로 앞에서 경희는 아버지와의 상대적 입장을 고려하여 고뇌하며 갈등하는 내면의식을 보여준다. "왜 아버지가 "정하자"하실 때에 "네"하지를 못하고 "안돼요" 했나. 아아 왜 그랬나."에서는 아버지에게 대항한 자신을 돌아본 의식이 부각된다. "어떻게 하려고 그게 답을 하나! 그런 부귀를 왜 싫다고 했나."에서는 자신의 결정에 대하여 갈등하는 내면의식의 움직임이 부각된

---

28) 경희가 신체 부위를 입체적으로 인식하며 방향성을 모색하는 인지구조에는 전위적 예술가로서 타자성을 재현하는 작가의 세계관과 맞닿아 있는 풍경화 속 인물화로 인지된다. 방금 전까지 만져지던 것(왼쪽 손)이 만지는 것이 되고, 방금 전까지 만지던 것(오른 손)이 만져지는 독특한 상황과 같은 보는(보이는) 몸에 관한 서술은 나혜석의 소설에 내포된 몸의 은유가 나혜석의 당대 회화관과 깊은 상관성이 있다는 구체적 근거로 작용한다. 이러한 관점에서 나혜석 소설을 풍경화와 연계된 몸의 회화와 맞닿아 있는 몸의 은유를 인상주의적 경향 내지는 후기 인상주의와의 상관성으로 바라보는 방법은 전위적 예술가로서 나혜석 소설의 입체적 인지구조를 역동적으로 밝힐 수 있는 풍부한 이해를 제공할 수 있다. 최정아, 앞의 논문, 129; 홍지석, 앞의 논문, 32-53면 참조.

다. 뒤이어 자신의 결정에 회의하기도 한다. "지금 사랑에 나가 아버지 앞에 자복할까 보다. "제가 잘못 생각하였습니다."고 그렇게 할까?" 하며 자신의 결정을 후회하며 금세 "아니다. 그렇게 할 터이다. 그것이 적당한 길이다. 그리고 공부도 고만둘 터이다"하다가 "아 그렇게 정하자. 그러나……"라며 자신의 선택에 번민하는 내적 갈등을 보여준다. "아이구, 어찌하면 좋은가……." 반복하며 갈등하는 경희의 내면의식이 내적초점화로 부각된 것이다. 그리고 "경희의 눈은 말똥말똥하다. 전신이 천근만근이나 되도록 무거워졌다. 머리 위에는 큰 동철(동철) 투구를 들쒸운 것 같이 무겁다"(99면) 외적초점화로 확장된 작가 시점은 경희의 외양뿐만 아니라 컨디션까지 경희의 감각을 동원하여 생생하게 보여준다.

이처럼 경희의 자율적 의지는 처음부터 확고한 것이 아니다. 갈등하고 번민하며 회의하는 과정을 통하여 지극히 인간다운 면모를 보여준 것이다. 이러한 내적 갈등의 묘사는 마치 인상주의 화법의 풍경화를 배경으로 한 인물화로 형상화된 존재성을 흔들리는 존재의식을 정치하게 포착하여 섬세한 붓의 터치를 그려내어 보여주는 듯하다. 이처럼 갈등하는 몸의 감각을 보는 시각과 보여지는 시각을 교차시켜 타자성을 재현하는 인지구조는 경희가 인생의 목표와 방향성에 대하여 번뇌하고 고민하는 과정을 통하여 자율적 존재의식을 입체적으로 보여주기까지 전위적 예술 감각을 발휘한 몸의 은유로 작가의 역동적인 생명력이 작용한 것이다.

이러한 번뇌의 시간을 거쳐 마침내 경희는 "오냐, 사람이다. 사람으로 보이지 않는 험한 길을 찾지 않으면 누구더러 찾으라 하리! 산정에 올라서서 내려다보는 것도 사람이 할 것이다."는 자율적 존재의식으로서 인간의 길을 선택한 것이다. '어찌하면 좋단 말인가'라는 독백을 반복하면서 두 길 앞에 고뇌한 경희가 인간으로서 고통을 감내하는 길을 선택하는 확고한 의지를 표방하게 된 계기는 삶의 목표와 방향성으로 몸의 은유를 인식하는 경로로 강조된다. 이처럼 자신의 몸을 자율적 삶의 의미로 인식하는 경희의 태도에는 인간으로서 역경을 감내하고자 한 의지가 표방된다.

이렇듯 경희가 흔들리며 선택한 이상적 자아실현의 길과 맞닿아 있는 몸의 은유는 작가가 이상적 자아실현을 추구한 예술가로서의 작업 즉 그림 그리기와 글쓰기에 심혈을 기울인 창조적 시간성과 맞닿아 있다. "뜨거운 강한 선이 별안간에 왈칵 드는 것은 편싸움꾼의 양편이 육모방망이를 들고 "자……"하며 드는 것같이 깜짝 놀랄 만치 강하게 쪼여 들어온다." 경희가 창문을 열고 맞는 햇살이 복합적인 몸의 감각으로 인지된 것이다. 햇볕이 "편싸움꾼의 양편이 육모방망이를 들고" 강하게 내리쬐는 창밖에 풍경 속 사물은 그야말로 빛의 파편으로 해체된 인상파 화가가 그린 풍경화 속 빛과 색의 조화로 인지된다. "오색이 혼잡한 백일홍 활년화로는 연락부(連絡不絶)히 호랑나비 노랑나비가 오고 가고 한다." 그리고 개, 꽃, 닭, 배나무, 배나무에 달린 배, 하늘에 뜬 까치, 항아리 등으로 열거되는 존재들은 경희가 그 명칭을 불러본 순간 풍경화 속에 존재한다. 이어서 머릿장을 만지고 개어서 얹은 명주이불도 쓰다듬어 본 촉감으로 자율적 존재성의 의미가 강조된다.

그리고 경희는 "그러면 내 명칭은 무엇인가?"자문하며, 자신이 바라보고 만진 존재들과 다른 자신의 정체성으로 자신이 사람이라는 인식한다. "사람이지! 꼭 사람이다."(102면) 경희는 벽에 걸린 체경에 제

몸을 비추어본다. 입도 벌려보고 도 끔쩍여본다. 팔도 들어보고 다리
도 내어놓아 본다. 분명히 사람 모양이다. 이렇듯 경희가 자신이 사람
임을 확신하는 결정적 근거는 몸에 대한 인식이다. 경희는 벽에 걸린
거울에 자신의 몸을 비춰보면서 팔도 들어보고 다리도 내어놓아 보는
과정을 통하여 자신이 "분명히 사람 모양"이라는 것을 확신한 것이다.
경희의 인식은 자신의 몸의 모양으로 사람임을 강조하는 데 그치지
않고 "드러누운 탑실개와 굼벵이 찍으러 다니는 닭과 또 까마귀" 등
과 인간으로서 자신의 몸을 비교하며, 동물학에서 배운 금수 즉 하등
동물과 자신이 다른 차이를 "옷을 입고 말을 하고 걸어 다니고 손으로
일하는 것은 만물의 영장인 사람"이라는 인식으로 확인한다. 경희 자
신이 만물의 영장인 귀한 사람인 것을 스스로 행동하며 손으로 일을
하는 몸의 은유로 전달하는 인지구조는 예술가로서 그림을 그리고 글
을 쓰는 시간이야말로 인간 나혜석이 다른 존재성과 구별된 자아실현
의 길임을 강조한 효과를 낳는다.

　"경희도 사람이다. 그 다음에는 여자다. 그러면 여자라는 것보다 먼
저 사람이다."(104면) 경희가 인지하는 몸의 의미는 "여자라는 것보
다 먼저 사람"으로 강조된 다음에 "조선 사회의 여자보다 먼저 우주
안 전 인류의 여성"으로 여성의 정체성을 확장하는 동시에 "이철원 김
부인의 딸보다 먼저 하나님의 딸"로서 정체성을 구체적으로 밝힌다.
그리고 "여하튼 두말할 것 없이 사람의 형상"을 확인한 후 "그 형상은
들씌운 가죽뿐 아니라 내장의 구조도 확실히 금수가 아니라 사람이
다."(104면)는 확신으로 금수와 다른 사람의 정체성을 강조한 것이다.
　이를 뒷받침하듯 부각된 경희의 몸짓은 짐승과 다른 존재성으로 우
주적 소통을 꾀하는 자율적 인간의 존재의식을 보여준다. 경희가 짐

승이 아닌 사람의 형상으로 몸의 의미를 강조 하는 것은 사육되는 존재성이 아닌 자율적 존재성으로 우주와 소통하는 만물의 영장으로서 인간의 자유 의지를 환기하는 효과가 있다. 두 팔을 번쩍 들고 두 다리로 껑충 뛴 경희의 몸에 빤빤한 햇빛이 들어오는 시간성은 남치마 빛 같은 하늘빛이 유연히 떠오른 검은 구름에 가리며 남풍이 곱게 불어 들어온 몸의 감각으로 구체화된다. 화분(花粉)과 향기로 인지되는 남풍과 번개가 번쩍번쩍 하고 천둥소리가 울리며 여름 소나기가 쏟아질 터인 자연현상 앞에 경희의 정신은 황홀한 상태도 인지된다.

자율적 인간으로서 몸의 은유는 경희의 키가 부쩍 늘어진 것 같고 목(目)이 얼굴을 가리는 것 같은 잉여의 감각적 표현으로 생명력의 환희를 극대화하여 보여준다. 그 상태로 푹 엎드리어 합장으로 기도를 올리는 경희는 하나님 딸로 우주적 존재적 소통의 믿음을 보여준다. 경희에게 하나님은 아버지다. 하나님 아버지를 벅차게 부르는 경희는 자신이 가진 충만한 생명력과 맞닿는 눈과 귀 등의 신체적 활동으로 많은 축복으로 인지하며 사람으로서 자신의 사명을 간구한다. "보십쇼! 내 눈과 내 귀는 이렇게 활동하지 않습니까? 하나님! 내게 무한한 광영(光榮)과 힘을 내려 주십쇼." 경희의 기도는 부귀영화를 구하는 것이 아니었다. 하나님의 주신 무한한 빛의 영광으로 힘을 받고 사람다운 일을 하고자 하겠다는 자율적 의지를 표방하는 기도였다. 자신에게 주어진 일에 진력을 다하고 난 후의 결과마저 주권자인 하나님께 맡긴다. "상을 주시든지 벌을 내리시든지 마음대로 부리시옵소서."(105면) 기도에서 인지되는 몸의 은유는 하나님 아버지께서 주신 빛의 사명에 매진하여 하나님께 영광을 드리겠다는 피조물의 입장과 맞닿는 하나님을 향한 절대적 신앙으로 작가의 이상적 세계인식을 반영한다.

　이러한 경희의 존재론적 사유와 맞닿는 몸의 은유는 근대 여성교육을 받고 자율적 인간으로서 이상을 추구한 작가의 젠더의식을 환기한다. 자율적 인간으로서 경희가 선택한 여성의 길은 가부장적 결혼에 순종함으로써 물질적 부유함과 편안함이 보장된 여성의 길이 아닌 금수와 다른 인간의 자유의지를 실현하고자 하는 하나님의 딸인 길이다. 육체를 나아준 부모님보다 하나님의 딸이라는 사명에 충실하고자 하였던 경희의 인식과 맞닿는 몸의 은유는 인생이 험난한 나그네 길이며 하늘에 본향을 둔 작가의 세계관을 환기한다. 그 심층에서 우리는 하나님 딸로 많은 축복을 가진 사람의 정체성을 자율적 의지로 강조하며 하나님이 주신 사명에 최선을 다한 후 인생의 상벌을 하나님께 온전히 맡기고자 한 내포작가의 이상적 삶의 목표를 바라볼 수 있다.

　이 점에서 「경희」와 같은 해에 발표된 시 「광(光)」[29]의 화자를 통하여 경희가 보여준 이상적 자아의 가치를 확인할 수 있다. 국경을 초월한 근대적 여성주의 시각으로 보면 나혜석의 시 「광(光)」과 소설 〈경희〉는 빛으로 공간의 경계를 파괴한 자유와 해방감을 내포한 몸의 자율적 인식이 밀도 있게 포착된다. 이처럼 빛의 인지구조는 나혜석의

---

29) 나혜석은 일본의 《청탑》의 주요 찬조원이었던 요사노 아키코와 같은 작가와 서구 페미니스트 영향 관계 속에서 여성적 자의식을 형성하고 예술가로서 선각자로서의 인식을 작품을 통해서도 드러내는데, 대표인 작품이 시 「光」(여자계1918.3), 소설 〈경희〉(예자계, 1918.3.)라고 볼 수 있다. 최정아, 앞의 논문, 2010.123-124면. 그가 왔을 때에는 나는 숙면이었다 /그는 좋은 음악을 내 머리 맡에서 불었으나 /나는 조금도 몰랐었다. 이게 귀중한 밤을 수없이 그냥 보냈었구나// 아아 왜 진시 그를 보지 못했는가 / 아아 빛아! 빛아! 정화(情火)를 켜라. 아무 것도 모르고 자는 나를 깨운 이상에는 /내게서 불이 일어나도록 뜨겁게 만들어라./ 이것이 깨워준 너의 사명(使命)이오. / 깨인 나의 직분(職分)이다./아! 빛아! 내 옆에 있는 빛아! 나혜석, 「광(光)」이상경, 나혜석 전집, 105면.

소설과 시 그리고 회화의 경계를 초월하는 몸의 인지구조로 나혜석이 추구한 이상적 가치를 아침의 빛을 내포한 시간성으로 환기한다.

시「광(光)」에서 '빛'은 몸의 은유다. 좀 더 분명하게 밝히면, '나'와 같이 존재하는 나와 같지만 또 다른 '그'의 몸인 셈이다. 개념적 은유로 보면 빛은 어둠의 존재성을 깨우치는 직분으로서 어둠의 시간을 지나 아침의 시간성을 인지하게 한 몸의 생명력이다. 사람의 몸으로 은유된 빛의 공간적 지향은 나의 곁이며 그것의 존재론적 의미는 자율적 존재의식과 맞닿는 계몽으로 일과 사랑과 생명의 가치를 자각하며 실천하는 것이다. 잠들어 있던 '나'를 깨우고 새로운 삶을 열어주는 빛의 정체성은 화자가 추구하는 이상적 세계로 인도하는 존재성인 것이다. 빛의 몸을 인식해야 하는 자아이지만 그 빛을 인식함으로써 자아의 몸은 정화(情火)되며 뜨거워진다. 정화되고 뜨거워진 자아의 인식은 역동적 생명력으로 깨인 직분을 인지하는 자율적 존재의식을 확인하는 과정이다.

이처럼 정화(情火)하여 자아를 뜨겁게 만드는 '빛'은 사람으로서 정체성과 이상적 삶의 목표를 확인케 한 생명력의 각성으로 볼 수 있다. 「경희」에서 빛의 의미 구조는 경희가 창문을 열어 빛을 인지한 후 창밖 사물들과 다른 존재성을 사람의 몸으로 인식하는 자율적 의지로 생명력을 환기한다. 경희는 "뜨거운 강한 선이 별안간에 왈칵 대드는 것은 양편이 육모방망이를 들고 "자……"하며 대드는 것 같"이 빛의 생명력을 인지한 것이다. 경희에게 "감짝 놀랄 만치 강하게 쪼여 들어온"(102면) 빛의 생명력은 경희에게 자신과 다른 동식물 그리고 물질을 확인할 수 있는 지각을 주고 그 궁극에서 "만물의 영장인 사람"인 자신의 존재성을 "귀한 사람"으로 깨닫게끔 한 것이다.

이와 같이 시 「광(光)」과 소설 「경희」의 경계에서 아침의 시간구조를 함축하는 빛의 존재성이 이상적인 세계와 소통하는 몸의 의미로 인지되는 경로는 벌써 와서 내 옆에 앉았었으나 깊은 잠이 들어 눈을 뜨지 못했던 어둠의 시간성의 반성을 내포한다. 자아에게 벌써 와 있었을 뿐 아니라 좋은 음악을 불러 주고 있었지만 미처 빛을 깨닫지 못한 무감각하며 무지몽매한 몸의 반성은 빛의 존재를 알게 된 순간 그를 미처 알아보지 못했던 어둠과 차가움의 몸을 탄식으로 인지된다. 빛의 몸을 새롭게 인지하는 시간성은 빛의 밝음과 뜨거움이 밖에서 안으로 들어오는 수용성으로 이전과는 다른 감각으로 새로운 아침의 빛을 수용한 역동적인 몸의 의미로 이상적 가치 실현의 자율적 의지를 반영한다.

「광(光)」에서 빛으로 하여금 자신을 새로운 세계로 이끌도록 요구하고 자아의 몸은 「경희」에서 경희가 사람으로서 자율적 존재의식을 깨닫게 되는 과정과 같은 의미를 보여준다. 경희가 숱한 번민과 고뇌로 갈등하다가 결국 창 밖에 쏟아지는 햇빛을 받아 다른 동식물과 다른 인간의 존재성으로 사람으로서 몸의 모양을 확인한 후 아버지가 강요하는 여성의 길이 아닌 자율적 인간으로서 여성의 길을 선택하였듯이 「광(光)」에서 자아는 빛을 수용하는 몸의 자각으로 밝음과 뜨거움의 생명을 향한 의지로 실천적 사랑의 존재의식을 보여준 것이다. 이렇듯 나혜석은 글쓰기의 장르 사이의 시간성을 횡단하는 경계를 내포한 시간구조로 글쓰기의 융합의 미학을 보여준 것이다. 글쓰기 장르 차이뿐만 아니라 회화의 예술적 경계를 통하여 포착된 나혜석의 예술가로서 사명은 경희가 인간이기를 추구한 몸의 의미로 예술가로서 나혜석의 자아각성을 환기하는 효과가 있다. 그러므로 나혜석의

예술적 경계의 시간구조의 은유로 보면 「경희」에서는 나혜석의 경계
인의 사유가 몸의 은유로 드러난다.

　흥미로운 점은 시 「광(光)」과 소설 「경희」에서 어둠을 밝히고 우주
만물의 경계를 넘는 빛에 대한 인식이 화자의 내적 깨달음과 연결되
면서 역동적인 생명력의 순간성이 우주적 소통의 몸으로 확장되고 있
다는 점이다. 나혜석의 첫 데뷔작이며 일본 유학 첫 해에 쓰인 「이상
적 부인」이 조선 여성으로서의 자신의 미래상에 대한 인식이라면, 미
술학교 졸업을 앞둔 시점에서 쓰인 이 시에서 이러한 '빛'은 선각자로
서의 운명을 제시해주는 존재로 설정되어 있는 것이다.[30] 이들 작품의
창작되기 전 발표된 「이상적 부인」의 내면화된 이상적 여성으로서 몸
의 의미가 이들 작품에 반영된 경계성의 의미로 볼 수도 있다.

　이러한 관점에서 「경희」와 같은 해에 발표된 「회생한 손녀에게」
(1918, 여자계3호)를 보면 빛의 이상적 세계를 공유하는 몸의 은유
로서 빛이 지향하는 아침의 인지구조에 따른 헌신적 사랑의 자율적
존재의식이 부각된다. 주지하였듯이 「경희」와 「회생한 손녀에게」는
1918년에 동경여자유학생 친목회에서 발간한 잡지 『여자계』2호, 3호
에 각각 발표된 소설이라는 시대적 특징뿐만 아니라 동경에서 유학하
는 여학생의 경험을 주인공의 몸의 은유로 반영하는 공통점이 있다.

　특히 「회생한 손녀에게」에 반영된 나혜석의 자전적 경험을 고려한

---

30) 나혜석이 선각자 사명을 지닌 존재로 설정한 '빛'이 당시 쿠로다 세이키를 중심으
　　로 한 외광파에서 주목한 '빛'과 맞닿아 있다는 점은 나혜석의 여성주의가 국경을
　　초월한 경계적 사유로 읽힐 수 있는 동기를 제공한다. 특히 요사노 아키코가 쿠로
　　다의 빛을 받아 '보랏빛'을 심으로 보여 개성인 작품들뿐 아니라 일본 예술계에서
　　여성지식인으로서 보여준 활약은 나혜석이 본 현실적인 '선구자인 빛'으로, 자신
　　의 미래상으로 생각되었다. 최정아, 위의 논문. 124-127면 참조.

다면 폐병으로 죽은 나혜석의 첫사랑인 최승구를 애도하며 그리워하는 존재의식의 반성으로 타자성을 엿볼 수 있다. 실제로 나혜석은 최승구를 지극정성으로 간호하여 회생시키지 못한 채 저세상으로 떠나보낸 데 대한 회한을 갖고 있었다.[31] 이러한 경험이 반영된 소설의 시간적 인지구조를 고려한다면 손녀를 간호하여 회생시킨 할멈은 작가 분신인 몸의 은유로 나혜석이 첫 사랑에 회한으로 못다 한 헌신적 보상을 하고자 한 자율적 존재의식이 반영된 타자성의 재현으로 볼 수 있을 것이다. 이러한 맥락에서 이 작품 표층에 드러난 주인공 할멈이 보여준 이타적 사랑은 여성들 간의 자매애의 우정뿐만 아니라 남녀 간의 우정과 사랑의 의미로 확산될 수 있다. 남성과 여성, 삶과 죽음의 영역을 넘어 이상적인 가치로 빛을 발한 헌신적 보살핌과 배려를 동반하는 사랑의 의미가 할멈의 헌신적 시간성을 내포한 몸의 은유로 체현된 것이다.

"아 손녀야, 기특하다. 그렇게 몹시 앓던 병이 다 나았구나. 인제는 바로 머리도 곱게 빗고 옷도 얌전히 입고 책상 앞에 앉았구나. 할멈은 견딜 수 없이 좋았었다."(106면) 이 작품의 모두(冒頭)에서 나타나듯이 이 소설의 정보는 병든 손녀를 지극 정성으로 간호한 할멈이 손녀에게 대화를 말을 건네는 방식으로 전달된다. 할멈은 손녀를 대부분 너로 지칭한다. 이러한 발화체계는 표층적으로는 할멈으로 불리는 나가 손녀에게 건네는 언어로 이해된다. 그러나 할멈의 말이 일방적으로 전달되는 측면에서는 할멈으로 상정된 나가 또 다른 나인 손녀를 향한 고백 형식의 발화로 볼 수도 있을 것이다. 할멈이 손녀를 간호한

---

31) 송명희, 「나혜석 문학의 공간과 젠더 지리학」, 앞의 논문, 54-57면 참조.

집은 실제 작가가 일본 유학 중에 동경의 남의 가정집에 세 들어 사는 위층 좁은 방의 장소성과 흡사하다. 타국에서 궁핍하며 외롭고 불편하고 고통스러운 몸의 은유는 「경희」에서 경희가 선택한 고난의 길과 닿아있다. 이렇듯 병든 손녀를 간호한 할멈과 할멈의 간호로 병에서 회복한 손녀의 관계성은 유학생으로 타국의 남의 집 위층 좁은 방안에서 몸이 아파도 옆에서 돌봐 줄 이 하나 없는 외롭고 열악한 시간성을 견뎌야했을 작가 나혜석의 실제 경험을 환기한다. 경희가 사람이자 하나님의 딸인 여성이라는 정체성을 확인하며 고난의 길을 선택한 것과 같은 맥락에서 할멈은 병을 앓고 있는 손녀를 돌보며 헌신한 것이다. 그 손녀는 할멈과 다른 타자의 경험이거나 혹은 병든 몸을 간호한 자아의 각기 다른 경험으로 볼 수 있듯이, 손녀가 자신을 간호해준 친구를 할멈이라는 것 또한 병에서 회복하기 위하여 안간힘을 쓴 또 다른 자아로 볼 수 있다. 무엇보다 중요한 의미는 친구 또는 자신을 간호하며 헌신하는 할멈의 경험으로 인한 자율적 자아의 깨달음이 내포 작가의 이상적 삶의 목표를 환기하는 데 있다. 이는 「경희」에서 주인공 경희가 빛의 인식으로 금수와 다른 사람의 정체성과 하나님의 딸이라는 사명감을 자각하는 경험에서 한 걸음 더 나아가 생명의 소중함과 헌신적 사랑을 빛의 이상적 사명으로 환기하는 효과가 있다.

이러한 맥락에서 「회생한 손녀에게」의 소설 형식은 할멈으로 지칭된 여학생의 독백으로 이루어진 점에서 고백체 소설로 논의될 수 있다. 특히 "네가 종두(種痘)로 앓을 때, 네가 열병에 걸려 죽어갈 때 할머니가 울기도 많이 하시고 밤도 많이 새셨다고 그러므로 너(원문은 나)는 "우리 할머니의 은혜가 태산 같소" 하며 네 눈에 눈물이 글썽글썽해졌다."(108면)에서 너를 원문인 나로 읽는다면 그 의미는 더욱 강조될 수 있다. 할머니란 호칭에 대해서도 "나를 이렇게 하도록 함이 결코 내 힘이 아"닌 "할머니라는 복음(福音)이 내 속에 들어가 덩실덩실 춤을 추고 있는 때문이라고" 고백한 것이다. 그 만큼 이 소설에 내포된 몸의 은유는 내포작가가 동경의 유학 중 경험한 육체의 고통과 열악한 생활환경을 과거 할머니의 사랑을 떠올리며 극복하고자 하였던 자율적 자아의 인식이 이상적 삶의 헌신으로 확대되어 가는 과정을 환기한다. 동경에 남의 집 위층 좁은 방으로 구조화된 나그네 생활 중 손녀로 호명된 여학생은 귀하게 자랐건만 병이 들었지만 돌보는 이 없다. 이러한 비천한 몸의 타자성은 나혜석이 자신을 할멈의 눈으로 봐라보는 관점으로 볼 수도 있을 것이다. 즉 경희에서 거울을 보면서 왼 팔과 오른 팔의 위치를 바꾸어보듯이 돌보는 할멈과 병든 손녀는 각기 다른 위치에서 바라본 나혜석의 타자성을 내포한 몸의 은유로 볼 수 있을 것이다.

만약 이러한 점이 설득력을 얻게 된다면 이 소설의 인지구조는 단순한 고백체 서술의 특징보다 입체파적 화풍의 미술세계와의 연관성을 갖는 서술의 입체적 특징을 천착하는 근거로 작용할 것이다. 인칭의 경계를 넘어보면 '나'는 할머니로 '나'가 보살피는 대상은 '손녀'로 상정되어 있다. 좀 더 유연하게 접근하면 '나'는 병든 나이자 병든 나를 회복해야 하는 각기 다른 존재성으로 바라볼 수 도 있을 것이다. 나를 보살피는 여기에는 실제적으로 나이 차가 없는 동료라 할지라도 도움이 필요한 병약할 존재에게는 도움을 줄 때는 할머니가 손녀에게 쏟은 정성과 사랑으로 헌신해야 한다는 작가의 존재의식이 반영된 것으로 볼 수 있다. 화자에게 비춰진 너의 모습은 병약하고 초췌하다. 그렇게 할머니의 사랑을 받고 귀하게 자라난 "네가 남의 집 위층 좁은

방에 아무도 들여다보아 주지 않고 그렇게 병이 위중하도록 약 한 모
금 먹지 못하고 그렇게 핼쑥한 얼굴로 머리가 뒤범벅이 되어서 기운
을 차리지 못하고 눈꺼풀이 폭 꺼져서 드러누웠"(107면)던 모습은 화
자가 병든 친구를 바라 본 경험일 수도 있지만 아팠던 자신을 반추하
는 경험일 수도 있다. 후자 쪽에 무게를 둔다면, 할머니와 손녀의 관계
성은 내포작가가 자신의 건강을 회복하는 데 있어 할머니에게 받았던
내리 사랑의 정성을 떠올리며 병약한 자신의 몸을 스스로 돌보며 생
명력을 회복한 사랑의 효과를 보여준다. 마치 거울 속으로 자신의 병
든 몸을 들여다보는 듯하다. 이점에서 병든 모습을 바라보며 서술하
는 시각에는 인물화를 그리는 과정에서 음영의 입체감을 주듯 병든
몸의 어둠을 빛의 시각으로 조명하는 형상화 과정으로 인상파적 미술
기법을 동원하는 한편 '나'의 타자성을 병든 몸과 병든 몸을 치료하는
또 다른 몸을 조합하여 입체적으로 조망하는 후기 인상파적 예술적
특징이 포착된다.

  병에서 회생한 친구가 자신을 간호해 준 친구를 '할멈'이라 부른 이
유는 어린 시절 열병에 걸려 죽어갈 때 할머니의 극진한 보살핌 덕택
으로 건강을 회복한 경험이 있기 때문이다. 여기에서도 친구가 회고
한 할멈은 나혜석이 경험하였던 유년의 경험으로 반성될 수도 있다.
병에서 회복한 친구는 병든 자신을 간호하여 회생시킨 친구에게 감사
한 마음으로 유년시절 할머니의 따뜻한 사랑을 환기하며 할멈을 부른
것이다.

  주지하였듯이 작가 전기적 경험을 상대적인 입장으로 바라본 선행
연구에 따르면, 할멈이 병든 친구를 따뜻하게 돌보며 간호한 이유는
첫사랑 최승구가 폐병으로 죽고 난 후 나혜석이 품게 된 회한과 관련

이 있다. 할멈은 병든 친구의 몸을 통하여 과거에 사랑하였던 친구가 폐병으로 피를 뱉고 기침을 하다가 죽었던 시간을 떠올리며 밤을 새 며 간호하지 못하였던 자신을 불찰을 반성한 것이다. 공부보다 친구 의 건강을 우선시 못한 자신을 자책하며 그와 같은 후회를 번복하지 않기 위해 병든 친구 또는 병든 자신을 보살피며 간호하여 회생시킨 경험에는 이상적 삶의 가치로 사랑을 실천하고자 한 자율적 자아의식 이 읽혀진다. "침대상에서 신음하던 연합군들은 나이팅게일을 부르짖 어 "천사여 천사여, 당신의 지나가는 발소리만 들어도 내 몸의 아픔이 스러지오. 당신의 한 번 웃는 웃음에는 내 아픔이 잊혀지나이다" 했단 다."(109면) 천사로 불린 나이팅게일을 환기하면서 "오냐 나는 네게 서 받은 '할머니'로 만족"하겠다는 화자는 나이팅게일과 같은 천사가 되는 꿈을 수만 명의 할머니가 되고 싶은 이상적 삶의 의지를 밝힌 것 이다. 이와 같이 자율적 인간의 헌신적 삶의 영향력을 손녀의 생명력 을 회복한 할머니의 사랑의 가치로 구현한 작가의식은 세상을 밝히며 온기를 주는 빛의 의미로 이상적 삶의 목표를 지향한 것이다. 그러므 로 빛에 내포된 몸의 은유는 '나'의 생명력이 '우리'의 행복으로 확산 되는 의미작용과 맞닿는 작가의 이상적 삶의 가치를 반영한 셈이다.

　유학 중 가난과 고난을 극복하고자 하는 자율적 의지를 병을 앓는 육신을 지극정성 돌보는 할머니의 사랑으로 환기한 몸의 은유는 남녀 구별 없이 천사의 사랑을 전달하는 인류애를 실현하고자 하는 가치뿐 만 아니라 조선인으로서 내포작가의 정체성을 "깍두기의 딸"로 복원 하여 "깍두기로 영생하는"(110면) 민족 창달의 문화적 의미 효과를 환기한다. "깍두기 고추장을 먹고서야 너는 정신이 반짝 나며, 감구미 (감구미)를 붙였다고 했지? 글쎄 내가, 그 궂은 새우젓에 맵디매운 고

츳가루를 버무려 이 손으로 주물럭 주물럭해서 네게 갖다가 준 나나, 또 그 고린내가 풀풀 나는 보기만 해도 눈물이 빠질 그렇게 빨간 깍두기를 먹으며 "참 맛도 좋소"하는 너나 생각해 보면 우습다."(109면) 병약한 육신의 생명을 회복시키고자 헌신은 할머니의 손맛을 내포하는 깍두기와 고추장의 맛으로 재현된다. "깍두기의 딸"이라는 몸의 은유는 조선의 전통적 음식문화 속에 담긴 얼과 정성을 민족 생명력의 원동력으로 보는 작가의 민족의식에 뿌리를 두고 있다. 헌신적인 할머니의 사랑으로 전통적인 식문화의 가치를 강조한 작가의식은 인류애를 실천하기 근원적 힘을 할머니의 손맛과 정성이 깃든 깍두기와 같은 민족 전통의 문화에서 얻고자 하는 온고지신(溫故知新)의 신념으로 이상적 젠더의식을 파장하는 효과가 있다.

이와 같이 나혜석은 외국 유학 경험 중 도움을 받고 도움을 주는 타자성의 경험으로 손녀와 할머니의 입장으로 전치시킴으로써 외국 유학생의 열악한 조건을 극복할 수 있는 방법으로 여학생들이 서로 돕고 보살피는 관계성을 보여줌으로써 병약한 몸이 회생한 생명의 가치를 헌신하는 몸의 빛의 효과로 환기한다. 나혜석이 지향한 헌신적 사랑의 가치는 여성과 남성의 차별 없이 적용되며 민족을 넘어 인류애로 확산되는 빛의 긍정적 효과로 볼 수 있다. 병약한 몸을 건강한 몸의 돌봄으로 끌어들이는 헌신적 사랑의 가치는 꺼져가는 생명력을 회생하게끔 하는 빛의 밝음과 따뜻함 그 선한 영향력의 파급효과로 의미를 생성한 것이다.

궁극적으로 병든 몸을 회생시킨 화자는 마치 나이팅게일이 인류를 향해 헌신처럼 수만 명의 할머니가 되어 자신을 헌신하여 봉사하겠다는 자율적 자아의지를 보여주는 지점에서 인류애를 향한 실천적 힘을 민족문화 창달의 가치로 강조한 작가의식에 다름이 아니다. 이러한 할멈의 존재의식은 남성과 여성을 구분하지 않는 젠더의식뿐만 아니라 민족에서 인류로 즉 애국심에서 인류애도 확장되는 생명의식을 보여준 것이다. 「회생한 손녀에게」에 내포된 몸의 은유는 손녀의 병을 낫기 위하여 쏟는 관심과 보살핌으로 헌신하는 사랑의 가치로 환기된 민족애를 통한 이상적 사랑과 맞닿는 빛의 가치를 나이팅게일이 실천한 인류애를 향한 헌신적 사랑의 가치로 확산되는 효과가 있다. 나혜석은 「경희」에서 자율적 인간이 되기 위한 선택으로 험난한 여성의 길을 선택한 자율적 존재의식을 보여준 데 비하여, 「회생한 손녀에게」에서는 외국으로 유학 온 조선 여학생들의 관계성을 통하여 민족적 생명력의 회복을 꾀하는 심층에서 헌신적 몸의 의미를 빛으로 승화시킴으로써 민족애가 인류애로 확장되는 이상적 삶의 가치를 구현한 것이다.

3. 계몽적 타자의 인지시학과 비판적 젠더

1920년대 초반과 중반에 발표된 「규원」(閨怨)(〈신가정〉, 1921.7)과 「원한」(〈조선문단〉, 1926.4)은 소설의 정보전달 구조와 서사에 반영된 작가의식을 고려할 때 나혜석의 중기 소설로 간주된다. 초기 소설인 「경희」와 「회생한 손녀에게」에 아침의 시간성에 따른 이상적 자아를 통한 자율적 존재의식을 보여준데 비하여, 「규원」과 「원한」에는 정오의 전후 경계를 포함한 낮의 시간성에 따른 계몽적 타자를 통한 비판적 사회의식을 보여준다.

작가의 비판적 사회의식과 맞닿는 대낮의 시간성과 맞닿는 태양은 어둠의 역사를 밝히는 계몽의 빛으로 몸의 은유를 환기한다. 한 낮 태양의 빛은 시공간을 초월하여 역사와 사회의 모순과 부조리를 조명한다. 나혜석의 통렬한 비판적 현실인식이 중기 소설 작품에 반영된 것이다. 이 소설들을 통하여 내포작가는 여성의 어두운 숙명의 역사로 이어져 내려온 조선의 가부장주의 사회구조의 모순과 부조리를 통찰함으로써 사회적 계몽을 환기한 것이다.

중기소설에서 나혜석의 이상을 추구한 초기 소설과 달리 중기 소설에서 현실 비판적 사회의식을 계몽적 타자성을 재현하여 구체적으로 보여주게 된 동기를 나혜석의 실제적 삶의 시간성으로 비추어보면 결혼에 따른 경험과 이로 인한 관습과 제도에 대한 작가의 문제의식이 작용한 것으로 볼 수 있다. 두 소설에서 주인공의 몸은 양반규수에서 유부녀를 거쳐 과부에 이르기까지 시간에 따른 정체성의 변화를 보여준다. 이러한 정체성의 변화는 아버지와 남편의 운명에 의해 종속되는 여성의 팔자인 셈이다.

「규원」은 나혜석의 결혼 후 1년 정도 지나고 발표된 작품인 반면에 「원한」은 결혼 후 5-6년 정도 지난 발표[32]되었지만 이러한 간격에도

---

32) 1920년 결혼한 나혜석은 1930년에 이혼하기까지 「규원」(1921)과 「원한」(1926) 두 편의 소설을 발표한 것이다. 한편, 「규원」(1921)을 발표하기 직전에 1921년 4월 나혜석은 『廢墟』 2호에 시 「냇물」(쫄쫄 흐르는 저 냇물/ 흐린 날은 푸르죽죽/ 맑은 날은 반짝반짝/ 캄캄한 밤 흑색같이/ 달밤엔 백색같이/ 비 오면 방울방울/ 눈 오면 녹여주고/ 바람 불면 무늬 지어/ 아침부터 저녁까지/ 밤부터 새벽까지/춥든지 더웁든지/언제든지 쉬임없이/ 외롭게 흐르는 냇물/ 냇물! 냇물! 저렇게 흘러서/ 호(湖)) 되고 강 되고 해(海) 되면/ 흐리고 물 맑아지고/ 맑던 물 퍼래지고/ 퍼렇던 물 짜지고 : 이상경 편집교열, 앞의 책, 111면에서 시 인용, /줄은 인용자)을 발표한다. 「냇물」에 내포된 생명력의 은유는 「규원」(1921)과 「원한」(1926)에서 보여준 가부장적 여성의 몸을 바라본 작가의 현실 비판적 젠더의식을 이해할 수 있는 객관적 상관물로 작용한다.

불구하고 두 작품은 빛의 이상을 추구하였던 자율적 존재의식과 다른 변화로 전통적 결혼 제도 속에 희생된 여성의 경험을 고발하는 거리에서 공통적으로 비판적 사회의식을 보여준다. 이렇듯 「규원」과 「원한」에서는 '여성의 몸으로 글쓰기'[33]가 부각된다. 「규원」과 「원한」에는 조선의 가부장제 권력의 이중성을 조혼풍습과 여성에게만 강요된 '복종하는 삶'[34]의 작가의 현실 비판적 사회의식이 반영되어 있다.

「규원」과 「원한」에서는 「경희」에서 추구된 이상적인 결혼이 실현되기 어려운 제도와 관습의 모순이 폭로된다. 그 중심에는 여성의 몸을 바라보는 사회의 이중적인 폭력성에 대한 비판의식이 작용한다. 이러

---

33) 여성작가에 의한 〈여성적 글쓰기〉의 시도는 기존의 남성언어로 글을 쓰는 것은 불가능하기 때문에 이와 다른 새로운 방식으로 글을 쓰고 감추어진 자아를 드러내 보이는 것이기 때문에 어떠한 고정된 틀에 잡아넣기가 어려운 모호한 변경이다. 그래서 '몸으로 글쓰기'는 이론적 글쓰기와 다른 형태의 글쓰기로, 혀가 굴러가는 대로 상상력이 가미된 감각적인 기억을 순간적으로 재생하는 여성의 갈림언어 같은 구술언어로 상정되기도 한다. 무속의 언어, 알아들을 수 없는 외침이나 신들림의 소리들도 이 범주에 해당한다고 볼 수 있다. 안혜련, 앞의 논문, 318면.

34) 가부장적 여성의 복종하는 삶에 대한 작가의 비판의식은 나혜석이 쓴 노래 가사 『인형의 가(家)』를 통해 확인된다. 1921년 1월 25일부터 『매일신보』에 입센의 작품이 『人形의 家』란 제목으로 번역 게재 되었다. 희곡 마지막에 나혜석의 가사가 김영환이 곡을 붙인 악보와 함께 실려 있다. 나혜석의 가사 『인형의 가(家)』(1/ 내가 인형을 가지고 놀 때/ 기뻐하듯/ 아버지의 딸인 인형으로/남편의 아내 인형으로/그들을 기쁘게 하는/ 위안물 되도다// (후렴)/노라를 놓아라/최후로 순수하게/엄밀히 막아논/장벽에서/견고히 닫혔던/문을 열고/노라를 놓아주게// 2/ 남편과 자식들에게 대한/ 의무같이/ 내게는 신성한 의무 있네/ 나를 사람으로 만드는/ 사명의 길로 밟아서/ 사람이 되고저//3/나는 안다 억제할 수 없는/ 내 마음에서/ 온 몸을 다 헐어 맛보이는/ 진정 사람을 제하고는/ 내 몸이 값없는 것을/ 내 이제 깨도다// 4/아아 사랑하는 소녀들아/ 나를 보라/ 정성으로 몸을 바쳐다오/ 맑은 암흑 횡행(橫行)할지나/ 다른 날, 폭풍우 뒤에/ 사람은 너와 나 : 이상경 편집 교열, 앞의 책, 113-114면에서 시 인용, /줄은 인용자)를 통하여 나혜석의 가부장적 결혼에 대한 문제의식을 「규원」(1921)과 「원한」(1926)이 창작된 기반으로 바라볼 수도 있을 것이다.

한 비판적 현실인식은 나혜석이 결혼 생활을 하면서 직간접적으로 체험한 가부장주의의 불평등한 가족관계와 사회 문제를 간파한 작가의 통찰력으로 볼 수 있을 것이다. 조선의 가부장주의에서 이상적 결혼이 실현되기 어려운 근거를 개인적인 문제가 아니듯 남성만의 문제도 여성만의 문제도 아닌 역사적으로 지속된 사회구조의 문제라는 간파한 것이다.

이와 같이 나혜석의 몸소 체험화한 가부장주의 사회문제에 대한 인식이 오후의 시간성과 맞닿는 「규원」과 「원한」에 함축된 몸의 은유는 가부장제 여성의 희생되고 소외된 시간성을 조선의 풍속화로 펼쳐 보이는 효과를 낳는다. "때는 정히 오월 중순이라."(115면)로 시작된 「규원」은 '규원(閨怨)'이라는 소설 제목에서 읽혀지듯이 사랑하는 이에게 버림받은 여인의 원망과 한의 경험이 서사의 주축을 이룬다. "참새들은 떼를 지어 갈팡질팡 이리 가랴 저리 가랴 하며 왜가리는 비 재촉하는 울음을 깨쳐가며 지붕을 건너 넘어간다."(115면) 소설 처음에서 부각된 참새 떼와 왜가리의 울음을 깨치며 지붕을 날아가는 풍경은 규원이 한 여인의 개별적 경험이 아닌 직간접으로 경험하거나 공감한 집단적 경험임을 은유한다. "이 때에 어느 집 삼간 대청에는 어린 아이 보러 온 6,7인의 부인네들이 혹은 앉아서 부채질도 하며, 혹은 더운 피곤에 못 이기어 옷고름을 잠깐 풀어 젖히고 화문석 위에 목침을 의지하여 가볍게 눈을 감는 이도 있으며, 혹은 무심히 앉아서 처음 온 집이라 앞뒤를 보살펴 보기도 하며, 혹은 살림에 이야기도 하며, 혹은 그것을 듣고 앉아기도 한" 광경의 상세한 묘사는 그것을 구체적으로 보여준 것이다. 「규원」에서 양반집의 고명딸이 결혼 후 청상과부가 되고 장주사의 성희롱에 의해 쫓겨나는 과정으로 계몽적 타자를 보여주는 인지구조는 가부장주의 구여성의 비극적 운명에 대한 작가의 문제의식과 통찰을 환기한다. 가부장주의에 편입되어 아들 둘을 낳고 평탄한 생활을 하다가 남편이 폐병으로 죽자 삼십도 안 된 나이에 세간에서 말하는 여성의 사나운 팔자의 생활을 집단적인 사회의식으로 환기하는 입장에서 구술적 담화가 시현된 것이다. 이러한 서술의 특징은 음악의 예를 들어 정리하자면 독창보다 중창과 합창에 가까운 의미 생성의 구조로 사회적 공감과 참여를 끌어내어 연대의식을 환기하고자 작가의식이 반영된 경로로 볼 수 있다.

서사에서 양반집 고명딸이 결혼 후 청상과부가 되고 장주사의 성희롱에 의해 쫓겨나 고난을 겪게 된 경험을 이야기 하는 방식에서 이씨와 김부인 외에 또 다른 수화자로 군중이, 이씨가 발화하고자 하는 내력은 숙향전의 고담으로 상정되어 있다. 구술적 방식의 문학성 즉 구비문학의 형식에 따라 이씨의 기구한 자신의 운명이 구술되고 청자 또한 김부인 외에 군중을 호명된 서술방식은 작가의 현실 비판적 젠더의식을 통하여 여성의 계몽적 공감과 연대의식을 확산하기 위한 전략으로 볼 수 있을 것이다.

구술적 소통방식의 글쓰기는 여성의 '몸으로 글쓰기'의 특징으로 이해할 수 있다. 구여성이 구습결혼과 정조이데올로기에 의해 구속된 삶을 살다 성적 폭행까지 받아 사회적 질시를 받고 추방되어야 했던 경험을 쉽게 이야기할 수 없었던 계몽적 타자로서 구여성이 자신의 경험을 수용하여 공감할 수 있는 여성 군중들의 청구를 받고 우여곡절조의 신세한탄을 숙향전의 고담을 전하는 구술방식으로 쏟아내는 것이다. "또 청승이 끌어 나오는군, 아들 둘의 생각을 하고 그러지요."(116면)한 군중의 의심은 화자가 원한의 사연을 털어놓기를 재촉

한다. "그 내력을 말하려면 숙향전의 고담이지요." 하며 군중들의 호
기심을 자극하고 궁금증을 일으키며 급기야 "어째서 그래요? 좀 이야
기하시구려."(117면)라는 군중의 청구(請求)까지 이끌어 낸 후에 화
자는 규원의 본격적인 경험담을 제공하기에 이른다. 역사의 주변에서
이야기의 부스러기를 모아 전설과 민담으로, 민요로, 로망스 소설로
재구성하는 소설사의 전통을 가진 여성들에게 '몸으로 글쓰기'는 오
랜 관습과 같은 것이다. 여성의 몸으로 글쓰기의 한 유형으로서 구술
이야기가 갖는 전형성은 이야기와 경험이 유리되지 않으며 주체의 생
존을 목적으로 한다는데 있다.[35] 이와 같이 규원과 맞닿아 있는 억울
한 여성의 운명을 털어놓으며 같은 여성들끼리 공감하는 경험은 "여
성이 한을 품으면 오뉴월에도 서리가 내린다."는 억압되고 불평등한
삶의 비의(悲意)를 해소시키는 효과가 있다. 그 심층에서는 가부장제
계몽적 타자의 경험으로 여성의 불평등한 삶의 문제를 공론화하는 내
포작가의 현실 비판의식을 엿볼 수 있다.

　이렇듯 나혜석은 양반집의 고명딸이 김부인 앞에 비천한 여성인 이
씨로 호칭되기까지 우여곡절의 경험을 고발하는 입장에서 화자와 청
자뿐만 아니라 그림자로 반영된 군중과 숙향전의 고담을 환기하는 방
식으로 봉건적 결혼제도에 의해 희생된 여성의 운명을 계몽적 타자로
재현함으로써 사회문화를 선도하기 위한 집단의식과 연대의식을 강
조한 것이다. 이러한 맥락에서 작가는 양반집의 고명딸 이씨가 가문
끼리 맺은 결혼을 한 후 청상과부가 되는 불행을 겪고 장주사에게 성
희롱을 받는 피해자가 되었지만 오히려 더럽혀진 몸이란 눈총을 받고

---

35) 김성례, 앞의 글, 133면, 안혜련 앞의 논문 319면에서 재인용.

시댁에서 추방되기까지 과정은 조선의 어느 한 여성의 특수한 경험
이 아니라는 것을 비판적으로 강조한 것이다. 이씨의 경험으로 재현
된 여성의 불평등하고 폭력적이며 억울하기까지 한 경험은 정도의 차
이는 있지만 조선의 여성들이 직간접적인 피해를 받은 몸의 기록이며
아주 오래전부터 이어져 내려 온 여성의 역사와 관습을 구체적으로
보여주는 몸의 은유로 작가의 비판적 사회의식을 반영한다.

　1920년대 중반에 발표된 「원한」에 드러난 계몽적 타자의 인지구조
는 봉건적 결혼제도로 인하여 전락한 여성의 경험을 구체적으로 보여
주는 지점에서 육체적 욕망을 농밀하게 형상화하였을 뿐만 아니라 독
립적 여성의 현실 비판인식과 경제적 모색을 내포한 점에서 「규원」보
다 완성도가 높은 몸의 시학을 구축하였다. 이 작품에서 재현된 구여
성의 불행한 운명은 「규원」의 이씨의 불행한 경험과 별다른 차이가 없
지만, 여성의 불행을 이야기 방식이 아닌 보여주기 방식으로 재현하는
지점에서 계몽적 타자의식을 보다 심층적으로 환기하는 효과가 있다.
"이씨는 그 몸 부쳐 있는 집 윗방 냉골에서 옷 입은 채로 이불 한끝 덮
고 곤하게 잠이 들었다. "으흥! 아이구 아구......"(126면)하고 아픈 다
리를 쭉 뻗고, 두 팔을 높이 들어 기지개를 힘껏 하며 들이켜 드러눕는
다."로 시작한 여성의 원한은 작품 마지막에서 "아이구 아이고, 다리
야 다리야 으흥...... 그놈."(136면)으로 강조되는 수미상관(首尾相關)
의 서사 구조에 따라 가부장적 사회에서 억압받은 불평등한 여성의 경
험과 맞닿는 몸의 은유를 환기하는 효과를 낳는다. 양반집 자제인 이
소저는 봉건적 결혼을 했지만 남편과 사별하고 청산과부가 되고 만다.
이후 시댁에서 독수공방하며 살다가 시아버지 친구 박참판의 성적 희
롱을 받고 첩의 생활을 하다 본처의 시집살이에 고통을 당한 이소저는

박참판의 집을 나와 떠돌이 장사를 하며 고단한 몸을 이끌면서 현실을 비판하는 원망을 표출하는 계몽을 보인다.

이와 같은 이씨의 경험은 개별적인 여성의 운명이 아니라, 「규원」에서 드러나듯이 봉건적 가부장제 사회 여성의 운명공동체적 수난사로 볼 수 있다. 이러한 의미를 고려하여 중기소설의 서술적 특징을 미술작품의 예를 들어 살펴보면 초기 소설에서는 전통이나 문화를 내포한 풍경을 배경으로 인물의 성격과 비전을 부각시키는 데 비하여, 「규원」과 「원한」에서는 인물의 성격과 운명을 역사적 전통이나 문화를 내포한 풍경의 전체 구도 속 한 부분으로 종속시켜 배치하는 인상파 기법의 풍경화와 같은 경계를 보여준다. 이들 소설에서 계몽적 타자의 인지구조에 따른 여성의 운명은 남성에 따라 종속되며 뒤바뀌는 가부장제 부속품으로 몸의 은유를 반영한다. "여자 팔자 두레박"이라는 남성에게 종속된 여성의 정체성에서 탈피하려는 각성을 보여주는 차원에서 작가는 계몽적 타자를 향한 집단의식 내지는 연대의식을 환기한 것이다.

주지하였듯이 「원한」에서도 봉건적 결혼으로 불행을 맞은 이소저가 과부의 몸이 된 경험은 여성의 운명을 남성의 부속물로 치부하는 봉건적 사회의 남성권력의 모순을 폭로하는 몸의 은유의 차원에서 작가의 현실 비판의식을 강조하는 효과가 있다. 즉 구여성의 종속적 삶을 내포한 이소저의 몸은 젊음과 꽃으로 전달된다. "이씨의 나이는 스무살이었다. 한참 피어 있는 꽃이 있었다" 스물 살 한참 피어 있는 꽃의 존재성으로 이소저의 타자성이 재현된 것이다. 결혼 후 이소저가 겪는 고난이 "너플너플 피어있는 모란꽃 위에 때아닌 서리"로 인지된다. 즉 봄에 피어난 모란꽃인 이소저가 늦가을 서리를 맞게 된 계절의

엇갈림으로 운명의 기구함을 전달 한 것이다. 청산과부가 된 운명 앞
에 행불행에 대한 가치 판단보다는 "남들이 모두 소복한 자기 몸을 치
어다보는 듯싶어 부끄러웠었다."(130면)며 사회적 시선을 의식하는
존재성이 강조된 것이다.

　"그 후 어느날, 박 참판은 자기 마누라에게 우연한 말 끝에 김승지
집 과부 며느리는 아무리 보아도 소년 과부 될 흠점이 없을 만치 인물
과 태도가 구비하다는 그 모습을 들을 때, 속으로, '그러면 그 여인은
앞집 과부 며느리로구나'하고 기뻐하고 안심을 얻었었다."(131면) 그
렇게 이소저에게 호기심을 가진 박참판이 세 번 씩이나 야심을 표하
며 바라보는 시선을 인식한 후 이씨는 "임자 없는 물건 같이 다 자기
를 업수이여기는 것 같아서 심히 분하고 서러웠"기까지 했다. 소복 입
은 자신의 몸을 부끄러워할 수밖에 없었던 이소저가 자신을 향한 김
승지의 노골적인 성추행에 대하여 분노하고 슬퍼하는 것과는 아랑곳
없이 김승지는 이소저에게 성폭행을 하고 만다. "간반(間半) 방에서
요리조리 피하는 조그마한 여자 하나를 제 손에 넣어 제 맘대로 하기
에는 너무 익숙하였고 너무나 쉬운 일"(133면)로 김승지의 성폭행에
대한 내포작가의 비판의식은 "금수와 같은 욕심이 더 발하지 못할 만
치 달"한 비인간성을 인지하는 이소저의 인식으로 폭로한다. 이와 같
이 내포작가는 가부장제 여성이 남성관계에 따라 변화된 위치를 계몽
적 타자의 경험으로 생생하게 고발한 것이다. 여성의 자율적 삶의 선
택이 배제된 정략결혼과 정조 이데올로기의 폭력성은 여성에게 남성
에게 종속된 부속품으로 존재하는 삶을 강요한 것이다. 이러한 사회
적 폐단에 대한 문제의식을 작가는 이소저의 계몽적 타자의식으로 강
조한 것이다.

시아버지 친구인 박참판에게 성적 추행을 받고 난 다음 날 아침 "이씨의 눈에는 먼저 붉게 떠오르는 아침 햇볕이 무섭게 보였었"고, "유달리 크고 밝아 보"였던 사람들의 두 눈이 모두 자기의 몸을 보는 것 같은 죄의식과 혐오감에 시달린다. "마치 꿈속에서 사는 것 같고 헛몸만 된 것" 같아 이상스러워하다가도 "깜짝깜짝 놀라질 때마다 자기 몸에 무슨 큰 부스럼 흠집질이나 생기는 듯하게 근질근질도 하고, 더러운 몸을 깎아 낼 수만 있으면 깎아내고도 싶었"던 죄의식과 혐오감뿐만 아니라 "그 자를 물어뜯고 늘어져있고도 싶었"(133면)던 분노와 원망을 갖는 피해의식에 시달리기도 한다.

그러나 예상치 못한 성적 폭행에 대한 혐오와 두려움을 느꼈던 이씨는 아이러니하게도 "형형색색으로 떠오르는 가슴을 며칠 동안 조여 지냈"던 시간을 지나 박참판을 "따뜻한 손, 다정한 눈"으로 떠올리는 모순을 보인다. 무의식의 욕망을 인지한 이씨는 '할아버지 같은 사람허구…' 하는 이성적 반성을 하며 "심한 모욕을 당한 것 같아서 심히 분하고 스스로 부끄러웠"(133면)던 각성을 보여준다. 이러한 이씨의 경험을 통하여 내포작가는 계몽적 타자로 인간 감정의 부정적 어둠을 폭로하는 심층에서 가부장적 남성의 폭력에 대한 비판의식뿐만 아니라 여성의 성적 자기결정권의 계몽을 환기한 것이다.

이와 같이 여성의 몸으로 인지하는 계몽적 타자의 경험의 인지구조는 남성언어가 구속하여 온 여성의 몸을 계몽적 타자로 인식하는 심층에서 재생의 가능성을 보여주는 효과가 있다. 이러한 맥락에서 이씨는 박 참판의 셋째 첩이 되어 총애를 받다가 두 달이 못되어 박 참판이 데려 온 25, 6세 양머리한 여학생 비슷한 여자에게 밀려나면서도 "분하고 질투하는 것보다 그 여자가 불쌍히 보이고 그 여자의 앞길이

환하게 보이는 듯 가련하였었"던 생각뿐만 아니라 "무슨 기회만 있으면 일러주기라도 하고 싶었었"(135면)던 저항의식을 보여준다. 첩 자리에서 쫓겨난 이씨를 박 참판 큰 마누라는 자신의 몸종처럼 여겨 "때없이 풍병으로 쑤시는 다리, 팔을 주무르기, 담배 붙여다가 대령하기, 세숫물 떠다 바치기, 밤 들도록 이야기책 보아 들리기, 다듬이질하기, 바느질하기, 일시 반시도 놀리지 않고 알뜰살뜰이 부려먹었"던 것이다. "이씨가 근 7년 동안이나 시집살이를 해 왔어도 이렇게 학대를 받고 어려운 일해보기는 처음"이었지만 꾹 참고 박씨 집 귀신이 되려고 하였던 이씨에게 큰 마누라는 갖은 학대와 수모를 주면서 "이년, 그럴려거든 나가거라"면서 폭언을 하며 모욕을 주었다. 악에 바친 이씨는 잔뜩 앙심을 먹었었"(135-136면) 딴 결심을 하고 일 년 만에 박 참판 집에서 나온 것이다. "원통하게도 첩의 누명을 썼었으나 손마디가 굵어졌을 뿐이요, 알뜰히도 빨간 몸뿐"(136면)인 이씨의 원한을 반성하는 심층에서 내포작가는 가부장제 권력에 희생된 여성을 향한 계몽의식과 맞닿는 현실 비판적 젠더의식을 보여준 것이다.

가부장제 남성에게 종속된 삶의 폭력으로 희생된 이씨의 몸은 여성들에게조차 소외된 감시의 대상이며 추방해야 할 타자였다. 결국 박 참판의 집에서 쫓겨난 이소저는 생계를 이어가기 위하여 광주리를 이고 거리를 떠돌며 곡식을 파는 장사를 한다. 노동하는 몸의 은유는 혐오나 좌절보다는 재생의 의미를 내포한다. 가부장제 남성에게 예속된 삶이 아닌 스스로 경제력을 확보하는 독립된 존재의 의미가 발견될 수 있는 이유다.

이와 같이 몸의 변화 과정을 거쳐 계몽적 타자성을 구현한 작가의 젠더의식으로 가부장제 남성 권력에 종속된 몸의 해방으로 경제적 자립을 실천하는 노동의 의미를 들여다 볼 필요가 있다. "한 광주리 쌀 팔고, 한 광주리 팥 팔고, 한 광주리 콩 팔아 포갬포갬 포개 얹어 머리 가 옴쳐지도록 뒤집어 이고 이곳저곳서 열리는 장을 찾아다니며 1전, 2전의 이를 바라"는 이씨의 경험은 세상을 향한 새로운 도전이자 일 하는 여성의 모험적 삶으로 몸의 은유를 환기한다. 또한 "추운 날 더 운 날 무릅쓰고, "싸구려 싸구려"를 외치고 다니며 장사를 하는 계몽 적 타자의식은 시장경제의 체질을 파악한 경영의 주체로서 새로운 가 능성을 내포한다. 뿐만 아니라 "왕복 60리 장에를 걸어왔다 와서 식은 밥 한술 얻어먹고 웃목 냉골에서 쓰린 잠이 곤하게" 든 와중에도 "아 이고아이고, 다리야 댜리야, 으흥…… 그놈."(136면)을 독백하는 원망 으로 불평등한 젠더에 대한 비판적 현실인식을 보여준다.

「규원」과 「원한」 두 작품 심층에서 작가는 공통적으로 정략결혼과 조혼에 따른 폐해와 그에 따라 결정되는 여성의 운명에 대한 비판의식 을 보여준 것이다. 남성에 따라 위치가 달라지는 여성의 운명에 대한 내포작가의 문제의식과 맞닿는 몸의 은유는 계몽적 타자로서 여성의 경험을 구체화하는 심층에서 당대 교육의 혜택을 받지 못한 여성이 독 립된 삶을 살아가기 위하여 감당해야 할 노동의 열악한 상황을 비판적 으로 강조하는 효과를 낳는다. 이렇듯 논리정연하게 상징화된 이성의 언어가 아닌, 무정형한 여성 내면의 심경을 드러내는 나혜석 소설에서 재현된 여성의 몸으로 글쓰기[36)는 단지 격앙된 감정인 원한의 표출에

---

36) 이러한 여성의 몸으로 글쓰기는 상징계에 의해 억압되어 있으면서도 여성의 이질 적인 몸 속에 남아 있을 기호적 충동들을 활성화시키고 인습적 언어의 규칙과 질 서를 끊임없이 해체시켜, 내면의 '발작적인 힘'을 이끌어내고 있는 것이다. 안혜련 위의 논문, 320면.

그치지 않고 원한으로 인한 비판적 사회의식을 확산하는 지점에서 조화로운 사회를 향한 연대의식을 증폭시키는 힘을 보여준다.

이 작품에 반영된 타자성의 몸을 통하여 여성의 피치 못할 운명에 따른 여성 몸이 "여성 팔자 그릇 또는 두레박"으로 은유된 사회적 관습 또는 통념에 대한 작가의 예리한 문제의식이 읽혀지는 이유다. "여성 팔자 두레박 팔자"의 모순과 부당성을 간파한 작가의식은 두 작품에서 여성의 타자성이 재현된 몸을 통하여 남편에게만 시대에게만 존하다가 홀로되는 여성의 삶이 시가나 친정뿐만 아니라 사회로부터 얼마나 가혹하고 잔인하게 평가 절하하는 시선을 감당해야 하는지를 생생하게 보여준 것이다.

처의 몸에서 첩의 몸을 거쳐 하녀의 몸에 이르기까지 여성의 몸은 누군가에게 구속된 타율적 존재였지만 역설적으로 로 홀로 이곳저곳을 떠돌며 '싸구려'(136면)를 팔며 연명하는 몸으로 자율적 존재성을 내포하는 변화를 보인 것이다. 여기에서 몸의 역동적 생명력을 깨닫는 존재성의 계몽을 전달하는 인지구조는 인간으로서 독립적 존재성을 확보하기 위한 여성의 경제적 기반의 중요성을 강조하는 작가의 비판적 현실인식과 맞닿아 있는 몸의 은유를 환기한다.

이씨가 '싸구려'를 외치며 곡식을 파는 경험을 여성의 몸의 전락을 함의한 하강구조로 본다면 이는 여전히 남성에게 의존한 여성의 삶의 가치를 평가하고 재단하는 모순을 드러낼 뿐이다. 양성 평등이나 여성 해방으로 사회의식을 고취시키는 차원에서 이 작품의 마무리에 드러난 가부장제 권력과 감시에서 추방당한 이소저가 집에서 나와 '싸구려'를 외치며 떠돌이 상인으로 곡식을 파는 경험은 인생의 패배가 아닌 하위주체인 여성의 해방과 동시에 민중성의 사회적 소통이 확보되는 여성의 새로운 젠더 가능성으로 의미가 탐색되어야 할 것이다.

　주지하였듯이 「규원」과 「원한」을 통하여 인간으로서 여성의 계몽을 촉구한 작가의 비판적 현실인식은 1921년 4월에 발표된 나혜석의 「인형의 가(家)」[37]의 화자의 목소리를 통해서 보다 구체적으로 확인된다. 이 당시 입센의 희곡 「인형의 집」의 영향을 받은 나혜석의 여성주의[38]는 사람으로서 사명감을 수행하기 위한 여성 해방의 자유의지로 볼 수 있을 것이다. 소유가 아닌, 천부의 힘으로 해방된 자유로 사람으로서 정체성을 강조하며 광명의 빛으로 소녀들에게 사람의 길을 따를 것을 당부하는 화자의 목소리에 반영된 몸의 은유에는 조선의 가부장주의를 몸소 체험한 작가의 현실 비판뿐만 아니라 근대 여성주의 교육을 받은 나혜석의 미래지향적 비전이 반영되어 있다.

　이와 같이 나혜석은 이상적 자아의 자율적 존재의식뿐만 아니라 계몽적 타자를 향한 비전을 제시하는 경계인의 사유로 여성의 자유와

---

37) 박죽심은 나혜석의 시 「인형의 가(家)」를 통하여 나혜석의 문학을 "나르시시즘에서 사회적 불평등을 자각"하는 과정으로 보았다. 박죽심, 앞의 논문, 329면, 각주 16) 참조.
38) 「규원」과 「원한」 두 작품을 나혜석이 김우영과 결혼(1920)을 하고 아이를 낳은 후 창작한 점을 고려하면 이들에는 학창시절 품었던 이상적 젠더와는 다른 가부장적 현실에 봉착한 작가의 비판적 문제의식이 반영된 것으로 볼 수 있다. 한편 결혼 초기 안동에서 안정된 생활을 하면서 나혜석은 1922년부터 시작된 조선미술전람회(선전)에 매년 출품하여 입선하였고, 1926년에는 〈천후궁(天后宮)〉이 특선 당선되는 등 '화가 나혜석의 황금시대'를 구가했다. 이 시기까지 나혜석의 유화는 그가 도쿄 여자 미술학교 시절 접한 인상주의 화풍의 풍경화가 주였다. 또한, 여성의 각성을 촉구하는 논설과 자신의 결혼 생활과 내면 심리를 솔직히 드러낸 글들을 썼는데, 특히 「모(母)된 感想記」(1923)와 같은 글에서는 전통적 모성의 신화를 깨뜨리는 측면에서 모성애가 여성만의 책임이자 의무일 수 없다는 현실 비판의식을 드러냄으로써 여성의 임신과 출산 양육의 어려움을 공론화할 수 있는 단초를 제공하였다. 이상경 편집교열, 위의 책, 21-22면 참조.

해방을 내포한 예술세계로 문학성을 구축한 것이다. 한편으로 나혜석의 에세이 「4년 전의 일기 중에서」[39]에서도 자연인의 생명력을 보여준 몸의 의미를 통하여 작가로서 화가로서 전위적 예술세계를 펼쳐 보인 나혜석의 경계인의 사유뿐만 아니라 새로운 삶의 비전을 품은 나혜석의 역동적 생명력을 엿볼 수 있다.

인용문은 나혜석의 소설 속 한 장면을 떠올리게 된다. 그 만큼 나혜석은 자신 앞에 펼쳐 보인 풍경과 사물을 자신의 고유한 관점으로 바라보면서 생동감을 불어넣은 글로 보여준 것이다. "지금까지에 보던 경치와는 딴판이다"에서 드러나듯 나혜석은 남들과 다른 시각뿐만 아니라 익숙한 풍경과 사물 속에서도 과거 어느 순간과 다른 현재의 순간의 새로움을 경이롭게 포착해낸 것이다. 또한 익숙한 세상 풍경에서 새로운 세계를 발견하는 데 그치지 않고 빛과 색의 감각으로 자연적 존재에 독창적인 생명력을 불어넣는 역동적인 창조성을 발휘한다.

예컨대 인용문에서 드러나듯 중앙선의 경색을 스쳤던 수많은 사람들의 손길의 쓰다듬은 촉감을 환기한 눈길은 경색에 "여쁘고 아당스럽다"는 생명력의 미감을 불어넣어 해면과 광야의 조화로 자연대로

---

39) 이 글은 1920년 6월 『신여자』에 발표하였다. 나혜석의 예술적 감각과 감흥이 잘 드러난 장면을 인용하면 다음과 같다. "지금까지에 보던 경치와는 딴판이다. 동해도 중앙선 경색은 많이 쓰다듬는 것일 터다. 어여쁘고 아당스럽다. (...중략...)나는 웬일인지 이러한 데가 좋다. 무슨 까닭인지모르나 개천가에 있는 돌은 모두 눈과 같이 희다. 거기에 차차 떠오르는 아침 광선이 비춰일 때에 레몬옐로우 가란스 로즈 색을 띤 것은 얼마나 아름답고 어여쁜 색이라 할는지 어떻다 형언할 수 없다. 창 옆을 떠날 수 없이 景色에 半狂하였다. 어깨를 으쓱으쓱하기도 하였다. 어느 곳에는 뛰어 내려가서 한번만 꼭 밟아보고 싶은 곳도 많다." 나혜석, 「4년 전의 일기 중에서」, 『신여자』, 1920.6. 1920.6. 나혜석기념사업회, 서정자, 『나혜석 전집』, 푸른사상, 2013. 215면.

있는 경색의 자연성을 감탄한다, 울숙불숙 서 있는 산에는 어푸숨한 숨결을 부여하고 아무렇게 흐르는 내(山谷)에는 귀여운 생명력을 부여한다.

그렇게 독창적 생명으로 산과 바위와 강이 "들어가고 나오고, 먼저 있고 나중 있고 뒤에 있고 앞에 있어" "말할 수 없는 자연의 미"를 발견하는 지점에서는 나혜석이 추구한 아름다움을 조화로운 자연의 질서로 보게 된다. 또한 개천가에 있는 돌은 모두 눈과 같이 흰지만 아침 광선이 그 돌들에 비취일 때에 그 돌이 "레몬옐로우 가란스로즈 색을 띤" 아름답고 어여쁜 색에서 가슴 벅찬 감동을 받는 나혜석의 예술적 사유를 통하여 자연적 존재성에 빛이 융화되어 새로운 색이 경계를 초월하여 탄생하는 역동적이며 창조적인 예술성을 보게 된다.

이와 같이 "창 옆을 떠날 수 없이 景色에 半狂하였"던 시간성은 예술가[40] 로서 몸의 은유를 환기한다. "어깨를 으쓱으쓱하기도 하였"던 감각에서는 역동적 생명력으로 실현한 나혜석의 문학과 미술의 독창성을, "어느 곳에는 뛰어 내려가서 한번만 꼭 밟아보고 싶은 곳도 많"았던 충동에서 강렬한 도전과 실험으로 문학과 미술의 경계를 넘나든 나혜석의 예술세계를 바라볼 수 있는 이유다.

이와 같이 나혜석의 예술세계의 역동적 창조성이 발휘되는 지점에서 그의 소설 「규원」과 「원한」은 그의 미술 작품뿐만 아니라 1923년 발표된 에세이 「모(母)된 감상기(感想記)」(217-234면)에서 보여준 길들여지고 강요된 모성에 대한 통렬한 현실인식과 맞닿아 있는 몸의

---

40) 서정자는 나혜석이 자연적 빛과 색을 바라보는 감동을 통하여 그림을 그릴 수밖에 없었던 나혜석의 화가로서 재능과 사명을 나혜석의 소실된 그림을 복원하는 차원에서 밝힌다. 서정자, 위의 논문, 172면 참조.

은유로 비판적 젠더를 환기한다. 이러한 관점으로 볼 때 나혜석의 중기 소설인 「규원」과 「원한」에 반영된 몸의 은유는 조선 가부장주의에 종속된 여성의 어둠과 같은 역사적 운명을 속속들이 밝히는 작가의 비판적 젠더의식으로 카오스에서 코스모스가 창조될 수 있는 여성의 비전을 내포한다.

이러한 여성의 소외된 존재성에 대한 문제를 고발하는 측면에서 작가는 여성의 소외된 타자의식을 구체적인 몸의 경험으로 전달함으로써 계몽적 사회의식을 환기한 것이다. 이들 소설을 창작한 작가의 시간성은 정오의 경계에 선 한낮으로 태양과 같은 밝은 통찰력으로 오랜 역사로 이어져내려 온 가부장주의 사회적 폐단을 풍속화와 같이 펼쳐 보인다. 가부장주의 여성의 운명을 조망하는 심층에서 남성의 소유가 아닌 여성의 자율적 권익을 주장하듯, 가족이나 사회 더 나아가 국가의 부분이 아닌 개별체적 인권을 가진 자연인을 상대적 관점으로 바라보며 존중하고 배려하는 사회적 계몽와 맞닿는 몸의 은유로 근대 여성의 젠더 비전을 환기한 것이다.

4. 해체적 관계의 인지시학과 파격적 젠더

1930년대 후반에 발표된 소설 「현숙(玄淑)」(1936, 『삼천리』)과 「어머니와 딸」(1937, 『삼천리』)은 나혜석의 후기 소설이다. 발표 시기와 작가의 경험을 고려할 때 이들 소설들에 육화된 몸의 은유는 늦은 오후 노을이 질 무렵의 시간성을 내포하며 이전 소설과 다른 차이가 확연하게 드러난다. 「현숙」과 「어머니와 딸」에는 가부장제에서 벗어난 내포작가의 파격적 젠더의식이 부각된다.

이렇듯 나혜석의 후기 소설에서 해체적 관계로 체현된 파격적 젠더의식은 작가의 이혼 후 경험과도 무관하지 않을 것이다. 소설에서 드러난 파격적 젠더의식은 1935년 『삼천리』에 발표된 희곡 「파리의 그 여자」뿐만 아니라 1934년 발표된 「이혼고백장」, 1935년 발표된 「신생활에 들면서」 등의 신변잡기적 글에서 더욱 선명하게 드러나기 때문이다. 「이혼고백장」에서는 결혼 생활에서 남녀에게 불평등한 간통죄에 대한 비판의식으로, 「신생활에 들면서」에서는 여성의 성적 자기결정권을 선언한 자유의지로 나혜석의 파격적 젠더의식을 보여주었다. 남성과 여성의 경계뿐만 아니라 국가 간의 경계와 인간과 자연의 경계를 초월한 나혜석의 사유와 맞닿는 파격적 젠더의식에 중심에는 나혜석이 '자신'의 몸을 우주적 소통의 비전으로 본 몸의 은유가 작용한다.

나혜석의 삶에서 가장 중요한 것은 무엇보다 '자신'이었다. 잡지 『삼천리』(1930.8)의 '명류 부인과 산아제한'이라는 설문조사에서 "이 세상에 제일 소중한 것은 무엇입니까"라는 질문에 "내 몸이 제일 소중합니다."라고 답하고, 같은 잡지에서 이 보다 앞서 실시한 설문조사의 "선생인 실행가/ 학자가 되겠습니까?"라는 질문에 "장차 좋은 시기 있으면 여성 운동에 나서려 합니다."라고 답한다. 두, 세 가지의 설문형식에 답한 글에서 '내 몸', '여성 운동'이라는 두 낱말은 나혜석의 전 생애를 규정한다. 당시의 조선 사회에서 '나 개인'을 규정짓는 것은 성별과 가문이다. 나혜석에게 '나'와 '여성'은 동전의 양면으로 '나의 문제'를 해결하는 것은 '여성'의 문제를 해결하는 것이나 다름없었고, 다양한 형식의 글-편지, 시, 소설, 일기, 수필, 희곡-은 작가로서의 소명의식보다는, 개인=여성으로서의 삶을 표현하는 방식이었다. 그 바탕에는 불

평등하고 왜곡된 현실을 벗어나고자 하는 몸부림과 현실을 개혁하고
자 하는 몸짓이 서려있으며 굴복하지 않으려는 의지가 담겨있다.[41]

　이러한 맥락에서 나혜석의 후기 소설 「현숙」과 「어머니와 딸」에 체
현된 파격적 젠더의식과 맞닿아 있는 몸의 은유는 당시 나혜석의 모든
글과 그림에 함축된 경계인으로서 나혜석의 사유가 융합된 서사 시학
의 독창성과 밀접한 관련이 있다. 소설 속 인물들의 관계성의 의미는
노을이 물든 저녁 하늘 시간성을 환기한다. 소설 속 해체적 관계에 따
른 파격적 젠더의식을 당시 사회에 파장을 일으킨 작가의 경험과 무관
하지 않다고 보는 이유다. 이렇듯 후기 소설에서 부각된 해체적 관계와
맞닿는 몸의 은유는 노을을 바라보는 나그네 여정이 환기된다.

　「현숙」과 「어머니와 딸」에서 가부장적 가족관계에서 소외되어 혼
자 살아가는 여성의 해체적 관계를 내포한 인지구도는 경계인의 사유
로 파격적 존재의식을 환기하는 몸의 은유를 통하여 가부장주의 혈연
적 가족관계의 문제점을 보안할 수 있는 대안적 관계성의 실존적 의
미가 탐색될 수 있는 가능성을 보여준다. 먼저 「현숙」에서 여주인공
현숙은 끽다점 여급 즉 까페 종업원으로 일하며 모델로 아르바이트를

---

41) 박죽심, 앞의 논문, 329-330면. 이러한 시각으로 보면 나혜석의 후기 소설에 반영
　　된 몸의 은유는 1935년 3월 『삼천리』에 발표된 나혜석의 시 「아껴 무엇하리 청춘
　　을」(살이 포근포근하고/빛은 윤택하고/머리가 까맣고/눈이 말똥말똥하고/귀가
　　빠르고/언어가 명랑하고/태도가 날씬하고/행동이 경사하여/참새와도 같고/제비
　　와도 같고/앵무와도 같고/공작과도 같다// 나이 먹으면/ 주름살이 잡히고/ 빛깔
　　이 검어지고/ 머리가 회어지고/ 귀가 어둡고/ 눈이 흐려지고/ 말이 어둔해지고/
　　몸이 늘씬해지고/행동이 느려져/ 기린과도 같고/ …중략… /빈틈없이 이용한 청춘
　　을/ 아낄 무엇이 있으며/ 지난 청춘을/ 아껴 무엇하리오./ 장차 올 노경이나/ 잘
　　맞으려 하노라 이상경 편집교열, 앞의 책, 137-139면에서 시의 부분 인용 /줄은
　　인용자 표기)에 나타난 젠더의 경계 이월적 서사로 볼 수 있을 것이다.

하는 신여성이다. 「현숙」에서 타산적이고 영악스러운 현숙이 금전등
록기로 자처하며 그녀 주위의 신남성들과 계약결혼을 제의하는 위악
적인 여성[42]으로 그려진다. 이는 남성들의 성적 관심의 대상로서 교환
가치를 갖는 여성의 몸에 대한 자각이며, 돈이 없으면 홀로 살아 갈 수
없는 각박한 현실을 살아가기 위한 젠더의식의 변화를 함축한 내포작
가의 전략으로 볼 수 있다.

　이러한 차원에서 이 작품의 서술상황은 현숙을 초점화[43]로 인물 시
각적 경험을 보여준다. 현숙을 초점화로 해체된 관계의 파편적 시간
성에 따른 경험이 마치 입체파 화풍의 인물의 추상화[44]와 같은 현숙의

---

42) 초기소설 「경희」와 후기소설 「현숙」은 다음과 같이 비교된다. 비슷한 것은 여성
　　주인공이 서사를 주도하고 그 플롯은 장면끼리의 병치라는 점, 서술 유형상 인물
　　시각적 서술이란 것이고 다른 것은 「경희」의 성격규정은 주인공 경희가 직접 텍
　　스트 문면에 나서지 않은 채 주위 남성들과 만남과 이별의 동일 모티프를 반복한
　　다는 점이다. 또한 「경희」에서 내포 작가는 초점 주체 경희를 통해 긍정적 신여성
　　상을 제시함으로써 계몽주의를 지향했다면, 「현숙」은 그런 교훈성 담화를 벗어난
　　모더니즘 텍스트로서 개인의 에로스를 다루고 있다. 하지만 담화 방식의 차이에
　　도 불구하고 두 작품은 나혜석 페미니즘의 연장으로 읽혀진다. 말하자면 나혜석
　　이 「경희」에서 가부장적 아버지의 결혼 강요에 반기를 들고 가정내적 개혁과 여성
　　의 주체적 삶을 다짐할 뿐, 자신의 결혼관을 뚜렷이 드러내진 않았는데 「현숙」을
　　통해 그 구체적 대안으로 계약 결혼 형식을 제시한 것이다. 안숙원, 「신여성과 에
　　로스의 역전극- 나혜석의 「현숙」과 김동인의 「김연실전」을 대상으로」, 앞의논문.
　　62, 65면.
43) 초점화란 작가가 가장 강조하고자 하는 인물로 그는 말은 하지 않지만 느끼고 생
　　각하는 주체로서 어떤 존재자이다. 안숙원, 앞의 논문, 68면.
44) 안숙원은 이 작품에서 현숙의 주위 남성들을 엑스트라로 보는 관점에 의미를 두
　　어 중세 서양의 종교화를 연상하였다. 주체의 정체성을 나타내는 단적인 표지가
　　이름인데 남성의 익명성 때문에 그들은 마치 서양의 종교화에서 주요 인물은 정
　　면을 그리고 부차적인 인물은 옆 인물을 그리는 것과 비슷한 원리로 「현숙」의 미
　　술적 상관성을 본 것이다. 이에 비해 필자는 현숙에 파격적 젠더의식이 익명화된
　　남성들과의 접촉 또는 경험의 파편적 시간성에 따른 해체적 관계 사이 점과 선 그
　　리고 면이 횡단하며 교차하며 조합되는 경로에서 경계인의 사유가 투영된 입체적

파격적 젠더의식을 보여주는 효과가 있다. 이러한 시각으로 인물관계를 분석하면 작중인물 중 유일한 여성인 현숙이 중심축에 자리하고 그 주변에 현숙과 접촉하는 남성들이 신문기자나, 유명화가 K, 시인 Y, 화가지망생 L 등으로 위치한다. 남성들은 모두 고유 명사 이름이 아니라 직업과 영문 이니셜로 기호화되어 있다. 현숙만이 정체성을 확보할 뿐 현숙과 관계를 맺은 남성들은 단지 파편화된 기호와 직업으로 현숙과 각기 다른 시간성의 접촉을 현숙의 시간으로 환기하는 측면의 경험으로 반성될 뿐이다. 이처럼 현숙의 파격적 젠더의식을 통한 해체적 관계는 여성의 몸을 중심에 두고 남성들을 주변화하는 젠더 역할의 전복과 전이의 경계적 사유를 투영한 것이다.

「현숙」에서 초기나 중기 소설과는 다른 나혜석의 미술적 경향의 반영을 현숙의 파격적 젠더의식에 초점을 맞춘 입체적 추상화로 보게되는 이유다. 「현숙」에서 인물의 초상화보다 추상화를 떠올리는 결정적 표지는 현숙이라는 이름이다. 기표로서 현숙의 이름은 한자 '현숙(玄淑)'으로 풀이하면 '현(玄)'은 '검다', '하늘빛', '멀다' 등의 의미와 '숙(淑)'은 '맑고 깊다', '정숙하다', '착하다' 등의 의미의 조합으로 각기 다른 의미를 파장할 수 있지만 보통 일상적으로 떠올리는 현숙의 여성 이미지는 '어질고 착하다(賢淑)'는 의미로 환기된다. 그렇지만 이 소설에서 드러난 여성의 캐릭터는 그 의미와는 상충된 지점에서 파격적이며 젠더의식을 보여준다. 즉 현숙이라는 이름과 조선 가부장적 사회에서 요구하는 현숙한 여성의 역할과 서사에서 구체화된 여성의 도발적이며 전복적인 젠더의식은 역설과 전이로 현숙의 의미작용

추상화를 환기한다. 안숙원, 위의 논문, 70면 참조.

을 보여준 것이다.

이와 같이 착하고 정숙한 여성을 바라는 현숙이라는 이름과는 역설적인 거리에서 신여성의 정체성이 전이되고 전복되는 파편적 시간성의 탈주야말로 이 작품에 투영된 나혜석의 미술세계를 인물의 초상화가 아닌 추상화로 바라볼 수 있는 근거이다. 또한 현숙에게 남성들은 이름으로 반성되지 못한 점도 그렇다. 단지 초점 주체인 현숙에 의해 현숙과 반년 전 동거했지만 작품의 시작에서 현숙의 편지를 대필해주는 신문기자는 이니셜 표기 없이 그저 신문기자라는 객관적 직업으로만 존재한다. 이에 비하여 다른 남성 세 명은 파편적인 정보와 영문이니셜로 표기된다. 현숙이 살고 있는 여관 옆방에 묵은 시인은 50이 넘은 독신으로 소개되는 동시에 Y, 현숙을 모델로 삼고 정부 관계를 유지했던 유명화가는 K, 그리고 현숙과 같은 여관에 투숙하며 현숙에게 계약관계를 제안한 화가지망생은 L 등으로 현숙에 의해 호명된 것이다. 이처럼 직업과 영문 이니셜로 환기되는 남성들과 현숙의 해체된 관계성은 지속적으로 이어지는 선이 아닌 파편적 점과 점 사이의 경계성의 의미로 파격적 젠더의식을 강조하는 효과를 낳는다.

한편 현숙이 일하는 끽다점은 젠더의 차이에 따라 다른 욕망이 작동하는 근대 조선의 자본의 교환가치의 축소판이다. 끽다점에서 종업원으로 일하지만 그 돈으로는 생활이 어려워 모델을 하며 돈을 벌기도 할 만큼 열악한 경제적 처지에 있다. 그녀가 일하는 끽다점은 많은 사람들이 차를 마시며 만남과 친교 그리고 휴식으로 근대성을 향유하는 장소다. 여성과 다른 성적 관심으로 남성들이 끽다점의 여종업원인 현숙의 몸을 성적인 관심으로 바라보는 젠더 차이가 함축된 공간이기도 하다. 현숙은 비록 끽다점 종업원으로 일하지만 종로에 끽다점을 내고 경영하는 끽다점의 여사장을 꿈꾼다. 현숙은 스스로 끽다점을 차릴 수 없는 경제적 능력의 한계를 인지하고 돈 많은 남자들이 자신이 끽다점 경영을 할 수 있게끔 스폰서 내지는 물주가 되어주기를 바란다.

그러나 현숙의 바람과는 달리 남성들은 현숙의 경영인의 꿈이 아닌 현숙의 젊은 육체에 관심을 보일 뿐이다. 끽다점을 찾은 남성은 그녀가 끽다점을 개업하는 데 관심도 보이지 않으며 경제적 후원자가 되려고 하지를 않듯이 현숙 또한 그들의 성적 호기심이 달갑지 않다. 남성들의 호기심과 관심은 현숙이라는 젊은 여성의 꿈이 아니라 젊은 여성의 몸에 쏠려 있다. 그들의 눈을 끄는 것은 여성 경영자로서 현숙의 자질이 아니다. 그들의 눈을 사로잡는 것은 현숙의 존재론적 몸이 아니라 현숙이라는 젊은 여성의 육체로 섹슈얼리티를 충족하는 해체적 시간성이다.

이 소설의 시작에서부터 여성을 바라보는 남성의 해체적 관점이 부각된다. "반 년 만에 두 사람은 만났다."(153면) 반년 만에 과거 애인이었던 여자를 만난 남자는 여성을 대신해 러브레터를 작성해주기로 한 것이다. 그리고 여성을 "향기 있는 농후한 뺨, 진달래 꽃 같은 입술, 마호가니 맛 같은 따뜻한 숨소리" 등의 해체된 육체성으로 인지한다. 또한 반년 전과 다른 여성의 변화를 "어떠한 이성이든지 기욕(嗜慾)을 소화할 수 있는 여자의 자태"로 포착한 것이다. 그것은 정신이나 내면을 담은 몸의 전체성이 아니라 남성이 바라보는 젊은 여성의 해체된 육체성의 근거로 작동한다. 이렇듯 끽다점에서 남성이 바라보는 현숙의 몸은 성적 호기심과 물적 교환가치의 욕망을 환기하는 대상인 셈이다.

"그리고 나는 금전등록기가 되었어. 간단하고 효과있는 명쾌한 것,

반응 100%는 어딘지, 하하하하.......”(153-154면) 현숙은 자신의 몸이 남성의 성적 호기심의 순간적이며 파편화된 대상이 되는 것을 인식한 처세술로 금전등록기가 된 몸의 은유를 환기한 것이다. “여자의 플랜이라는 것은 끽다점 양점(양점)이었”고 종로에 있는 그것을 인계하려면 “4백 원이라는 돈이 있어야”하니까 남성들과 신사계약을 맺는다는 것을 현숙은 과거 애인이었던 남성에게 장난처럼 털어놓는다. 이와 같이 내포작가는 현숙의 몸이 존재하는 여성으로서 몸과 남성의 욕망에 의하여 포획되어지는 여성의 몸뿐만 아니라 남성에 욕망에 포착되어 파편화된 육체성에 대한 대가로 금전등록기로 몸을 인식하는 관계성의 해체에 따른 파격적 젠더의식을 환기한 것이다.

현숙의 몸은 끽다점에서 돈을 벌고 돈을 쓰는 젠더의 차이에는 여성과 남성을 바라보는 각기 다른 욕망이 교차한다. 몸을 대상으로 바라보는 욕망이 전혀 다른 의미로 작동한다. 즉 현숙은 끽다점에서 노동을 하는 몸으로 돈을 벌어야 하고 장차 끽다점을 경영할 수 있는 조건으로 남성을 바라보는 반면에 남성은 현숙의 몸을 성적 호기심의 젊은 육체성으로 바라보는 관음증의 욕망으로 바라본 것이다. “당신과 같이 나도 당신을 사랑합니다마는 밝으나 어두우나 빵을 구하기 위하여 바쁩니다. 지금 이 편지를 쓰는 것도 넉넉한 시간이 없습니다.”(155면) 여자다운 문자를 써서 현숙의 편지를 대필해준 남성은 반년 만에 변한 여성과의 관계성에 “이렇게도 변할 수 있을까 할 만치” 의아해 할 정도로 현숙은 영악해진 것이다. 요컨대 끽다점에서 노동하는 여성의 몸인 현숙과 과거 애인인 현숙의 대필 편지를 써주며 현숙의 변화를 감지하는 남성의 몸 사이에 각기 다른 공간 지향성과 맞닿는 젠더의식이 작용한다.

　이와 같이 이 소설의 발단인 1에서는 끽다점에서 현숙과 과거 그녀
의 애인이었지만 지금은 현숙의 러브 레터를 대신 써주는 남성 사이
의 해체된 관계성으로 파격적 젠더의식을 보여준다. 여기에는 남성과
여성의 성적 차이뿐만 아니라 젠더의 차이가 작용한다. 남성과 여성
의 성적 차이뿐만 아니라 현실적 계산의 차이가 드러나는 해체적 관
계성으로 남성에 비하여 여전히 경제력으로 열악한 신여성의 사회적
위치를 부정적으로 바라본 작가의 젠더의식을 엿볼 수 있다.

　"안국정 ○○하숙은 가을 비 흐린 날 어둠침침하였다."(156면) 소
설의 전개에 해당하는 2장에서는 현숙이 숙식하는 하숙에서의 해체
된 관계성이 끽다점과 다른 인간적 의미로 환기된다. 여관에서 숙박
하는 현숙뿐만 아니라 시인인 노인과 화가 지망생 청년 L도 정도의 차
이가 있긴 하지만 정착이기보다는 유목에 가까운 생활을 한다. 세 사
람 모두 가족과 떨어져 전통적 가정이 아닌 1인 가정의 소외된 삶으
로 여관에 투숙하며 유목적인 삶의 경계성으로 나그네의 해체적 관계
를 보여준다. 이들의 경험을 통하여 작가는 가부장적 관계에서 소외
된 개인의 해체적 관계를 보완할 수 있는 인간적 교류와 접촉으로 파
편화된 실존의 의미를 파격적 젠더의식으로 보여준 것이다.

　여관에 투숙하고 있는 세 사람은 혈연관계에 따른 구속이 아닌 접
촉의 관계로 파편화된 시간 속에서 교류한다. 가족 내지는 친척과 떨
어지거나 멀어져 혼자 삶을 살아가는 각각의 존재는 여관이라는 체류
지의 시간 속에서 서로의 존재성을 통해 지금-여기 실존을 확인케 되
는 해체적 관계의 의미를 갖는다. 이러한 측면에서 현숙과 시인이 부
녀지간의 해체적 관계를 재현한다면 청년 L과 시인은 부자지간의 해
체적 관계를 재현하며 현숙과 청년 L의 관계는 보다 유연한 접근으로

열려있다. "정말은 감정보다 회계(會計), 회계 그것 말이야…….", "연애의 입구는 회계로 시작되는 것이 좋다"(159면)는 현숙은 L청년이 현숙의 매력에 빠져든 순정한 감정 앞에서 지금까지 자신이 감정으로 연애에 실패해 왔던 것을 반추하면서 연애의 시작에서 감정보다 중요한 것이 회계라는 것을 강박적으로 환기한다. 현숙의 계산적인 현실 인식은 실패하였던 연애 감정에 대한 경계심이자 두려움을 극복하고자 하는 의지 표현인 셈이다. 따라서 앞서 언급된 '금전 등록기'의 몸의 은유와 맞닿는 "간단하고 효과적이고 명쾌한 반응 100%"의 현실 계산은 "상처에 강박된 에로스의 환멸"[45]이자 각박한 사회에서 살아남기 위한 공포의 처세술[46]로 볼 수 있을 것이다.

현숙이 과거 자신의 과잉된 감정으로 인하여 실패해 왔던 연애를 돌아보면서 감정보다 회계를 연애의 성립의 조건으로 보는 것은 대단히 현실 계산적이며 젠더 전복적인 발상이다. 이렇듯 현숙은 초기 소설 경희가 보여주는 이상적 가치와는 상반된 입장으로 파격적 젠더 의식의 변화를 통하여 이상적인 가치만 추구하는 연애나 결혼이 아닌 현실 대안적인 가치를 마련하는 연애나 결혼의 방법에 대한 모색을 보여준 것이다. 이러한 맥락에서 3장 서사에서 부각된 현숙과 노시

---

45) 「현숙」은 표면적인 층위에서 영악하고 타산적인 여급을 풍자한 것 같지만 실상은 작가가 1930년대 도시 서울의 타락한 남성들에 대응하기 위한 타락한 방법을 금전 등록기에 비유, 계약결혼이란 여성이 이끄는 삶의 변화를 제시한 것이다. 이는 나혜석이 이혼 후 세태의 변덕스러움, 남성들의 배신에 상처입은 작가의 개인사를 은연 중에 드러내는 대남성 공격의 메시지를 송신하고 있는 것이라고 볼 수 있다. 하지만 그 공격은 때로 도발적이다가도 때로 생략어법 같은 자기 감시에 걸려 언술상의 부조화를 초래함으로써 여성 섹슈얼리티의 실제 규명을 혼란스럽게 한다." 안숙원, 앞의 논문, 73, 74면.
46) 줄리아 크리스테바, 서민원 역, 『공포의 권력』, 동문선, 2001 참조.

인 그리고 L의 안국정 ○○하숙에서의 관계는 서로 안부를 챙기고 건강과 안위를 걱정하는 인간적 친교로 배려하고 도움을 주는 대안적인 가족의 의미를 재현한 것으로 볼 수 있다. 예컨대 현숙은 시집을 책점에서 애독하는 시간으로 노시인의 시세계를 이해하려고 노력을 하며 돈이 생기면 술을 사서 권하는 방식으로 노 시인의 고독을 달래주는 긍정적 관계의 재현을 보여준다. 노 시인도 마치 현숙을 딸처럼 보호하는 아버지의 마음으로 현숙에게 관심과 정성을 기울인다. 현숙이 화가 K선생의 모델 계약 파기에 괴로워하자 노 시인은 현숙의 건강을 염려하며 여러 가지 정성으로 보살피며 위로한 것이 그 예다.

여기서 아버지-딸의 관계는 존중과 배려의 관계로 인간적 접촉을 내포한다. 이러한 민주적인 부녀관계의 재현으로 노 시인은 현숙에게 명령하고 군림하는 권위적인 태도가 아니라 딸을 인격체로 존중하며 어려운 처지에 공감하여 보살피고 배려하는 아버지의 태도를 보여준다. 이처럼 나혜석은 노 시인과 현숙의 관계를 통해서 서로 보살피고 배려하는 민주적인 부녀관계의 모델을 제시했다.[47] 그러므로 이들이 보여준 관계는 가부장주의 아버지와 딸의 문제점을 보완하는 측면에서 대안적 부녀지간의 관계성의 미래지향적 의미를 내포한다.

또한 소설의 마지막 4장에서는 계약 결혼 내지는 계약 동거의 관계성의 대안이 제시된 점에서 파격적 젠더가 읽혀진다. 금전등록기로 자신의 정체성을 드러냈던 현숙은 청년 L에게 계약 결혼을 제의받고 철저한 현실 계산에 따른 관계성으로 계약 기간을 명시하며 비밀을 지킬 것을 계약 조건으로 제시한다. "우리 둘은 반 년간 비밀 관계를

47) 송명희, 앞의 논문, 60-61면.

가져요, 반 년 후 신계약에 대해서는 다시 생각할 필요가 있어요. 그것은 우선 우리가 미리 준비할 필요가 있어요."(165면) 현숙의 제안에 L은 "쓸쓸한 환희에 떨며 미소하였"고 현숙은 "두 팔을 벌려 뜨거운 손을 L에게 향하여 용감히 내밀었"던 것으로 가부장제 결혼이나 동거와는 다른 파격적 관계성이 탐색된다. 이러한 계산적이며 해체적인 관계성의 이면에서는 비록 계약관계일지언정 남녀 사이는 서로 다른 차이가 있기에 더욱 세심한 관심과 사랑이 필요하다는 역설적 의미가 강조되는 효과가 있다. 이처럼 「현숙」에 드러난 해체적 관계의 인지구조를 통한 몸의 은유는 인간의 생존과 자율적 삶을 위한 경제적 능력이 남녀 공히 필요하다는 현실인식과 더불어 가부장적 가족관계에서 해체된 존재의 소외를 극복하는 차원에서 대안적 관계성을 모색한 실험성을 보여준 것이다.

「현숙」에서는 여성과 여성의 관계성이 드러나지 않는데 비하여 「어머니와 딸」에서는 제목에서도 부각되듯이 모녀지간을 재현하는 경험으로 진정한 어머니와 딸의 관계성에 대한 깊은 성찰을 제공한다. 나혜석의 거의 모든 소설이 1-4까지 장으로 구분된 데 비하여 이 소설에서는 1-5까지 장이 구분되어 있다. 이 소설에서 갈등 과정에 따른 5단 구성의 플롯을 고려한 서사 시학의 변화를 엿볼 수 있는 이유다. ""나는 그 잘났다는 여자들 부럽지 않아." 틈만 나면 한운의 방에 와서 "히히히 히히"하는 주인 마누라는 오늘 저녁에도 또 한운과 이기붕과 마주앉아 아랫방에 있는 김 선생 귀에 들리라고 일부러 목소리를 크게 말했다."(165면) 「어머니와 딸」의 시작에서부터 여주인공 김 선생의 인식으로 주인마누라의 이야기와 성격이 전달된 것이다. "일년 전에 이혼을 하고 다시 신여성에게 호기심을 두고 있는 이기붕이 "왜요/

신여성은 침선방적을 못하나요. 남편의 밥보다 자기 밥을 먹으면 더 맛있지,"라고 반항한 데 대하여 주인마누라는 "여자란 것은 침선방적을 하여 살림을 잘하고 남편의 밥을 먹어야 하는 것이야."라고 못 박듯 답한다. 이처럼 여관집 주인은 '신여자 논란'을 들어오면서 신여성에 대하여 강한 거부감과 부정적 생각을 갖고 있다. 김 선생은 작가이자 근대 교육을 받은 신여성이라면 주인마누라는 신여성인 김여성을 질시하며 부정적으로 바라보는 가부장적 사고를 고수한 여성으로 볼 수 있다. 이에 비하여 김 선생이 묵고 있는 여관 여주인은 가부장적 사고방식으로 자신의 딸에게 전통적 여성의 삶의 방식을 가용하는 구여성으로 볼 수 있다. 여관집 주인의 딸은 작가인 김 선생을 존경하며 자신도 고등학교 졸업 후 문학을 공부하고 싶어한다. 이들 외 두 명의 남성이 김 선생이 체류한 여관에서 묵고 있다. 김 선생과 같은 여관에 장기 거주하는 도청 공무원 한운과 이혼남인 이기붕은 남성이지만 작가인 김 선생을 존경한다.

그러나 유독 여관집 여주인만이 김 선생을 편견의 시각으로 본다. 김 선생이 살고 있는 여관은 소유가 아니다. 한정된 기간 동안 돈을 주고 빌려 쓰는 숙소의 공간이다. 이처럼 안주하지 못한 여성의 공간으로 인하여 여관집 주인은 김 선생의 여성으로서 삶을 더 불안하게 본 것이다. 김 선생은 여관집 주인 마누라인 어머니가 딸에게 자신의 생각을 강요하는 폭력적 자세와는 달리 인격적으로 딸을 대한다. 가부장적 가족제도에서 해체된 인격적 관계성에는 작가가 청춘을 열정적으로 보내고 맞이하는 노년의 자세를 반영한 것으로 볼 수 있다.[48] 이

---

48) 전기적 관점을 고려하여 「어머니와 딸」에 반영된 여성의 관계성을 이해한다면 작

러한 여관집 주인의 태도는 마치 집과 같이 딸의 존재성을 소유의 대상으로 본 것이다.

무엇보다 여관집 주인과 김 선생의 삶의 방향이 다르다. 여관 집 딸 역시 자신의 어머니와 미래지향점이 다르다. 딸은 학교를 졸업 후 공부를 계속 하고 싶은 생각을 김 선생에게 털어놓는다. 자신의 일을 하고 싶은 것이다. 이러한 딸의 생각은 고려하지도 않은 채 여관집 주인은 도청 공무원 한운과 딸이 결혼하기를 강요한다. 딸과 어머니 사이 갈등은 또 다른 여성이 여성에게 폭력적이며 억압적이며 가부장적일 수 있다는 내포작가의 현실인식이 작용한 것으로 볼 수 있다.

이러한 관계성은 「현숙」에서 입체적 인물의 추상화를 떠올렸던 것과는 다른 '중세 서양의 종교화'[49]로 나혜석의 예술적 경계의 가상적 통로를 본다. 즉 김 선생과 여관 집 딸은 혈육관계 아님에도 불구하고 정신과 영혼을 가치로 소통하고 교감하는 측면에서 정면의 방향을 똑같이 바라본다. 주변적 인물이지만 도청 공무원 한운과 이혼남인 이

가가 이혼 후 감당해야 했던 사회적 억압과 폭력에는 가부장제 질서를 강요하는 남성들 못지않게 여성들의 비난과 편견이 작용한 것으로 볼 수 있다. 한편 나혜석은 이혼한 직후인 1931년 〈정원〉이 제10회 선전에 특선과 도쿄의 제국 미술원전람회에 입선된 데 힘입어 화가로서의 생활에 전념하고자 했다. 그러나 1932년 애써 그린 그림들이 불에 타는 사고가 나고 1933년 제12회 조선미술전람회에 낙선한 것을 고비로 해서 나혜석은 그림보다 글쓰기에 더 노력을 기울였는데 이러한 경험이 「어머니와 딸」의 김 선생의 캐릭터에 반영되었을 것이다. 이상경 편집교열, 위의 책, 23면 참조.

49) 나혜석의 미술세계와 소설세계의 상관성을 조명하는 차원에서 안숙원은 「현숙」을 통하여 중세 서양의 종교화로 환기한 데 비하여 필자는 오히려 「어머니와 딸」에서 서양의 종교화와 같은 정신적 또는 영적 가치 지향의 인격적 관계성을 보게 된다. 김 선생님을 주축으로 한 인격적 관계성이 가부장적 권력과 다른 파격적 젠더를 지향한 데 비하여 여관집 주인 마누라는 가부장적 권력을 완강하게 고집한 세계관의 차이가 드러나기 때문이다.

기붕 또한 김 선생과 여관집 딸의 주변에서 정면을 보는 배경이 된다. 이들 모두가 같은 방향인 정면을 본 것이다. 이처럼 김 선생과 여관집 딸 두 인물이 서양의 종교화에서 주요 인물이 정면으로 그려지는 것처럼 정면의 모습이 확대된데 비하여 혈육관계인 여관집 주인은 이들 네 사람과 다른 방향을 바라보는 옆모습이 부각된다.

가부장적 가족에서 해체된 관계성의 대안으로 「현숙」에서 철저한 현실적 계산을 강조하는 파격적 젠더의식을 남녀 간의 접촉을 재현한 데 비하여, 「어머니와 딸」에서는 육친인 어머니에게 받은 상처 대신에 영혼과 정신의 교감이 가능한 관계성의 소통으로 모녀간의 대안을 모색하는 차이가 드러난다. 이처럼 이 작품에서 구현된 몸의 은유는 「현숙」의 입체적 추상화 풍의 인물화와 다른 차이뿐만 아니라 초기소설에 환기되는 인상주의 기법 그리고 중기소설에서 환기되는 풍속화와 다른 측면에서 삶의 방향성에 집중하여 인물의 관계성을 부각 시킨 차이로 예술성으로 나혜석의 미술세계와의 경계와 흐름을 이해할 수 있는 파격적 젠더의식으로 이해될 수 있다. 즉 남성과 여성이 차이가 아니고 혈육지간의 관계의 여부가 아닌 세계관의 차이로 삶의 방향성이 공유되는 존재의식을 보여준 것이다.

"내야 무식하니 무얼 알겠소마는 여자가 잘나면 남편에게 순종치 아니하고 남자가 잘나면 계집 고생시켜."(167면)라는 주인 마누라의 말을 듣고 이기봉은 "그건 꼭 그렇소 인제 아니까 주인이 큰 철학가요 문학가거든."하며 비행기를 태운다. 이에 대해 "그리고 그것은 상대자의 인격이 부족한 때 생기는(원문에 남기는) 현실이요, 도회지나 문명국에는 다소 정돈이 되었으나 과도기에 있는 미문명국이나 지방에서는 아직도 사실로 있다는 설명을 하고 싶었으나 알아들을 것 같지 아

니하여 비행만 태운 것"이라는 내포작가의 설명이 더해진다. 2장에서
는 여관집 주인 마누라가 김 선생에게 자신의 여관에서 나가 줄 것을
종용한다. 그 이유로 근묵자흑(近墨者黑)을 들면서 "우리 영애란 년
이 시집 안 가겠다"(171면)하면서 공부를 더하겠다는 결심을 하게 된
것이 김 선생의 영향이란 것이다. "내 딸은 김 선생이 버려놓넌다."라
는 협박에 김 선생은 "아니 그게 무슨 말"이냐며 그렇다면 자신이 다
른 곳으로 거처를 옮긴다고 하면서, "그러지 말고 영애를 달래서 저
좋아하는 사람이 있느냐고 물어보시오."(172면)라는 조언을 아끼지
않는다. 김 선생의 조언에 "그애는 그렇게 연애나 하는 년이 아니오."
라며 여관주인은 화를 낸다. 자신의 딸은 '년'이라고 지칭하는 여관주
인의 말투에서 드러나듯이 여관주인은 딸에게도 욕설을 한다. 무엇보
다 여관주인의 성격에서 파생된 모녀지간의 문제는 어머니가 딸을 인
격체로 존중하지는 데에 있다. 여성이 집에 안착하지 못하고 나그네
처럼 여관에 일시적으로 묵고 있는 불안한 삶이 자신의 딸에게 부정
적인 영향을 끼친다는 생각으로 김 선생애게 여관에서 나가라고 종용
한 것이다.

　여관에서 나가 다른 데에서 방을 얻어 알뜰하게 생활하라는 여관집
주인에게 김 선생은 남자들과 자신을 다르게 보는 여성의 이중성에 대
한 문제를 제기한다. 남과 똑같이 밥값을 내고 사는데 왜 자신에게만 나
가라 들어가라 하냐며 여성인 자신에게만 휘두르는 불평등에 대하여
항의한 것이다. 이 지점에서 내포작가는 혼자 살아가는 여성을 향한 여
성의 편견과 폭력이 더 깊은 상처가 될 수 있다는 것을 보여준 것이다.

　3장부터 4장까지는 여관집 주인 마누라와는 달리 김 선생에게 고민
을 털어놓는 영애와 한운 그리고 이기봉의 해체적 관계성이 부각되는

데, 그 심층에서는 가부장적 권력 중심의 관계가 아닌 가부장적 권력이 해체된 인격적 관계의 파격적 젠더가 강조된다. 김 선생은 공무원인 한운과 결혼하기를 재촉하는 어머니와 갈등을 털어놓는 영애를 인격적으로 대하며 조언을 할뿐만 아니라 한운의 결혼 문제에도 고민을 함께 나누는 인격적 관계를 형성한다. 5장에서 "왜 조물주가 남자 여자를 내었는지 모르겠어요."라면서 영애와 결혼하고 싶지만 영애에게 거절당할 것 같아 괴로워하는 한운의 질문에 "그 남자 여자가 있기에 기기묘묘한 세상이 생겼지요."(178면)라고 김 선생은 답한다. "혼자 사는 것이 제일 편할 것 같아요."라는 말에 "그래도 남녀가 합해야 생활 통일이 되고 인격 통일이 되는걸 어째요"라고 답하면서 김 선생은 답한다. "만일 영애가 한 공과 혼인을 아니 하겠다면 어째요." 다소간이라도 눈치를 채이라고 이렇게 "말한 것에서 살펴지듯이 여관집 주인은 한운을 사윗감으로 맘에 들어 하지만 영애의 맘은 딴 곳에 있는 것을 이미 김 선생은 눈치 챈 것이다. 서사 마지막에서 김 선생은 이기봉의 방에서 흘러나온 밀어를 잠재우기라도 하듯이 레코드나 틀자고 제안하고 한운과 양곡(洋曲)을 듣는 장면이 그 근거다. "카르멘, 후아스도, 햄릿, 마르세이유. 우렁차게도 하는 소리가 끝날 때마다 이기봉이 방에서는 영애의 가냘픈 웃음소리가 새어 들어왔다. 한운은 유심히 귀를 기울였으나 그 나타나는 표정은 아무렇지도 아니"한 장면에서 영애와 이기봉의 예기치 않은 남녀관계가 탐색된다. "공연히 마음을 졸이고 마주 앉아 있는 김 선생은, "아아, 천진난만한 청년이여."하였다."(179면) 마지막 장면에서 독자는 이미 영애와 이기봉의 연정을 알아차렸지만 이를 조심히 생각하여 배려한 김 선생의 인격뿐만 아니라 해체된 남녀관계의 파격을 짐작할 수 있다. 이렇듯, 어머니와 딸의

관계성에서 살펴지듯이 내포작가는 진정한 인간의 관계성과 유대에
대한 고민을 통해 타고날 때부터 주어진 생물학적 관계성보다 가치
지향적 관계성에 보다 큰 의미를 둔 것이다. 정신과 영혼을 교류를 강
조하는 관계성의 의미는 딸이 어머니의 소유나 분신이 아니고 개별적
인격체이듯이 인간의 모든 관계에는 인격적 상호 존중이 바탕이 되어
야 한다는 작가의식과 맞닿는 몸의 은유로 파격적 젠더의식이 환기된
다.

　이렇듯, 나혜석의 후기 소설 「현숙」과 「어머니와 딸」에 반영된 몸의
은유는 해체된 관계의 인지경로를 통한 파편화된 여성의 몸을 폭로하
고 그 대안을 현실적 또는 정신적으로 모색하는 차원에서 21세기 우
리 삶을 횡단하는 탈근대적 실존의 의미를 반성할 수 있는 의미가 있
다. 완강한 가부장적 권력과 폭력의 시선에 맞서 부르짖었던 여성의
인간다운 삶의 의미[50]는 그의 후기 소설 속 여주인공들의 파격적 젠더

---

[50] 1934년 5월 『삼천리』에 수록된 "조선에 태어난 것이 행복한가 불행한가"라는 설
문에 대한 글 「조선에 태어난 것을 행복으로 압니다」에서 나혜석은 그 이유를 다
음과 같이 밝힌 바 있다. "행복은 부(富)를 득(得)하였을 때나 지위를 구하였을 때
나 학문을 취하였을 때가 아니라 사물과 사물 사이에 신(神)이 왕래하는 일념(一
念)이 되었을 때입니다. 그런데 이 일념(一念)이 될 때는 기쁘고 즐거울 때보다 슬
프고 고통스러울 때가 질로나 양으로나 많습니다. 조선 사람의 몸과 마음은 번민
의 뭉텅입니다. 즉 일념(一念) 중에서 흥하든지 망하든지 결단이 나는 것이니 지
금이 어찌 행복되지 않으리까."(이상경 편집교열, 654면) 나혜석의 소설세계야말
로 나혜석의 개인적 삶의 행불행의 의미에 국한되지 않고 우리의 근대성을 향한
출발의 의미로 무수한 빛과 그림자를 내포한다. 이처럼 나혜석에게 사람이자 여
성으로서 몸은 자율적이며 사회 문화적 소통의 통로이기도 했지만 그것만으로는
충분치 않는 우주론적 일념(一念)의 의미작용이었고, 그로 인한 갈등의 산물인 나
혜석의 독창적 소설 시학이 한국 근대 여성소설의 첫 발자국으로 남겨진 것이다.
나혜석이 겪었던 굴곡진 세월을 한 개인의 행불행으로 재단하기에는 그가 우리
사회 문화에 끼친 도전과 문학적 성취가 너무나 치열했고 심오하다. 나혜석 소설
에서 몸의 은유로 환기되는 웅숭그린 어둠을 사랑의 빛으로 조명하여 보다 성숙

의 경험을 통하여 그럼에도 불구하고 사랑하여야 한다는 인간 존재의 당위성을 깊은 절망 속 고독의 그림자로 산포되며 우리로 하여금 새로운 존재의 빛을 발하게끔 하는 힘이다.

5. 맺음말

나혜석 소설은 한국 근대 여성 소설의 시작의 의미를 함축한다. 한국 여성의 근대를 연 소설가 나혜석의 소설세계에는 선각자로서 누려야 할 영광보다는 여성이기에 감당해야 했던 어둠이 깊은 그림자로 웅숭그리는 사이로 짧은 하루의 아침과 한낮 그리고 노을 물든 저녁의 다른 빛의 색깔이 각기 다른 여성의 존재성을 체현한다. 이러한 시각으로 몸의 은유로 나혜석 소설을 들여다보면 이상적 자아에서 계몽적 타자, 해체적 관계의 변화과정을 통한 몸의 은유는 자율적이며 비판적이며 파격적인 젠더의식을 환기하는 효과로 이어진다.

이와 같이 나혜석의 소설에는 나혜석의 모든 문학작품뿐만 아니라 미술작품과 연동된 예술가인 사람이기를 갈망하였던 근대 여성의 실천적 삶의 의지가 탐색된다. 이러한 차원에서 나혜석 소설에 반영된 몸의 은유는 나혜석의 예술가의 젠더의식과 맞닿아 있는 경계인의 사유를 상대적인 시각으로 조명할 수 있는 동력일 뿐만 아니라 한국 근대 여성소설의 본격적 출발로서 여성주의의 성과와 한계를 반성하는 객관적 준거로 작용한다.

하게 우리 사회 문화를 가꾸어가야 하는 이유다.

주지한 바, 개념적 은유의 시각으로 보면, 나혜석의 소설세계에는 작가의 실천적 삶의 경험을 환기하는 측면에서 아침, 오후, 저녁의 시간구조와 맞닿아 있는 몸의 의미의 변화 과정이 다음과 같이 파악된다. 첫째, 아침 시간적 구조 즉 새벽 일출 태양의 은유로 이상적 자아의 인지구조와 맞닿는 자율적 젠더를 보여준다. 초기 소설 「경희」, 「회생한 손녀에게」에서 아침의 시간성으로 환기된 빛은 이상적 가치를 추구한 자율적 존재의식을 환기한다. 시 「광(光)」과 비평문 「이상적 부인」이 초기 소설 몸의 은유에 투영된 이유다.

둘째, 오후의 시간적 구조 즉 대낮의 태양의 은유로 계몽적 타자의 인지구조와 맞닿는 비판적 젠더를 보여준다. 중기소설 「규원」과 「원한」에서 계몽적 타자의 인지구조는 가부장제 사회적의 모순을 한 개인이 아닌 사회 구성원들의 집단의식 또는 연대의식을 확산하는 작가의 비판적 현실인식과 맞닿는 몸의 은유를 환기한다. 이러한 점에서 「규원」과 「원한」에 내포된 작가의 비판의식은 폭력적 구습을 타파하는 계몽으로 젠더 감수성을 발휘하여 양성이 조화를 이루는 사회를 모색하게끔 한다.

셋째, 저녁의 시간적 구조 즉 석양의 은유로 후기소설 「현숙」과 「어머니와 딸」에 반영된 몸의 은유는 가부장적 가정의 소속된 여성이 아닌 홀로 사는 여성으로서 겪어야 할 사회적 편견과 경제적 불안 그리고 인간관계의 소외 등으로 인한 해체적 관계성이 드러난다. 「현숙」에서 해체적 관계는 역설적인 거리에서 남녀 간의 계약관계의 사랑과 여성의 경제적 자립을 강조하는 파격적 젠더로, 「어머니와 딸」에서 해체적 관계는 아이러니한 거리에서 정신적 가치와 인격적 관계성을 강조하는 파격적 젠더로 몸의 은유를 환기한다. 이러한 파격적 젠더는 희곡 「파리의 그 여자」의 여행자적 시각뿐만 아니라 「이혼고백장」, 「신생활에 들면서」 등의 신변잡기적 글에서 드러난 것과 같이 불평등한 성의식에 저항하는 측면에서 해체적 관계의 재현을 통하여 인격적 인간관계의 중요성을 역설한 작가의식으로 볼 수 있다. 또한 미술 작품의 경계성을 고려하여 해체적 관계의 인지구조를 살펴보면, 「현숙」에서는 마치 피카소와 같은 입체적 추상화 풍의 인물화로, 「어머니와 딸」에서는 중세 서구 종교화 풍의 인물화로 몸의 은유를 환기하며 파격적 젠더의 각기 다른 지향점으로 현실 대안을 환기한다. 나그네 길 잠시 멈추어 본 황홀한 노을 빛 순간과 같은 파격으로 몸의 은유가 그의 후기 소설에서 읽혀진다.

이와 같이 몸의 아침의 시간적 구조를 반영한 소설세계의 몸의 은유는 이상적 자아의 인지구도로 자율적 존재의식을., 오후의 시간적 구조를 반영한 소설세계의 몸의 은유는 이중적 타자의 인지구도로 비판적 사회의식을, 저녁의 시간적 구조를 반영한 소설세계의 몸의 은유는 해체적 관계의 인지구도로 파격적 젠더의식을 보여주는 차이가 부각된다. 결과적으로 나혜석 소설에 반영된 몸의 은유는 21세기 우리로 하여금 소외되고 해체되고 파편화된 인간관계와 훼손된 몸을 자율적이며 인격적인 삶의 태도로 회복할 수 있는 가능성을 어둠을 밝히는 빛의 의미로 탐색케 하는 미래지향적 효과를 낳는다.

제2부

근대 여성소설의
전개와 몸의 시학

1장

강경애 소설의 인지경로와 몸의 은유

1. 머리말

이 글은 일제강점기 강경애의 대표작 『인간문제』,「소금」,「지하촌」을 개념적 은유로 접근함으로써 한국 여성의 사회주의 의식을 확장한 작가의 실천적 삶의 가치와 소통할 수 있는 실천적 삶의 가치를 조명하고자 한다. 강경애 소설의 사회적 가치를 인지론적 시각과 맞닿아 있는 개념적 은유로 조명하는 방법은 21세기 다문화 시대에 진입한 한국 사회를 돌아볼 수 있는 문학적 가치뿐만 아니라, 일제식민지 한국문학의 특수성을 세계와 소통할 수 있는 몸의 보편적 인지체계로 전환하는 점에서 한국 문학의 미래지향적 방향성을 제시할 수 있을 것이다.

1930년대 식민지 현실을 고발한 작품을 발표한 강경애는 박화성, 백신애, 최정희 등과 더불어 2세대 여성작가로 구분되는 데, 김명순, 김일엽, 나혜석 등의 1세대 작가들이 보여준 자유연애와 양성평등과는 다른 각도에서 여성의 사회의식을 추구하였다는 평가를 받아왔다.

특히 일제강점기 간도문학이 우리 민족문학에 기여할 수 있는 최대치를 구현[1]한 작품으로 정평을 받은 그의 소설『인간문제』와「소금」그리고「지하촌」에 내포된 몸의 은유로 환기된 문화 사회적 가치는 식민지 여성의 훼손된 삶을 통하여 21세기 우리 사회가 안고 있는 문제점을 돌아볼 수 있는 기회를 제공한다. 뿐만 아니라 식민지 여성소설의 젠더 시학을 조명하며 작가의 젠더의식을 들여다 볼 수 있는 효과적이다.

장편소설『인간문제』[2]은 장편소설이며「소금」[3]은 중편소설이고「지하촌」[4]은 단편소설로 이들 소설은 분량의 차이가 각기 다르지만, 세 편의 작품 각각 강경애의 대표 소설로 보아도 손색이 없을 만큼 독창적 소설 세계를 보여준다. 1980년대 해금 이후에는 강경애 소설에 대한 연구가 폭넓게 진척되어 왔다. 또한 강경애 소설만큼 남북의 많은 학자들의 관심을 두루 받으며 남북 문화교류에 기여한 문학작품도 그리 흔치 않다. 강경애는『인간문제』를 연재하기에 앞서 "인간사회에는 늘 새로운 문제가 생기며 인간은 이 문제를 해결하기 위하여 투쟁함으로써 발전될 것입니다. 대개 인간 문제라면 근본적 문제와 지

---

1) 이상경,『강경애-문학에서의 성과 계급』, 건국대학출판부, 1997, 81면.
2) 장편소설『인간문제』는 1934년 8월 1일부터 12월 22일까지 120회까지『동아일보』에 연재되었다. 텍스트는 강경애,『인간문제』(창작과비평사, 2006)로 한다.
3) 이 작품은 1934년『신가정』에 발표된 중편소설이다. 텍스트는 연변대학교 조선문학연구소 허경진, 허휘훈, 채미화 주편,『강경애』(보고사, 2006)로 삼는다.
4) 이 글에서는『조선일보』(1936년 3월 12일부터 4월 3일)에 연재된「지하촌」원본을 수록한 강경애 전집들 중에서 가장 최근에 출간된『강경애』(연변대학교 조선문 학연구소 허경진 허휘훈 채미사 주편, 보고사, 2006)에 실린「地下村」을 텍스트로 삼았다.

엽적 문제로 나눠 볼 수가 있을 것이니 나는 이 작품에서 이 시대 있어서의 인간의 근본문제를 포착하여 이 문제를 작중에서 해결할 요소와 힘을 구비한 인간이 누구며 또 그 인간으로서의 갈 바를 지적하려고 노력하였습니다."[5]라고 작품 창작의 동기와 목적을 밝혔다. 이렇듯 강경애는『인간문제』를 통하여 식민지 민중들의 생존과 계급 그리고 실존과 맞닿아 있는 청춘남녀의 성장 경험을 풍부하게 보여주는 몸의 은유로 '지금 – 여기' 우리의 삶을 생산적이며 창조적인 현실비판의 입장으로 반성할 수 있는 길을 열어놓았다.

한편,「소금」의 서사는 만주 사변을 전후하여 일제와 중국 당국의 조선인 탄압이 극심하였던 간도를 배경으로 식민지 이주민 여성인 봉염어머니가 겪게 되는 고난의 과정과 맞닿아 있다. 앞선 연구 성과에서 드러나듯이 "민족, 젠더, 계급의 다중적인 억압 속에서 여주인공이 어떻게 주체로 설 것인가 하는 주체화 과정"[6]에 대한 텍스트의 정보 체계는 이주, 계급, 모성 등에 대한 의미로 21세기 '지금 – 여기' 우리의 삶을 반성할 수 있는 문화 사회적 문학교육의 가치를 제공한다. 그럼에도 불구하고「소금」에 대한 문화 사회적 가치에 대한 논의가 본격적으로 이루어지지 못한 이유는 강경애 소설을 민주주의와는 상반된 사회주의 이데올로기로만 바라보는 경직된 시각과 유관하다. 21세기 세계로 소통하는 한국문학을 염두에 둘 때, 강경애 소설 텍스트에 대한 연구는 이데올로기와 젠더의 경직된 시각에서 벗어나 다양한 민주주의 문화 사회적 가치를 제공하려는 유연한 접근이 시도될 필요가

---

5) 『동아일보』, 1934년 7월 27일자.
6) 송명희,「강경애 문학의 간도와 디아스포라」,『한국문학이론과 비평』제38집, 한국
   문학이론과 비평학회, 2008, 24면.

있다.

『인간문제』에 대한 선행연구는 작가의 전기적 측면과 텍스트의 주제론에 입각한 리얼리즘적 접근[7] 내지는 경향소설의 접근[8]으로 작가의 계급적 이데올로기와 현실 저항의지를 규명한 연구가 주류를 이룬다. 그에 못지않게 식민지 시대 여성문제와 여성의 정체성에 대하여 주목하는 여성주의 연구도 활발하게 진행되어 왔다.[9] 한편, 남성 또는 여성 인물에 주목하여 작가의 세계관과 문학적 형상화 방식을 밝힌 연구[10]와 강경애 소설의 사회 교육적 효용의 가능성을 제기한 연구[11]도 눈에 띈다. 이와 같이 기존 연구 성과는 교훈적 이데올로기와 여성주의를 다채롭게 구명하였을 뿐만 아니라, 근대적 자아가 진지하게 탐구되는 차원에서 성장소설[12] 내지는 교양소설의 가치에도 주목하였

---

7) 이상경, 『강경애 연구』, 서울대 대학원 석사학위논문, 1984; 차원현, 「식민지 시대 노동소설의 이념지향성과 현실 인식의 문제」, 외국문학, 1991.

8) 이재선, 「인간문제 : 경향소설의 한 모형」, 『현대소설의 서사시학』, 학연사, 2002; 송명희, 「문학적 양성성을 추구한 여성교양소설」, 『문학과 성의 이데올로기』, 새미, 1994, 337~362면; 심진경, 「강경애 장편소설연구」, 서강대 석사학위논문, 1992.

9) 서정자, 「페미니스트 성장소설과 자기 발견의 체험」, 한국여성학, 1990; 김양선, 「1930년대 장편소설에 나타난 여성문제인식」, 국제여성연구논총, 1991; 송지현, 「1930년대 소설에 있어서의 여성자아 정립양상」, 전남대학교 대학원 박사학위 논문, 1991; 송명희, 「강경애의 『인간문제』에 대한 여성비평적 연구」, 『비평문학』, 1997, 224~248면; 정미옥, 「강경애의 『인간문제』로 읽는 근대성의 경험 - 여성노동문제 -」, 『문예미학』 제11호, 2005.

10) 김정웅, 「강경애 소설 작품에서 녀성 형상」, 『강경애, 시대와 문학』, 랜덤하우스, 2004, 184~207면; 김남석 「강경애 소설의 남성상 연구 -『인간문제』를 중심으로」, 『한국문학이론과 비평』 제38집, 한국문학이론과 비평학회, 2008, 103~127면.

11) 고아라, 「강경애 소설의 사회교육적 효용 연구」, 연세대학교 교육대학원 석사학위논문, 2004.

12) 이보영, 이보영, 진상범, 문석우, 『성장소설이란 무엇인가』, 청혜원, 1999, 313면.

음에도 불구하고, 일제 강점기 사회학적 가치를 구현한 작가의 창조
적 여성성에 대한 본격적인 논의가 몸의 인지론적 시각으로 진척되지
않은 아쉬움이 없지 않다.

　같은 맥락에서 「소금」[13]에 대한 선행 연구는 하층계급인 여성의 사
회화 과정을 보여줌으로써 일제강점기 현실 비판의식을 강화하였다
는 긍정적인 평가와 더불어 전통적인 여성주의의 한계가 드러난다는
부정적 평가가 길항하면서 연구의 수위를 높여왔다.[14] 또한 강경애 소
설에 드러난 사회 교육적 효용의 가치에 주목한 연구[15]도 눈에 띄지
만, 지금-여기 사회 문화를 가치를 돌아볼 수 있는 몸의 의미가 천착
되지 못한 아쉬움이 없지 않다.

　이에 비하여 단편소설 「지하촌」[16]은 소설 언어의 낯설게 하기를 극

---

13) 이 작품은 1934년 「신가정」에 발표된 중편소설이다. 텍스트는 연변대학교 조선문
　 학연구소 허경진, 허휘훈, 채미화 주편, 『강경애』(보고사, 2006)로 삼는다.
14) 「소금」 텍스트에 집중하거나 비교적 고찰을 보인 논의는 대략 다음과 같다. 김
　 양선, 「강경애의 후기 소설과 체험의 윤리학」, 「여성문학연구」, 제11호, 2004,
　 197~219면 ; 박혜경, 「강경애의 작품에 나타난 여성인식의 문제」, 『민족문학사연
　 구』23권, 2003, 250~276면 ; 안선진, 「강경애의 「소금」」, 경상대학교 경상어문 제
　 13집, 경상대학교 경상어문학회, 2007. 281~302면 ; 이상경, 『강경애 - 문학에서
　 의 성과 계급』, 건국대학출판부, 1997, 81~82면 ; 하정일, 「강경애문학의 탈식민
　 성과 프로문학」, 『강경애, 시대와 문학』, 랜덤하우스코리아(주), 2006, 11~27면 ;
　 한만수, 「「소금」의 '붓질복자' 복원과 북한 '복원'본의 비교」, 앞의 책, 28~46면 ;
　 하상일, 「사회주의적 여성주의와 여성서사의 실현」, 앞의 책, 47~79면 ; 정현숙,
　 「균열과 통합의 여성 서사 - 강경애의 「소금」론」, 『한국문학이론과 비평』 제38집,
　 한국문학이론과 비평학회, 2008, 57~77면.
15) 고아라, 「강경애 소설의 사회교육적 효용 연구」, 연세대학교 교육대학원 석사학위
　 논문, 2004.
16) 주지하였듯이 『인간문제』와 『소금』보다 약 2년 뒤에 발표된 「지하촌」에서 강경애
　 는 『인간문제』와 『소금』과는 달리 낯설게 보여주기의 문학성으로 단편 시학을 실
　 현하였다.

명하게 실현시킨 강경애의 대표작이다. 김윤식은 "한국어가 감당할 수 있는 가장 대담하고도 엄청난 모험을 처음으로 시도한 소설, 그리고 과연 소설이 이 지경에 이르러도 좋은가를 묻지 않을 수 없는 벼랑까지 몰고 간 이 궁핍의 소재 처리를 작품 「지하촌」은 보여주고 있다. 그것은 소설적 관습을 깨뜨린 것이며, 이런 섬뜩한 소재의 궁핍이 가장 궁핍한 시대로서의 식민지 시대에 씌여졌다는 점에서 의의를 갖는다."[17]고 하며, 이 작품이 소설이 보여줄 수 있는 현실의식을 낯선 충격으로 탁월하게 묘파하고 있다고 평가하고 있다. 한편, 조정래는 "세계 내의 인간적 행위는 없고 추악한 세계만 남게 된다. 그 결과 표면적으로는 처참한 현실에의 고발이 나타나고 증오의 세계관은 내면에 숨게 된 것이다."[18]고 하며, 이념은 있되 실천이 없는, 즉 상황만 존재하고 행위가 없는 「지하촌」의 소극적 세계관을 경향소설 창작방법론의 측면에서 비판하고 있다.

그런데 비참한 세계에 대한 묘사적 표현은 '문학이 현실을 변형시킬 수 있는 창조력이 억제당하고, 현실이 문학의 허구적 힘보다 우위에 있는 듯'[19] 보여지기 보다는 기존 소설의 표현 형식을 깨트린 새로운 시도로서 독자 반응의 창조적 의미를 활성화하는 데 기여하는 것으로 생각된다. 「지하촌」에서 드러나는 표현 양식의 독창성은 식민지의 참상을 개인의 일상과 삶에 구체화시킴으로써 형식을 통해 현실 변혁의 문학적 의미를 경험하게 하기 때문이다. 형식적 충격으로서

---

17) 김윤식, 『한국현대문학연작사전』, 일지사, 1979, 268-26면.
18) 조정래, 「〈지하촌〉의 세계와 〈사하촌〉의 세계」, 『국제어문』(제9 · 10합집), 1989, 124-125면.
19) 조정래, 위의 논문, 126면.

낯설게 하기는 이 소설이 무엇을 말하는가의 문제를 어떻게 보여주는 가의 표현 양식에서 경험하도록 함으로써 창조적 의미 생성의 시학적 자극을 자아내고 있다.

강경애의 소설에는 이러한 시학적 요소가 풍부하게 내장되어 있음 에도 불구하고, 지금까지의 연구는 작품의 형식보다는 이데올로기의 구명에 경도된 경향이 없지 않다.[20] 이와 같이 기존 연구의 접근 방식 은 이 소설이 '무엇을 주제로 하는가' 차원의 분석에 치중되어 왔기 때 문에 강경애 소설의 문학성과 현실인식을 동시에 아우르기 위하여 이 글은 우선 「지하촌」의 작품 구조의 형상화로서 표현 양식에 주목하고 자 한다. 로트만의 지적처럼 "내재적인 텍스트 분석의 시각에서 볼 때 의미는 두 개의 구조적 사슬, 즉 표현의 사슬과 내용의 사슬이 있을 때 발생한다."[21] 이러한 시학적 구조를 몸의 개념적 은유로 바라보면 보 다 구체적인 의미 생성의 경로를 파악할 수 있다.

20) 선행 연구를 검토하면 「지하촌」의 서사 시학을 규명한 논의가 없기 때문에 주지 하였듯이 경향 소설의 창작방법론의 입장에서 「사하촌」과 비교한 조정래의 논의 에 우선 주목하였다. (조정래, 앞의 논문) 강경애의 전반적인 소설 세계를 해명하 는 차원에서 논의를 확장하면, 리얼리즘의 성과로서 현실 인식과 저항의 의미를 규명한 논문(이규희, 「강경애론」, 이화여대 석사학위논문, 1974; 안숙원, 「강경애 연구」, 서강대 석사학위논문, 1976; 이상경, 「강경애 연구」, 서울대 박사학위논문, 1984 등)이 많은 비중을 차지했으며 또한, 식민지 여성 작가의 정체성을 조명하는 차원에서 「지하촌」을 예로 들며 여타 여성 작가들의 작품과 비교를 통하여 여성성 의 경험 및 구조를 밝힌 연구도 상당하다. (윤옥희, 「1930년대 여성 작가 소설 연 구」, 성균관대학교 대학원, 1996; 송지현, 「강경애 소설에 나타난 여성의식 연구」, 『한국언어문학』제28집; 서정자, 『한국근대여성소설 연구』, 국학자료원, 1999; 박 금주, 「한국 근대 여성소설의 타자적 여성성 연구」, 한남대학교 박사학위논문, 2002 등)
21) 예술은 일종의 2차적인 언어이며 예술작품은 그 언어로 이루어진 텍스트이다. 석 영중, 『러시아 현대시학』, 민음사, 1996, 31-33면.

강경애 소설 작품에 내재된 식민지 사회 문화적 가치를 몸의 개념적 은유로 접근[22]하는 방법은 식민지 근대 한국 문학의 세계적 소통을 꾀하는 점에서도 의의가 있다. 강경애 소설의 정보체계로 전달되는 식민지 여성의 삶과 관련된 다양한 하위문화는 개념적 은유에 따른 몸의 이해 과정으로 특징지을 수 있다.[23] 개념적 은유 이론에서 '은유(mataphor)'란 우리에게 익숙하고 구체적인 '근원영역'의 체험을 바탕으로 낯설고 추상적인 '목표영역'을 개념화하는 인지기제로 구체적인 삶의 경험을 맵핑하는 과정이다.[24] 개념적 은유 이론은 언어학적 의사 소통체계라는 점에서 소설 연구에 적용하는 점에서 몇 가지 한계가 지적[25]될 수 있지만, 그러한 한계는 오히려 다층적이며 중층적인 문학 언어의 의사소통 체계를 파악하는 데 있어 독자의 능동적 참여를 강화한 불확정 수용의 기대지평[26]을 확장하는 장점으로 제공하게 된다.

문학 텍스트에서 개념적 은유에서 목표영역이 구조화되어 있지 않

---

22) 은유적 개념화는 전시간에 걸쳐서나 한 문화권 내의 단 한 시점에서도 획일적이지 않으며, 은유적 개념화에서의 변화가 우연적인 것이 아니라 더 넓은 문화적 맥락의 영향을 많이 받는다. 졸탄 쾨벡세스, 김동환 옮김, 『은유와 문화의 만남』, 연세대학교 출판부, 2009, 301면.

23) 졸탄 쾨벡세스, 위의 책, 184면 참조.

24) G 레이코프 & 존슨, 노양진·나익주 역, 『삶으로서의 은유』, 박이정, 2006, 21~27면, 392면.

25) 첫 번째 한계는 개념적 은유를 찾는 데만 초점을 두고, 개별적인 언어적 은유의 의미에 대해서는 관심을 기울이지 않는다는 것이다. 두 번째 한계는 목표영역이 구조화되어 있지 않다는 점이다. 세 번째 한계는 그것으로 설명되지 않는 은유 표현이 있다는 것이다.

26) 야우스의 수용이론에서 기대지평(Erwartungshorizont)이란 수용자의 이해를 구성하는 요소로 볼 수 있는 선험적이거나 체험적인 지식, 거기서 발생하는 한계 등을 포함한다. 이러한 기대지평을 고려할 때, 개념적 은유의 한계로 지적되는 목표영역의 불확정성은 독자 수용을 확장할 수 있는 근거가 될 수 있다. 박찬기, 「문학의 독자와 수용미학」, 『수용미학』, 고려원, 1992, 28면 참조.

는 불확정성을 텍스트의 의미 생성과정에 따라 작가의 실천적 삶의 가치와 소통하는 독자의 기대지평으로 새로운 의미나 가치를 환기하는 유연성으로 바라볼 수 있는 이유다. 개념적 은유는 근원영역과 목표영역 간에 유사성을 부여하기 때문에 독자의 창조적 인지능력의 계발과 밀접하게 관련될 수밖에 없다. 그러므로 강경애 소설에 실현된 작가의 창조적 여성성에 대한 인지론적 접근은 역사적 특수성과 작가 개인적 삶의 특수성을 보편적 삶의 은유체계로 전환하여 한국 문학의 세계적 소통을 모색하는 단초[27]를 제공할 뿐만 아니라, 작가의 실천적 삶과의 소통을 활성화하는 측면에서도 의의를 갖게 될 것이다.

2. 반복적 시간의 인지경로와 비판적 젠더의식

강경애 소설에서 반복적 시간의 인지경로에 따른 몸의 은유는 작가의 젠더의식을 식민지 현실 비판으로 환기하는 효과가 크다. 반복적 시간의 인지경로는 '길'의 속성과 대응하는 역사적 인식에 따른 몸의 은유로 작가의 현실인식을 강조하는 의미가 있다. 『인간문제』, 「소금」, 「지하촌」 등에서 작중 인물들의 경험에 따른 식민지 운명에 대한 정보는 삶과 죽음 그리고 고난이 반복되는 길의 구조적 은유[28]와 맞닿아 있다. 작중 인물들의 고난과 현실 각성은 인류의 탄생과 죽음이 되

---

27) 김원희, 「문학 교육을 위한 백신애 소설세계의 인지론적 연구」, 현대문학이론학회 제41집, 2010, 312면.
28) 구조적 은유는 우리 경험 내부의 체계적인 상관관계에 그 근거를 둔다. G 레이코프 & 존슨, 앞의 책, 21~37면.

풀이 되듯, 출발과 도착을 반복하는 길의 구조적 은유로 식민지 현실 저항의 의미를 진보적 역사의식으로 환기하게 된다.

먼저 『인간문제』에서 반복적 시간의 인지경로는 첫째를 비롯한 선비와 간난이로 대표되는 젊은이들의 반복적 운명에 대한 정보를 입사식담[29]의 경험을 통하여 제공함으로써 일제치하 모순된 현실을 비판하는 몸의 은유로 작가의 젠더의식을 환기한다. 일제식민지 모순된 사회에서 청춘남녀들이 겪는 시련과 고통은 텍스트 초입에 제시된 원소 전설에 기원을 둔다. 비극적 삶의 순환성을 보여주는 반복적 운명은 역사적 시간과 대응하는 인간 문제를 다음과 같이 제공한다.

소설의 시작 부분에 "그 아래 저 푸른 못이 원소(怨沼)라는 못"의 재현은 식민지 역사와 맞닿는 몸의 은유를 환기한다. 원소 전설에 대한 정보전달 경로는 작중 인물들의 반복되는 운명을 독자로 하여금 선험적 경험으로 깨닫게 하는 효과이다. 동네의 생명선인 원소는 "언제 어떻게 생겼는지 물론 아무도 아는 사람이 없"지만, 그 전설은 동네사람들의 "유일한 자랑 거리"며 "그들이 믿는 신조"다. 원소의 물과 대응하는 눈물의 의미는 식민지 역사의 비극적 운명을 극복하고자 하는 민중들의 저항을 내포한다.

요컨대, 원소 전설은 동네 농민들의 생명의 근원이자 반복적 현실의 비극을 바라보는 작가의식을 함축한다. 원소의 전설은 반복되는 민중의 운명을 식민지 이전부터 이어져 온 인간 계층의 차이의 재현하는 지점에서 인간 문제를 제기한 것이다. 옛날로 거슬러 간 식민지

---

29) 입사식담은 한 인간개체의 사회적 심리적 변전기의 긴장과 갈등을 다룬 이야기로 정의할 수 있다. 입사식담은 성장소설적인 사회, 심리담이다. 김열규, 『우리의 전통과 오늘의 문학』, 문예출판사, 1987, 120~121면.

현실 비판의 시간성은 원소가 생기기 전의 원소의 터에 살았던 부유한 장자 첨지의 인색함으로 환기된다. 흉년이 들자 동네 사람들은 장자 첨지에게 식량을 구하려 애걸하였지만 그들을 나무라고 내쫓았던 첨지의 시간성은 식민지의 지배구조와 대응한다. 장자 첨지에 대항하여 동네 사람들이 밤중에 장자 첨지네 집을 습격하여 쌀과 살찐 짐승들을 끌어내었지만 장자 천지는 관가에 고소장을 들여 농민들을 모두 죽이고 쫓아버린 시간성은 작중인물들이 겪는 고난과 대응한다. 잃어버린 가족들을 부르고 찾는 마을 사람들의 눈물이 괴고 괴어서 장자 첨지네 기와집은 하룻밤 새에 큰 못으로 변하였다는 원소의 전설은 비극적인 민중의 투쟁과 그럼에도 불구하고 동네 사람들에게 아픔과 쓰라린 삶을 위안하며 어떤 기대를 갖게 하는 재생으로서 원소의 의미를 환기한다.

　이와 같이 제시된 원소의 전설은 다음 몇 가지 점에서 식민지 역사적 시간으로 민중들의 삶의 비극을 보여준다. 첫째, 장자의 이기적이며 무자비한 성격은 지주 덕호와 공장의 지배계급의 몸으로, 동네사람들은 선비와 첫째 그리고 간난이를 포함한 소작인 또는 노동계층의 몸으로 재현된다. 둘째, 장자가 잔혹하게 동네 사람들을 죽이고 쫓는 행위는 덕호가 선비아버지를 죽게 하거나 첫째를 비롯한 선비와 간난이가 마을을 떠나게 하는 악한 행동이나 공장 내의 불평등한 계급성으로 재현된다. 셋째, 마을 사람들의 눈물이 원소를 이룬 땅의 새로운 기적은 노동운동을 한 선비가 죽자 첫째와 간난이를 비롯한 노동자들이 분노의 눈물로 재현된다. 넷째, 선비의 죽음은 동네 사람들에게 원소가 생명선이거나 아픔과 쓰라린 삶을 위안하는 어떤 기대인 것처럼 독자들이 추구한 진정한 삶의 가치나 인간문제 해결을 위한 새로운 기대를 갖게 되는 동기로 재현된다.

　원소의 전설에서 드러난 억울한 죽음을 재현하는 반복적 운명에 대한 몸의 핵심적 정보는 선비의 서사로 구체화된다. 억울한 죽음의 비극은 선비 아버지와 어머니 그리고 선비의 죽음으로 반복된다. 덕호의 만행으로 선비의 아버지뿐만 아니라 어머니마저 억울하게 죽고, 텍스트 마지막에서는 선비까지 억울한 죽음을 맞는다. 이처럼 반복되는 죽음으로서 비극적 몸의 은유는 작가가 바라본 식민지 역사에 대한 비판의식을 환기하게 된다.

　한편, 원소 전설에서 동네 사람들이 동네에서 쫓겨났던 반복적 운명은 덕호의 악행에 저항하여 첫째와 간난이 그리고 선비가 차례로 동네를 떠나는 것으로 재현된다. 고향을 반복하여 떠나는 몸의 은유로 환기되는 비극적 운명에서는 젠더 차이가 부각된다.

　몸의 은유로 젠더의 차이를 함축하는 '통과 의례적 시나리오'[30]에 비춰보면 남성 인물에게는 법에 대한 각성과 같은 주체적 삶의 의지가 중요한 변수로 작용하지만, 여성 인물들에게는 훼손된 육체와 같은 환경적 경험이 중요한 요소로 작용한다. 맨 먼저 첫째의 현실비판 인식은 덕호에게 받은 부당한 대우가 불평등한 "법"으로 행사되는 것에 대한 저항으로 고향을 떠나는 동기가 된다.

　부당한 법에 대한 첫째의 의문은 그가 고향을 떠나는 결정적인 동기로 작용한다. 첫째는 덕호로부터 소작으로 부치던 밭을 떼게 되어 항거한 이유로 연행된다. 첫째의 행위가 지배계층의 권력에 대한

---

30) 이재선, 앞의 책, 185면.

저항이라는 점에서 "법"³¹⁾을 앞세운 통치체제는 덕호의 편이 된 것이다. 첫째는 감옥에서 "법"에 대한 의문을 갖게 되고, "법"을 앞세운 덕호의 부당한 권력에서 벗어나기 위하여 용연마을을 탈출한다. 실뭉치가 되어 첫째의 가슴을 무겁게 하는 "법"에 대한 의문은 권력의 횡포에 대한 저항과 고향을 떠나는 주체적 각성으로 발전된 것이다. 첫째의 법의 공정성에 대한 비판의식은 고향을 탈출하는 동기로 작용한 점에서 이성이 경험에 선행하는 몸의 은유를 내포한다.

이에 비하여 선비와 간난이는 공통적으로 덕호의 성적 폭력으로 인하 훼손된 육체를 경험한 후, 차례로 마을을 떠나는 운명을 반복하는 점에서 남성과는 다른 몸의 은유로 경험과 감성에 따른 현실인식의 경로를 보여주게 된다. 그들은 덕호에게 노동을 착취당하였을 뿐만 아니라, 덕호의 성적 욕망과 아들을 낳기 위한 도구로 이용되다가 버림을 받는다. 그들이 고향을 떠나게 된 동기는 첫째가 받았던 계층의 차별뿐만 아니라, 모순된 가부장제도의 성적 희생으로 육체적 훼손을 경험한 점에서 식민지 하위계층의 여성들이 겪어야 하였던 이중적 차별을 보여준 셈이다. 이처럼 여성 인물들은 남성 인물보다 혹독한 이중적 통과의례를 치루고 고향을 떠나게 된다.

간난이가 먼저 고향을 떠나고, 선비는 그 길을 반복하여 떠나게 된다. 간난이는 선비보다 먼저 덕호에게 노동을 착취당하며 성적욕망과 아들을 낳기 위한 수단으로 이용당한 몸의 희생자다. 덕호의 관심이 선비에게 향하자 덕호의 집에서 쫓겨난 간난이는 선비보다 앞서 용현 동네를 떠나고, 선비는 간난이와 똑같은 경험을 한 후 고향을 떠나게

---

31) 강경애, 앞의 책, 141면.

된 것이다.

간난이는 자신의 과거를 회상하면서 선비를 걱정한다. 과거에 간난이는 계급적 상승을 꾀하기 위하여 덕호의 아들을 낳고자 하였지만, 덕호의 성적 욕망이 선비에게 옮겨지자 선비를 질투하며 괴로워하였다. 용연마을을 떠난 간난이는 노동자인 태수를 만나 노동자의 교육과 지도를 받으면서 비로소 건강한 성정체성을 갖게 되었고, 과거 자신처럼 왜곡된 성정체성을 가졌을 선비를 연민으로 바라보는 것이다.

또한 성적 정체성의 각성에 있어서도 선비는 간난이의 경험을 재현하는 점에서 반복적 시간을 보여준다. 간난이가 그랬듯이, 선비 또한 부조리한 성적 경험으로 현실 상황에 안주하려는 욕망을 가졌다. 선비는 "아들이라도 하나 낳아서 이 집안의 세력을 모두 쥐었으면……" 하는 왜곡된 성정체성을 가졌지만, 덕호가 옥점 모녀의 모략 앞에서 선비 자신을 변호하기는커녕 무참하게 배신하자 "죽음으로써 모든 것을 당하리라고 최후의 결심을 굳게 하"(229)면서 용연마을을 떠났다.

선비는 용연마을을 떠나는 길에 어머니의 억울한 죽음의 의미를 직시하고 첫째의 사랑을 깨닫게 된다. "실타래 같이 갈가리 찢기어 그의 눈에 비쳐진" '저 불빛!'(230면)은 선비가 부조리한 현실을 각성하는 동기가 된다.[32] 선비는 그 불빛으로 어머니의 억울한 죽음과 첫째의 눈망울을 새롭게 기억한다. 또한 덕호가 주는 돈과 첫째가 캐온 소태나무 뿌리의 진정성의 차이를 각성하게 된다.

---

32) 여기서 선비가 "실타래 같이 갈가리 찢기어 그의 눈에 비쳐진" 불빛을 인지한 몸의 은유는 줄리아 크리스테바의 페미니즘 시각에 따르면 '검은 태양'과 같은 시대 사회 문화적 어둠의 우울을 깨치고 새로운 세계를 바라볼 수 있는 여성의 자기 각성적 생명력의 회복으로 볼 수 있다. 줄리아 크리스테바, 김인환 역, 『검은 태양』, 동문선, 2004 참조.

작중인물의 젠더차이를 고려할 때, 선비와 간난이가 용연을 떠나게 된 것은 자신의 의지적 선택이라기보다는 덕호의 성적 욕망이 바뀌었거나 덕호의 아들을 낳지 못한 한계라는 점에서 첫째가 보여준 결단에 비하여서 소극적으로 비춰질 수 있다. 그러나 그 심층 의미는 식민지 왜곡된 성적 차별로 인하여 남성들보다 여성들의 자아 각성과 사회화 과정이 훨씬 힘겹고 희생적이었다는 것을 강조하기 위한 작가의 현실 비판 의식으로 해명되어야 할 것이다.

한편으로 인천 방직공장에서 노동자로 일하는 작중 인물들의 의식 교화 과정에서도 계층의 차별이라는 반복적 시간이 드러난다. 첫째는 신철에게 노동교육을 받는다. 그리고 간난이는 태수에게 의식화 교육을 받고 선비는 간난이에게 교육을 받는다. 간난이에게 의식 교육을 받은 선비는 노동자의 잉여노동을 착취하는 자본의 논리와 노동자의 열악한 환경을 비판할 정도로 발전된 현실 비판의식을 보여주지만, 열악한 노동환경으로 인하여 결국 억울한 죽음을 맞는다.

계층의 차이로 반복되는 억울한 죽음은 텍스트 말미에서 선비의 죽음으로 극화된다. 선비의 죽음은 반복되는 민중들의 억울한 운명을 극적으로 보여주는 결과로 독자의 현실비판을 끌어낸다. 선비의 아버지와 어머니가 억울하게 죽었던 것처럼, 더 거슬러 올라가면 원소 전설이 있기 전 첨지에게 억울한 죽임을 당한 농민들처럼, 선비의 갑작스런 죽음 또한 비극적 실존을 보여준 셈이다.

그렇지만 선비의 죽음은 단순한 생존의 끝이 아니다. 그것은 열악한 노동환경으로 희생된 억울한 죽음이라는 점에서 희생제의적 의미를 내포한다. 불평등한 인간문제를 풀 수 있는 해결자로서 첫째의 사명감을 강화시킨 점은 진보적 역사의 의미를 내포한다. 또한 운명에 안주하기보다는 적극적으로 현실 저항을 보여주었던 삶의 결과라는 점에서도 첫째를 비롯한 남아있는 노동자들로 하여금 노동운동의 열정을 굳히게끔 하는 기폭제가 된 것이다.

이에 비하여, 「소금」에서 반복적 시간의 인지경로는 선형적 시간에 따른 길의 구조와 맞닿는 이주의 반복적 인지과정으로 비판적 현실과 맞닿는 몸의 은유로 작가의 젠더의식을 환기한다. 텍스트의 시간적 구성 원리를 통한 반복적 이주과정은 식민지 역사적 의미로 환기함으로써 독자로 하여금 우리의 민족의식을 확산하는 문화 사회적 교육의 가치를 제공할 수 있다. 그러므로 독자는 텍스트의 근원영역으로 드러난 이주의 반복적 인지과정에 대한 정보를 이해함으로써 민족의식의 확산이라는 목표영역에 도달할 수 있을 것이다. 이주의 반복적 인지과정에 따라 독자는 크로노스[33]의 시간성과 맞닿는 일제 강점기 역사의 교훈으로 '지금 – 여기' 민족의식을 반성할 수 있다.

반복적 이주 경험의 인지과정은 다음과 같이 독자로 하여금 일제 강점기 민족 이산[34]의 문제를 역사적 교훈으로 돌아볼 수 있게끔 한다. 봉염어머니의 이주는 고향에서는 농사지을 땅을 빼앗기고, 간도로 건너와서는 사랑하는 가족들을 빼앗기는 일제강점기 제국주의 권력으로 야기된 민족 이산의 문제를 구체적인 경험으로 보여준다. 쌍더거우 – 용정 – 해란강변 – 두만강 등으로 이어지는 이주에 대한 반복

---

33) 크로노스는 흘러가는 시간 또는 기다리는 시간이기에 역사적인 시간과 맞닿는다. 프랭크 커머드, 조초희 옮김, 「종말의식과 인간적 시간」 문학과 지성사, 1993, 59면.

34) 원래 고대 그리스인의 식민지 건설이었던 이산(diaspora)의 개념은 유태인의 유랑을 뜻하는 의미로 사용되어 오다가 1990년대 이후 국제이주, 망명, 난민, 이주노동자, 민족 공동체, 문화적 차이, 정체성 등을 포괄하는 의미로 사용된다. 윤인진, 「코리안 디아스포라말의식과 인간적 시간」. 고대출판부, 2003, 4~5면 참조.

적 인지과정을 통하여 독자는 "인생은 여행이다", "인생은 하루다" 등
에 대응하는 길의 구조적 은유로 일제 강점기 역사의 질곡을 '지금-
여기' 민족의식으로 확장할 수 있다.

참봉영감에게 땅을 억울하게 빼앗기고 빚에 시달리다 고국을 떠나
간도로 건너오면서부터 시작된 봉염어머니의 이주는 국경을 넘어 싼
더거우 – 용정 – 해란강변 – 두만강 등의 생활 경험을 통하여 나라 잃
은 식민지 민족의 고통과 슬픔으로 민족의식을 다음과 같은 인지과정
으로 제공하게 된다. 첫 번째 이주 경험에 대한 인지과정은 고향을 떠
나 간도 싼더거우에 정착한 시간으로 전달된다.

고향을 떠나는 이주민의 생존에 대한 정보는 "바가지 몇짝을 달고
고향서 떠날때는 마치 끝도없는 망망한 바다를 향하여 죽음의 길을 떠
나는듯 뭐라고 설명 할수 없"(352면)는 비극적 상황을 전달한다. 먹고
살 길을 찾아 국경을 넘어야 했던 이주 과정은 '돼지우리 같은' 농가에
서 보위단과 공산당을 피해 며칠씩 토굴에 숨어 살면서 목숨을 이어가
야 했던 죽지 못하여 살아가는 처참한 생존의 시간으로 인지된다.

봉염어머니가 고향을 떠나는 길은 '죽음의 길을 떠나는'것 같이 암
담하다. 고향을 떠나 정착한 간도에서는 봉염 아버지, 아들 봉식이, 딸
봉염이, 중국인 지주 팡둥과의 사이에서 난 막내 봉희까지 차례로 죽
는 죽음의 과정이 반복된다.

이러한 반복적 이주의 경로는 가족의 죽음이 반복되면서 일제강점
기 민족의 고난과 시련을 비극적 길의 은유로 보여준 것이다. 먼저 봉
식이 아버지의 죽음에서는 먹고살기 위하여 중국인 지주 팡둥에게 붙
어살아야 하였던 조선인 민중의 억울한 삶의 의미가 전달된다. 봉염
어머니는 봉식이 마저 아버지의 장례를 치른 후 집을 나간 뒤 소식이

끊어지자 죽지 못하여 살아간다.

스스로 목숨을 끊지 못하여 어쩔 수 없이 이어가는 봉염어머니의 고통스러운 삶은 벽을 긁고 있는 보기 싫게 긴 손톱 모양으로 전달된다. 벽을 긁고 있는 보기 싫게 긴 손톱 모양은 고통스러운 인생길의 은유와 대응한다. 고향을 떠나 간도에 정착하였지만 "사람의 목숨이란 끊기 쉬운 반면에 끊기 어려운"(353면)고통의 과정으로 이어지는 것이다. 사랑하는 남편과 아들을 잃고 겨우 목숨을 연명하는 생활보다 오히려 죽음의 길이 편안하다고 생각하지만 죽을 수조차 없는 봉염어머니의 고통은 나라 잃은 민족의 역사적 수난을 구체적으로 보여준다.

두 번째 반복적 이주 경로는 봉염어머니가 아들의 행방을 찾아 간도를 떠나 용정에 정착한 시간으로 전달된다. 봉식을 찾아 용정으로 이주한 봉염어머니는 중국인 지주 팡둥의 집에서 일을 해주면서 생활을 연명한다. 중국인 지주 팡둥의 관계에서도 봉염어머니의 고통은 반복적으로 구체화된다. 그는 봉염과 자신에게 친절하게 대하였던 팡둥의 육욕에 넘어가 몸을 허락하고 만다. 팡둥의 아이를 갖고 난 후 봉염어머니는 팡둥에게 본능적 애욕을 느끼지만 팡둥이 자신의 성욕을 채운 이후로는 태도가 돌변한 탓에 자신이 그의 아이를 밴 사실조차 팡둥에게 말하지도 못한다.

그러던 중, 팡둥은 거리에서 공산당을 처형하는 것을 목격하고 봉식이가 공산당이라는 이유로 봉염모녀를 그의 집에서 쫓아낸다. 팡둥집에서 쫓겨나는 그녀의 억울한 심경은 아들 봉식이가 공산당이라는 사실을 믿지 않으면서 남편을 죽인 공산당에 대한 혐오감으로 드러난다. 또한 봉식이가 공산당이라는 사실을 "자기 모녀를 내보내려는 거짓말"(370면)로 여기면서 팡둥네에 대한 증오심을 보인 점에서도 그녀의 억울한 심경이 인지된다.

　세 번째 반복적 이주경로는 팡둥의 집에서 쫓겨난 후 해란강변에서 지내는 시간으로 전달된다. 팡둥의 집에서 쫓겨난 봉염어머니는 해란강변 중국인 집 헛간에서 밤을 보내다가 딸을 낳는다. 출산 과정에서 드러난 그의 고통은 팡둥에 대한 미움뿐만 아니라, 팡둥의 아이를 가진 자신도 더럽게 느껴지고 딸 봉염을 보기도 어려워 아기가 나오자마자 죽이려 하는 심경으로 인지된다. 아이를 낳고 난 후에는 강한 모성애 때문에 아이를 버리지 못한 채 헛간에 쌓여 있던 파뿌리를 씹어 먹으며 허기를 달래는 경험은 생존의 고통과 더불어 강한 생명력을 보여준다. 죽지못해 살아가는 고통은 팡둥과의 사이에서 밴 아기를 해산하고 죽고 싶지만, 죽지 못한 경험으로 반복된 것이다. 용애 어머니의 소개로 명수의 젖 유모라는 일자리를 얻어 겨우 연명하지만 어머니를 명수에게 빼앗긴 봉염과 아기는 결국 병 때문에 죽게 되고, 그녀는 결국 유모 자리에서도 내쫓기는 것으로 비극적 운명이 반복된다.

　네 번째 반복적 이주의 인지경로는 해란강변을 떠나 두만강에서 소금을 밀수하는 시간으로 전달된다. "조선에서는 소금 한 말에 삼십 전 안에 든다는데 여기 오면 이원 삼십전"이라는 용애 어머니의 말에 따라 봉염어머니는 결국 소금을 지고 두만강을 건넌다. 그는 딸들을 잃은 후 봉식이가 죽었다는 사실을 인정하지 못한 채 아들을 보기위한 수단으로 소금밀수를 하게 된다. 삼엄한 경비를 피해가던 소금 밀수 일행은 산마루턱에서 공산당과 마주친다. 소금 밀수 일행의 목숨이 위태롭다고 우려하는 상황과는 달리 공산당은 오히려 소금 밀수의 처지를 공감해주는 내용의 연설을 끝낸다. 봉염어머니는 공산당에게 예상치 못하게 '원로에 잘 다려가라는 인사까지 받'고 난 후, '사람 죽이기를 파리 죽이듯 하고 돈과 쌀을 잘 빼앗는 그 놈들이 왜 소금짐을 빼앗지 않았는가'하는 의문을 갖는다. 이와는 상반된 경우로, 봉염어머니는 다음날 아침 일본 순사에게 소금 밀수사실을 들키고 소금을 빼앗기게 되는 위기에 처한다. 이렇듯 이 소설에서 공산주의는 체험된 몸의 인식이 아니라 단지 연설의 이상적 내용으로 환기된다.

이데올로기의 접근에서 이성이 아닌 감성으로 식민지 민족에 대한 공감을 얻게 된 봉염어머니는 소금 자루를 빼앗기는 순간에 그 동안 소중한 것들을 빼앗겨 온 고통스런 삶의 의미를 각성하면서 자신의 목숨과 같은 소금을 빼앗기지 않으려고 저항한다. 고국을 떠나 국경을 넘어 반복적으로 이어지는 이주의 경험은 가족을 모두 잃게 되는 봉염어머니의 고통과 슬픔을 통하여 끊임없이 소중한 것들을 빼앗겨야 하는 나라 잃는 민족의 역사적 비극을 환기하는 지점에서 식민지 비판의식이 확산되기 때문이다. 이렇듯 강경애 소설에서 반복되는 비극적 시간성에 대한 인지경로는 독자로 하여금 식민지 역사적 교훈과 더불어 이데올로기에 대한 피상적 접근 또한 경계할 수 있는 의미를 내포한다.

한편으로 「지하촌」에서 반복적 시간의 인지경로는 선형적 시간에 따른 길의 구조와 맞닿는 비판적 현실과 맞닿는 몸의 은유를 창조적인 시학으로 형상화한 작가의 역동적 젠더의식을 환기한다. 반복적 시간성의 따른 교차 시점으로 작중 인물과 인물끼리의 시각의 교체를 통한 연속되는 장면을 지금-여기로 초점화[35]하여 보여주는 인지경로

---

35) 한 인물은 보는 것과 이야기하는 것 두 가지를 다 할 수 있고 또 동시에 할 수 있기까지 하다. 어떤 개인적인 시점을 드러내지 않고서는 이야기를 할 수가 없지만 한 인물은 또한 다른 사람이 보고 있는 것, 또는 이미 본 것을 이야기하는 것도 가능

는 몸의 은유로 식민지 현실의 비판의식을 기반으로 하여 역동적 생명력을 강화하는 효과로 이어진다.

이처럼 텍스트의 서사 경험은 서술자가 누구의 목소리, 즉 누구의 어조로 어떻게 이야기하느냐에 따라 각을 달리하는 데 그치지 않고, 작가가 누구의 목소리와 누구의 시점을 어떻게 교차시키고 서술자가 혹은 작중 인물이 어떤 태도로 또 다른 인물을 바라보고 접촉시키느냐에 따라 작가적 세계관을 달리 천착하게 한다. 작중 인물들의 목소리와 시각을 연접시킴으로써 그때-그곳의 경험이 반복된 시간을 지금-여기 각성으로 바라보는 교차 시점의 심층에는 당대 소수자로서 삶의 질곡을 견뎌야했던 여성성과 하층민의 경험을 애정 어린 시선으로 바라보았던 작가적 통찰력과 현실 비판 의식이 추적된다.

극한 빈궁 속에서 여성이기에 겪어야 하는 고통과 아픔은 서술자가 직접 요약하거나 전달하지 않고 칠성이와 칠성이 어머니의 목소리를 교차시킨 시점의 복합적인 인지경로에 따라 여성성의 각성적 의미를 생성한다. 서술자의 목소리가 소거된 자리에 작중 인물의 경험을 지금-여기로 환기시킨 시점의 교차는 어머니를 바라보는 칠성이의 시점에서 어머니의 간접적 또는 직접적 시점으로 교차되다가 다시 어머니를 바라보는 칠성이의 객관적 시점으로 이동된다. 어머니의 경험과 그것을 바라보는 아들의 시각에 따라 다양하게 형성되는 초점화는 지금-여기 독자의 각성을 환기시킨다.

먼저 새벽부터 밤늦게까지 노동을 하고도 집에 돌아와 쉬지도 못한 채 아이를 돌보는 어머니들의 현실에 대한 아들의 걱정과 우려가 반

하다. S. 리몬-캐넌, 최상규 역, 「소설의 시학」, 문학과 지성사, 1994, 110면.

어적으로 드러난다. '그 몸이 고달팠겠고', '그 몸이 지칠 대로 지쳤으련만', '그렇게 피로한 몸' 등에서 부각되는 '그'라는 지시어는 반복된 어머니의 노동을 익숙하게 바라보지만 일정한 거리를 확보한 타자의 간격으로서 접촉을 드러낸다. '그렇게 피로한 몸을 돌보지 않는 어머니가 어딘지 모르게 미웠다.'는 독백에서는 무모할 정도로 자신을 돌보지 않는 어머니의 헌신을 안타깝게 여기는 아들의 심정이 반어적으로 표현됨으로써 어머니의 고난을 객관적 거리에서 초점화한다.

칠성이의 시점은 어머니의 시점으로 교체되는데, 어머니의 시점은 큰년이 어머니와 자신의 경험을 초점화하여 당대 여성들의 훼손된 육체와 지난한 삶의 고통을 주체적인 여성의 목소리로 들려준다. 칠성이 어머니의 간접적인 거리에서 큰년네의 경험을 전달한다. 큰년이 어머니가 밭을 매다가 밭이랑에서 아기를 낳았으나, 아기는 죽고 말았는데 눈과 귀에 흙이 잔뜩 들어가 흙투성이가 된 아기가 병신이 되느니 차라리 죽기를 잘 했다는 칠성이 어머니의 어조는 생명의 존엄성이 마멸될 수밖에 없는 당대 여성의 척박한 삶의 환경을 역설적으로 고발한 것이다. 칠성이 어머니의 과거를 회상은 자신의 직접적인 출산 경험과 육체적 훼손을 초점화함으로써 영애를 낳은 후 그 다음 날로 '보리마당질'을 해야 했던 '지긋지긋한' 고통과 그로 인하여 훼손된 육체성을 직접적으로 폭로한다.

이와 같이 객관적 거리와 주관적 거리로 여성적 경험을 다르게 초점화하는 어머니의 시점의 교차로 인하여 당대 여성의 열악한 출산 여건과 육체적 고통이 핍진적으로 조명된다. 여성의 육체적 훼손의 경험에는 식민지 치하 가난과 소외된 여성의 이중고를 비판하는 작가적 입장이 간파된다. 다시 칠성이의 시점으로 교차되는 아들의 입장에서는 어머니의 힘겨운 삶과 모습을 객관적으로 보여준다. '지금도 척척히 늘어져 있는 그 살덩이를 느끼면서'(160-161면)에서 드러나듯이, 지금-여기 어머니의 모습을 객관적으로 포착하여 초점화하는 칠성이의 시각은 어머니의 고단한 삶에 리얼리티를 부여하며 당대 여성성에 대한 각성을 끌어낸다.

반복적 시간에 따른 계급적 소외로 인한 극한 빈궁과 불구의 상황은 칠성이와 사내의 시점을 연접 교차시키는 인지경로로 하층 계급의 경험적 각성으로 환기된다. 먼저 부잣집에 동냥을 갔던 칠성이가 동냥은커녕 큰 개에 물리고 나와 분노하는 장면이다. 개에게 쫓기는 것이 자주 있는 일이지만, 이날 느낀 예사롭지 않은 분노는 '웬일인지 견딜수 없는 분'으로 표현될 뿐, 그에 대한 적극적인 각성은 드러나지 않는다. 그 후 칠성이는 초라하고 조그만 연자간에서 살고 있는 사나이를 만나고 계급적 각성의 동기를 갖게 된다.

한편 사나이의 분노는 '빈자에 대한 멸시가 낳은 배신'[36]에 대한 계급적 저항을 각성적 어조로 드러낸다. 사나이의 분노에 이어 교차된 칠성이의 시점은 자기와 같은 처지의 불구인 사나이의 얼굴에서 그의 돌아가신 아버지를 떠올리며 계급적 동질감을 확인한다. 사나이의 시점은 지난 과거의 비극적 경험과 현실 상황의 각성을 소상하게 밝힌다. 모범 공인이었지만 사고로 다리를 잃게 되어 공장에서 쫓겨 난 후 가정이 파탄 나고 말았다는 불행한 그때-그곳의 이력과 지금-여기의 각성을 교차시켜 초점화하는 사나이의 시점에는 계급적 불평등에 대한 분노와 각성이 드러난다. 사나이의 비극적 경험과 분노에 가슴이

---

36) 서정자, 『한국근대여성소설 연구』, 국학자료원, 1999, 139면.

두근거려 차마 그 사내를 정면으로 바라보지 못하고, 자신과 같은 불구의 다리를 바라보며 그 다리 밑에 '황소같이 말 없는 땅('171면)을 바라보는 칠성이의 모습으로 견고한 계급적 각성을 각인시킨 것이다.

이렇듯 반복적 시간의 인지경로에 따른 교차 시점은 작중 인물들의 시점을 연접 교차시켜 소수자의 경험을 다양한 거리에서 초점화함으로써 지금-여기의 각성으로 몸의 은유를 환기한다. 훼손된 여성의 육체를 칠성이 어머니의 주관적인 체험과 칠성이의 객관적인 목격을 교차시켜 여성성에 대한 각성을 강화시키는 효과가 있다. 한편, 조직 사회에서 소외되어야 했던 사나이의 분노와 그에게서 동질감을 갖는 칠성이의 시점을 교차시킨 강조한 현실 비판과 맞닿는 몸의 은유는 당대 하층계급의 고통이 개인의 문제가 아니라 사회 구조적 모순에서 기인하고 있음을 간파하게 한다.

요컨대, 작중 인물들의 객관적 시각과 주관적 경험을 아우르는 교차 시점에는 당대 하층민들의 소외된 삶과 첨예한 계급적 갈등을 예리하게 파악한 작가적 통찰력과 비판적 젠더의식과 맞닿는다. 작중 인물들의 시점을 이동시켜 주관적 경험과 객관적 목격을 다른 각도에서 초점화하는 교차 시점을 통한 몸의 은유는 반복적 시간에 따른 불공정한 현실을 새롭게 각성하는 역동적 생명력을 지금-여기 우리 현실을 돌아보게 하는 반성의 효과로 이어질 수 있을 것이다.

2. 대립적 공간의 인지경로와 확산적 젠더

강경애의 『인간문제』, 「소금」, 「지하촌」 등의 소설에 드러난 대립적 갈등에 대한 몸의 정보 구성의 원리는 공간의 경계성에 기반을 둔 작가의 확산적 사회의식을 보여준다. 개념적 은유 이론에서 공간 지향적 은유는 상호 관련 속에서 개념들의 전체 체계를 조직하는 은유적 개념으로 공간적 방향성과 관련을 갖는다.[37]

대립적 공간으로서 몸의 은유를 강경애 소설 텍스트에 적용하면, 공간 지향적 은유는 작중 인물의 행위를 추동하는 계급에 대한 인지 과정으로 파악된다. 공간의 대립적 인지과정에 따라 우리는 '중심 – 주변', '위 – 아래', '안 – 밖' 등의 공간 지향적 은유와 대응하는 사회 갈등에 대한 문제의식으로 '지금 – 여기' 민주주의 사회의식을 반성하게 될 것이다. 여성과 남성, 지주와 소작인, 자본가와 노동자 간의 대립적 갈등에 대한 정보는 '중심 – 주변' 또는 '안 – 밖'의 대립적 공간 지향적 운동력과 대응하는 그릇 도식으로 사회적 관계성의 확장을 보여준다. 『인간문제』에 나타난 농촌에서 도시로 이동되는 대립적 공간의 인지경로는 지주와 무산계급의 갈등이 관리자와 노동자의 갈등으로 확대되는 사회문제뿐만 아니라, 남성과 여성의 계급적 각성에 따른 사회의식의 확장에 따른 확산적 젠더의식을 환기한다. 텍스트 초입에서 제공되는 대립적 공간에 대한 정보는 농장주인의 집과 농가들의 집의 배치로 전달된다. 이러한 공간의 배치는 '안 – 밖'의 경계 구획으로 계층 간의 대립적 공간으로서 몸의 갈등을 보여준다.

용연 동네의 공간 배치는 대립적 계층의 차이에 따라 구획된 공간

---

37) 공간 지향적 은유는 상호 간의 체계 즉 위 – 아래, 안 – 밖, 앞 – 뒤, 접촉 – 분리, 깊음 – 얕음, 중심 – 주변의 공간적 지향을 중심으로 전체 체계를 조직하는 것으로 공간 방향의 운동력과 밀접한 관련을 보인다. 언어학에서는 공간 방향적 은유로 사용된다. G 레이코프 & 존슨, 앞의 책, 37~57면 참조.

성의 차이를 부각시켜 보여준다. 우뚝 솟은 정덕호의 기와집은 양지에 자리하는 반면, 양철집 면역소와 주제소를 싸고 컴컴하게 돌아앉은 농가는 음지에 자리한다. 농장 주인인 정덕호의 집과 농가를 사이에 두고 면역소와 주제소가 들어서 있다. 지주와 소작인이라는 대립적 계층의 갈등은 구획된 공간성의 차이로 드러난다.

대립적 공간의 구획은 농촌에서 도시로 확대된다. 작중인물들의 공간이동은 계급적 각성으로 사회의식을 확장하게 된다. 농촌 공간에서는 소작인과 지주 정덕호 간에서 벌어지는 갈등이 드러난다면, 도시 공간에서는 남녀 노동자와 감독 그리고 노동자 착취의 세력 사이의 갈등으로 대립적 관계가 확장된다. 농촌에서 지주와 소작인 간의 갈등이 도시공간에서는 관리자와 노동자간의 갈등으로 대치되면서 노동자와 중도 지식인의 갈등으로까지 확산된다.

한편, 양지와 음지로 구획되는 대립적 공간은 젠더 차이를 함축한다. 공간이동에 따른 젠더 차이는 용연을 떠나는 공간 이동에서도 드러난다. 먼저 공간이동의 동기를 고려하였을 때, 남성의 서사에는 부당한 현실에 대한 각성적 의지가 육체적 경험보다 선행된다. 첫째와 유신철 등의 작중 남성 인물들은 모순된 사회의 제도를 개선하기 노동과 투쟁의 육체적 경험에 따라 각기 다른 계층의 차이가 부각된다.

남성들의 대립적 계급인식에서는 노동 의지의 각성에 따라서 각기 다른 공간 지향적 운동력이 드러난다. 첫째와 신철의 노동계급의 인식은 노동을 견딜 수 있는 강인한 의지와 그렇지 못한 나약한 의지에 따라 삶의 방향이 달라진다. 대립적 계층의 관점으로 살펴보면, 첫째는 노동운동의 발전적 의지를 보여주는 데 비하여 신철이는 사상의 전환으로 패배적 의지를 보여준 것이다.

용연마을에서 옥점이의 노골적인 유혹보다 선비의 성실한 태도에 매료되었던 신철은 자신의 아버지가 보여주는 부르주아적 태도에 반감을 갖고 가출하여 노동자들의 계급적 교육을 지도한다. 그러나 노동운동을 배후에서 조정한 혐의로 감옥에 갇힌 후로는 육체적 고통과 무료함 속에서 "개미"와 같은 자신의 처지를 비관하고 마침내 사상전향을 한다.

이에 비하여 첫째는 공간이동에 따라 점차 발전하는 계급적 각성과 실천의지를 보여준다. 첫째의 계급적 각성은 법에 대한 의문을 품고 자기 정체성을 확인함으로써 계급간의 구조적 모순을 타파하는 힘으로 작용한다. 그는 정당하게 "밥"을 얻기 위한 투쟁으로 모순된 "법"에 대항하여 고향을 떠난 후 인천 공장지역에서 확고한 계급적 각성을 보여준다.

여성인물을 향한 남성들의 사랑에서도 계층 지향의 공간적 차이가 부각된다. 선비를 향한 첫째의 사랑은 계급적 각성이 강화되면서 주체적 의지가 발전하지만, 신철의 사랑은 계급적 각성이 약화되면서 주체적 의지가 퇴보한다. 경성제대 법과 대학생인 신철은 방학 중에 용연 마을 덕호 집에 머물며 그의 아버지 제자이자 덕호의 딸인 옥점이와 데이트를 하면서도 가슴으로는 선비를 연모하는 이중적인 사랑을 보여준다.

선비에 대한 신철이의 이율배반적 연애 감정에서는 부르주아적인 계급성이 잘 드러난다. 신철이가 선비에 대하여 매력을 느끼는 것은 노동의 가치를 관념적으로 바라보는 그의 나약한 의식과도 같다. "인간은 일하는 곳에서만 진실과 우미(優美)를 발견할 수 있는 모양이다!"(88면)라는 노동에 대한 이상으로 선비를 연모하였지만, 그것이 현실이 되었을 때 그는 선비의 손을 거부함으로써 부르주아적 계급의 한계를 드러낸다.

남성의 젠더의식을 내포한 몸의 은유는 여성의 손을 바라보는 신철이의 대립적 시각으로 재현된다. 용연마을에서 선비의 손을 바라보는 신철의 시각과 서울에서 옥점이의 손을 바라보는 신철의 시각은 노동하는 손과 노동하지 않는 손에 대한 신철의 계층적 입장을 자연스럽게 반영한다.

선비의 노동하는 손에 대한 거부감이 드러난다. 선비를 연모하는 이상과 현실의 선비에 대한 신철의 괴리가 선비의 '손'에 대한 반응으로 부각된다. 별을 바라보며 선비의 고운 자태를 그리던 신철은 울타리 너머로 넘어온 손을 보며 흠칫 놀래며 할멈의 손으로 치부하며 거부반응을 보인다. 이성적으로는 노동에 익숙해진 선비의 손에서 노동의 가치로서 아름다움을 발견하여야하지만, 이성보다 앞선 그의 본능은 노동으로 단련된 선비의 험한 손을 배척한 것이다.

옥점이의 고운 손을 보면서 선비의 미운 손을 떠올리는 신철의 의식이 장면화된다. 미운 손이 "옥점의 뾰족한 손끝이 깎인 배"(179면)에 닿아 있는 데 비하여 선비의 미운 손은 호박을 들고 있다. 신철의 의식에서 노동의 흔적이 없는 손끝이 배에 닿아 있는 점에서 옥점의 몸은 달고 아삭거리 배의 속성으로, 노동으로 손가락 마디가 굵어진 선비의 몸은 밋밋하고 투박한 호박의 속성으로 인지된 것이다. 이처럼 신철이 여성의 손을 보는 관점에는 노동하는 여성의 몸보다 노동하지 않은 여성의 몸을 선호하는 남성의 본능적 욕망이 반영되어 있다.

이러한 신철의 이율배반적 시각은 노동운동에서 변절할 수밖에 없는 신철의 허약한 계급의식과도 관련된다. 여성을 보는 시각에서 여성의 노동을 하는 몸에 의미를 부여하지만 노동과 거리가 먼 손을 곱게 생각하고 노동한 손을 밉게 본 남성의 시각이 이중적 시각이 반영된 것이다. 이러한 관점에서 볼 때, 그가 상경 후 아버지에 대한 반항으로 집을 나와 인천에서 노동자를 교육하다가 끝내 노동의 고통과 의식의 나약함을 감당하지 못한 채 변절한 것은 예고된 계급적 선택인 셈이다.

이에 비하여, 여성의 공간적 이동은 훼손된 육체적 경험에 따른 자기반성이 선행된다. 선비는 훼손된 육체의 경험을 통하여 계급의식을 각성하고 첫째에 대한 자신의 사랑을 비로소 깨닫는다. 선비가 첫째의 사랑을 깨닫는 것은 덕호의 집에서 탈출하면서부터다.

인천 방직 공장에서 집단적인 노동자 생활을 하면서부터 첫째를 향한 선비의 사랑은 더욱 견고해진다. 노동자의 계급적 각성을 통한 자기 정체성을 확인한 후 선비는 첫째를 박대하였던 시절을 후회하며 첫째가 주었던 소태나무 뿌리를 귀중하고 정겨운 것으로 반추한다. 선비의 계급적 각성은 첫째를 그리워하는 데 머물지 않고, 부모님의 억울한 죽음을 깨닫는 동기로 작용하면서 주체적인 노동 지도자로서 역할을 담당할 수 있는 힘이 된다.

이렇듯 계급적 각성을 통과하였기 때문에 텍스트 마지막에서 극화된 선비의 죽음은 계층의 차이를 고발하는 효과를 낳는다. 열악한 공장의 노동조건으로 인한 선비의 죽음은 육체의 마지막 통과의례로 공간 이동의 의미에 머물지 않고, 실천적 노동운동의 선도적 역할로서 진보적 역사의식을 환기하게 된 것이다. 그러므로 선비의 죽음은 노동운동이라는 과업달성의 실패를 의미하기보다는 첫째의 노동 운동에 대한 실천적 의지를 더욱 견고하게 하는 동기로 이해되어야 할 것이다.

많은 논자들이 선비의 갑작스러운 죽음을 과업 달성의 실패로 보고, 그런 한계를 강경애의 견고하지 못한 이데올로기로 지적한 바 있다. 김미현은 첫째를 전형적인 민중으로 만들려는 의도 때문에 그 이외의 인물들을 허수아비로 취급되거나 지나치게 작위적으로 그려지는 이유로 이 소설의 결말을 '옳은' 결말이지만, '자연스러운 결말'은 아닌 것으로 지적[38]한다.

그렇지만 선비의 죽음은 소설의 작위성과 도식성에서 벗어난 극적 결말이라는 점에서 오히려 자연스럽게 독자의 현실비판 의식을 유도하기 위한 작가의 창조적 서사 전략으로 볼 수 있을 것이다. 또한 희생양의 의미로 선비의 죽음이 계층의 갈등을 풀어나갈 정신적 과업이라는 것을 첫째를 비롯한 노동자뿐만 아니라 내포 독자들에게 부여하는 '극적 결말'인 점에서 그 심층적 의미는 비극의 카타르시스로 독자의 현실비판을 강화한다고도 볼 수 있다.

이에 비하여 「소금」에 대립적 공간의 인지경로는 작중 인물의 행위를 반성하는 계급적 각성으로 사회의식을 확산하는 의미가 있다. 이 소설은 봉염어머니가 식민지 간도에서 고난을 겪으면서 부정적 현실구조를 깨닫게 되는 과정으로 사회의식을 보여주는 이면에서 계층적 문제를 해결할 수 있는 평등한 삶에 대한 염원을 보여준다. 식민지 나라 없는 민족의 불평등한 사회 모순에 대한 비판의식을 통하여 우리 사회 평등한 삶을 향한 공정한 가치와 경각심을 환기하는 효과가 있

---

38) 김미연, 「강경애 소설의 관념성 – 후기소설의 변화를 중심으로 한 재론」, 한국근대
    문학연구, 2001, 10면.

다. 먼저, 고향에서 땅을 빼앗긴 대립적 계급의 공간 지향적 몸의 은유에서는 '중심 – 주변', '위 – 아래', '안 – 밖' 등의 공간 방향으로 '지주/소작인'의 계급 갈등 구조가 인지된다.

인용문에서 드러난 계급에 대한 정보체계는 억울한 삶에 대하여 분노하는 봉염어머니의 상태를 '화에 대한 압축된 그릇 은유'[39]로 전달한다. 봉염어머니의 억울한 심경은 간도의 어려운 삶 속에서 고향의 "눈에 흙 들기 전에야" (354면)잊을 수 없는 밭을 그리워하면서, 자기 밭을 빼앗은 참봉영감에 대한 억울한 화를 표출하는 과정으로 경계인으로서 몸의 은유가 인지된다. 참봉영감의 수탈로 인하여 봉염네 식구는 농사지을 땅마저 빼앗기고 빚에 몰려 살길을 찾아 간도로 왔지만, 지독하게 애를 쓰며 일을 하는 데도 불구하고 웬일인지 자기들에게 닥치는 것은 불행과 궁핍뿐이다. 참봉영감은 당시 친일 지주라는 점에서 '지주/소작인'의 갈등이 '제국주의/식민주의'에 기반을 둔 대립적 사회 갈등을 구체화하는 권력인 셈이다. 이처럼 참봉영감과 봉염네의 계급적 차이는 고향 '안 – 밖'의 대비적 공간 방향으로 부각된다.

소금을 바라보는 계층의 대립적 인지과정에서는 가부장제 '남성/여성'의 역할 차이로서 경계인으로서 몸의 은유가 파악된다. 텍스트의 모두(冒頭)에서는 남편이 용정서 광둥이 왔다는 기별을 받고 집을 나간 후, 봉염어머니가 남편의 신변을 걱정하면서 가사노동에 열중하는 장면으로 가부장제 여성의 일상과 의식에 대한 구체적인 정보가 제공된다.

---

39) 개념적 은유 "화난 사람은 압축된 그릇이다"의 경우에 화를 표출하는 신체는 열로 압력이 가해지거나 열없이 압력이 가해진 상태다. 졸탄 쾨벡세스, 앞의 책, 80~81면 참조.

특히 소금에 대한 봉염어머니의 입장은 가부장제 남/여의 차이로 '위-아래', '안-밖' 등의 공간 방향성을 내포한다. "끼니 때가 되면 그는 남편의 얼굴부터 살피게 되고 어쩐지 맘이 송구하였다. 남편은 입밖에 말은 내지 않으나 번번이 얼굴을 찡그리고 밥술이 차츰 늘여지다가 맥없이 술을 놓군 하는때가 종종있었다.", "해종일 들에서 일하다가 들어온 남편에게 등허리에 땀이 훈훈하게 나도록 훌훌 마시게 국물을 만들어놓지 못한 자기! 과연 자기를 아내라고 할 것일까?"(356면) 등에서는 가부장제 질서에 종속된 여성의 역할과 더불어 남편의 입맛을 걱정하는 여성의 헌신적 사랑이 드러난다. 이처럼 소금을 바라보는 봉염어머니의 입장은 가부장제 남성과는 다른 전통적 주부의 역할의 구체적 차이로서 신체의 운동력을 '안-밖'의 대비적 공간 방향으로 전달한다.

셋째, '유산자/무산자'의 계급적 대립에 대한 인지과정은 중국인 지주인 팡둥의 집과 거처할 곳도 없는 봉염어머니의 몸을 통하여 어디에도 소속되지 못한 경계인으로서 몸의 은유를 보여준다. 팡둥 집을 '별천지'로 바라보면서 머물 집이 없어 갈 곳을 걱정하는 봉염어머니의 처지는 '유산자/무산자'의 계급 차이를 구체적으로 반영한다. "그들은 어떤 별천지에 들어온 듯 정신이 얼얼하였다. 그리고 그들의 초라한 모양에 새삼스럽게 더 부끄러운 생각이 들며 맘놓고 숨쉬는 수도 없었다."(362면) 봉염모녀의 눈에 비친 팡둥의 집은 그야말로 별천지다. "방안은 시원하게 넓으며, 캉이 좌우로 있었다. 빛나는 돌로 깔리었으며 저편 창 앞에는 대리석으로 만든 테이블이 놓였고 그 위에는 검은 바탕에 오색 빛나는 화병 한 쌍을 중심으로 작고 큰 시계며, 유리단지에 유유히 뛰노는 금붕어 등, 기타 이름 모를 기구들이 테이

블이 무겁도록 실리어 있다."(362면) 팡둥의 집의 호화로운 정경에 대한 공간 묘사에는 거처할 곳뿐만 아니라 아무 살림살이도 없는 봉염어머니의 상황과는 극한 대조를 보인다. 이와 같은 공간묘사에서는 계급적 차이가 '중심 – 주변'의 대립적 공간 방향으로 드러난다.

넷째, '사용자/고용주' 간의 계급적 대립에 대한 인지과정은 젖먹이 일을 하는 봉염어머니와 명수네의 관계성으로 부각된다. 봉염어머니는 명수네 집에서 명수에게 젖을 먹이는 대가로 '한달에 십이삼 원을 받'는다. 그러나 그 돈 몇 푼을 받는 이유로 제 자식에게는 젖을 물리지도 못하고 돌보지도 못한 대가로 딸들이 차례로 죽는 비극을 맞는다. "돌이 지나도록 자란 것은 뼈도 아니오 살도 아니오 눈치와 머리통 뿐"인 막내딸 봉희와, "젖을 먹으며 그 토실토실한 손으로 그의 머리카락을 쥐어뜯던" 명수의 대조적인 모습에서는 '유산/무산' 계급의 차이가 경계인으로서 몸의 은유로 부각된다.

다섯째, 소금에 대한 입장의 차이로 재현된 대립적 계급에 대한 인지과정은 공간 이동에 따라 달라지는 경계적 의미를 내포한다. 소금에 대한 봉염어머니의 인식은 싼더거우의 농가, 용정의 팡둥네 집, 해란강변의 셋방에 따라 변화된다. 싼더거우의 농가에서는 '남/녀'의 계급으로, 용정의 팡둥네 집에서는 '유산/무산'의 계급으로, 해란강변과 두만강을 넘나들면서는 '자위단/공산당'의 계급으로 대립적 관계성의 경계성을 재현한다.

이처럼 공간 방향적 운동력과 관련되는 소금에 대한 봉염어머니의 입장의 변화는 계급적 각성에 따른 사회의식의 확산에 다름이 아니다. 싼더거우에 오자마자 그녀는 부족한 소금 때문에 전전긍긍한다. 소금 때문에 '남몰래 운 적이 한 두 번이 아니었다.'는 태도는 남편의 입맛을 맞추지 못하는 가부장제 전통적 여성의식을 보여준다. 싼더거우에서 소금을 바라보는 그의 입장이 고향에 대한 그리움과 음식 만들기라는 가사노동에 국한된 데 비하여, 용정의 팡둥네 집에서 소금을 바라보는 그의 입장은 빈부의 차이를 각성하는 현실 비판 인식의 변화를 보여준다. 그녀는 팡둥네는 돈이 많아 소금을 풍족하게 사용한 것을 보고, 왜 자기네는 일을 열심히 하여도 돈을 갖지 못하는지 의문을 제기하는 방식으로 계급적 불평등에 대한 자각을 보여주는 것으로 무소유와 소유의 경계인식을 해체한 셈이다.

여섯째, '민족/제국'의 대립적 이데올로기에 따른 계급적 대립에 대한 인지과정은 항일투쟁을 하는 공산당과 일제 앞장이 순사의 소금밀수에 대한 상반된 입장의 차이로 부각된다. "죽일년 그년이 내아들을 공산당이라구 에이 이년놈들 벼락 맞을라 누구를 공산당이래…… 너의놈들이 그러고 뒈질때가 있을라. 누구를 공산당이래"(370면) 팡둥집에서 쫓겨나면서 공산당에 대한 증오를 보여주었던 봉염어머니는 소금을 밀수하다가 맞닥뜨린 공산당이 자신들에게 보여준 호의로 인하여 공산당에 대한 적개심이 약화된다. 공산당은 그들을 순순히 풀어주면서 잘 다녀오라는 인사까지 하는 인간적 면모를 보여준 반면에, 밀수 사실을 발각한 순사들은 그의 소금을 빼앗으려 한다. 순사들이 소금자루를 빼앗는 순간 봉염어머니는 자신의 가족을 불행하게 한 적은 공산당이 아니라는 인식으로 이데올로기의 경계를 보여주게 된다.

이와 같이 순사에게 소금 자루를 빼앗기고 자신의 처지를 공감하는 공산당의 호의에 반응하게 되는 계급의식을 각성은 이데올로기에 대한 이성적이거나 논리적인 접근이 아니라 무산 계층 여성의 사회화 과정을 극적으로 강조하려는 작가의 식민지 현실 비판의식과 관련이 있다. 이는 약자로서 경험한 현실부정에 대한 공정한 사회의식을 환기하는 측면에서 이데올로기의 경계선에 위치한 몸의 은유를 내포한다. 봉염어머니는 일본 순사에게 소금자루를 빼앗기는 순간에 공산당에 대한 계급적 각성을 아들 봉식에 대한 믿음으로 강화하면서 그토록 증오했던 공산당이야말로 자기 가족의 원수가 아니라는 것을 깨닫는다. 그것은 봉염어머니가 자기 가족의 불행한 삶에 대하여 끊임없이 회의를 가졌지만, 그 원인을 몰랐던 미숙함에서 벗어나는 공정한 사회인식을 바라는 경계인으로서 현실 비판을 강화하는 극적 효과로 볼 수 있다.

봉염어머니가 항일유격대의 연설을 떠올리는 대목에서 환기되는 '왜 끊임없이 빼앗겨야 하는가?'(393면)하는 의문은 순사들에게 소금자루를 빼앗기는 장면에서 계급적 각성을 강화하는 효과가 있다. 텍스트 마지막에 드러난 그의 계급적 각성은 일시적인 감정적 반응으로 보이지만 대립적 공간의 갈등을 해소하는 측면에서 이데올로기의 도식성을 민주주의 공정한 사회의식을 강화할 수 있는 몸의 은유로 볼 수 있을 것이다.

또한, 일제의 검열로 지워진 채 해독할 수 없었던 텍스트 말미에 드러난 붓질 복자를 첨단 과학 기술의 도움을 받아 복원한 바 있는 한만수의 복원결과와 다른 북한본 결말부의 차이는 남북의 입장 차이를 반영하는 측면에서 경계적 의미를 내포한다. 한만수의 복원결과에서 확인된 "이때까지 참고 눌렀던 불평이 불길같이 솟아올랐다. 그는 벌떡 일어났다"는 원문 내용이 북한본에서는 "벌써 슬픔도 두려움도 없이 순사들의 앞에 서서 고개를 들고 성큼성큼 걸어갔다"로 바뀌면서

봉염어머니의 투쟁적 행동력이 강조되고 있다.[40] 한만수 복원에 내포
된 공정한 사회의식에 대한 작중인물의 인식뿐만 아니라 인물의 계급
적 투쟁성을 강화한 북한본 결말부와 다른 차이는 21세기 건전한 민
주주의 사회의식을 확장할 뿐만 아니라 남과 북의 대립적 공간의 문
화 차이를 이해할 수 있는 단초가 될 수 있을 것이다.

한편으로「지하촌」에 대립적 공간의 인지경로는 '지상'과 대비되는
'지하'의 공간성의 궁핍한 현실과 맞닿는 몸의 은유로 사랑의 환상을
환기하는 심층에서 사회의식을 확산하는 의미가 있다. 이 작품에서
의 인지경로는 과거에서 현재로 이동하는 스토리 시간의 순차성으로
인해 시간적 구성은 단선적[41]이지만, 작중 인물의 시각과 감각적 묘사
를 활용함으로써 서사의 입체성을 낳는다. 그 심층에는 식민지 현실
을 직시하며 인간의 내면을 예리하게 파헤치는 작가적 통찰력과 감수
성이 병존한다.

공간 대립적 장면 구성은 인물 시점과 감각적 표현[42]을 적치적소에
배치하여 현실/환상, 궁핍/자연 등의 대립 체계에서 경험되는 본능적
생명력을 보여준다. 칠성이의 집 즉 방안의 장면을 전경화하여 '지하'

---

40)「남과 북이 함께 복원한 강경애 문학세계」,『한겨레』 2006년 8월 24일자 23면 참조.
41) 스토리 시간은 1-6일로 드러나는 데, '이틀 후'라는 시간 생략을 고려하면 담화시
간은 4일로 집약된다. 스토리 시간과 담화 시간은 비교적 순차적이지만, 대화적
회상은 과거를 초점화하기도 한다. 시간적 구성에 따른 칠성이의 행위는 다음과
같다. 1일-동네 아이들에게 조롱을 당하지만 분노하지 못한다. 2일-꼭 큰년이를
만나겠다고 생각한다. 3일-큰년이와 만난 후 큰년이의 옷감을 준비하기 위하여
떠난다. 이틀이 지난 5일-큰년이에게 줄 옷감을 가지고 송화읍에 도착 밤새 걷는
다. 6일- 연자간에서 사나이의 이야기를 듣는다; 동네는 물난리가 났고 큰년이가
시집을 갔고 마침내 영애의 머리에서 구더기를 목격한 후 하늘을 노려본다.
42) 서정자의 지적처럼 강경애는 감각적 묘사에 출중하다. 서정자,「체험의 소설화, 강
경애의 글쓰기 방식」,『여성문학 연구』(13호), 한국여성문학회, 2005, 248면.

의 현실과 맞닿는 몸의 은유를 극적으로 환기된 것이다. 아이가 토하는 장면에서는 토사물이 클로즈업됨으로써 비극적 상황이 극화된다. 씹히지 않은 도토리 쪽에 묻힌 붉은 핏빛까지 상세하게 보여주는 토사물의 확대 장면은 아이가 병들어 있는 실상을 그로테스크한 경험으로 발견하게 한다. 이러한 장면의 배경에는 파리와 바퀴가 우글우글 끓는 곳에서 파리를 건져내고 밥을 먹어야 하는, 그 밥이란 도토리뿐으로 밥알은 어쩌다가 씹히는, 쓰디 쓴 도토리 맛의 밥(153면)으로 연명하는 궁핍한 현실이 전제되어 있다.

열악한 환경에서 병든 아이가 보살핌을 받기보다 외면당하고 방치되는 상황이 칠성이의 행동과 태도로 구체화된다. 아이를 문 밖으로 내팽개칠 뿐만 아니라 뼈만 남은 아기의 볼기를 때려대는 칠성이의 행동은 파노라마처럼 자연스럽게 연속되어진다. 아이의 흐느끼는 울음소리를 듣고 한기를 느낀 감각적 반응에서 살펴지듯이, 숨겨둔 과자를 아이에게 충동적으로 던져준 채 밖으로 나가버린 칠성이의 태도 또한 논리적 사고보다 감각적 반응이 앞선, 그래서 현실 상황을 극복하기보다는 탈출하고픈 본능적 감정을 감지하게 한다.

이와 대립적 공간의 인지경로에 따르면 몸의 은유는 사랑의 환상을 자연의 공간으로 반사한다. 울바지의 경계는 사랑의 대상인 큰년이게 향한 열린 공간으로서 칠성이의 사랑이 투영된 내면세계이다. 사랑의 감정은 '부초쫑 끝 흰 꽃'에서 별빛을 보게 하고, '부초 냄새'(150면)에서 계집이 곁에 있는 환상을 품게 한다. 본능적 이끌림으로 바자 곁에 다가 선 칠성이의 환상은 울바지를 넘어 큰년이의 집안으로 확장된다. 사랑의 감정이 빚어낸 감각적 향기와 빛과 소리로 반사되는 공간의 분위기는 신비하고 아늑하다. 몽환적 공간의 몰입은 옷에 이슬이 촉촉한 촉감과 부초꽃이 물속에 잠긴 차돌처럼 그 빛을 환히 던지는 칠성이의 지각으로만 가늠될 뿐, 그 어떤 정확한 시간의 경과도 제시되지 않는다. 모깃불도 보이지 않고 캄캄한 어둠, 어디선가 들리는 벌레 소리 등에서 환상의 편린이 엿보인다면, 방으로 들어가자 가슴이 답답한 칠성이의 지각은 현실에 대한 불만을 본능적 감정의 변화로 표출하고 있다.

한편, 어휘의 선택에서 감각적 묘사와 잦은 동사의 활용은 본능적 생명력을 밀도 있는 탄력적인 묘사로 부각시키지만, 의미 생성의 경로를 달리한다. 궁핍하고 비참한 현실에 대한 환멸은 객관적으로 보여주는 데 비해, 아름다운 사랑의 감정이 투영된 자연을 환상적으로 보여주는 차이가 드러난다. 감각적 묘사는 궁핍한 현실을 부각시키는데, '깨느르르한 침', '씹히지 않은 그대로', '그 빛이 약간 붉은', '빨갛게 상기되고' 등의 시각적 효과는 핏빛과 같은 슬픔을 환기시킨다. '입에 문 도토리가 모래알 같아'와 같이 미각과 촉각의 결합[43]이 조화를 이루는가하면, '몸이 오실어워서', '쓴 내가 코구멍 깊이' 등과 같이 촉각과 후각이 부각되기도 한다. 이처럼 다양한 감각적 표현은 궁극적으로 '칵 울러바쳐 견딜수 없'는 현실에 대한 환멸을 강화시킨다. 한편, '내치고/내놓았다/짝 붙이다/ 팽개치다/냅다 차다/팽개치고/나와 버렸다'와 같이 반복된 동사의 활용은 폭력적 장면을 빠르게 현상하

---

43) 텍스트에서 미각과 촉각이 어우러진 감각적 묘사는 도토리 밥을 씹는 지각의 경험으로 생생하게 드러낸다. '씹히는 그 밥알이야말로 극히 부드럽고 풀끼가 있으며, 그 맛이 달큼해서 기침을 할 지경이었다. 그러나 그 맛은 잠간이고, 또 도토리까 미끈하고 씹혀 밥맛이 쓰디쓴 맛으로 변한다. 그래도도토리만은 잘 씹지 않고 우물우물해서, 얼른 삼키려면 그만큼 더 넘어가지 않고 쓴물을 뿌리며 혀 끝에 넘나들었다'(153면)

는 가속화된 현장성을 구성함으로써 병든 아이가 보호받지 못한 열악한 환경을 입체적으로 경험하게 한다.

공간 대립적 인지경로에 따르면 자연 묘사의 감각적 어휘 선택은 아름답고 신비로운 사랑의 감정을 이입한다. '부초쫑 끝에 별 빛', '흰 꽃이 다문다문 빛나고', '모깃불' 등의 시각과 '부초 냄새', '향긋한 쑥 내' 등의 후각과 '바삭바삭', '두런두런', '쓰르릉' 등의 청각이 어우러진 장면에서 환상적 분위기가 한층 더 고취된다. '솔솔', '두런두런', '바삭바삭', '확확', '껌벅껌벅' 등의 첩어 또한 서정적 운치를 더한다. 감각적 이미지를 풍성하게 병치시킨 입체적 장면 제시는 사랑의 무아경과 깨어남, 그리고 그 경계를 잇는 서사 공간을 풍요로운 감각으로 경험하게 한다. 한편 '바자가 바삭바삭 소리를 내고', '호박 잎의 솜털이 그의 볼에 따끔거린다' 등과 같이 감각의 주체와 대상의 경계가 모호한 풍경의 묘사는 독자와의 소통에 있어 논리적인 이성보다는 감각적인 감성에 닿아있는 시적 공감으로 깊은 울림을 파장한다.

공간 대립적 인지경로에 따르면 궁핍한 생활과 병든 아이의 고통이 칠성이의 눈을 통해 리얼하게 포착된다. 눈을 감고 애써 외면하려고 해도 눈조차 감을 수 없게 하는 현실 상황은 병든 아이가 일어날 힘조차 없어 쓰러지며, '소리 없는 울음을 입으로' 울며, 머리에 붙여둔 헝겊을 쥐고 박박 할퀴는 소리를 내며, 고통스러워하는 모습으로 장면 제시됨으로써 비극성을 점층적으로 강화시킨다. 그 정점에서 '조놈의 계집애는 죽었으면!'178면 하는 칠성이의 독백이야말로 극도로 궁핍한 상황에서 비극이 슬픔을 넘어 살기를 드러내는, 그래서 윤리적 가치보다 압도하는 인간적 본능을 천착한 표현이다.

한편 사랑의 감정으로 바라보던 자연은 식물성으로 반사되며 바라보지 못한 대상에 대한 환상을 보여준 존재의식의 반영을 거쳐 대상을 바라보는 거리와 바라볼 수 없는 거리의 사이에서 동물성을 반영하는 변화를 보여주게 된다.

위의 공간 대립적 인지경로에 따르면 큰년이를 향한 증폭된 욕망은 칠성이의 절실한 그리움과 애틋한 연민으로 채색된다. 사랑의 감정은 빨래 널리는 소리마저도 가슴에서 새 새끼가 수없이 팔딱거리며 약동하는 생명 충만함을 느끼게 할 뿐 아니라, 귀가 울고 눈이 캄캄한 맹목을 수반한다. '해어진 치마폭 사이로 뻘건 다리가 두어번 보이다가 없어진'(152면)모습은 안타깝고, 그로 인한 아쉬움은 아낌없이 주고 싶은 욕망으로 치닫는다. 가족에게는 부담이며 불쾌하기 그지없었던 과자나 돈도 큰년이를 향해서는 하찮고, 그녀에게는 오히려 자신이 옷가지라도 해주지 않으면 안 될 것이라는 책임감을 갖게 된 것이다. 이처럼 본능적인 사랑은 어둠속에서 자연스럽게 빛을 바라듯, 앞을 보지 못한 큰년이에 대한 보호 본능과 연민으로 인하여 존재적 가치를 점차 확산시킨다.

감각적 묘사는 현저하게 드러나지만 동사의 활용이 줄어드는 대신 독백이 부각된다. 궁핍하고 비참한 현실에서 탈출하고픈 독백이 드러난다면, 대상을 갈망하는 거리에서 헌신을 다짐하는 독백이 드러난다. 병든 아이가 고통스러워하는 모습은 '할락할락하는', '박박', '비비치다도' 등의 의성 의태어로 생생하게 묘사됨으로써, 고통의 무게가 사실적인 현장성으로 강화되어 전달된다. '노란 저 손가락'에서 드러나듯이, 아이의 병든 상태가 노란 색으로 투명하게 확산되는 동시에 '저'라는 지시 대명사가 환기하는 지각적 거리로서 아이를 바라보는 냉정한 시선이 포착된다. '저'에서 발견되는 냉혹함의 거리는 결국 '조놈의 계집애는 죽었으면!'하는 독백과 조우하며 큰년이를 향한 사랑과는 변별되는 애증의 각을 첨예하게 세워 보인다.

　공간 대립적 인지경로에 따르면 '바삭바삭', '우석우석', '팔딱거리고' 등의 청각적 감각과 '뻘건 다리', '캄캄하였다', '빨래는 히다못해서', '해빛같이빛나고' 등의 시각적 감각으로 사랑의 감정을 자연과 대상에 반사한다. 빨래를 널고 있던 큰년이의 '뻘건 다리'에서 가난한 현실이 시리고 아리게 감지되는 반면 빨래의 흰빛은 햇빛 같이 빛나는 감각으로 확장되면서 사랑의 감정을 우주로 확산시킨다. '귀가 우석우석 울고' 등의 공감각적 표현은 이성적이기보다는 본능에 근거한 사랑의 속성과 부합되며 시적 공감으로 독자반응을 활성화하는 점에서도 문법성에 대한 의문을 상쇄하기에 충분하다. 한편, '과자나 들려줄걸', '돈이나 줄것을', '치마나 해주지' 등의 잦은 독백은 환상적 사랑을 넘어선 실천적인 의지로 성숙된 사랑의 단면을 읽게 한다.

　요컨대 「지하촌」의 대립적 공간의 인지경로에 따르면 궁핍의 참상을 보여주는 현실 공간과 사랑의 환상을 보여주는 자연의 공간으로 대립된 공간의 배치와 맞닿는 몸의 은유는 인물 시점과 감각적 어휘로 꼼꼼하게 직조되는 장면 구성의 입체성을 더하며 궁핍/풍요, 증오/사랑, 절망/희망 등의 서사 경험을 풍요롭게 환기한다. 현실/자연 공간에서 드러난 본능적 감정이 더욱 고조된다. 사랑의 감정이 한층 농밀하게 무르익는 몸의 은유는 지하의 공간과는 대비적인 천상을 인간의 행복의 지향한 지상과 맞닿는 육체의 본능과 관능으로 역동적 생명력으로 환기하는 효과가 있다. 현실/사랑의 대립적 공간 배치로 플롯의 형식을 새롭게 경험하게 하는 작가의 객관적인 현실인식과 예민한 감수성의 표현으로 인하여 독자는 본능적 생명력을 새롭게 발견한다.

4. 통합적 성장의 인지경로와 유기적 젠더

강경애 소설은 통합적 성장의 인지경로에 따라 유기적 젠더의식을 환기한다. 몸의 유기적 성장에 대한 인지경로는 물질적 속성과 맞닿는 존재론적 의미로 창조적 여성성에 기반을 둔 작가의 젠더의식을 보여준다. 개념적 은유 이론에서 존재론적 은유는 물리적 대상이나 물질에 대한 경험으로 추상적인 사건, 활동, 정서 생각 등에 대한 심오한 근거를 제공하는 방식으로 다양한 목적을 충족시킨다.[44]

이처럼 독자는 강경애 텍스트의 근원영역으로 드러난 정신과 물질의 경계로서 몸의 복합적 인지경로에 대한 정보를 통하여 통합적 성장이라는 목표영역에 도달할 수 있다. 인권의 은유로서 복합적 인지경로를 따라 독자는 물질과 정신의 복합적 의미를 내포하는 존재론적 은유로 '지금 – 여기' 우리 사회 훼손된 인권을 반성할 수 있을 것이다.

이를 강경애 「인간문제」에 적용하면, 통합적 성장으로서 존재론적 은유는 인권에 대한 몸의 은유로 유기적 젠더의식을 환기한다. 먼저 「인간문제」 근원영역으로 제시된 첫째와 신철, 선비와 간난이의 성장은 유기적인 생명선으로 연결되는 '물'과 같은 존재론적 은유[45]로 긍정적인 삶을 위한 통합적 연대의식을 환기한다. 인간문제에 내포된 통과제의적(initiation story)[46]의미의 복합적 관점으로 살펴볼 때, 비록

---

44) G 레이코프 & 존슨, 앞의 책, 58~71면 참조.
45) 존재론적 은유는 물리적 대상이나 물질에 대한 경험으로 추상적인 사건, 활동, 정서 생각 등에 대한 심오한 근거를 제공하는 방식으로 다양한 목적을 충족시킨다. G 레이코프 & 존슨, 앞의 책, 21~71면.
46) 통과제의 또는 입사(Initiation)란 용어는 인류학이 개념으로 통과제의의 문턱에 들어선다는 뜻인데, 소설에서는 인물이 무지나 미숙상태로부터 사회적, 정신적인

신철의 성장은 좌절되었지만 첫째의 성장을 이끈 동기로 작용하였으며, 간난이의 성장은 선비의 성장을 이끌었으며, 죽음으로 완성된 선비의 성장은 열악한 노동 환경을 고발하는 차원과 노동계급을 각성하게 하는 차원에서 첫째와 간난이를 비롯한 모든 노동자에게 영향력을 끼친다. 이처럼 작중 인물들의 각기 다른 성장의 경로는 독립적이 아니라 유기적으로 연결됨으로써 인간문제를 해결할 수 있는 통합적 성장이 강조된다.

텍스트의 모두(冒頭)에 드러나는 유기적 성장에 대한 정보는 동네의 생명선으로 기능하는 원소의 물로 전달됨으로써 민중들의 연대의식을 환기한다. "이 동네 개 짐승까지라도 이 물을 먹고 살아가는"(5면) 동네의 생명선으로 기능하는 원소 '물'의 존재론적 은유는 서사 전개 과정에서 선비, 간난이, 첫째, 유신철 등의 유기적인 성장의 경험으로 구체화된다.

먼저, 신철의 성장은 비록 사상의 전향으로 퇴행을 보여주긴 하지만, 첫째에게 노동 교육을 시켜 첫째가 노동지도자로 성장할 수 있도록 도움을 준 점에서 첫째의 성장과 유기적 젠더의식이 드러난다. 작가 이데올로기상으로는 신철의 성장이 동지들에 대한 배반이자 좌절된 성장이지만, 작중 인물의 계층을 감안할 때 그것은 나름대로 자기 정체성과 계급의 차이를 고민한 사회화의 과정으로 이해할 수 있다.

신철이는 가장 먼저 노동운동에 뛰어들었다. 물론 중도계급이었던 신철이가 단지 개인적 안일과 부만을 추구하며 자신에게 결혼을 강압

성년으로 통과해 감에 있어서 일련의 괴로운 시련을 겪게 되는 것으로 나타난다. 이재선, 『한국소설사』, 홍성사, 1981, 468면 참조.

하는 아버지에 반항하여 집을 나와 노동자들을 교화시키는 것 자체가 투철한 노동계급에 대한 각성과는 거리가 멀다. 그렇지만 그의 노동운동은 첫째, 간난이, 선비와 같은 노동자에게 이론적 비판 교육을 하면서 자신과는 다른 노동계급에 대한 이해를 강화할 수 있었던 점을 고려할 때 성장의 긍정적 요소가 없지 않다.

신철은 부두파업쟁의의 배후 조종자로 체포되어 감옥에 갇힌다. 그는 감옥에서 노동현장에서 겪는 경제적인 궁핍과 막노동의 이중고 그리고 노동계급에서 오는 소외감을 극복하지 못한 의식의 분열로 가족들과의 단란했던 시절, 옥점과의 추억 등을 회상하면서 사상의 전향을 결심한다. 출감 후 그는 사상전향을 하고 모기관에 취직하고 부자집 딸과 결혼을 하는 세속적인 행복을 추구하는 것으로 노동운동가로서 변질된 성장을 보여준다.

물론 노동지도자로서 신철의 성장은 좌절되었지만, 노동운동 과정에서 계급의 경계를 넘어 노동자를 교화시키려 한 그의 지도자적 역할은 첫째가 노동지도자로 성장할 수 있는 밑거름이 되었다. 끝내 세속적인 행복을 추구하는 부르주아의 삶으로 편입하였지만 신철의 좌절된 성장은 노동계층과 소통하면서 첫째와 간난이를 교육하는 역할을 담당한 점에서 유기적인 성장에 대한 영향력이 없지 않다.

다음으로 간난이의 성장은 왜곡된 성정체성을 깨닫고 선비를 선도할 뿐만 아니라, 많은 여공들을 교화하는 교육자로서 유기적 젠더의식을 보여준다. 태수에게서 의식교육을 받은 간난이는 선비를 비롯한 순진한 처녀들에게 덕호에게 이용되었던 과거의 자신처럼 농락당하지 않도록 교화한다. 여성 노동자들에게 경제적 대우와 인격적 대우를 쟁취하겠다는 의지를 표명한 간난이는 선비에게 자기가 맡았던 노동자 교육을 맡기며 어떠한 일이 있더라도 끝까지 싸워야한다고 당부한다. 이와 같이 간난이의 성장은 신철이와 태수에게서 영향을 받고 선비가 지도자가 될 수 있도록 조력하는 방식으로 유기적 성장의 조화를 보여준다. 한편, 선비는 간난이의 지도와 도움으로 자신의 계급을 각성하는 동시에 첫째의 순수한 사랑을 깨닫게 된다.

선비의 성장은 간난이의 지도와 도움을 받지만 열악한 근로조건으로 인하여 죽음을 맞는 희생양의 의미로 완성되고 첫째와 간난이들을 비롯한 노동자들과 독자들에게 영향력을 끼치는 점에서 노동 지도자로서 유기적인 성장의 의미를 확보한다. 선비는 첫째의 강한 눈빛을 상기하며 자신의 계급과 사랑을 각성한다. 간난이가 태호의 교육과 지도를 받으면서 진실한 사랑을 깨닫고 선비에게 "덕호와 같은 수없는 인간과 싸우지 않으면 안될"(304면) 계급적 투쟁으로서 인간문제를 직시하게끔 한 것이다. 과거 덕호에게 이용당한 왜곡된 육체적 경험에 대한 반성으로 인하여 선비와 간난이는 개인적 각성에서 벗어나 여성노동자를 교화시키는 유기적인 성장으로 사회적 연대감을 확장한 것이다.

마지막으로 첫째의 성장은 유기적 젠더의식의 지속적인 발전을 보여준다. 용연마을에서 첫째는 매춘으로 살아가는 어머니, 비렁뱅이 이서방과 함께 불우하게 살면서 동네사람들에게 나쁜 평을 받았지만, 어릴 적부터 선비를 좋아하여서 선비어머니가 아플 적에는 소태뿌리를 캐어다 주는 순정을 보여주었다. 첫째는 친구 개똥이가 장리 빚으로 덕호에게 추수한 곡식을 모두 빼앗기자 덕호에게 대항한다. 그리고 다시는 불평등한 법에 걸려들지 않겠다는 각오로 마을을 떠난다. 인천의 공장지대로 옮겨 온 뒤에는 신철을 만나 의식화 교육을 받으면서 노동자로서 계급적 각성을 한다. 방직 공장 노동자들에게 비밀리에 삐라를 나르고, 부두 노동쟁의의 파업을 주도하면서는 선비에 대한 사랑을 더욱 굳힌다. 선비가 온순하고 예쁘기보다는 계급적 각성으로 씩씩하고 지독한 계집이 되어있기를 바란 것이다.

선비의 주검 앞에서 첫째는 인간문제를 불평등한 계층의 문제로 새롭게 각성한다. 시커먼 뭉치로 안긴 선비의 죽음은 과거 용연마을에서 실뭉치와 같은 "법"(351면)에 대한 의문으로 가슴이 무겁던 것과 같은 분노로 열악한 노동자의 현실을 직시하게 한 것이다. 이러한 맥락에서 첫째의 성장은 선비의 죽음 이후 불평등한 노동 계층의 문제를 풀어가는 모범적 지도자로서 통합적 연대의식을 끌어내는 힘이 된 것이다.

첫째가 선비의 죽음으로 인하여 계급투쟁의 의지를 더욱 확고하게 굳혔듯이, 선비의 죽음은 첫째를 비롯한 노동자들의 연대의식을 강화하는 희생양으로서 성장의 의미를 내포한다. 마치 원소의 물이 용연동네의 모든 생명들의 생명선인 것처럼 그것은 첫째를 비롯한 노동자계층의 성장뿐만 아니라 독자들의 성장을 유도하는 생명선이 된다. 선비의 죽음은 불평등한 인간문제를 새롭게 각성시킨다는 점에서 비극적이기보다는 살아 있는 자들에게 어떤 새로운 사명을 부여하며 더 나은 세상을 위한 연대의식을 끌어내는 희망이다. 선비의 죽음 앞에 흘리는 첫째와 간난이를 비롯한 노동자들의 눈물은 마을사람의 생명선이 된 원소의 물처럼 선비의 죽음이 헛되지 않으리라는 어떤 기대를 보여주기 때문이다.

이러한 이유로 선비의 극적 죽음은 식민지 인간문제를 그로테스크한 사실주의 미학으로 보여준 작가의 현실비판에 기반을 둔 문학적

형상화로 읽혀질 수 있다. 선비의 극적 죽음이야말로 인간의 가장 격
하된 이미지일 수 있으며 제로와 창조 사이의 '경계 허물기'의 의미로
현실 비판과 미래 전망의 양면가치성[47]을 보여주기 때문이다. 따라서
독자는 동네 농민들이 새로 이사 오는 사람에게나 자손이 나서 말을
배우기 시작할 때부터 원소 전설을 가르쳐 주어서 모든 동네 사람들
이 이 전설을 기억하고 원소에 대해서 어떤 기대를 갖는 것처럼 『인간
문제』를 읽으면서 작가의 실천적 삶의 가치와 소통할 수 있을 것이다.
그것은 고통스런 삶의 위안과 어떤 기대를 얻는 통합적 성장을 위한
유기적 젠더의식을 환기한 작가 강경애의 창조적 여성성으로 창출한
몸의 은유로 볼 수 있다.

이에 비하여 「소금」에서는 '대지'와 '소금'의 속성을 통합하는 모성
의 의미와 맞닿는 몸의 은유로 유기적 젠더의식를 환기한다. 이 작품
에서 몸의 유기적 인지경로는 봉염어머니가 뺏긴 고국의 '땅'과 '소금'
의 존재론적 속성으로 통합적 성장을 환기하는 모성과 맞닿는 몸의
은유로 인권을 강조하는 효과로 이어진다. 즉 '대지' 또는 '소금'의 속
성과 대응하는 모성의 존재론적 은유는 식민지 훼손된 삶의 가치와
대응하면서 통합적 성장을 환기한다. 모국의 '땅'과 간도에서 '소금'을
빼앗긴 봉염어머니의 경험은 식민지 소외된 모성의 훼손을 구체적으
로 보여준 것이다. 텍스트 심층에서 '땅'과 '소금'의 속성과 대응하는
존재론적 은유는 공간만 달리할 뿐, 나라를 잃은 식민지 민족의 운명

---

47) 죽음은 인간의 가장 격하된 이미지일 수 있으며 제로와 창조사이의 '경계허물
기'이다. 바흐친의 라블레론에 의하면 죽음자체도 양면가치성을 띤다. Bakhtin,
Mikhal, 이덕형, 최건영 역, 『프랑수아 라블레의 작품과 중세 및 르네상스의 민주
문화』, 아카넷, 2001, 참조.

과 긴밀하게 연결되어 있다.

일반적으로 '땅'은 모든 생명을 낳고 자라게 하는 점에서 모성과 닮아 있다. '소금' 또한 인간의 생명을 유지하는데 필요한 기본요소이며, 음식의 맛을 내고 썩지 않게 하는 양념 기능과 방부제 기능을 하는 점에서 모성의 역할과 닮아 있다. 따라서 '땅'과 '소금'을 빼앗긴 봉염어머니의 경험은 훼손된 모성의 의미로 나라 잃은 고통과 슬픔의 실존적 의미를 반성할 수 있는 기회를 제공한다. 고향 땅을 빼앗기고 억울하게 간도에 건너와서는 돈이 없어서 소금을 넣고 음식 맛을 제대로 내지 못하는 경험은 모국을 잃은 비극적 삶에 다름이 아니다.

소금을 바라보는 봉염어머니의 시각의 변화에서는 모성의 의미가 가족에서 사회로 확장된 과정이 복합적으로 살펴진다. 텍스트 초입에서는 돈이 없어서 소금을 넣고 음식 맛을 제대로 내지 못하는 자신의 무능력을 탓한 주부의 입장에서 가족에 대한 개별적 입장이 드러난다. 이에 비하여 팡둥 집에서는 물질의 소유에 따라 소금을 사용하는 태도가 다른 것을 인식하는 사회적 입장으로 변화된다. "그래도 이 집은 소금을 흔하게 쓰두먼. 그게야 돈 많으니 자꾸 사오니까 그렇겠지. 돈? 돈만 있으면 뭐든지 다할수가 있구나 그 비싼 소금도 맘대로 살수가 있는 돈. 그돈을 어째서 우리는 모지 못했는가 하였다."(365면) 돈의 가치에 따라 달라지는 불평등한 처지에 대한 의문을 제기한 인권의 의미는 개인의 문제를 떠나 사회의 문제로 확장된 것이다.

이렇듯, 봉염어머니의 존재론적 의미는 고향에서 삶의 터전, 간도에서 가족들을 잃고, 마침내 소금 밀수로 목숨을 잃게 되는 식민지 나라 잃은 민족의 비극을 모성의 복합적 경험으로 보여주는 지점에서 통합적인 인권의식을 환기하게 된다. "그때 그는 문득 남편과 아들 딸이 생각키우며 그들이 있으면 이 소금으로 장을 담가서 반찬해 먹으면 얼마나 맛이 있을까! 그러나 그들을 잃은 오늘에 와서 장을 담글 생각인들 할 수가 있으랴! 그저 죽지 못해 먹는 것이다." 가족에게 헌신할 수 없는 모성은 "소금 들지 않는 음식과 같이 심심한 생활"이며, "괴로운 생활"이다. 봉염이어머니는 팡둥집에서 소금 맛을 보면서 잃어버린 가족에 대한 애틋한 사랑을 보여준다. 그는 아무리 좋은 음식이라도 소금이 들어가지 않으면 맛이 없는 것처럼 가족을 잃어버린 자신의 삶을 무미건조한 것으로 바라보는 것으로 훼손된 모성에 대한 복합적 인식을 보여준다. 사랑하는 자식들을 차례로 잃어버린 모성의 훼손은 '대지'와 '소금'의 존재론적 속성과 대응하는 지점에서 개인의 비극적 문제에 머물지 않고, 식민지 타자화된 민족의 인권의식의 문제로 통합되는 것이다.

이와 같이 봉염어머니의 모성에 대한 복합적 인지과정은 나라 잃은 식민지 국민들의 공동체적 비극의 의미를 통하여 소중한 인권의 가치를 환기하게 된다. 특히 팡둥과의 왜곡된 관계에서 드러나는 봉염어머니의 훼손된 모성은 자본주의 계급, 가부장제 권력, 식민지 민족의 문제까지 복합적으로 얽혀진 인권의 유린으로 읽혀진다. 그의 남편을 죽음으로 몰았던 팡둥은 악독지주다. 그렇지만 그녀는 아들을 만나기 위하여 그에게 의지하다가 그의 아이까지 갖게 된다.

팡둥은 그녀를 겁탈한 후로 "어쩐지 발길로 엉덩이를 냅다 차고 싶게 미운 감정"을 보이면서 그녀에게 혹독하게 대하지만, 그녀는 팡둥의 아이를 가진 후로는 본능적 모성과 여성성으로 팡둥에 대한 애착을 넘어 집착을 보이기까지 한다. 팡둥의 무관심을 '점잖으신 어른'의 행동으로 합리화하며 그에게 사랑받고 싶어하면서 그의 '아내를 끝없이 부러워'하기마저 하는 의식의 변화는 복합적 모성의 의미를 보여준다. 복합적 모성으로 구체화된 봉염어머니의 입체적 성격에서는 "가부장제의 두꺼운 벽 안에 예속적인 존재로 길들여진 여성의식을 반영하며, 나아가서 지배담론에 매몰된 여성들의 성적, 계급적 정체성을 자발적으로 깨닫는 길이 얼마나 어려운 일인가 하는 것을 잘 보여준[48] 강경애의 문학적 형상화와 더불어 현실 비판적 여성주의가 엿보인다.

또한, 봉염어머니는 부도덕하게 가진 아이에 대하여서 죄책감을 가지는 반면에 강한 모성애를 보여주기도 한다. 그녀는 "뱃속에 애든것을 알게 되었을때 유산시키려고 별짓을 다하여보았다." "배를쥐어박아도 보고 일부러 칵 넘어지기도 하고 벽에대 배를대고 탕탕부디처도보았"고, 심지어는 '양잿물을 마시려고 캄캄한 밤중에 몇 번이나 일어' 섰으면서도, 냉면을 먹고 싶은 본능적 생명력이 압도하여 "양잿물그릇을 쏘치고 말았던 것이다."(367면) 팡둥에게 냉면을 사달라고 하리라 다짐하나 끝내는 아무 소리도 못한 채 팡둥의 집에서 쫓게 나 남의 집 헛간에서 아이를 해산한다.

봉염어머니는 아이를 '낳자마자 죽이려고' 다짐하지만, 출산 후에는 '전신을 통하야 짜르르 흐르는 모성애!'(372면)를 느끼는 본능적 모성을 보여준다. "내가 웨죽어, 꼭산다. 너의들을 위하여 꼭산다하고 중얼"거리면서 아이를 출산한 그는 봉염이의 '시선이 거북스럽'다. 피묻은 빨래를 들고 나가는 딸이 "치울터인데하"(374면)는 미안한 심경과 더불어 팡둥의 아이를 출산한 데 대하여 "자신이 끝없이 더러워보"인

---

48) 정현숙, 앞의 논문, 67면.

다는 윤리적 반성을 보여주기도 한다. 그러나 그 모든 것들을 압도하는 힘은 강렬한 모성애와 인권의식이다. '내가 왜 죽어 꼭 산다. 너희들을 위하여 꼭 산다.'(373면)라고 다짐하며 '삶의 환희'를 느끼고, 먹을 것이 없어 파뿌리를 먹어대는 모습에서도 본능적인 생명력과 더불어 자식들의 인권을 배려하는 통합적 모성애가 인지된다.

봉염이와 팡둥이와의 사이에서 낳은 봉희까지 잃고 난 후 봉염어머니는 자신이 유모로 들어가 키운 명수에 대한 그리움을 훼손된 모성애로 집착한다. 명수의 유모를 하는 동안, 정작 자신의 딸은 열병에 걸려 죽고 만 것에 대한 죄책감으로 "흥! 제자식 죽이고 남의 새끼보고 싶어하는 이어리석은년아 웨죽지않고 살아있어?"라고 푸념하면서도 자신이 젖을 먹여 키운 명수를 간절하게 보고 싶어 한다. "명수의 머리카락하나 자유로만져보지못할 자신"의 처지를 인식한 후에도 "명수가 젖을 먹으며 그토실토실한 손으로 그의 머리카락을 쥐어듣던 생각이나서 저윽히 가슴이다시 후닥닥"(386면) 뛰기조차 한다. "정이란 치사한것"(382면)이라 생각하지만 명수에 대한 집착은 죽은 딸들을 향한 그리움보다 더욱 절실하다.

한편, 봉식이 살아있을 것이라는 맹목적 모성은 소금밀수를 하게 되는 동기로 작용한다. 팡둥의 집에 얹혀살면서 온갖 고초를 견뎌낼 수 있었던 것은 오로지 아들의 행방을 알아내기 위한 집념에서다. 그는 '봉식이가 다녀갔다'는 말 한마디 때문에 팡둥이 집에서 종노릇을 하면서 아들 소식을 학수고대한다. 공산당의 연설을 들으면서도 딸이 다녔던 학교와 선생님을 떠올리며 아들이 공산당의 무리 속에 있지 않는가 생각에서도 맹목적 모성의 집착이 드러난다. 자식들에 대한 기억과 관련하여서만 삶의 가치를 확인하는 맹목적인 모성은 순사에게 소금 밀매가 발각되어 목숨이 위태로운 순간에도 "봉식아, 살았느냐 죽었느냐 이 어미를 찾으렴……난 더 살 수 없다!"(393면)고 절규한다.

이렇듯 텍스트 말미에서 극화되는 모성은 소금을 빼앗기는 상황으로 구체화된다. 봉염어머니 훼손된 모성에는 일본의 통제로 인해 비싼 관염을 사 먹어야 하였던 현실비판과 남편과 가족마저도 빼앗긴 채 "이렇게 심심하고 괴로운 길"을 살아간다는 비판적 인권의식이 내포되어 있다.

같은 맥락에서 소금을 빼앗기는 장면에서 아들에 대한 사랑을 보여주는 모성의 절대적 힘을 강조하는 통합적 성장의 인지경로는 인권회복과 맞닿는 몸의 은유로 유기적 젠더의식을 환기하는 것이다. 소금을 잃은 일은 목숨과 같은 모성을 빼앗기는 일이다. 소금을 빼앗기지 않으려는 그의 저항은 자식에 대한 믿음을 빼앗기지 않으려는 모성의 다른 얼굴이자 인권의 주장이다. 땅과 남편 그리고 자식과 목숨까지도 빼앗길 수밖에 없는 인권 유린의 비극이 소금을 빼앗기는 장면으로 극화된 것이다. 이처럼 텍스트 심층에서 빼앗긴 소금의 의미에 대응하는 모성의 회복과 맞닿는 몸의 은유는 공정한 사회인식뿐만 아니라 인권을 강조하는 차원에서 유기적 젠더의식을 환기한다.

한편으로 「지하촌」에서 통합적 성장에 따른 인지경로는 몸의 상징적 표현인 역동적 언어 구성으로 낯설게 하기의 변형을 육화하여 유기적 젠더의식을 환기한다. '역동적인 언어 구성'은 언어의 단순한 결합이 아닌 상호 작용의 시스템[49]이다. 변형된 상징으로 발전하는 상호

---

49) 야콥슨은 지배소를 '다른 구성 요소들을 지배하고 결정하고 변형시키는 핵심적

작용은 지배와 피지배성의 여부를 결정하는 구성의 원칙과 상관되어 텍스트의 역동성을 추구한다. 지배적 기능을 담당하는 인자는 피지배적 인자들을 지배하고 변형하는데, 상징의 지배와 피지배적 관계로서 변형은 고정적이 아니라 유동적이다. 「지하촌」에서 표면화된 지배적 기능으로서 '지하'의 상징은 '하늘' 그리고 '지상' 등의 피지배적 기능과 상호작용하는 역동적 언어 구성인 변형 상징으로 발전되어 '지상'의 존재가 '지하'의 존재로 추락된 지점에서 '천상' 즉 '하늘'을 지향하는 인간의 존재성과 맞닿는 몸의 은유를 역동적 사랑의 자연적 생명력의 회복으로 환기하는 효과가 있다.

텍스트의 모두와 결미에 배치된 상징은 작중 인물의 의식의 전환을 내포한다. "비는 좍좍 쏟아지고 바람은 미친 듯 몰아치는데, 가다가 우르릉 쾅쾅 하고 하늘이 울고 번갯ㅅ불이 제멋대로 쭉쭉 찢겨나가고 있다." 서산 위에 이글이글 타고 있는 해는 분출되지 못한 칠성이의 소극적 분노를 상징하는 데 비해, 묵묵히 하늘을 노려보는 행동은 적극적인 삶의 자세로의 세계관적 변화를 내포한다. 하늘의 상징은 중간, 즉 플롯선상에서도 변형되어 있다. 그 예로 '일곱 개의 별'과 '구름'을 환기시키는 칠성이와 칠운이의 이름에서도 '별'(144면) 혹은 '구름'으로 어둠 속 현실의 삶의 희망으로서 빛을 지향함을 발견할 수 있다. 우연치 않게 칠성이의 이름에 내포된 별의 상징은 '어둠'과 대비되는 '빛'을 추구하는 경험을 달리하며 반복[50]되는 것도 의미심장하다.

요소'라고 정의하는데 티냐노프가 텍스트의 위계질서를 논할 때 염두에 두고 있는 것도 바로 '지배소domianta'에 의해 구축된 위계질서이다. 문학을 한마디로 '역동적인 언어 구성'이라 정의하는 티냐노프의 이론은 역동성과 구성에 대한 세부적인 논의로 이어진다. 석영중, 『러시아 현대시학』, 민음사, 1996, 18-21, 231면 참조.
50) 칠성이의 이름과 관련된 별에 대한 묘사는 다음과 같이 반복된다. 동네 앞흐로 우

병들어 구박을 받는 아이의 이름마저도 아이러니하게 '남에 딸에 대한 경칭'으로서 귀한 존재 가치를 연상시킨다.

한편 약의 기능으로 자연을 이접시킨 상징은 건강한 삶에 대한 칠성이의 의지를 내포한다. 자연은 생명력이 충만하지만 인간의 육체는 다리를 저는 칠성이, 눈병으로 앞을 제대로 볼 수 없는 칠운이, 머리에 난 종기로 항상 진물이 흐르는 영애, 산후 조리를 못해 허벅다리엔 피가 홍건하고 주먹만한 살덩이가 축 늘어져 종기가 옮아 터지는 어머니, 눈먼 큰년이와 같이 모두가 불구이거나 나약하고 부자연스럽다. 이에 비해 '바자에 얽힌 호박 넌출 박 넌출 그 옆으로 옥수숫대 썩 나와서 살구나무 작고 큰 댑싸리가 아무 기탄없이 하늘을 바라보고 가지가지를 쭉쭉 쳤으니, 잎잎이 자유스럽게 미풍에 흔들리지 않은가'(163면)에서 드러나듯 칠성이 눈에 비친 자연은 생명력이 왕성하고 자유롭기만 하다.

초목만큼도 자유롭지 못한 불구의 처지에 병원의 치료도 약도 받을 수 없는 궁핍한 상황의 한계를 극복하기 위한 칠성이의 의지는 비록 소극적이지만 약의 기능으로 자연을 변용한다. 거미줄의 이슬이나 댑싸리 나무가 약이 될까하여 먹어보는 행위는 생명력을 향한 의지를 내포한다. '거미줄에서 빛나는 저 이슬 방울들이 참으로 약이 되었으면'(151면), '혹시 이 댑싸리나무가 내 병에 약이 되지나 않을가' (158

뚝 서있는 늙은 홰나무만이 별을 따려는듯 높하 보였다.(147면)/바자에 호박 넌출이 엉키었고 그 위에 별들이 팔팔 날았다.(149면)/부초쫑 끝에 별 빛인가도 의심나게 흰꽃이 다문다문 빛나고(150면)/검푸른 하늘의 별들은 아기 눈 같이 예쁘다.(159면)/그 위에 별들이 나도나도 빛나고, 별빛이 눈가에 흐르자 눈물이 핑그르르 돌며 통곡이라도 하고 싶었다.(162면)/별도 없는 하늘 감정 강아지 같은 어둠(168면)

면)하는 독백의 바람에는 건강한 삶에 대한 의지가 읽혀진다. 댑싸리 나뭇잎을 삼키고 나니 목이 아프고 맑은 침이 흐르는데도 그 침마저 약이 될 것 같아 삼키면서 눈물을 흘려야 하는 존재 상황에서는 미약하나마 긍정적인 삶의 가치를 지향하는 희망이 돋보인다.

통합적 성장의 인지경로에 따르면 자연 변용의 소극적 의지는 타성적인 습관을 넘어선 가족애의 실천적 사랑을 깨닫게 됨으로써 보다 능동적인 삶의 의지로 전환된다. ①에서 개에게 물린 상처에 부드러운 먼지를 약처럼 바르는 칠성이의 행동은 먼지를 약의 기능으로 자연스럽게 변용시키려는 습성을 반영한다. 사내는 그러한 타성적 행동이 오히려 병을 악화시킬 수 있음을 깨닫게 함으로써 칠성이가 소극적인 자연 변용의 의지에서 탈피하여 보다 적극적인 삶의 자세를 견지하는 세계관적 변화에 동기를 부여한다.

이에 비하여 ②에서 눈병을 앓는 칠운이가 오줌을 눈에 바르는 행위 또한 오줌에서 치유 효과를 기대하는 타성적 습관이 드러난다. 칠운이가 형에게 눈약을 얻어오라고 부탁하며 오줌을 눈에 바르는 상황에서 칠성이는 옷감대신 눈약을 사오지 못한 것을 후회하는 인식 변화를 보여준다. 본능을 넘어서 가족을 위하여 헌신할 수 있는 입장의 변화는 가중되는 불행 앞에서 현실을 분명하게 직시하고 진취적인 자세를 취하는 성숙한 삶의 전환으로서 가능성을 시사한다. 거미줄의 이슬과 댑싸리 나뭇잎, 그리고 먼지와 오줌에 드러난 자연 변형적 기능의 상징은 마침내 영애의 머리에서 나오는 구더기로 그 의미를 탈주시킨다.

통합적 성장의 인지경로에 따르면 자연 변형의 상징은 텍스트의 안면(顔面)이라 할 수 있을 만큼 낯설게 하기를 강렬한 이미지의 결합으로 실현한다. "아기는 언제 그 헝겊을 찢었는지 반쯤 헝겊이 찢어졌고, 그리로부터 쌀알같은 구데기가 설렁설렁 내달아 오고 있다." 생명력에 대한 의지는 바자, 이슬방울, 댑싸리 나뭇잎, 맑은 침, 먼지, 오줌 등의 자연 변용의 기능으로 노정되다가 결국 구더기의 상징으로 변형시켜 의미를 증폭시킨다. 약의 기능으로 변용되었던 자연은 핵심적 지배소로 부각되는 구더기의 생명력을 강화시키는 역동적인 언어 구성의 보조적 장치라 할 수 있다. 마을에는 홍수가 나고, 눈먼 큰년이가 돈에 팔려 시집을 가고, 동생 칠운이가 눈병으로 앞을 보지 못한 현실은 칠흑같은 어둠뿐이다. 그 어둠을 뚫고 나오듯이, 영애의 머리에서 피를 물고 기어 나오는 구더기는 역설적인 의미의 생명력[51]을 발견하게 한다.

"어머니는 와락 기어 가서 헝겊을 잡아 젖히니, 쥐 가죽이 딸려 일어나고 피를 문 구데기가 아글바글 떨어진다."(179면) 쥐 가죽 깊숙한 어둠을 뚫고 나온 구더기는 죽음과 삶의 경계에서 병든 상처를 정화하고 생명을 분출시키는 생명력으로 그 의미를 변형 생성시킨다. 피를 물고 바글바글 떨어지는 '쌀알같은' 구더기의 묘사는 텍스트의 프레임 자체를 일그러뜨리는 일종의 '발전된 메타포'[52]이다. 표현과 의미의 낯선 간격이야말로 '지하'와 '지상'을 연결하는 유기체로 생명력

---

51) 많은 연구자들이 구더기의 묘사에서 영애의 죽음을 단정하지만, 텍스트의 침묵에서 필자는 죽음보다는 생명의 의지를 발견한다. 이는 상처에 구더기가 생기면 정화작용으로 오히려 회복이 빠르다는 사지(死地)의 경험뿐만 아니라 특히 서사에 표면화된 구더기의 상징은 삶에 대한 적극적 의지로서 칠성이의 분노를 유발시키는 동기라는 점에서도 개연성을 갖는다.

52) "여지껏 한 가지 사물에만 적용되었던 정의를 다른 단어, 사물, 현상, 개념 등등으로 이전시키는 일이므로 열림의 의미론이 메타포를 가장 본질적인 도구로 삼는 것은 당연한 일이다"는 마야코프스키의 표현대로 상징 그 자체가, 인습적, 종교적 윤리의 코드를 파괴하는 '열린' 의미론을 포함한다. 석영중 , 앞의 책, 231, 318면.

을 질주시키는 지배적 상징으로서 변형을 시현한 것이다. 이러한 맥락에서 지하의 어둠을 뚫듯 핏빛 슬픔을 삼키고 분출한 칠성이의 분노의 상징은 어떤 서사소보다 핵심적 의미를 자극하며 적극적 삶의 의지를 끌어내는 역동적 생명력을 낯설게 하기로 형상화한다.

이렇듯 통합적 성장에 따르면 상징적 변형을 이접시킨 낯설게 하기와 맞닿는 몸의 은유는 어둠과 빛의 경계에서 자연 변용의 생명력을 발전된 메타포로 그리며 열린 세계로 탈주하는 강렬한 생명의 의지를 자연적 생명력으로 분출시키는 심층에서 유기적 젠더의식을 환기한다. 현실과 허구가 경계를 허물며 자리를 섞는 어둠의 극한에서 환기된 몸의 은유를 통하여 우리는 생에 대한 환멸을 넘어선 새로운 충격으로 역동적 생명력을 경험한다. 요컨대 상징적 변형을 이접시켜 통합적 성장을 향한 역동적인 생명력을 생성하는 낯설게 하기와 맞닿아 있는 몸의 은유는 '지하'의 삶을 극복하는 '지상'의 삶을 '천상' 즉 하늘의 별과 같이 어둠을 밝히는 빛의 존재성으로 환기한 효과로 볼 수 있다.

5. 맺음말

이 논문은 일제강점기 한국 여성소설에 내포된 몸의 은유를 사회학적 가치로 확장하는 차원에서 강경애 소설세계의 정보전달 체계에서 전달되는 반복적 시간, 대립적 공간, 유기적 성장에 따른 몸의 은유를 비판적 젠더의식, 확산적 젠더의식, 통합적 젠더의식으로 조명하였다. 강경에 소설 작품에 내재된 몸의 인지경로에 따른 정보 전달 체계는 작가의 실천적 삶의 가치와 소통함으로써 21세기 미래지향적인 사회학적 가치와 맞닿는 몸의 은유로 젠더의식을 반성할 수 있는 의미를 제공하는 효과로 이어진다. 이에 따라 필자는 개념적 은유의 접근 방법으로 강경애의 장편 『인간문제』와 중편 「소금」 그리고 단편 「지하촌」 등에 내포된 몸의 인지경로를 파악함으로써 일제식민지 한국 여성소설의 문화 사회적 의미로 강경애의 젠더의식을 다각적으로 제공하였다.

　첫째, 식민지 역사의 인지경로에 따르는 몸의 은유는 비판적 젠더의식을 환기한다. 『인간문제』에서 '운명'에 대한 반복적 정보에 따른 몸의 은유는 식민지 청춘남녀들의 고난과 의식의 각성 그리고 노동운동과 죽음의 등으로 식민지 역사의 육체적 경험을 재현함으로써 비판적 현실의식을 환기한다. 이에 비하여 「소금」에서 '이주'의 반복적 인지경로에 따른 몸의 은유는 봉염어머니가 고향에서 일본 지주에게 땅을 빼앗기고 고국을 떠나 간도에서 시련을 당한 육체적 경험을 재현함으로써 비판적 현실의식을 환기한다. 한편으로 「지하촌」에서 '시련'의 반복적 인지경로에 따른 몸의 은유는 큰년이와 큰년이 어머니, 칠성이와 칠성이 어머니 등으로 교차되는 시점의 이동에 따른 육체적 시련을 재현함으로써 비판적 현실의식을 환기한다.

　둘째, 대립적 공간의 인지경로에 따르는 몸의 은유는 확산적 젠더의식을 환기한다. 『인간문제』에 나타난 농촌에서 도시로 이동되는 대립적 공간의 인지경로는 지주와 무산계급의 갈등이 관리자와 노동자의 갈등으로 확대되는 사회문제뿐만 아니라, 남성과 여성의 계급적 각성에 따른 사회의식의 확장에 따른 확산적 젠더의식을 환기한다. 이에 비하여 「소금」에 대립적 공간의 인지경로는 작중 인물의 행위를 반성하는 계급적 각성으로 사회의식을 확산하는 의미가 있다. 한편으로 「지하촌」에 대립적 공간의 인지경로는 '지상'과 대비되는 '지하'의 공간성으로 강조된 궁핍한 현실과 맞닿는 몸의 은유로 사랑의 환상을 환기하는 심층에서 사회의식을 확산하는 의미가 있다.

셋째, 통합적 성장의 인지경로에 따르는 몸의 은유는 유기적 젠더의식을 환기한다. 「인간문제」에서 첫째와 신철, 선비와 간난이의 통합적 성장의 인지경로는 '물'과 같은 몸의 은유로 긍정적인 삶을 위한 유기적 존재의식을 환기한다. 이에 비하여 소금에서는 '대지'와 '소금'의 속성을 통합하는 모성의 의미와 맞닿는 몸의 은유로 유기적 젠더의식을 환기한다. 한편으로 「지하촌」에서 통합적 성장에 대한 인지경로는 몸의 상징적 표현인 낯설게 하기의 변형과 맞닿는 몸의 은유로 유기적 젠더의식을 환기한다.

이와 같이 『인간문제』와 「소금」 그리고 「지하촌」 등에서 반복적 시간, 대립적 공간, 통합적 성장의 인지경로에 따른 비판적 젠더의식, 확산적 젠더의식, 유기적 젠더의식과 맞닿아 있는 몸의 은유는 강경애의 역동적 여성주의를 환기함으로써 식민지 현실뿐만 아니라 지금 여기 우리의 현실을 반성할 수 있는 사회학적 가치를 창출하는 효과로 이어진다. 그러므로 강경애 소설에 드러난 반복적 시간, 대립적 공간, 통합적 성장의 인지경로에 따른 비판적 젠더의식, 확산적 젠더의식, 통합적 젠더의식과 맞닿은 몸의 은유는 작가의 실천적 삶의 가치와 소통함으로써 21세기 미래지향적인 사회의 가치를 역동적으로 환기하는 효과가 있다. 강경애 소설은 식민지 역사를 민중의 구체적 경험으로 생생하게 재현하는 심층에서 식민지 현실 비판적 젠더의식을 토대로 확산적이며 유기적인 젠더의식을 펼쳐 보인 몸의 은유를 통하여 우리는 강경애의 실천적 삶의 의미를 돌아보는 동시에 21세기 창조적인 조화를 이루는 젠더의식을 새롭게 창출할 수 있을 것이다.

결과적으로 강경애 소설의 식민지 현실을 전달하는 다각적인 인지 경로에 따른 몸의 은유는 비판적, 확산적, 유기적 젠더의식을 환기하며 역동적 생명력을 환기한 효과가 있다. 그것은 지상의 모든 어둠을 밝히는 별과 같은 존재성으로 사랑을 강조한 것이다. 사랑의 빛으로 실존의 어둠을 밝히는 차원에서 강경애가 구현한 몸의 은유는 강경애 소설의 독창성뿐만 아니라 한국 소설사에 전대미문의 시학적 성과라 할 만하다. 그 심층에는 식민지 치하 어둠의 현실을 천착하여 시공을 초월하여 사랑의 빛을 밝힌 강경애의 치열한 젠더의식이 자리한다.

2장 / 박화성 소설의 인지구도와 몸의 은유

1. 머리말

1930년대 박화성(1902~1988)의 단편소설은 일제 강점기 민족의 삶의 모순과 질곡을 극복하는 긍정적 경험을 몸의 은유로 내포함으로써 미래지향적인 가치를 창출하는 효과가 있다. 이 시기 박화성 소설에 환기된 몸의 은유는 '별이 빛나는 창공을 보고, 갈 수가 있고 또 가야만 하는 길의 지도[1]'로서 작가적 신념과 정열을 반사하면서 민족 공동체에 선한 영향력을 행사하는 실천적 삶의 가치와 맞닿는 장소의 역동성의 인지구도를 탐색할 수 있는 원동력이다.

오늘날 문학은 전체에 대한 통찰을 이야기하지 않으며 통찰하려고

---

1) 게오르그 루카치, 반성완 역, 『소설의 이론』, 심설당, 1985, 29면, 30 - 31면 참고. 박화성의 소설의 관계시점에 드러난 신념과 정열은 진리를 추구하는 이성에 의해 미리 정해지고 또 완결된 자기 자신에게로 나아가는 길이며, 역사적 광기로부터 침묵하게끔 운명 지워진 수수께끼 같은 식민지 현실에 대한 해명으로서 초월적 힘의 메시지를 읽어 낼 수 있는 것이다.

도 않는다. 정치가 할 수 없었던 영역을 문학이 떠맡던 시대가 있었으나 벌써 오래전 일이며 특히 여성문학에서 그것을 발견하는 것은 쉽지 않다. 일제 강점기 박화성의 소설은 바로 이 전체에 대한 통찰을 보여주었다. 작가 박화성이 소설을 통해 보여준 통찰의 자세는 그의 소설세계를 독보적 특징이자 사회지도자로서 여성작가를 바라볼 수 있는 요인이었다. 박화성 개인에게도 세계를 이와 같이 꿰뚫어 볼 수 있었던 시대는 어떤 의미에서 행복했을 터다. 이와 같은 입장에서 이 글은 일제강점기 박화성 소설에 반영된 장소성과 몸의 은유를 통하여 남성과 여성의 경계뿐만 아니라 지역과 국경의 경계를 확장한 작가 박화성의 미래지향적 현실인식을 구명하고자 한다.

일제강점기 박화성 소설의 장소 정체성[2]은 현실 비판 의식을 확인시킨다면, 장소 감수성은 작가의 미래 지향적 장소에 대한 열망을 환기시킨다. 박화성 소설에 재현된 장소성과 맞닿는 몸의 은유를 통하여 21세기 우리 사회 문화의 미래지향적 가치를 탐색할 수 있는 이유다.

그러므로 박화성을 연구하는 일의 의미는 더욱 강화되어 갈 것으로 보인다. 박화성이라는 텍스트가 보다 부각될 것이다. 그의 삶이 그렇고 그가 남긴 작품과 증언이 그러하다.[3] 같은 맥락에서 박화성 소설을 여행자 관점으로 확장하여 국내의 여러 지역뿐만 아니라 국외로까지 눈을 돌리며 공간영역을 확장한 성과[4]는 시사점이 크다.

---

2) 김덕현, 「장소와 장소상실, 그리고 장소 감수성」, 『문학과 장소』, 배달말학회 전국학술대회 발표 논문집, 2008, 5면. 장소의 정체성과 감수성은 사회적으로 구조화된다. 이미지의 사회적 구조는 수직적이고 또 수평적 측면에서 이해할 수 있다.

3) 서정자, 「지역, 여성, 문학 연구와 박화성이라는 기점」 서정자, 야마다 요시코, 송명희 편저, 『박화성, 한국문학사를 관통하다』 머리말, 푸른사상, 2013, 5-6면.

4) 1930년대 박화성의 단편소설에 드러난 간도 이주의 경험이나 장편 『북극의 여명』

일제강점기 박화성 소설의 장소[5] 구성은 작가의 현실 반영적 장소의 정체성과 미래 지향적 장소의 감수성을 교차 반복시킨 몸의 은유로 독창성을 구축한다. 여기에서 부각되는 민중의 삶의 터전으로서 지역은 낯선 추상적 공간이기보다는 작가의 경험과 전망으로 가득 찬 구체적 장소이며, 단순히 작품의 배경으로 기능하는 공간이기보다는 민중의 뿌리내림과 작가의 역사의식을 투영시킨 장소로 기능한다. 이처럼 박화성 소설에 배치된 지역들은 공간성보다는 장소성[6]으로 몸의 은유를 미래지향적 가치로 환기한다.

식민지 현실을 비판하고 이상적인 미래를 열망하였던 작가의식과 맞닿는 몸의 은유는 장소를 다양한 생명체로 바라보며 그것의 조화를 통하여 장소 정체성과 장소 감수성의 통합적 인지 구도로 환기된다. 따라서 장소 정체성과 장소 감수성을 반복 교차시킨 대위법적 장소구성에서 작중 인물이 장소를 어떻게 자각하고 경험하는가를 분석하는 것은 작가의 현실 비판과 역사적 전망의 변증법적 관계로 장소의 총

에 주목하면 박화성의 장소성과 맞닿는 몸의 은유가 보다 폭넓은 의미로 해명될 수 있다. 이미림, 「박화성 여행소설 연구 : 1930년대 전반기 문학을 중심으로서」, 『국어국문학연구』, 국어국문학회, 2009, 287-312면 참조.

5) 에드워드 렐프, 김덕현·김현주·심승희 역, 『장소와 장소상실』, 논형, 2005 참조. 산업화 시대의 장소와 장소 상실을 다루는 렐프의 이론에 따르면 장소들이란 장소 속에서 살아가는 사람들이 그 장소와 깊이 연루된다고 느끼는 것이고, 장소에 대한 그런 깊은 애착은 다른 사람들과의 밀접한 관계만큼이나 필수적이고 중요하다. 이는 장소를 고정된 것이 아니라 생동하는 세계로 바라보는 관점으로 일제강점기 박화성 소설에서 실제 장소의 현실적 반영이 부각되면 '장소 정체성', 미래 지향적 장소의 열망이 부각되면 '장소 감수성'으로 구분할 수 있는 객관적 근거를 제공한다.

6) 이-푸 투안, 구동회·심승희 역, 「공간과 장소」, 대윤출판사, 2007, 15-22면 참조. 이-푸 투안은 공간(space)과 장소(place)를 구분한다. 공간은 위험을 내포한 개방적인 움직임으로 기능한다면 장소는 삶의 가치를 내포한 정서적인 안식처로 기능한다.

체적 의미를 파악하는 작업이 될 것이다.

또한 박화성 소설의 장소 구도를 개념적 은유로 밝히는 방법은 장
소의 가치와 의미를 물리적으로 고정시키는 것이 아니라, 진동하는
인간 실존으로서 장소를 경험하는 역동적인 가치[7]를 생성하는 몸의
의미를 보게끔 한다. 의인화로 몸의 은유가 강조되는 장소의 생명력
이야말로 일제 강점기 민족 공동체의 복원을 꿈꾸며 장소의 생명력을
꾀하였던 박화성 소설의 장소 시학적 의미이자 가치 창출의 통로이
다. 이 점에서 박화성 소설의 장소성은 일제 강점기 민족 공동체의 삶
과 희망을 담고 키우는 몸의 은유에 뿌리를 두고 있다.

한편 1935년을 기점으로 살펴지는 박화성 소설의 형식적 변화는 그
의 소설 세계가 단지 '존재의 총체성'[8]을 구현하기 위한 이념에만 경도
된 것이 아니라 형식의 새로운 천착으로서 서술 공간의 미적 거리를 추
구하였음을 보여준다. 그러므로 박화성의 작품 연구는 경향적인 특징과
주제 의식의 규명에만 치우치기보다는 형식과 의미를 아우르는 측면에
서 '서사 형식이 만들어 내는 성격으로서 경험적 자아'[9] 들의 관계 시학

---

7) 가스통 바슐라르, 앞의 책, 182면. 모든 가치는 진동해야 하는 것이다. 진동하지 않
는 가치는 죽은 가치이다.
8) 루카치는 존재의 총체성이 가능하려면, 강제된 형식이 아니라 불확실한 동경으로
서 내부에서 잠자고 있는 모든 것이 표면으로 나타나 형상화됨으로써 의식화할 수
있는 지점에서 지식은 덕목이 되고 덕목은 행복이 될 수 있어야 하며, 그리고 아름
다움이 세계의 의미를 분명히 드러낼 수 있어야 한다고 본다. 이러한 소설 시학의
총체성은 텍스트의 언어를 일상적 구성 언어인 '쌩볼릭'과 본능적이며 원초적인 언
어인 '세미오틱' 두 충위로 보고 그 상호작용에 의해 텍스트의 최종적 의미가 결정
된다는 줄리아 크리스테바의 시적 언어의 혁명과 상통하는 의미가 있다. 게오르그
루카치, 앞의 책, 38면 참조; 줄리아 크리스테바, 김인환 역, 『시적 언어의 혁명』, 동
문선, 2000 참조.
9) 게오르그 루카치, 앞의 책, 57면.

을 몸의 은유로 해명함으로써 그 지평을 확장시킬 수 있을 것이다.

박화성의 저항정신과 현실 인식으로서 문학적 성과를 밝힌 기존의 연구 성과는 괄목할 만하다. 그럼에도 불구하고 텍스트 형식에 대한 객관적이고 보다 면밀한 고찰을 통해 작가 의식을 규명하는 시점에 대한 논의가 활성화되지 않은 점은 한계로 지적될 수 밖에 없다. 박화성에 대한 그간의 연구는 작가의 사회주의 이데올로기와 페미니즘적인 관점을 구명하였던 주제론적, 작가전기적 연구에서 시학적, 문화적 연구로 그 영역이 점차 확대되는 경향이다.[10] 최근에 시도된 변화영, 고창석, 고석규의 연구[11]는 사회 문화적 접근 방법의 가능성을 열어놓았다. 이들의 논의가 박화성 소설의 공간 연구에 객관적 틀을 제공하였다는 의미는 크지만, 작가의 상상력과 몸의 의미를 재현하는 장소의 문학적 형상화를 천착하는데 이르지 못한 아쉬움 역시 작지 않다.

이러한 점에 주목하여 필자는 박화성 작품의 형식과 내용을 연계시

---

10) 서정자, 「박화성론」, 숙명여대 대학원 석사논문, 1980; 정영자, 「박화성 소설 연구」, 『수련어문논집』 12권, 1985; 1996; 변신원, 「박화성 소설 연구」, 연세대 대학원 박사논문, 1996; 서정자, 『한국근대여성소설 연구』, 국학자료원, 1999 ; 이승아, 「1930년대 여성작가의 공간의식 연구 - 강경애, 박화성, 백신애를 중심으로 - 」, 이화여대 대학원 박사논문, 2001; 신춘자, 「「환귀」에 나타난 기독교 의식연구」, 한국문예비평연구, 1권, 1997, 95~111면; 김원희, 「1930년대 박화성 단편소설의 관계시학과 역동성」, 현대문학이론연구, 제33집, 2008, 373~393면.
11) 변화영은 박화성 소설에 드러난 실제 목포의 근대적 공간성을 규명하였다. 변화영, 「박화성 소설을 통해 본 목포의 식민지 근대성」, 한국 문학이론과 비평학회 30집, 2006, 345~378면; 고창석은 박화성 소설을 여성주의 공간으로 심화할 수 있는 해석의 가능성을 제시하였다. 고창석, 「박화성 소설에 나타난 여성적 공간」, 『박화성 문화 페스티벌』, 박화성연구회, 2008, 22~26면. 고석규는 1930년대 목포의 문화 경관을 통하여 박화성 문학을 폭넓게 이해할 수 있게 하였다. 고석규, 「1930년대 목포의 문화경관」, 『제1회 박화성 학술대회』, 박화성연구회, 2007, 10, 12~22면.

키는 측면에서 서사 시점의 역동성을 내포한 몸의 은유를 해명하고자
한다. 이를 위하여 1930년대 전반기 작품 중에서 「하수도 공사」, 「신
혼여행」을, 후반기 작품 중에서 「이발사」, 「호박」[12] 등을 대상으로 식
민지 장소성을 내포한 몸의 은유를 분석하게 될 것이다. 일제 강점기
박화성 소설에서 빈번하게 드러나는 장소 의인화로서 몸의 은유는 어
떻게 해석해야 할까? 이러한 물음에서 출발한 본 논의는 박화성 소설
의 핵심 축으로서 장소 시학을 장소 정체성과 장소 감수성이 교차 반
복되는 대위법적 장소 구성과 연동된 몸의 은유로 바라볼 것이다. 요
컨대 박화성 소설의 장소 시학과 연동된 몸의 은유를 통하여 궁극적
으로는 식민지 장소의 사회학적 가치로 21세기 우리 현실을 반성하게
될 것이다.

2. 대위법적 장소 구성과 몸의 은유

1903년 목포에서 태어난 박화성은 정명여학교를 졸업할 때까지 고
향에 머물렀고 작가에게 호남지역은 삶의 모체이자 문학적 그간이 되
었다. 그녀는 차별화된 목포의 공간 형성과, 호남선 주변의 궁핍과 가
족해체를 그려나갔다. 그녀에게 목포라는 고향은 공간적 배경뿐만 아
니라 세상에 대한 기준의 근거이자 장소애호(topophilie)[13]적 성향을

---

12) 1930년대 단편소설은 1932년 「하수도 공사」에서 1937년의 「호박」에 이르기까지
15편이 있지만 본고에서는 텍스트의 형식을 천착하는 차원에서 우선적으로 네 작
품을 선택하였다. 텍스트는 서정자 편, 『박화성 문학전집 제16권』 단편집Ⅰ (푸른
사상, 2004)로 삼고, 인용문은 괄호 안 면수로 표시한다.
13) 바슐라르는 소유되는 공간, 적대적인 힘에서 방어되는 공간, 사랑받는 공간, 예찬

갖게 했다. 그녀는 자신이 잘 알고 있는 공간인 목포를 작품 속에 투영함으로써 목포의 작가가 될 수 있었다. 1933년 9월 가을부터 초겨울까지 경주, 부여, 개성, 평양, 해주, 석담구곡, 봉산의 정방산성과 강서고분까지 고도를 순례했다. 여성의 여행이 쉽지 않았던 시기에 진취적이고 근대적인 그녀의 일탈 체험은 절실하고도 간절한 것이었다.

노마드(nomad)[14]적 삶에 주저함이 없었던 박화성은 세상과 소통하는 근대 여성이었다. [15]렐프에 따르면 장소 정체성은 장소의 물리적 환경, 거기서 일어나는 인간의 활동, 그리고 기억되고 부여되는 의미 등의 기본적인 요소들의 변증법적 관계 속에서 구현된다.[16] 이러한 관점으로 살펴보면 일제강점기 박화성 소설의 장소 구성으로 재현된 몸의 은유는 당대 식민지 현실의 환경, 작중 인물의 갈등과 행동, 그리고 의미 등의 상호 관계로서 장소 정체성을 현실 비판적 시각으로 반영하는 동시에 작가의 낙관적 전망으로서 장소 감수성을 미래 지향적 세계관으로 환기한다. 이처럼 일제 강점기 박화성 소설의 장소 정체성과 장소 감수성은 대위법적으로 교차 반복되는 운동력과 변화를 재현하는 몸의 은유로 장소 사회학적 의미를 강화한다.

되는 공간에 대한 애착, 집착을 토포필리아라고 하면서 이러한 공간들의 인간적 가치를 규명하였다. 박화성에게 목포라는 고향은 세상을 비교하고 인식하는 기준이자 익숙하고 친밀한 공간으로 이해된다. 서정자, 야마다 요시코, 송명희 편저, 가스통 바슐라르, 『공간의 시학』, 민음사, 1990, 108면. 이미림, 논문, 47면, 각주16)

14) 노마디즘은 질 들뢰즈의 개념으로 끊임없이 새로운 땅을 찾아 떠나거나 버려진 땅에 달라붙어 그것을 다른 종류의 공간으로 변화시키는 사유의 여행을 위한 탈주와 전복의 삶의 방식을 추구하는 것이다. 서정자, 야마다 요시코, 송명희 편저, 이진경, 『노마디즘』1,2, 휴머니스트, 2002 참조,. 이미림, 논문, 47면, 각주17)

15) 이미림, 「박화성 여행문학 연구-1930년대 전반기 문학」을 중심으로, 서정자, 야마다 요시코, 송명희 편저, 『박화성, 한국문학사를 관통하다』, 푸른사상, 2013, 47면.

16) 에드워드 렐프, 앞의 책, 112~114면.

　일제강점기 박화성 소설의 장소 구성의 핵심 축은 장소 정체성과 장소 감수성으로 구분된 몸의 은유로 볼 수 있다. 거칠고 생소한 세계를 공간 혹은 '무장소'라고 하였을 때, '장소 정체성'은 장소에서 공간으로 세계가 변화하는 과정으로서 '장소의 상실(placelessness)'을 작가의 현실 인식으로 반영하는데 비하여, 장소 감수성은 장소 상실에 저항하여 자기와 동일시할 수 있는 미래 지향적 장소 회복으로서 작가의 '지리적 감수성'을 보여준다.[17] 장소 정체성은 구체적인 지역의 환경의 차이와 작중 인물의 갈등 내지는 활동 등으로 부각되는 작가의 현실 인식으로서 식민지 차별화된 근대성을 반영한다면, 장소 감수성은 미래 지향적인 장소에 대한 작가적 비전으로서 열망을 열려있는 장소 사랑과 새로운 장소 만들기로 환기한다.

　이와 같이 일제강점기 박화성의 소설에 내포된 몸의 은유는 장소 정체성과 장소 감수성의 차이에 따른 의미로 읽혀진다. 첫째, 장소 정체성에 따른 몸의 은유는 물리적 환경, 인간의 활동, 의미 등과 작가의 현실 인식의 상호작용을 변증법적으로 반영한다. 이는 물리적 환경의 차이인 현실 반영으로 당대 장소 상실을 비판하는 작가의 입장을 내포한다. 작가의 삶에 뿌리박힌 지역은 점차 지역적 친밀함에 머물지 않는 탈영토성으로 확장됨으로써 일제강점기 근대의 이중적 모순을 장소 상실로 반영하는 동시에 민족 내지는 계급의 차별화에 대한 비판을 강화하는 효과가 있다.

　목포를 중심으로 한 지역성으로 드러난 몸의 은유는 당대 민중들의 궁핍한 삶과 구체적인 식민지 차별화의 의미로 드러난다. 작가의 삶

---

17) 김덕현, 앞의 글, 1면 참조.

에 뿌리박힌 장소로서 지역은 일제강점기 근대성의 모순을 장소 상실
과 식민지 차별로 부각시킨 것이다. 식민지 장소 상실은 전통적인 공
동체 삶과 유리된 산업화의 모순과 민족 내지는 계급의 차별화에 대
한 작가의 비판을 내포한다.

　질곡의 역사 속에 민중의 애환을 보여주는 지역성으로서 몸의 은유
는 작중 인물들의 행동과 연루되고, 그들의 갈등을 추동하는 동력으
로 기능한다. 1935년 이전의 작품에서 드러난 장소는 주로 목포 중심
과 호남선 주변 지역에서 섬 지역으로 이동되면서 식민지 개발의 모
순과 차별화로서 민중들의 피폐한 삶으로서 몸의 인지경로를 더욱 상
세하게 보여준다. 이에 비하여 1935년 이후 작품에서 드러난 장소성
으로서 몸의 은유는 영산강과 나주평야 등의 자연재해와 실향민의 장
소 상실 경험을 통하여 인간의 한계와 더불어 식민지 이주 정책을 비
판하는 방식으로 작동한다. 이처럼 목포 중심에서 벗어나 낙후된 섬
을 포함한 호남지역 뿐만 아니라 이주민의 새로운 환경인 강서나 만
주까지 확대시키는 장소 정체성은 작가의 비판적 역사의식과 깊이 연
관되어 있다.

　둘째, 장소 감수성에 내포된 몸의 은유는 장소 회복에 대한 작가의
열망을 물리적 환경, 인간의 활동 자체로 부각시키기보다는 그것들을
통한 의미의 상호작용으로서 미래 지향적 공동체 회복에 대한 전망을
함축한다. 장소 감수성은 물리적 환경으로 드러나기보다는 작가의 이
데올로기와 이상향의 열망을 현상학적 장소 이미지[18] 내지는 시적 교

---

18) 가스통 바슐라르, 곽광수 역, 『공간의 시학』, 민음사, 1999, 17면. 이미지의 연구 방
　법은 상상 속에서의 이미지의 현상에 선행하는 일체의 것은 밀쳐버리고 오직 그
　현상 자체만을 추적해야 하는 데 있을 것은 당연하다.

감"[19]으로 환기시킨다. 이는 미래 세계를 향한 열망으로서 장소 회복
을 지향하는 작가의 입장을 내포한다.

　작가의 긍정적인 세계관과 낙관적인 전망은 민속 계승과 더불어 자
유와 평등을 향한 장소 감수성을 환기함으로써 이상향을 열망하는 존
재적 사유를 제공한다. 여기에서 '지역의 의미'[20]는 제한된 지역의 친
밀함에 머물지 않는 장소에 대한 상상력을 증폭시키며 미래를 지향
한다. 새로운 장소 사랑으로 확장되는 고향 만들기에 투영된 열린 세
계를 향한 장소 감수성은 긍정적인 장소 경험과 이미지를 활성화하
는 탈영토성으로서 디아스포라(diaspora)[21]의 의미를 제공하기 때문
이다. 미래 지향적 장소 지향은 생명체의 의미를 부여하는 장소의 변
화와 움직임으로 새로운 가치를 창출하는 점에서 작가의 실천적 삶을
재현하는 몸의 은유와 맞닿아 있다.

　요컨대 박화성은 독자로 하여금 대위법적 장소 구성을 변주시키는
궁극에서 식민지 역사의 질곡을 비판하는 장소 상실을 넘어 미래적
장소 회복을 바라보게끔 한다. 장소 정체성과 장소 감수성이 교차 반
복되는 대위법적 구성으로 전달되는 몸의 은유는 미래 지향적 장소

---

19) 가스통 바슐라르, 앞의 책, 15면. 시적 상상력은 보편성을 가지고 있기 때문에, 개
　　인마다 다른 경험적 삶의 개체성에 좌우되지 않는 독자성을 나타내는 것이다.
20) 태혜숙, 「아시아계 디아스포라 여성과 '몸으로 글쓰기'」, 『한국의 탈식민 페미니즘
　　과 지식생산』, 문학과학사, 2004, 225~226면. 최근에 개념화되고 있는 '지역'은 또
　　한 전통적인 지정학적인 개념들에서처럼 확고한 경계를 갖는 물리적인 공간에 고
　　착되기보다 탄력적이고 유연하며 열려있는 장소를 지향한다.
21) 태혜숙, 앞의 책, 226~227면. 디아스포라는 이동의 특별한 형식을 표상한다. 사실
　　디아스포라는 유사 이래 흩어져 살아온 유태인의 경험을 가리키는 만큼 오랜 역
　　사를 갖는다. 순례, 망명, 피난, 추방(exile) 등과 같은 '탈지역'(displacement)의 이
　　야기들이 인간의 역사를 구성해 왔다고 해도 과언이 아니다.

감수성의 장소 변화의 운동력을 추동하는 거리에서 장소회복의 의미를 체현한다. 이는 장소의 생명과 미래적 장소의 열망을 담고 키우는 작가의 실천적 삶의 은유로서 몸의 의미에 기반을 두고 있다. 이처럼 역동적인 몸의 은유로서 장소의 사회학적 의미를 생산하는 박화성 소설의 장소 시학은 일제강점기 민족 공동체 구현과 더불어 '근대 전환기 의미 있는 여성주의(feminism)'22)에 기여한 것이다. 작가의 실제적인 삶의 은유와 맞닿는 몸의 의미에 뿌리를 둔 대위법적 장소 구성은 항상 존재하는 생명체로서 장소의 의미를 독자 수용의 불확정 영역에 따른 역동적인 가치로 새롭게 생산한다.

3. 현실 반영적 장소 정체성과 몸의 의미

1) 주변적 장소성과 민중의식

박화성의 소설에는 작가의 고향이자 삶의 터전인 목포의 차별적인 장소 정체성과 맞닿는 몸의 은유로 식민지 현실의 계층 차이를 반영하는 비판적 젠더의식이 자리한다. 특히 「추석전야」, 「하수도공사」, 「비탈」, 「신혼여행」, 「헐어진 청년회관」 등에서는 목포의 이중적인 도시의 경관으로 차별화된 근대성을 부각시킨다. 등단작인 「추석전야」에서부터 박화성은 일본인들과 권력 계층에 대비되는 민중들의 열악한 장소 정체성을 반영하여 식민지 차별을 비판한 것이다.

---

22) 고창석, 앞의 글, 24면.

"음력 팔월 열사홀 달이 동천에 훨씬 나왔다. 전등이 빛나는 시가는 거듭 달의 빛을 받아 기와집과 초가지붕이 아슬아슬하게 보인다. 유달산은 별을 뿌린 듯 붉은 눈들이 깜박인다. 하늘에 별, 시가에 전등, 산 밑에 불, 세 가지 구슬들이 밤빛 속에서 각기 제멋대로 반짝이고 있다."(32면)[23] 이 소설의 모두(冒頭)에서부터 식민지 차별화된 목포의 장소성이 의인화된 몸의 의미로 부각된다. "유달산은 별을 뿌린 듯 붉은 눈들이 깜박인다."와 "목포의 낮(晝)은 참 보기에 애처롭다."(32-33면)에서 드러나듯이 의인화된 생명체로서 민중의 삶의 터전인 유달산과 맞닿는 몸의 은유로 민중의 정체성을 환기한 것이다. 유달산 아래 일본인들이 사는 남쪽지역은 번듯한 일식기와집이 즐비하지만 유달산 밑에 조선인들이 사는 주거 형태와 맞닿는 몸의 은유는 땅을 파서 움집처럼 만든 초막으로 열악한 식민지 민중들의 정체성을 강조한다.

도심에서 중앙은 '부자들의 옛 기와집'이 자리하고, 남쪽은 '일인의 기와집'이 즐비한데 비하여, 동북쪽으로는 '땅에 붙은 초가'가 집중되어 있고, 서쪽 유달산 밑은 '돼지막 같은 초막들이 산을 덮어 완전한 빈민굴'이다. 일인과 서양인들은 풍족한 생활을 하는 반면에 민중들은 유달산 밑 빈민굴에서 열악한 삶을 살아간다. 유달산을 중심으로 펼쳐진 목포 시가지의 모습은 식민지 차별성을 대조적인 몸의 의미를 재현한 주거지 풍경으로 부각시킨다. "목포의 낮(晝)은 참 보기에 애처롭다."(「추석전야」(32-33면)는 영신의 목소리는 민중들의 열악한

---

23) 텍스트는 서정자편, 『박화성 문학전집』 제16권, 단편집 I (푸른사상, 2004)로 삼고, 인용문은 괄호 안 면수로 표기한다.

삶을 식민지 장소 정체성으로 비판한 작가의 입장에 다름 아니다.

"목포는 시시각각 변화하지만 그 이면에 가려져 있는 빈민의 생활은 다른 곳에서 볼 수 없을 만한 비참한 살림이 숨어 있는 것이다."(33면) 목포는 살아 움직이고 변화하는 생명체지만, 그 이면에는 민중들의 비참한 삶의 그늘이 자리한다. 땅을 파서 움집처럼 만든 조선인의 가옥형태는 일인이나 서양인들의 거주 형태와는 구별된다.

"제일 보기 싫은 산 밑 구멍 집은 어둠에 묻히고 생기 있는 불들만 전등 불빛에 안 지겠다는 듯이 황홀거리고 있어 별밤에는 하늘과 땅에 별과 불을 가릴 수 없이 붉은 구슬들만 빛나고 있을 뿐이다."(33면) 여기에서 드러나는 유달산 밑 빈민굴의 야경은 전기, 상하수도, 도로 포장, 교통, 통신, 시설 등의 제반 환경에 대한 식민지 차별을 반영한다. 이처럼 목포의 차별화된 경관은 식민지 이중적인 근대성의 모순을 반영하는 장소 정체성에 대한 작가의 현실 비판의식을 내포한다.

목포의 식민지 근대성에 대한 현실 비판은 구체적인 역사적 사건[24]을 소재로 한 「하수도 공사」(1932)에서도 부각된다. 「하수도 공사」은 발단에서부터 플롯을 추동하는 사건을 명시함으로써 리얼리즘의 형식을 구체화하는 장소성이 식민지 노동자의 몸으로 재현된다. 서사 현실의 객관적 정보를 제공하는 측면에서 서술자의 목소리는 편집적 역할을 수행하며 당대 현실에 대한 치밀한 관찰과 논리적 서술로 독자에게 주요 정보를 직설적 거리에서 전달한다. 작가적 인식을 서술적 권위로 드러내는 서술자의 목소리는 목포의 하수도 공사에 숨은

---

24) 『동아일보』, 1931, 4. 3. 박화성은 1931년 3월 29일 목포의 하수도공사장에서 큰 소동이 일어난 기사내용을 「하수도 공사」의 소재로 삼았다.

진실과 사건의 경과를 요약하고 보고하는 방식으로 식민지 몸의 의미를 목포의 장소성으로 재현한 것이다.

주인공 동권이의 활동 영역인 유달산 기슭에서 뒷개에 이른 하수도 공사장을 배경으로 한 장소성은 일인들의 주거지와는 대비적인 환경의 차이로 노동자들의 삶의 현장을 보여준다. 하수도 공사장과 동권이의 주거지는 하수도 공사의 체불 임금을 요구하며 벌인 노동쟁의에 타당성을 부여하는 환경적 요인으로서 도시 근대화의 계층적 차별로서 몸의 의미를 반영하고 있다. 일본인의 주거지는 행정기관과 공공장소에 인접한 근대적 장소의 편익을 보여주는 반면에 "구루마에 철로 타는 일을 하는"(73면) 동권이의 행동반경으로 드러난 장소성은 조선인 노동자들의 열악한 현실을 반영함으로써 식민지 장소 정체성을 구체화 한다.

「추석전야」에서 부각되는 방적공장의 장소성으로 재현된 몸의 인지경로는 근대 산업화의 일터로서 여성 노동자에게 행해지는 성 폭력과 노동력의 착취에 대한 작가의 현실 비판의식을 반영한다. "오전 7시부터 종일을 기계와 싸움하기에 고달픈 그들의 기계의 노예가 되었던 연한 그 몸들이 이제 그 자리를 떠나 자유의 몸이 된 것이다."(25면) 퇴근시간 공장에서 쏟아져 나온 여공들은 하루 종일 기계의 노예로 지내다가 비로소 공장에서 나오는 자유를 얻게 된 것이다.

방적공장은 식민지 산업화의 모순과 남녀 그리고 노사의 계층 차별의 현장성으로 식민지 여성의 소외된 몸의 의미를 반영하고 있다. 방직공장의 여공인 영신은 일본인 공장 감독이 어린 여공을 희롱하는데 분노하며 항의하다가 기계의 북이 튀어나와 왼쪽 팔을 다친다. 방직공장에서 일어난 성적 횡포와 열악한 작업환경은 식민지 산업화의 모순과 깊이 관련된 것이다. 불의를 참지 못하고 항거하는 영신의 실천적 행동은 인간의 진정성을 훼손한 권력의 횡포에 대한 작가의 비판의식과 더불어 현실 개혁의지를 보여준다.

또한 「헐어진 청년회관」, 「신혼여행」 등에서 몸의 인지경로는 목포 청년회관의 장소 상실의 비판적 의미를 반영한다. '목포에서는 처음으로 된 모던식 건물'(「헐어진 청년회관」, 169면)이었던 목포 청년회관은 지역민의 기부금으로 세워졌다는 점에서 특별한 장소 정체성을 확보하였지만, 일제의 청년 동맹의 강제적 해체로 그 기능을 상실하고 마침내 폐허가 되고 만 것이다. 특히 「신혼여행」(『조선일보』, 1934.11.6~21)은 작가적 지도자 의식을 구심력으로 동반적 시점을 구축하면서 신혼여행의 여정에 따른 공간의 변화와 현실 인식의 각성의 발전을 언약의 관계를 내포하는 몸의 은유로 전망한다. '신부 – 출발 – 호남선 – 목포 – 어촌 – 새로운 출발' 등으로 소제목을 명시하는 작가적 편집은 복주를 바라보는 준호의 시선과 서술자의 목소리를 선형적으로 연결시켜 현실 인식의 부재에서 현실 인식의 각성을 이끌어낸다.

카페와 요리 집 등의 향락 문화가 만연한 목포 시가지 풍경과 허물어진 목포 청년회관의 장소 정체성의 차이로 식민지 근대적 모순을 보여주는 측면에서 목포의 장소 상실을 내포한 몸의 의미가 부각된다. '술과 계집으로 하는 장사가 목포처럼 번창하는 곳은 아마 전 조선에 없을' 정도로 유흥과 향락의 문화가 만연한 목포의 장소 상실을 비판하는 준호의 입장은 작가의 현실 비판의식과 맞닿는다.

"자, 이것이 역사 깊고 일 많았던 목포 청년회관이었소."(「신혼여행」, 190-191면) 민족 공동체 문화의 전통이 식민지 근대 유흥 문화에 침식되어 버린 목포의 문화 경관을 통하여 작가는 '체제 순응적 저급 문화의 양산[25)]'으로 조선인의 정신을 말살하려는 일제의 식민지 전략과 그에 타협하는 대중성을 통탄한 것이다. 목포 청년회관의 장소 상실로 재현된 몸의 은유는 민족 공동체 문화와 민족혼의 상실을 내포한다. 참혹하게 일그러진 청년회관을 보고 준호는 "아아! 사람의 시체 썩은 것을 보기보다도 더 가슴이 아픈 일이다."(191면)라고 통탄한다. 준호의 통탄이야말로 식민지 민족 공동체의 장소 상실을 "시체 썩은 것을 보기보다도 더 가슴이 아픈" 몸의 인지경로로 비판하는 작가의 역사의식에 다름이 아니다.

한편 박화성은 1912년 개통된 호남선을 부각시켜 식민지 수탈의 현장과 자연 재해로 훼손된 장소 정체성으로서 식민지 몸의 은유를 반영한다. 호남선으로 보여주는 장소성은 작가의 시각이 목포 중심에서 호남평야 인근의 나주, 함평 그리고 섬 지역으로 확대된 경로를 보여준다. 「논갈 때」, 「신혼여행」, 「중굿날」 등에서 드러난 열악한 섬 지역의 장소 반영은 열악한 민중들의 삶으로서 몸을 보다 심도 깊은 신체적 경험으로 보여준다. 이처럼 박화성의 현실 비판은 목포에만 편중되지 않고 점차 그 시각을 넓힌 다각적인 지역의 배치를 통하여 민중들의 피폐하고 열악한 삶으로서 몸의 실상을 구체적으로 폭로한다.

「신혼여행」과 「두 승객과 가방」에서는 호남선 기차의 장소성을 재현한 몸의 인지경로가 도드라진다. 「신혼여행」에서 호남선을 타고 신혼여행을 한 준호와 복주는 기차 안에서 홍수 참상으로 큰 어려움을

---

25) 고석규, 앞의 글, 14면. 1930년대 대중문화에는 단지 자본의 이익만이 관철된 것은 아니었다. 자본의 이익과 식민통치의 통제라는 양날이 교묘하게 작용하였다.

겪는 민중들의 피폐한 삶의 이야기를 듣고 난 후, 목포 시내의 차별적인 근대성을 목격한다. 그 다음에는 낙도에 도착하여 섬 주민들의 열악한 삶의 환경과 비참한 생활을 구체적으로 경험하게 된다. 섬의 장소성으로 재현된 몸의 은유는 끼니를 연명하지 못하고 토사곽란이 나도 약을 구할 수 없어 아이들이 죽어날 정도의 가난하고 피폐한 민중의 생활로 그려

신혼여행의 여정을 호남선으로 선택한 준호의 시점은 작가적 현실 경험과 밀접하게 맞닿아 있다. '홍수가 씻어간 뒷자취의 참혹한 현장'을 현실의 풍경으로 배치한 작가의 현실 인식은 '송정리', '나주 영산포의 들판'과 같이 신혼여행의 경험을 복주의 현실 각성을 끌어내기 위한 객관적 도구로 활용한다. '양기(凉氣)'와 같이 적치적소에 한자어를 배치한 어법과 더불어 '송정리', '나주 영산포' 등의 구체적 공간 지명은 작가적 위치를 명시함으로써 리얼리티를 강화시킨다. 또한 '들판을 통과하였다', '뒷모양을 바라보았다', '머리카락을 팔팔 날렸다', '넓은 들을 아늑하게 둘러싸고 있었다' (187면)등과 같이 '목적어+과거형 서술어'의 문장 구조는 목격하는 현장과 작중 인물의 시선을 병치한다. 홍수의 비참한 현실을 바라보며 수해 참상을 복주가 가슴으로 받아들이는 현실 인식의 각성은 '참혹한 현장', '복주가 제일이나 보듯', '가벼운 한숨' 등과 같은 방식으로 준호의 시점과 작가적 목소리를 교차시킨 동반적 시점으로 전달한다.

기차 밖 수해를 입은 들판과 기차 안의 정경을 병치시킨 선형적 시점은 '멀리 나지막하게 보이는 하늘에는 불그스름한 덩이구름이 떨기떨기 송이져 있어 짙은 검푸른 색의 물결치는 넓은 들을 아늑하게 둘러싸고 있었다.'로 작가적 세계관의 구심점을 드러낸다. 자연의 풍경

은 '멀리 나지막하게 보이는 하늘'이 '짙은 검푸른 색의 물결치는 넓은
들'을 '아늑하게 둘러싸고'는 높고 낮음이 조화롭게 어울리는 평화로
운 세상이다. '불그스름한 덩이구름이 떨기떨기 송이져 있'는 구름마
저도 흩어져 있는 형상이 아니라 '떨기떨기 송이'를 이루며 조화를 이
룬다. '짙은 검푸른 색'의 상처 입은 들판마저도 '물결치는' 생명의 운
동력은 피폐한 식민 치하 현실의 질곡을 극복하는 적극적인 각성을
끌어내기 위한 식민지 주변성으로서 지역의 장소성을 내포한 작가의
현실인식으로 포착된다.

　이러한 장소성과 연동된 몸의 은유에는 준호의 지도자적 역할 수
행에 탄력을 가하며 복주의 현실 인식을 점진적으로 유도하기 위한
작가의 유연한 젠더적 시각이 반영된 것이다. 목포의 유달산 풍경에
서 구체적인 민중의 삶의 현장을 발견하기보다는 단지 풍경을 감상
하는 복주에게 준호는 새로운 각성을 촉구한다. '유달산에 움막집 붙
은 게 우스워 보이더만 지금 보니깐 불이 반짝반짝한 게 퍽 곱게 보여
요'(189면)라는 복주의 시각은 현실 인식보다는 풍경의 미/추에만 관
심이 집중되어 있기 때문에 준호는 '움막집이 우습게 보입딥까?'하는
비판을 가한 것이다. '돼지 우리 같은 그 움막 속에서 나마도 살겠다고
발버둥을 치며'살아가는 민중들의 삶에 대한 보다 진지한 성찰을 이
끌어내는 지도자적 역할을 수행한 셈이다. 멀리서 바라보는 민중들의
삶에 대한 성찰은 목포 청년회관에 도착하여 직접적인 역사적 현장을
목도하는 것으로 복주의 적극적인 비판의식을 끌어낸다.

　「두 승객과 가방」에서 몸의 은유는 기차 안 두 승객의 대비적인 모
습으로 장소성의 차이를 환기한다. 대구로 영전해가는 교도소장은 여
송연을 피우며 딸의 얼굴을 행복하게 내려다보지만, 감옥살이를 하는

남편을 대신하여 돈을 벌기 위하여 대구 공장으로 떠나는 정채는 불어나는 젖을 짜려는 고통 속에 어미와 떨어진 젖먹이 아들을 쓸쓸하게 생각한다. 남편이 투옥된 상황에서 아이마저 떼어놓고 노동현장을 찾아 떠나는 정채의 슬픈 몸의 이면에는 작가의 실제적인 체험이 용해되어 있어 비판적인 식민지 인식을 장소의 진정성으로 식민지 여성의 비극적 체험으로 몸의 의미를 강화하는 효과가 있다.

2) 재해와 이주를 본 현실통찰력

1935년 이후 박화성 소설에 몸의 은유는 자연재해의 현장과 이주민의 피폐한 삶에 대한 정보를 제공하는 인지구성과 맞닿는 통찰적 젠더의식으로 장소 정체성을 환기하는 효과가 있다. 「홍수전후」, 「한귀」 등에서는 목포 근교인 나주 영산강변이, 「고향없는 사람들」에서는 함평 엄태면 불암리와 학다리 정거장이 부각된다. 1934년 8월에 있었던 홍수를 소재로 한 「홍수전후」에서 환기되는 몸의 은유는 식민지 치하 궁핍한 농민의 생활과 그들이 겪는 자연재해의 현장을 보여줌으로써 삶의 터전인 장소 앞에 주체적이지 못하고 타자적인 삶을 살아야 했던 민중의 아픈 몸을 통찰하는 젠더의식이 부각된다.

"삼십 사 년 전 신축년 대홍수 이래로 처음 당하는 그 때보다 석자가 더 자라는 대홍수"(266면)를 맞게 된 영산강 주변 지역은 '삼도리, 길옥구, 옥정, 신기촌, 광볼, 덕치, 강경골, 가마테, 영산리, 새올, 톳게리, 도총, 돌고개, 원촌이며, 금천면, 신가리'(「홍수전후」 265-266면) 등의 구체적 지명으로 현장성이 강조되어 있다. 구체적인 지명으로 부각되는 장소 정체성은 자연 재해 앞에 무력한 이재민의 모습을 공동체의 부조리한 몸의 은유로 강조하는 기능을 한다. "강 연안과 낮은 지대에 있는 동리는 물에 잠기고 지붕까지 잠긴 집은 동우리가 떠내려가고 헐어지고 사람들은 높은 곳으로 물을 피하여 올라가며 목을 놓고 울었다." 홍수의 현장성에는 장소 정체성을 지킬 수 없어 무기력하고 슬픈 몸의 의미가 부각된다. 홍수 앞에서 인간의 힘과 어떠한 노력도 부질없다. 장소 상실의 허무와 슬픔만이 절박함을 더할 뿐이다. "아기들을 업고 안고 울며 불며 부르짖는 사람들의 흰옷 그림자가 사납게 쏟아지는 빗발 속에서 처참한 광경"으로 재현되는 식민지 민중들의 몸은 삶의 터전을 상실한 슬픔과 허무를 "흰옷 그림자"의 의미로 깨닫게 한다.

한편 「고향없는 사람들」과 「호박」 등에 반영된 몸의 은유는 이주민의 장소 상실에 따른 식민지 민중들의 타자성을 의인화된 장소의 주체성을 강조하는 차이가 있다. 「고향없는 사람들」에서는 홍수로 삶의 터전을 잃은 농민들의 장소 상실의 현장감이 고향을 떠나 평안남도 강서농장으로 집단 이주하는 여정과 정착 과정의 시련으로 드러난다. 함평 엄다면의 불암리에 직접 가서 이민들의 실태와 이주 정황을 직접 조사[26]하였던 박화성은 오삼룡을 비롯한 아홉 가구와 각 동리의 일백호의 가족이 평남 강서 농장으로 이주하는 과정을 장소 상실의 경험으로 극화시킴으로써 일제의 병참기지화 정책의 일환이었던 이주 정책에 대한 현실 비판의식을 반영한다.

"3월 22일 오전 10시! 학다리(鶴橋) 정거장은 일백 호의 가족 사백 명의 이민(移民)과 그들을 전송하는 이백 오륙십 명의(정거장 생긴

---

26) 박화성, 『눈보라의 운하』, 여원사, 1964, 222면.

이후 처음 되는) 굉장하게 많은 손님들을 가져보았다." 이 문장에서
는 인간과 장소의 상호작용으로서 장소 정체성을 인간의 타자성과 장
소의 주체성을 강조함으로써 인간과 장소의 전복된 위치를 몸의 은유
로 폭로한다. "학다리 정거장은…가져보았다"에서 의인화된 정거장은
단순한 감정이입만을 보여주지 않는다. 인간이 학다리 정거장을 가진
것이 아니라 정거장이 인간을 가질 만큼 주객이 전도된 장소성이 강
조된 것이다. 즉 의인화된 장소 정체성으로 인간의 타자성을 강조하
는 장소 정체성은 장소 상실의 아픔을 경험하며 고향을 떠나야 하는
이주민들의 무기력한 입장을 삶의 터전을 스스로 선택할 수조차 없는
고향 상실의 추방된 삶의 한계로 보여준다.

　지주의 착취와 자연재해로 인해 최소한의 삶조차도 꾸려나갈 수 없
는 농민의 몸은 학다리 정거장에서 100호 가족 400명의 이주민들이
독차를 타고 북부의 농장으로 이주하는 식민지 신체적 의미로 전달된
다. "그들을 위하여 임시로 마련한 목차가 연기를 뿜고 돌아다니며 먼
길 떠날 준비를 하다가 어서들 올라오란 듯이 꼬리를 늦추고 공손하
게 대령하고 서 있건만 독차를 타고 갈 손님들의 행장들이란 지저분
하고도 허름하였다." (342면) 삼룡을 비롯한 많은 농민들이 홍수로 인
하여 끼니조차 연명하기 힘들어 고향을 떠나야하는 장소 상실의 아픔
을 겪게 된 것이다. 새로운 삶의 터전을 찾아 고향을 떠나야 했던 이주
민들은 이주지인 상서에서도 자연 재해로 농사를 지을 수 없는 불행
을 겪는다. 이처럼 반복되는 장소의 부조리[27]는 당대 식민지 민족 정

---

27) 김덕현, 앞의 글, 10면. 카뮈에 따르면, 부조리에 대한 감각은 인간이 환상을 상실
　　하고 소외된 고독감을 맛보는 것이다. "고향 집 기억이나 약속의 땅에 대한 희망을
　　박탈당한" 이방인이 되는 것을 의미한다.

체성을 절감하게 한다. 한편 「한귀」에서는 가뭄이라는 자연 재해가 인간의 신앙과 삶을 얼마나 황폐화시킬 수 있는지를 장소의 부조리를 몸의 은유로 환기한다.

4. 미래 지향적 장소 감수성과 몸의 의미

1) 민속적 장소성과 온고지신(溫故知新)

일제강점기 박화성 소설에 드러난 장소 감수성을 재현한 몸의 은유는 의인화된 장소와 소통하거나 현실 개선의 이미지를 환기하는 방식으로 미래 지향적 장소 구현과 새로운 삶의 실천 의지를 구체화한다. 청년회관이나 고향 등으로 대표되는 의인화된 장소는 적극적인 생명체의 운동력으로서 장소의 미래 지향적 의미의 변화 가능성을 환기시킨다. 「헐어진 청년회관」, 「신혼여행」 등에서 드러난 목포 청년회관에 대한 장소 사랑은 작중 인물들의 미래 지향적 공동체 의식과 실천적 의지로서 장소에 대한 열망을 보여준다. 「헐어진 청년회관」에서 폐허가 된 청년회관 앞을 지나던 효주와 원주는 청년회관의 헐어진 모습을 통하여 나약한 여성의 삶을 반성하며 새로운 출발을 다짐한다.

"옳다! 너는 주인을 잃어버린 까닭이다. 주인을 잃은 너의 운명이매 멀지않아서 집터만 남기고 완전히 무너지고 말 날이 올 것은 정한 일이 아니야." 여기서 '너'로 호명되는 목포 청년회관은 물리적 장소라기보다는 '나'와 마주한 몸의 의미로서 미래 지향적 이미지를 환기한다. 목포 청년회관을 향한 작가의 감수성은 민족 공동체 정신으로서 장소의 생명력을 현상학적 장소의 이미지로 투영한 것이다.

"그는 이 청년회관의 주인들이 누구이던가를 생각하여 보았다." (「헐어진 청년회관」 169면) '모든 단체가 놈들의 탄압으로 해산, 해소 되어 버리고 청년동맹의 마지막 해체 뒤 벌써 5년 동안 빈 집'이 되어 버린 목포청년회관의 현실을 통하여 효주는 무기력한 자신의 모습을 반성하고 계급해방에 대한 의지를 굳힌다. 원주는 효주를 격려하고 '헐어진 청년회관이 효주에게 준 장하고 새로운 과제(課題)'가 청년 회관을 바라보는 청년에게서도 성취되기를 원하며 공동체 회복을 열 망한다. 이처럼 목포 청년회관을 바라보는 두 여성의 각성으로 투영 시킨 작가의 낙관적 비전은 폐허가 된 청년 회관의 장소에 '너'라는 생 명의 변화된 운동력을 부여함으로써 미래 지향적 공동체 회복을 꾀한 것이다.

공동체 구현으로서 장소회복에 대한 몸의 열망은 「신혼여행」, 「고 향 없는 사람들」에서도 환기된다. 「신혼여행」에서 목포 청년회관의 폐허를 통탄하며 현실 각성의 의지를 굳힌 준호는 신부인 복주에게 낙도에서 병원을 지어 가난하고 소외된 섬 주민들에게 헌신하겠다는 고백을 함으로써 공존공영의 공동체 삶을 결혼의 새 출발을 미래 지 향적 장소 열망으로 확인한다.

목포의 역사적 사명을 담당하였던 장소를 바라보는 작가의식은 몸 의 은유로 환기된다. "자, 이것이 역사 깊고 일 많았던 목포 청년회관 이었소" 헐어진 목포 청년회관을 둘러보고 준호는 역사 깊고 일 많았 던 공간이 폐허가 된 것을 통탄한다. 이에 대한 복주의 현실 각성은 공 감의 수준을 넘어 비판적 시각으로 발전된다. '유리창들은 문틈까지 다 깨어졌고 지붕으로는 하늘의 별이 보일 만큼 천장이 내려 앉았다.

사방 벽은 다 헐어져 군데군데 썩어진 마루방에 흙무더기가 되어 있고 마른날이건만 천장에서는 흙물이 줄줄 내려와 처참한 낙수 소리를 내고' 있는 청년회관이 폐허의 상태가 상세하게 묘사되어 강조된 것이다. 지난날 청년들의 꿈을 키웠던 청년회관이 헐어지고 무너져 버린 실상 앞에 "아아! 사람의 시체 썩은 것을 보기보다도 더 가슴이 아픈 일이다."(191면)며 통탄하는 준호의 태도는 역사적 질곡을 아파하는 작가의 입장에 다름 아니다.

이에 동조하는 복주는 '목포에는 청년들은 없고 사람도 없나요? 청년회관을 이래 버려두개요?'(191면)라고 안타까움을 표시하는 적극적인 문제의식을 제기함으로써 준호의 의식과 맞닿는 비판 의식을 보여주게 된다. 한편 목포 시내를 둘러 본 후 발동선을 타고 섬으로 떠난 준호와 복주는 섬 주민들의 비극적인 실제 생활을 목도하고는 현실 인식을 강화시킨다. 끼니의 연명이 힘들어 게만 삶아 먹고 토사광란이 나서도 설사 약마저 구할 수 없는 섬 주민들의 처참한 삶은 준호와 복주에게 현실 각성에 머물지 않는 삶의 실천적 의지를 고취시킨다.

요컨대 공간이동에 따른 점층적인 각성을 유도하는 동반 시점의 경로는 기차 안에서 바라본 홍수의 참상과 노파의 이야기를 병치시켜 복주의 일차적인 각성을 끌어낸 다음, 목포에서는 목포의 유달산의 움막집과 목포 청년회관의 폐허를 통해 발전된 각성을 끌어내고, 최종적으로는 섬사람들의 일상을 통해 실천적 삶의 의지를 강화시킨다. 복주의 현실 인식을 각성시키는 취지로 기획한 신혼여행에서 준호는 "사람이란 소질과 성격이 웬만하면 지도할 수 있다는 것을 확실히 믿게 된 것을 기뻐하오."(204면)라며 자신의 소회를 드러낸다. 의대를 졸업한 후 가난한 섬에서 병원을 개업하여 가난한 민중들의 건강한

삶을 위해 고군분투하려는 뜻을 밝힌 준호에게 복주는 간호부 노릇과
어린 아이의 보모가 되고, 처녀들과 부인들을 위해 야학을 세워 가르
치겠다는 의지를 보이는 것으로 동반 시점의 언약을 제시한다.

　이와 같은 언약의 전망에는 종속적인 남녀 관계가 아닌 동반의 관
계에서 진정한 결혼 생활이 출발한다는 작가적 입장이 내포된 몸의
의미가 읽혀진다. 복주의 인식의 변화는 결혼에 대한 여성의 가치관
의 전환과도 맞물려 있지만 또한 남성적 가치의 전환을 내포한다. 준
호의 지도자적 역할은 가부장적 권위이기보다는 동반자로서 돕는 배
필이 되기 위한 평등한 결혼 생활을 위한 남성의 가치 전환으로 몸의
의미를 보여주기 때문이다. 진정한 반려로서 복주의 각성을 끌어낸
결혼의 의미는 마지막 소제목 공간인 '새로운 출발'로 명시된다. 결국
신혼여행의 여정은 지도적 역할을 구심력으로 공간 이동에 따른 경험
적 각성을 발전시키는 선형시점을 내포한 몸의 은유를 통하여 동반자
적 언약으로서 결혼의 새로운 가치를 민족적 현실에 대한 각성으로
창출하게 된다.

　한편 「고향 없는 사람들」에 반영된 몸의 은유는 고향의 장소 상실의
아픔을 극복하고 새로운 삶의 터전을 개척하고자 하는 장소 열망을
역설적으로 환기하는 효과가 있다. 작품의 시작부분에서는 고향을 떠
나야 하는 민중들의 애환을 담은 노래가 제시된다. 고향을 떠나서는
살 수 없을 것 같은 민중들의 장소 상실의 아픔이 "에라둥둥 내 사랑
이야 너를 넣고는 내 못 살리라."(337면)는 노래 가사의 애환으로 전
달된다.

　고향이 '너'로 의인화된 만큼 강렬한 장소 사랑이 돋보인다. 고향은
민중과 마주한 생명체고 사랑의 대상이다. 고향을 떠나야 하는 민중

들의 절실한 고통을 표현한 노래는 작품의 중반에서도 되풀이되면서
그 애환을 강조한다. 그럼에도 불구하고 고향 상실에 대한 아픔은 장
소에 대한 열망으로 전환되는 새로운 생명력을 환기하게 된다. 반복
되는 노래가사가 고향을 상실한 고통과 아픔을 보여준다면, 말미에
제시된 편지글에서는 고향에 대한 그리움을 극복하고 새로운 터전에
서 고향을 뿌리내림 하겠다는 장소 지향으로서 몸의 은유를 보여주기
때문이다.

　"우리는 고향이 없는 사람들이네. 고향이 없는 사람들에게 무슨 고
향을 못 잊어하는 설움이 있겠는가? 어디든지 우리가 발을 딛고 살아
가는 곳을 우리의 고향으로 만드세. 너무 비감하여 말게. 맘을 든든히
먹고 두 팔을 단단히 갈아서 우리의 살아나갈 길을 뚫어보세." 이러한
편지글은 고향 상실의 아픔을 역설적으로 부각시킴으로써 미래 지향
적 고향의 회복으로서 장소 감수성을 환기한다. "우리는 고향이 없는
사람들이니 고향을 떠날 때 뒤도 돌아보지 말게. 앞만 바라보고 호랭
이같이 사납게 나가보세. 알어듣것는가?"(355면) 이렇듯 반문하며,
고향을 도저히 잊을 수 없는 그리움을 설의법으로 강조한 것이다. 이
역만리 고향을 떠나야했던 실향민에게는 어디를 가나 고향을 그리워
하는 설움이 있다. 그러기에 더 이상 고향을 그리워하기보다는 이주
지에서 고향을 뿌리 내림하겠다는 각오는 애틋한 고향에 대한 그리움
을 과거가 아닌 현실의 고향 만들기로 실현하고자 하는 의지를 각인
시킨다. 이처럼 장소 상실의 경험으로서 고향에 대한 그리움을 미래
지향적 고향 만들기로 승화시킨 장소의 열망은 디아스포라의 의미로
읽혀진다.

　한편 「추석전야」, 「중굿날」 등에서는 민속의 풍속을 환기시키는 장

소 감수성으로 미래 지향적 장소에 대한 열망을 부각시킨다. 표제에
서도 드러나듯이 이들 작품에서는 민속 풍습에 대한 작가의 각별한
관심과 애정이 담겨 있다. 이는 작가의 이상향이 미풍양속이 계승된
장소라는 것을 추측케 하는 부분이기도 하다.

「추석전야」에서 "종일 집집에서 나던 떡방아 소리가 달뜨기 전까
지도 나더니 달의 세계가 되자 달을 보며 송편을 먹는 아이들이 불어
간"(40면) 장면과 「중굿날」에서 "중굿날 차례의 새 찹쌀 떡 신미를 하
는지 떡 치는 소리"(316면) 등은 민속 풍습을 계승하는 삶을 실현하는
온고지신의 삶을 담보한 몸의 은유에 대한 작가의 감수성을 투영한
것이다.

2) 장소감수성에 따른 자유와 평등

박화성 소설에 반영된 미래 지향적 장소를 열망하는 몸의 은유는
자유와 평등을 향한 장소 감수성으로 환기된다. 장소의 열망은 "주어
진 환경에 적응하여 전통적인 관습에 의하여 사는 것이 아니라 의식
의 깨우침이나 열림을 통하여 새로운 세계를 창조하는 사회적 이상
내지 행복"[28]에 대한 작가의 믿음을 담아낸다.

이상적인 장소에 대한 감수성을 반영한 몸의 은유는 장소의 의미를
이데올로기의 전달 도구나 작중인물의 행위를 뒷받침하는 배경으로
국한시키지 않고 자유와 평등이라는 인류의 보편적인 행복에 대한 열
망과 실천적 의지로 강조하는 효과가 있다. 이를 통한 새로운 장소 변

---

28) 정영자, 「박화성 소설 연구」, 수련어문논집 12권, 1985, 59면.

화의 의미는 독자의 장소 상상력으로 환기된다.

"그 이튿날 첫 눈은 목포 시가와 산, 들에 고르게 쌓이며 내리는데 용회는 한 장의 편지를 받았다." 풍경 묘사에는 평등한 사회에 대한 작가적 이상이 투영되어 있다. "모든 객관적 정세가 나를 이곳에 머무르게 하지 않으므로 나는 이곳을 떠나고야 만다. 사랑하는 사람을 두고 떠나는 다도 종시 사람인지라 어찌 한 줄기의 별루가 없으랴 마는 나는 보다 더 뜻 있는 상봉을 위하여 떠나는 것이다." 용회가 받은 한 장의 편지에 담긴 '굳세인 벗'으로서 사랑을 완성하고자 하는 동권의 비전은 양성평등을 꿈꾸는 작가적 입장을 내포한다. "군이 만일 나의 뜻을 알고 나를 사랑할진대 그대 스스로 모든 환경을 돌파하고 자체를 편달하여 나아갈 수 있는 용기를 가진 자라고 나는 생각한다." 노동쟁의와 노동자 교육의 성취에 만족하지 않고 보다 나은 사회 구조적 변화를 도모하기 위하여 남녀의 사랑을 동지애로 승화시키며 떠나는 동권의 미래 지향적 장소의 열망은 자유와 양성평등을 실현하고자 하는 작가의 세계관에 맞닿아 있다.

"굳세인 벗이 되어지라. 오직 바라는 바이니 원컨대 오직 끝까지 건강하라. 1931.12.13 「떠나는 동권」"((89~90면)과 같이 편지를 쓴 연월일과 발신인의 성명을 명시한 작가적 편집 기능은 리얼리즘의 형식을 한층 더 구체화한다. 작가적 비전으로서 지도자 의식을 리얼리즘의 형식으로 육화시킨 소설의 제목 또한 예사롭지 않은 가치를 창출한다. 동권이의 지도자적 의식은 하수도 공사에 대항한 노동자의 권익을 쟁취하는 것으로 성공적인 성과를 거두었지만, 작가적 전망은 단순히 일인 청부업자와의 투쟁이나 전략에만 초점을 두지 않는다. 서사 현실에서 하수도 공사의 계급투쟁은 성공적이지만 거시적인 작가적 관점의 하수도 공사는 미처 끝나지 않은, 그래서 동권이가 더 큰 뜻을 이루기 위해 떠나야 하는 미래지향형의 몸의 은유로 공사의 의미를 함축한다. 이처럼 노동의 권익을 쟁취하기 위한 투쟁과 공사로서 장소성의 전망을 내포하는 몸의 은유는 식민치하 민족의식을 미래지향적 지도자 의식으로 창출하는 효과를 보여주게 된다.

이와 같이 하늘에서 내린 축복처럼 온 누리에 고르게 내리는 설경은 이상적 사회의 은유로 장소성을 내포한다. 용희가 받은 한 장의 편지 또한 '굳세인 벗'으로서 사랑을 완성하고자 하는 동권의 비전이지만, 거시적으로는 남녀가 평등한 세상을 열망하는 경계인으로서 작가적 입장을 내포한다. 동권의 지도자적 현실 인식의 이면에는 미래지향적인 여성적 삶의 각성을 촉구하며 지도자 의식이 여성에게도 가능하다는 작가의 젠더의식이 놓여있다.

이러한 맥락에서 진취적인 동지애를 추구하는 남녀 간의 사랑 또한 민족적 계몽을 추구하는 작가의 미래지향적 현실 극복의 비전과 맞닿는다. 특히 '더 뜻있는 상봉'으로 부각되는 몸의 은유는 하수도 공사의 부정에 대항하는 공정한 사회를 향한 현실 개척의 낙관적 전망을 내포한다. "서장이 자기 동무들에게는 하대하는 말을 쓰고 중정 대리에게는 경어를 사용하는 것이 대단히 비위에 거슬렸다"(49면)는 동권의 태도에서는 공정한 사회의 가치로서 인권회복을 지향한 몸의 은유로 관계성의 의미가 파악된다.

「신혼여행」에서도 자유와 평등을 향한 장소 감수성이 환기된다. 이상적인 장소에 대한 작가의 열망은 '멀리 나지막하게 보이는 하늘'이 '짙은 검푸른 색의 물결치는 넓은 들'을 '아늑하게 둘러싸고'는 높고 낮음이 어울리는 평화로운 세상을 상징한다. '불그스름한 덩이구름이 떨기떨기 송이겨 있'는 구름마저도 흩어겨 있는 형상이 아니라 '떨기 떨기 송이'를 이루며 조화를 이룬다. '짙은 검푸른 색'의 상처 입은 들판마저도 '물결치는' 생명의 운동력은 피폐한 식민지 현실을 극복하기 위한 민중들의 연대의식으로 끌어내고자 하는 미래 지향적 장소의 열망을 포착하게 한다.[29]

한편 「비탈」에서는 표제의 역설적 의미를 내포한 몸의 은유로 양성평등을 지향하는 장소 감수성을 환기한다. 작가는 수옥이라는 신여성의 허위의식을 그의 애인 정찬의 목소리를 빌려 다음과 같이 비판한다. "수옥 씨는 좁게 말하면 수옥 씨의 가정과 고향에 융화되지 못한 것이고 넓게 말하면 조선의 현실이 현재의 수옥 씨 같은 그런 여성을 요구하지 않는다는 말입니다." 정찬은 가정과 사회의 현실에 관심이 없는 수옥에게 조선의 현실을 각성하는 여성이 될 것을 요구한다. 수옥이 갖는 '현실과는 너무나 동떨어진 자리와 생각'이야말로 비탈의 장소 감수성을 재현한 몸의 의미를 내포한다. "그러니 수옥씨가 어찌 현대여성 – 즉 현 사회를 짊어진 한사람 – 사회생활의 개척과 성장을 맡은 한 분자인 그런 여성이 될 자격이 있겠소?"(101 – 102면) 여성의 현실 인식을 촉구하는 정찬의 관점은 식민지 조선의 현실을 파악하지 못한 신여성의 입장을 '비탈'의 위태로운 장소 감수성으로 환기시키는 작가의 입장과 상통한다.

정찬의 뜻을 제대로 파악하지 못하여 곡해한 수옥은 주희의 오빠이자 유부남인 철주와 애인이 되고 만다. 그들이 만나는 유달산의 비탈은 현실 인식이 결여된 위태로운 주희의 삶, 현실 감각이 결여된 신여

---

29) 김원희, 앞의 논문, 380~381면.

성의 삶을 상징한다. 유달산 비탈에서 철주와 만난 수옥은 철주의 부인을 떠올리는 동시에 정찬과 주희가 동지애를 나누는 장면을 확인하게 되고 결국 비탈에서 발을 헛디뎌 죽게 된다. 비탈의 역설적 의미를 내포한 몸의 의미는 이상적인 장소에 대한 작가의 열망을 양성평등의 장소 감수성으로 환기시키는 효과를 낳게 된다.

　여성의 현실 인식 차원에서 살펴보면, 「논갈 때」의 장소 감수성을 재현하는 몸의 은유는 해선에게 있어 애인에게 갈 수 없는 단절의 장소이자 주체적인 여성성을 각성케 하는 결단의 장소로 섬을 고립적 의미를 환기시킨다. 애인인 서봉이를 초조하게 기다리던 해선이는 작권 이동의 집단행동을 한 주동자로 그가 체포되었다는 소식을 듣고 계급투쟁의 연대의식을 갖게 된다. 애인에 대한 소극적인 기다림에서 벗어나 적극적으로 이념적 동지애를 추구하고자 하는 해선이의 열망에서는 양성평등을 향한 장소 감수성의 실천적 의미를 전망할 수 있다.

　한편 「온천장의 봄」에서 몸의 은유는 여성의 각성과 열망으로 자유를 향한 장소 지향성을 환기한다. 돈으로 영감에게 팔려온 명례에게 온천장은 향락의 장소가 아니다. 온천장에서 향락을 꿈꾸는 영감과는 다른 입장에서 명례의 몸은 온천장의 장소에서 역설적으로 자신의 자유롭지 못한 입장을 깨닫고 구속적인 현실에서 탈피하겠다는 의지를 각성하는 동기로 작용하게 된다. '참새 한 마리가 포르르 날아서 공중으로 올라간'(384면)광경이 명례의 눈에 포착된다. 참새의 자유로운 모습으로 환기된 명례의 장소 지향은 돈으로 여성을 사고파는 현실의 부정적인 억압에서 벗어나 자유로운 삶을 살아가고픈 긍정적인 열망으로서 장소 감수성을 투영한다. 날아가는 참새의 뒷모습을 보고 눈물을 닦는 명례의 모습에서는 자유를 향한 몸의 각성을 역설적인 거

리에서 각인시킨다. 이처럼 여성의 자유로운 삶에 대한 열망을 '온천
장의 봄'으로 풍자한 것은 당대 남성작가들이 그렸던 온천[30]의 장소성
과는 구별된 박화성의 비판적 현실인식과 맞닿는 실천적 여성주의 시
각에서 몸의 의미를 강조하는 효과가 있다.

박화성 소설에 드러난 자유와 평등을 향한 장소 지향[31]의 재현을 내
포한 몸의 은유는 현실 극복에 대한 작중 인물들의 구체적인 행동을
추동하는 장소 정체성과는 달리 장소 감수성으로 이상향을 환기시키
기 때문에 다소 관념적인 경향이 없지 않다. 이러한 경향은 리얼리즘
적 관점에서 바라보면 이데올로기의 취약점으로 지적되지만, 시학적
관점에서는 독자의 상상력을 고취시킨 보여주기로 평가될 수 있다

5. 맺음말

일제강점기 박화성의 소설에서 장소성과 맞물려 있는 몸의 은유는
현실 비판적 장소상실과 미래 지향적 장소회복이 교차 반복되는 대위
법적 구도로 미래지향적 가치를 환기한다. 그것은 물리적이며 역사적
인 현실 장소의 정체성과 현상학적이며 상징적인 미래 장소의 감수성

---

30) 박화성의 「온천장의 봄」(1936)외에 일제 강점기 온천을 형상화한 소설은 이광수
「재생」(1925)과 「그 여자의 일생」(1935), 염상섭 「만세전」(1925), 최서해 「누이
동생을 따라서」(1930), 이태준 「석양」(1942) 등이 있다.
31) 자유와 평등의 장소에 대한 열망은 박화성의 장편소설에서도 발견된다. 장편 『복
극의 여명』(1935)의 결말에서 주인공 효순이가 홀로 북극으로 가는 행위 또한 자
유와 평등의 장소 지향으로 읽혀진다. 『백화』(1932)에서 주인공 백화가 고려왕조
가 무너지자 은둔지로 도피함으로써 자신의 충의를 지키는 것 또한 자신의 신념
을 지키고자 하는 장소 감수성을 환기한다.

을 통찰하는 젠더의식으로 미래지향적 장소성과 삶의 의미를 생동감 있게 창출하는 효과로 이어진다. 이와 같은 박화성 소설에서 장소 정체성과 장소 감수성의 인지구도는 다음과 같이 대위법적 의미작용과 맞닿는 몸의 은유로 미래지향적 삶의 가치를 환기한다.

첫째, 장소 정체성과 맞닿아 있는 몸의 은유는 식민지 주변적인 지역의 차이를 중심으로 작중 인물의 갈등과 활동이 전개되는 장소와 인간의 상호작용이 일어나는 장소의 의미를 설명하고 묘사하는 인지경로로 드러난다. 이처럼 장소를 의인화된 몸의 생명체로 부각시키는 것은 작가의 현실 인식을 반영하는 강력한 의미작용이 된다. 질곡의 역사 속에 민중의 애환을 환경의 차이로 반영하는 장소 정체성은 지역의 경계를 목포 중심에서 낙후된 섬을 포괄한 호남지역, 그리고 이주지역까지 확장시키며 현실을 통렬하게 비판하는 작가의 역사의식과 맞닿아있다. 둘째, 장소 감수성과 맞닿아 있는 몸의 은유는 장소 회복에 대한 열망을 물리적 환경, 인간의 활동 자체로 부각시키기보다는 의인화된 장소의 적극적인 호명을 통한 미래 지향의 장소 이데올로기와 전망을 투영하는 현상학적 장소 이미지로 환기시키는 효과를 낳는다. 변화된 장소의 운동력은 민속 계승 그리고 자유와 평등을 향한 작가의 세계관을 투영할 뿐만 아니라 독자 수용의 불확정 영역을 확장시키며 장소의 의미를 새롭게 생산하는 점에서 창조적인 여성성과 맞닿는다.

요컨대 장소성의 역동적 변화에서 환기된 몸의 은유는 주체적인 자아로서 존재론적 의미를 모색하기보다는 타자와의 관계, 즉 우리라는 공동체 속에서 존재론적 의미를 탐색하며 긍정적인 영향력을 끼치는 접촉을 보여준다. 공동체적 선을 추구한 장소성과 연동된 몸의 은유는 식민지의 구조적 모순과 문제들을 묘파한 작가의 인식과 독자의 접촉 지점에서 항일 의식과 공생공영의 세계관을 새롭게 발견하게 한다.

결과적으로 일제강점기 박화성 소설의 장소성과 맞닿는 몸의 은유는 식민지 장소 상실에 대한 현실 비판의 장소 정체성을 확인시키는 동시에 미래지향적 장소 감수성을 사회학적 의미를 강화하는 궁극에서 법고창신(法古創新)의 가치를 확산한다. 식민지 역사의 질곡을 비판하는 장소 상실을 넘어 미래적 장소 회복을 전망하는 작가의 미래지향적 장소성과 맞닿는 몸의 은유를 통하여 21세기 우리 사회문화를 반성하는 차원에서 통합적 가치를 추구한 박화성의 역동적 젠더의식을 새롭게 바라보게 되는 이유다.

3장
백신애 소설의 인지구조와 몸의 은유

1. 머리말

한국 여성문학사에서 백신애의 소설세계만큼 경계성의 언어를 보여주는 작품을 발견하는 것은 그리 흔치 않은 일이다. 이를 방증하듯, 백신애 소설에 대한 기존의 평가는 "정열이 승해서 문학편이 그 기질을 감당하지 못한 흠이 있다"[1]는 부정적인 입장과 "박화성, 강경애에 비하여 여성적인 감성이나 사고의 영역에 근거하여 여성 리얼리즘을 확보한 작가"[2]라는 긍정적인 입장으로 길항되었다.

백신애[3] 소설에 대하여 상반된 논의가 길항하는 현상은 식민지 현

---

1) 백철, 「여류작가의 수준」, 『신문학사조사』, 민중서관, 1952, 346면.
2) 이재선, 『한국현대소설사』, 홍성사, 1976, 437~439면.
3) 무잠(武潛) 백신애(1908-1939)는 경북 영천에서 태어나 한문과 여학교 강의록을 공부한 후 대구사범학교를 졸업하였다. 학교 졸업 후 교원으로 근무하다 여성동우회와 여자청년 동맹 등의 활동을 한 사실로 해임되었다. 1929년 『조선일보』에 「나의 어머니」로 등단하였다. 1934년 식민지 민중의 궁핍함을 여성의 입장에서 생생

실에서 "신여성, 향촌인, 여행자, 식민지인, 사회활동가, 강제 결혼자, 여류작가, 이혼녀 등의 상호모순적이고 이질적인 경계인"[4]의 삶을 살았던 작가의 실존적 흔적이 여성의 글쓰기로 체현됨으로 말미암아 독자 수용의 지평으로 몸의 은유를 열어놓았다는 반증이기도 하다. 이러한 백신애 소설세계에 대한 온당한 이해를 제공하는 몸의 의미를 해명하기 위해서는 비연속적이고 파편적인 소설언어의 인지구성에 따른 실존의식과 작가의 현실인식을 해명할 필요가 있다.

백신애 소설의 선행 연구는 리얼리즘과 연관된 주제론적 층위,[5] 작가의 전기와 연관된 여성주의[6]의 층위, 기법과 관련된 형식의 층위[7] 등에서 각각 대립적인 논의가 개진되어왔지만, 몸의 인지시학의 측면에서는 별다른 논의가 시도되지 못하였다.

이러한 문제의식을 바탕으로 본 논의는 백신애 소설세계를 인지론

하게 보여준 「꺼래이」와 「적빈」을 발표한 이후에도 여성의 섬세한 내면과 치열한 사회의식을 보여준 여러 편의 소설을 발표하였다. 김혜실 편,『백신애 편-아름다운 노을 (외)』, 범우, 2004.: 조연근 발행,『학원한국문학전집7』, 동녘, 1990 참조.

4) 김지영, 앞의 논문, 39면.
5) 정영자, 「백신애 소설연구」,『수련어문학회』, 수련어문논집, 민현기, 「백신애 소설 연구」,『한국학논집』 18, 계명대 한국학연구원, 1991, 189~212면. 2002; 한명환,『백신애 문학 연구의 향방과 전망』,『순천향대 인문과학논총』 23집, 2009. 103~133면.
6) 서정자, 「아름다운 노을고」,『청파문학』 14, 1984, 107~116면. 김미현, 「'사이'에 집짓고 살기 - 백신애론」,『페미니즘과 소설비평』, 1995, 217~250; 안숙원, 「백신애의 반미학과 페미니즘」,『여성문학 연구』 4, 2000, 315~348면; 우미영, 「여성의 광기와 무의식의 욕망」,『여성문학 연구』4, 2000, 351~372면; 최혜실, 「백신애 문학에 나타난 이중적 타자성」,『현대소설연구』 24, 2004, 23~48면; 김지영, 「백신애 소설 연구」,『현대소설연구』 제38집, 한국현대소설학회, 2008, 35면.
7) 김정자, 「소설의 공간기법적 의미분석」, 서울사대 선청어문16/17합본, 1988, 767~788면; 이미순, 「백신애 문학의 수사학적 연구」,『개신어문연구22』, 개신어문학회, 2004, 413~431면.

적 시각으로 접근하여 작가의 경계적 사유에 맞닿아 있는 몸의 은유
로 작가의 젠더의식을 구명하고자 한다. 인지론적 시각은 백신애 소
설의 형식과 의미의 연관성을 작가가 경험한 몸의 은유로 구명하는
방법론적 접근으로서 독자로 하여금 "우리가 자기 자신과 문화와 세
계 전체를 이해하는 데 있어 중추적인 위치에 있다"[8]는 각성을 제공할
수 있는 장점이 있다.

레이코프와 존슨의 개념적 은유[9]의 시각에서 백신애 소설 텍스트에
드러난 인지구성의 원리를 파악하면, 선형적 생존의 정보구성은 역사
의식을, 대립적 갈등의 정보구성은 사회의식을, 나선적 성장의 정보구
성은 연대의식을 몸의 은유로 맵핑하는 인지기제로 작가의 실천적 삶
의 가치와 대응한다. 이와 같이 소설 텍스트에 제시된 생존과 갈등 그
리고 성장의 구체적 경험으로 환기되는 역사의식, 사회의식, 연대의식
등의 실존의식을 통하여 독자는 다문화 시대 우리 삶을 돌아보게끔
하는 문화 사회적 가치를 환기할 수 있다

21세기 한국 문학 연구는 한국 문화교육의 활성화와 세계적 소통이
라는 당면 과제를 안고 있다. 이러한 맥락에서 백신애 소설에 투영된
몸의 인지론적 연구는 일제 식민지 한국 문학의 역사적 특수성과 작
가 개인적 삶의 특수성을 보편적 삶의 은유체계로 전환하여 한국 문

---

8) G 레이코프 M 터너, 이기우 양병우 옮김, 『시와 인지』, 한국문화사, 1996, 269면.
9) 개념적 은유는 구조적 은유, 지향적 은유, 존재론적 은유로 분류된다. 구조적 은유
(structural mataphors)란 한 개념이 다른 개념의 관점에서 은유적으로 구조화되는
경우이다. 지향적 은유(orientational mataphors)는 상호 관련 속에서 개념들의 전
체 체계를 조직하는 은유적 개념으로 공간적 지향성과 관련을 보여준다. 존재론적
은유(ontological mataphors)는 물리적 대상에 대한 경험을 사건, 활동, 정서, 생각
등을 개체 또는 물질로 간주하는 방식이다. G 레이코프 & 존슨, 앞의 책, 21~71면.

학의 세계적 소통을 모색하는 단초가 될 것이다.

2. 생존의 선형적 인지구성과 역사의식

「꺼래이」, 「적빈」 등의 소설텍스트에서 근원영역으로 드러난 몸의 은유는 생존의 정보 구성 원리를 선형적인 길의 속성으로 보여줌으로써 독자로 하여금 일제 강점기 역사성의 회복이라는 목표영역에 도달하게끔 하는 의미가 있다. 선형적으로 제시되는 의 · 식 · 주에 대한 정보는 "인생은 여행이다", "인생은 하루다" 등의 길의 구조적 은유[10]와 대응하여 개인적인 생존 경험을 일제강점기 민족 역사의 차원으로 확장한다. 이러한 몸의 인지경로는 크로노스[11]의 시간성과 맞닿는 길의 선형적 정보로 제시된 작중인물의 생존 경험을 통하여 일제강점기 역사 회복이라는 의미를 제공하게 된다.

먼저, 「꺼래이」에서는 순이와 그의 가족이 겪는 생존 경험이 선형적인 '길'의 은유로 제공되는 인지 정보로 역사의식을 환기한다. 시베리아 추운 길 위에서 반복되는 고난은 소외된 민족의 역사와 맞물려 있다. 추위를 막을 수 없는 누추한 옷차림과 앉을 곳조차 없는 짐승 우리 같은 공간, 그리고 지저분한 빵조각으로 버텨야하는 열악한 음식 등

---

10) 구조적 은유는 우리 경험 내부의 체계적인 상관관계에 그 근거를 두는데 여기에서 부각과 은폐의 차이가 드러난다. '인생은 여행이다'에서 목표영역인 인생과 근원영역인 여행은 시간의 흐름인 역사성으로 사상된다. G 레이코프 & 존슨, 앞의 책, 21~37면. G 레이코프 M 터너, 앞의 책, 1~82면.

11) 크로노스는 흘러가는 시간 또는 기다리는 시간이기에 역사적인 시간과 맞닿는다. 프랭크 커머드, 조초희 옮김, 『종말의식과 인간적 시간』, 문학과 지성사, 1993, 59면.

의 열악한 의·식·주의 정보가 반복된다.

작품의 시작부분에서 몸의 은유는 "굵은 주먹만큼씩한 돌멩이를 꼭꼭 짜 박은 울퉁불퉁하고도 딱딱한 돌길"로 시작된 순이 가족의 역경으로 제시된다. "끌려갔습니다. 순이順伊들은 끌려갔습니다. 마치 병든 버러지 떼와도 같이……." 꺼래이 시간은 마치 병든 버러지 떼와 같이 끌려가고 끌려가는 시간이다. "굵은 주먹만큼씩한 돌멩이를 꼭꼭 짜박은 울퉁불퉁하고도 딱딱한 돌길 위로……." 반복되는 시간의 흐름에 따라 혹독한 추위와 감금 그리고 배고픔 등의 혹독한 생존 경험은 식민지 치하 국경을 떠돌아야 하였던 꺼래이의 비극적인 삶의 정체성에 대한 이해를 구체적인 몸의 감각으로 제공한다. "오랜 감금監禁의 생활에 울고 있느라고 세월이 얼마나 갔는지는 몰랐으나 여러 가지를 미루어 생각하건대 아마도 동짓달 그믐께나 되는가 합니다.(24면) 고국을 떠날 때 입고 온 "세누겹저고리에 엷은 속옷"만을 거친 "몸뚱아리들은 군데군데 얼어 터져 물이 흐르"는 고통으로 혹독한 추위를 견뎌야 한다. "모든 감각을 잃어버린 '로보트' 같이 어디를 향하여 가는 길인지 죽음의 길인지, 삶의 길인지, 아무것도 모르고 얼어붙은 혼魂만이 가물가물 눈을 뜨고 없어지며 자빠지며 총대에 찔려가며 절름절름 걸어"(25면) 가는 시베리아 벌판길의 몸의 고통은 국권을 빼앗긴 민족 수난과 대응한다.

시베리아 길의 고통은 앉을 자리도 없는 짐승우리와 같은 열악한 공간에서 지내하는 감금생활과 눈물로 "새까맣게 된 빵뭉치"로 연명해야 하는 음식에 대한 고통으로 이어진다. 이처럼 선형적으로 반복 제시되는 순이와 그의 가족이 겪는 생존경험에 대한 정보는 열악한 의·식·주의 환경과 맞닿는 생존경험의 시련을 개인의 차원을 넘어선 꺼래이의 정체성으로 환기하게 된다.

"그 귀익고 그리운 소리가 그때의 순이들에게는 끝없는 분모를 자아내는 말"(30면)이 된 '꺼래이'의 정체성에 대한 선형적 정보는 소외된 민족의 정체성에 대한 이해를 다각적인 시각으로 제공하게 된다. 첫째, 고려인을 지칭하는 '꺼래이'는 국경을 넘어 러시아 땅에서 "무지몰식한 야만인, 그리고 무력하고도 불쌍한 인간들"로 이국인들이 조선인을 비하하는 시각이다. 둘째, '꺼래이라는 귀익고 그리운 소리"는 민족의 동질감을 확인하는 공감대이지만, 다른 민족의 "웃음거리가 되어 있"는 부조리한 역사에 대하여 분노하는 민중의 시각이다. 셋째, '꺼래이'의 경험은 순이 가족의 비극적 운명으로 구체화된 국가를 상실한 역경이다.

"송곳하나 세울 곳 없는 조국을 떠나 농사짓고 살 땅을 찾아" 러시아 국경을 넘었지만 짐승 같은 생활을 하다가 강제 추방당하거나 죽어가야 하였던 꺼래이의 운명은 순이 가족이 겪는 역경으로 구체화된다. 순이 아버지의 시신을 찾지도 못하고 추방당하는 시베리아 벌판 길의 혹독한 추위와 굶주림 속에 순이의 할아버지는 죽게 되고, 순이와 그의 어머니마저 생존의 위기를 맞는다. 할아버지의 얼어붙은 시신 곁에서 순이는 "순이야, 울지 말고 일어서라."라는 소리를 듣는다. 이처럼 과거 – 현재 – 미래로 이어지는 선형적인 생존 경험을 내포한 몸의 은유를 통하여 독자는 식민지 일제강점기 역사의식을 각성하는 기회를 갖게 될 수 있다. 더불어 현재의 어려움을 극복할 수 있는 미래 지향적 삶에 대한 비전을 다양한 시각으로 모색할 수도 있을 것이다.

「적빈」에 투영된 몸의 의미는 '매촌댁' 늙은이의 호칭에 따른 삶의 이력과 궁핍한 삶의 경험이 선형적인 '길'의 은유로 제공된다. "인생은 식물이다", "인생은 대지이다." 등의 구조적 은유와 맞닿는 '매촌댁' 늙은이의 질긴 생활력을 내포하는 몸에 대한 정보는 생명을 생산하고 키우는 여성의 정체성을 '식물'과 '대지'의 속성으로 전달함으로써 개인적 삶의 이력으로 역사의식을 환기한다.

"그의 둘째아들이 매촌梅村이라는 산골에 장가를 간 후로는 그를 부를 때 누구든지 '매촌댁 늙은이'라고 부른다." 서사 시작 부분에서부터 선형적으로 제시되는 '매촌댁' 늙은이에 대한 호칭의 변화가 연쇄적으로 부각된 것이다. "'늙은이'라는 위에다 '매촌댁'이라고 특히 '댁'자를 붙여 부르는 것은 이 늙은이가 은진 송씨恩津宋氏인고로 송우암宋尤庵 선생의 후예라고 그 동안 동리에서 제법 양반 행세를 해 오던 집안이 친정으로 척당이 됨으로서의 부득이한 존칭"이었으나 "지금에 와서는 존칭으로 '댁'자를 붙여 준다고는 아무도 생각지 않았다."(66면) 이렇듯 '매촌댁' 늙은이에 대한 호칭의 변화는 식민지 근대 조선의 사회 문화와 연결되어 있는 몸의 은유로 전통적 삶의 뿌리보다 빈부의 차이로 사람을 대하는 현실 비판적 작가의식을 반영한 것으로 볼 수 있다.

이처럼 당대 사회 이웃의 시선이 투영된 몸에 대한 정보는 첫째 결혼에 따른 변화, 둘째 결혼 후 남편과 자식의 위상에 따른 변화, 셋째 며느리로 뿌리 내림하는 시간에 따른 여성의 역할을 제공한다. 이처럼 '매촌댁 늙은이'의 이력과 대응하는 호칭의 변화에서는 과거 – 현재 – 미래로 이어지는 여성의 정체성이 강조된다. 첫째, 원래 송씨가 양반 후손이었다는 과거 정보는 결혼에 따라 달라진 여성의 위치에 대한 이해를 제공한다. 둘째, 요즈음에 와서는 '댁'자를 쑥 빼고 부른다는 현재 정보는 남편이 일찍 죽고 아들 가족의 생존까지를 챙겨야

하는 여성의 고단한 처지를 바라보는 사회적 시선에 대한 이해를 제
공한다. 셋째, 며느리의 고향인 '매촌'에 따른 호명은 시어머니에서 며
느리로 이어지는 자식을 낳고 키우는 생산과 양육의 기능에 대한 이
해를 제공한다.

'매촌댁' 늙은이의 정체성으로서 몸의 은유는 마침내 며느리가 아
들을 낳는 것으로 삶의 보람을 수확하게 된 대지의 의미를 내포한다.
'매촌댁' 늙은이는 먹을 것이 없어 힘을 쓰지 못하여 "아이를 속히 낳
지 못하고 끙끙대는" 큰 며느리가 '장찌걱을 조금 부어 김이 나게 끓'인
물을 먹은 후 '새빨간 고기 덩어리'같은 첫 손자를 낳자 감격의 눈물을
흘린다. 여순 셋에 첫 손자를 보는 '매촌댁' 늙은이의 감격이 씨를 거
두는 수확의 보람과 대응한다면, 그가 흘리는 눈물은 죽음으로 향하
는 시간과 대응한다.

"'사람은 똥힘으로 사는데……' 하는 것을 생각해 내었던 것이
다."'매촌댁' 늙은이는 굶주린 배고픔을 똥 힘으로 극복하고자 하는 의
지를 생생하게 보여준다. "텅비인 뱃가죽은 등에 가 붙고 입안과 목안
은 송진으로 붙인 것같이 입맛을 다시면 찢어지는 것 같이 따가왔다."
는 생명력의 소진으로 예상되는 '매촌댁' 늙은이의 죽음은 손자의 탄
생이 있기에 절망스럽지가 않다. "이제 집으로 돌아간들 밥 한 술 남
겨 두었을 리가 없음에 반드시 내일 아침까지 굶고 자야 할 처지이므
로 지금 똥을 누어버리면 당장에 앞으로 거꾸러지고 말 것 같았던 까
닭이었다." 살기 위한 몸부림은 똥 힘에 의존할 수밖에 없는 가난을
극적으로 보여준다. "그는 흘러내리는 옷을 연방 움켜잡아 올리며 코
끼리 껍질 같은 몸뚱이를 벌름거리는 그대로 뒤가 마려운 것을 무시
하려고 입을 꼭 다문 채 아물거리는 어두운 길을 줄달음치는 것이었

다."(79면) 이처럼 '매촌댁' 늙은이는 큰며느리의 해산을 돕고 작은 며느리 집으로 가면서 길에 배변욕구를 느끼나 똥을 누고 나면 힘이 빠진다고 끝내 배변을 참는다. "사람은 똥힘으로 사는데……" 배고픔의 극한 고통과 죽음을 목전에 둔 생존의 한계에서 배변을 참는 '매촌댁' 늙은이의 강인한 생명력은 삶의 절망을 웃음으로 극복하는 한국인의 해학에 뿌리를 두고 있다.

이와 같이 서사 말미에서 전달되는 어두운 길에 투영된 몸의 은유는 "인생은 하루다."라는 구조적 은유와 대응하여 죽음이 가까워진 시간으로서 삶의 의미를 암시한다. "그러나 눈앞에는 오늘 난 아기의 두 다리 사이에 사내란 또렷한 그 표적이 어릿어릿 나타나고 사라지고 하였다."(78~79면)는 몸의 의미로 유추되듯이 '매촌댁' 늙은이가 맞게 된 죽음의 허무마저도 대물림에 대한 기대가 있기에 절망스럽지가 않다. 이와 같이 제시되는 '매촌댁' 늙은이의 강인한 생명력과 인생길에 대한 이해를 통하여 독자는 자손의 뿌리내림을 향한 헌신적인 몸의 의미를 각성할 수 있다. 더불어 출산율이 현격하게 줄어든 한국 사회의 현실에 대한 문제의식을 다양한 시각으로 반성할 수도 있을 것이다.

3. 갈등의 대립적 인지구성과 사회의식

「나의 어머니」, 「광인수기」 등의 소설텍스트에서 근원영역으로 드러난 갈등의 정보 구성에 투영된 몸의 은유는 대립적 공간 지향성으로 제공함으로써 우리로 하여금 유기적인 사회성의 회복이라는 목표영역에 도달하게끔 신체화된 경험의 의미를 환기한다. 화자의 번민이나 광기를 내포한 몸의 언술은 공간 지향적 은유[12]와 대응하여 중심 – 주변 또는 안 – 밖의 길항하는 문화적 접촉을 함축하는 관계성의 갈등을 유기적인 사회의식으로 보여주게 된다. 관계의 갈등에서 파생하는 양가적 감정의 카타르시스를 반영하는 언어의 정화작용은 불이 연소되는 수직적 공간 지향성으로 몸의 대립적 문화 차이가 해소되는 유기적 사회의식을 환기하게 된다.

먼저, 「나의 어머니」에서 드러난 화자의 번민에는 '나'와 어머니의 갈등이 전통과 근대로 대립되는 여성의식의 문화 차이로 반영된다. 안 – 밖의 공간적 차이를 함축하는 화자의 언술에는 어머니와의 갈등으로 인한 번민을 승화하는 과정이 '불'이 연소되는 수직적 공간 지향의 몸의 은유를 보여준다. 화자는 보통학교 교원이었으나 여자 청년회를 조직한 연유로 권고사직을 당하였다. 어머니의 입장은 아들이 사회활동을 하다가 투옥된 상황에서 하나뿐인 딸마저 위험한 사회활동을 한다는 위기감으로 화자가 하는 사회활동을 저지한다.

어머니가 딸에게 원하는 삶은 '안'을 고수하는 전통적인 삶이라면, 화자가 추구하는 삶은 '밖'을 향하는 근대적인 삶이다. "여성단체를 조직하기에 애를 쓰기도 하고 그렇지 않으면 하루 종일 밤이 새도록 책상 앞에서 책상 앞에서 책과 씨름을 하는" 화자의 입장은 개방적인데 비하여 "아까운 재주를 놀리기만 하면 어쩌느냐!"(14면)며 딸을 안타

---

12) 공간적 지향적 은유는 상호 간의 체계 즉 위 – 아래, 안 – 밖, 앞 – 뒤, 접촉 – 분리, 깊음 – 얕음, 중심 – 주변의 공간적 지향을 중심으로 전체 체계를 조직하는 것이다. 이것은 우리가 현재와 같은 몸을 가졌고, 그 몸이 우리의 물리적 환경에서 현재와 같이 활동한다는 사실로부터 생겨난다. G 레이코프 & 존슨, 앞의 책, 37~57면.

깝게 어머니의 입장은 보수적이다.

　이러한 맥락에서 어머니와 딸의 갈등을 반성하는 화자의 번민은 대립적인 구성의 장면으로 전달된다. "자신의 편함과 혈육血肉을 사랑하는 것밖에 아무것도 모르고 도덕과 인습에 사무친 저 어머니의 자기의 생명 같이 키워놓은 단 두 오누이(男妹)로 말미암아 오늘에 받는 그 고통을 생각할 때 나는 가슴이 다시금 찌들하고 쓰려졌다."(21면) 이 부분에서 화자의 내면의식은 인습적이며 전통적인 어머니를 비판하면서도 연민하는 화자의 번민이 드러난다. "자신의 편함과 혈육을 사랑하는 것밖에 아무것도 모르고 도덕과 인습에 사무친 저 어머니"에서는 어머니와 자신의 입장 차이가 '저 어머니'로 제시된다. 가족 이기주의를 비판적으로 바라보는 화자의 번뇌는 "단 두 오누이로 말미암아 오늘에 받는" 어머니의 고통을 생각하면 "가슴이 다시금 찌들하고 쓰려졌다."라는 연민으로 연소된다.

　이와 같이 어머니를 비판과 연민으로 반성한 내면의식과 다른 각도에서 확고한 의지가 내면화된 것이다. "그러면 나는 무엇으로 어머니를 편케 할까요! .그러나 나의 어머니여 나는 어머니가 좋아하시는 김 가에게도 이 몸은 바치지 않을 것입니다. 또 내일 밤도 빠지지 않고 가야 합니다. 가엾은 나의 어머니여." (23면) 이러한 내면의식은 어머니의 뜻을 거역할 수밖에 없는 화자의 의지와 더불어 어머니에 대한 절대적 이해와 사랑이 강조된다.

　화자는 인습을 강요하는 어머니에 대하여 이해를 하지만 삶의 주체로서 결혼 상대자를 자신이 선택하고, 사회활동을 계속할 의지를 표명한다. 어머니에 대한 이해와 거역이라는 양가적 심리가 투영된 번뇌의 언술은 마침내 "가엾은 나의 어머니여."라는 절대적 연민의 끝을 수 없는 사랑으로 승화된다. 이처럼 화자의 번뇌는 '외부와 내부의 그 어떤 어울리는 대립이 실존'[13]하는 사회의식을 환기한다. 이를 통하여 독자는 개인 간의 대립적 갈등을 문화적 차이로 이해하는 몸을 통한 유기적인 사회의식을 확보할 수 있다.

한편 「광인수기」에서는 몸의 은유를 통한 대립적 갈등의 언술로 갈등의 승화과정을 보여준다. 미친 여성의 퍼소나[14]로 기능하는 화자의 광기는 하느님을 수화자로 삼아 억울한 삶의 갈등을 표출한 것이다. 미친 여자와 하느님이라는 수화자와 수신자의 대립적 관계에는 위 – 아래 공간 지향적 은유[15]가 내제되어 있다.

"생명은 불이다", "인생은 연극이다."[16] 등의 구조적 은유와 대응하는 광기로서 언술은 '연극'과 '불'의 속성으로 몸의 갈등이 승화되는 과정을 보여준다. 서사의 첫 장면에서는 독백을 통하여 인간과의 소통이 아닌 우주적 소통을 드러낸다. "아이고 – . 비도 비도 경치게 청승맞다. 이렇게 오기만 하면 별 것 없이 흉년이지 뭐야."의 푸념은 넋두리에 가깝다. "아 – 이 무서워라. 큰물이 나면 어떡해요. 저 싯누런 큰

---

13) 들뢰즈는 외부와 내부의 그 어떤 어울리는 대립이 실존함을 인정한다. 알랭 바디우, 박정태 옮김, 『들뢰즈 – 존재의 함성』, 이학사, 2001, 176면.

14) 고전시대의 연극에서 배우들이 사용한 "가면"을 뜻하는 Persona에서 연극의 "등장인물"을 뜻하는 "dramatis perdona"라는 용어가 나오고, 특정한 개인을 가리키는 영어단어 "Person"이 나왔다. M. H. ABRAMS, 최상규 역, 『문학용어사전』, 예림기획, 1997, 263~264면 참조.

15) 지향적 은유는 공간적 방향과 관련된 것으로 상호 간의 체계 속에서 하나의 전체적인 개념구조를 형성하는 것을 말한다. 위 – 아래 앞 – 뒤 안 – 밖 접촉 – 분리 중심 – 주변의 구성으로, 우리가 일상생활에서 쉽게 겪는 공간적 경험을 중심으로 은유화한 것이다. G 레이코프 & 존슨, 앞의 책, 21 – 71면.

16) "인생은 연극이다"라는 은유에서, 인생을 보내는 인물은 배우에, 그와 더불어 살아가는 사람들은 동료 배우들에, 그의 행위는 연기하는 방식에 각각 대응한다. G 레이코프 M 터너, 앞의 책 34면.

물이 아이 무서워. 글쎄 하느님! 제발 덕분에 비를 좀 거두시소…….”
읊조렸던 독백이 하느님을 향한 발화로 전환된 것이다. “그래도 안 거
두시네! 허허 참 사람 죽이는구나. 벌써 이 얌통머리 까지고 소견머리
가 홀랑 벗겨진 하느님아! 내 말 좀 들어봐라.”(195면) 화자의 부정적
현실 인식은 급기야 하느님을 향한 원망으로 치닫게 된 것이다.

　서사 시작에서 푸념의 독백에서 하느님을 향한 하소연과 원망의 넋
두리로 전화된 의사소통 체계는 서사 마지막에서 자식을 부르는 목소
리로 변환된다. “아이구 보고 싶어…….”로 시작된 독백은 “너희들이
보고 싶다.”로 전환된다. 수화자를 아들딸로 상정한 화자는 “정옥이
너는 장조림을 잘 먹고, 석주는 생선을 잘 먹고, 정희는 시루떡을 잘
먹고…….” 마치 앞에 있는 자식에게 당부하듯이 말한다. “에에라, 집
으로 가야겠다…… 누가 너희들을 보호할까…… 비는 왜 이리도 많이
오노…… 비를 노다지 맞고 가면 모두 나를 미쳤다고 하지 않을까.”
(216~217면) 그리도 다시 자식들과 떨어진 거리에 있는 자신을 인지
하는 발화를 한 것이다.

　이와 같이 이 소설의 시작에서는 세계와 화자의 대립이 하느님을
향한 억울한 심경으로 폭로된다. 이에 비하여 서사의 마지막에 이르
러서는 세 자녀를 향한 극진한 모성을 구체적으로 드러낸다. 서사 시
작부분에서 드러나는 화자의 광기는 가부장제 남편의 권력을 폭로하
는 데 있어 수화자를 사람이 아닌 하느님으로 삼는다. “비도 비도 경
치게 청승맞다.”는 불만은 흉년으로 죽어가는 백성의 억울한 입장이
다. 화자가 바라본 세상은 온통 불만투성이다. “자꾸 쓸데없는 물을 내
려 쏟”아 “큰물이 지고 흉년이 되어 백성이 굶어죽”게 하는 하느님이
야말로 홍수와 같은 자신의 불행을 최종적으로 책임져야 할 운명의

절대 주관자라는 현실논리가 반영된 것이다. 화자의 분노야말로 하느님의 억울한 백성의 입장이다.

하느님 – 화자로 드러난 몸의 대립적 갈등의 정보는 남편 – 아내, 전통여성 – 신여성 등의 문화 차이를 위 – 아래, 중심 – 주변, 안 – 밖의 공간적 차이로 제공한다. 자신의 불행을 홍수와 같은 천재지변으로 여기며 그 책임을 하느님께 따지는 화자는 하느님의 권위에 남편의 권력을 대응시킨다. "하느님아. 내 말 좀 들어보소."라고 시작한 화자의 하소연은 그 권위를 비하한다. "얌통머리까지고 소견머리가 홀랑 벗겨진 하느님", "빌어먹을 도둑놈", "빌어먹을 개새끼 같은 하느님", "저 빌어먹다 낮잠이나 잘 하느님", "때려죽일 하느님" 등으로 비하시킨 하느님에 대한 호명으로 남편에게 당한 분노를 폭발한 것이다.

억울한 화자의 심경을 폭로하는 거리에서 삶의 갈등을 정화하는 소설 언어의 확장이야말로 백신애 소설이 보여준 몸의 현실비판이자 서사 미학이다. 가부장제 문화 권력을 내포하는 '탈중심화된 주체'[17]인 남편과의 갈등을 하느님과 희생당한 백성의 대립적인 위치에서 폭로하는 광기의 언술은 '연극'과 '불'에 투영된 몸의 정화 작용으로 가부장제 문화의 폭력성을 극적으로 폭로하기 때문이다. 백신애 소설의 카타르시스 기능으로 치유효과가 기대되는 이유기도 하다.

화자의 분노에는 남편의 사랑을 빼앗아 간 신여성에 대한 갈등 또한 대립적인 몸의 의미로 폭로된다. "네가 분명 하느님이라면 왜 그

---

17) 극단적으로 말해서 탈중심적 주체는 불가항력적인 힘에 의해 조종되는 꼭두각시로, 지젝의 말처럼, 자신을 조종하는 실 끄트머리에 매달림으로써만 개인적인 출구를 찾을 수 있다. 토니 마이어스, 박정수 옮김, 『누가 슬라보예 지젝을 미워하는가』, 앨피, 2003. 76~78면.

악하고 악한 도둑놈의 연놈을 그대로 둔단 말인고."(195면) 하느님
의 권력을 신문하던 화자는 "그 연놈에게 죄가 있을 리 있나요. 다 내
팔자지요."(196면)라고 체념한다. "어떤 연놈은 팔자 좋아 시원한 집
에서 더우면 전기 부채 틀어 놓고, 비가 와서 이렇게 추워지면 따뜨
무리하게 불을 때서 번듯이 드러누워, 남편놈과 우스개놀이나 주고
받고 하지마는….."(196면) 신세한탄을 하기도 한다. 그러다가 "아이
고 아이고, 그 뻔뻔스런 년, 남의 남편을 빼앗아 앉아서…아이구 분
해!"(212면) 신여성에 대한 화자의 분노는 다시 하느님을 향한 분노
로 반복된다. 그리고 급기야 "네가 하느님이야? 도둑놈이지. 그만치
내가 정성을 드렸으면 조금이라도 효험을 보여주어야 되지 않느냐?"
는 격앙된 분노를 되풀이한다.

한편, 화자와 대립되는 남편의 입장이 전달되기도 한다. 화자의 남
편은 애인인 신여성에게 "노모를 위하여 참아왔고 또 그 여편네가 가
엽기도 하여 나 자신의 삶을 희생해 온"(211면) 자신의 처지를 고백한
다. 그에게 아내는 "맛있는 음식이나 먹여 주고 옷이나 빨아 주고 밤
이 되면 야수 같은 본능만 아는 그런 여편네"이고, "이십 년이란 세월
을 살아왔"던 결혼은 "아무 감격도 신선함도 이해도 없는 그런 부부
생활"이다. 이러한 남편에게 화자는 "인간이란 게 공부를 잘못하면 제
행동이 옳든 그르든 간에 아무리 틀린 말이라도 교묘하게 이론만 갖
다 붙여서 그저 합리화하려고 하는 재주만 늘어갈 뿐"(211면)이라고
비난한다. 남편의 윤리성[18]을 비판하는 화자의 입장은 가부장제 권력

---

18) 문학은 윤리학이 아니다. 그럼에도 문학이 삶과 역사의 의미를 추구하는 차원에
서 윤리를 외면할 때, 잠재된 위험성은 심상치 않다. 김봉군, 『현대 문학의 쟁점 과
제와 문학 교육』, 새문사, 2004, 71면.

을 악용하는 지식인 남성의 허위성을 비판하는 작가의 시각에 다름이 아니다.

하느님이라는 절대 권력의 기호 앞에 자신의 억울함을 고발하였던 광기의 언술과는 달리 서사의 후반에서는 화자의 객관적 언술이 몸의 새로운 각성으로 부각된다. "우선 나 하나를 돌아보더라도 세상에 제 한 몸만 위하고 제 마음의 자유와 기쁨을 위한다면 이렇게 미치광이가 되어야 하지 않나요."(211면) 역설적으로 화자는 미치광이로 몰린 부조리한 자신의 처지를 고발하면서 "사람이 산다는 것은 이 인간 세상에서 미우나 고우나 물론하고 한데 얽매이고 서로 엇갈려 있다는 뜻"(211면)이라는 유기적인 사회의식으로 몸의 의미를 강조한다.

텍스트의 끝에서 전달되는 극진한 모성은 하나님을 향한 광기와는 사뭇 대비적이다. 화자는 자식을 수화자로 삼아 자신의 억울한 처지와 자식에 대한 사랑을 전달한다. 자식의 이름을 일일이 부르며 그들이 좋아하는 음식을 열거하는 모성과 "비를 노다지 맞고 가면 모두 나를 미쳤다고 하지 않을까." 우려하는 지극히 정상적[19]인 언술은 광기와의 극적 소격으로 현실의 폭력성을 자식을 향한 지극한 사랑으로 고발하는 몸의 의미 효과를 더한다.

이처럼 대립적인 관계의 분노를 폭발하는 광기의 언술은 인생과 대응하는 '연극'과 '불'의 속성을 투영한 몸의 의미로 가부장제 문화의 폐단을 폭로하며 갈등을 정화하는 거리에서 유기적 사회의식을 환기한다. 물론 화자의 광기는 남편에게 절대적으로 의존하여야 하는 당

---

19) 정신병 환자가 결여하고 있는 것은 단지 "평범한" 대상들의 존재를 떠받치고 있는 "부정적인" 광대함의 차원일 뿐이다. 슬라보예 지젝, 김종주 옮김, 『환상의 돌림병』, 인간사랑, 2002, 162~163면.

대 여성의 삶에 대한 비판적 회의를 끌어낼 수도 있다. 그러나 남편과의 관계를 통해서만 여성의 삶의 가치를 확인하여야 했던 가부장제 전통적 인식에 대한 반문[20] 또한, 작가의 현실 비판의식과 맞닿는다. 이러한 대립적 갈등의 표출인 광기의 언술과 그 정화 기능을 이해함으로써 독자는 백신애 소설 언어의 사회적 기능과 더불어 문학의 치유효과를 통한 양성평등에 대한 비판의식을 견지할 수도 있을 것이다.

4. 성장의 나선적 인지구성과 연대의식

「아름다운 노을」, 「혼명에서」 등에 반영된 몸의 은유는 독자로 하여금 연대의식이라는 목표영역을 이해하게끔 하는 효과가 있다. 서사의 근원영역으로 제시된 몸의 성장에 대한 정보는 빛과 어둠이 반복 교차하는 에로스와 죽음의 속성을 재현하는 소설쓰기로 작가의 존재론적 의미를 전달한다. 에로스와 죽음의 속성으로 순수한 생명력을 고양시키는 소설쓰기로서 카이로스[21]의 경험은 '노을' 또는 '황혼'의 존재론적 은유[22]와 대응하는 불이 연소되는 몸의 가치로서 성장의 의미

20) 조주현, 「미친년 넋두리」, 『또하나의 문화』 제9호, 1992, 173~180면 참조.
21) '크로노스'가 '카이로스'로 변환되는 것은 소설가의 시간이며, 인간 보편적 우울증과 멜랑콜리를 애도한 시간성으로 창조적 힘을 발휘한 소설가의 실천적 삶의 의미가 작용한다. 프랭크 커머드, 조초희 옮김, 『종말의식과 인간적 시간』, 문학과지성사, 1993 참조; 줄리아 크리스테바, 김인환 역, 『검은 태양(우울증과 멜랑콜리)』, 동문선, 2004 참조.
22) 존재론적 은유는 물리적 대상이나 물질에 대한 경험으로 추상적인 사건, 활동, 정서 생각 등에 대한 심오한 근거를 제공하는 방식으로 다양한 목적을 충족시킨다. '노을'과 '황혼'의 존재론적 은유는 인간의 근원적 고통과 그 해결책을 소설 창작

를 역동적인 연대의식으로 환기하는 의미가 있다.

「아름다운 노을」에서 몸의 은유는 작품 창작의 동기로서 에로스의 속성이 빛과 어둠이 교차하며 반복되는 노을빛의 이미지[23]로 제공된다. 액자 외화에서 전달되는 화자의 고백은 액자 내화의 순희의 고백을 끌어들이고 순희의 고백이 다시 액자 외화에서 나의 고백으로 순환됨으로써 소설 창작의 동기와 결과가 나선적 정보로 전달된다. 액자 내화의 서사로 작용하는 순희의 고백은 액자의 외부에서 화자의 작품 창작에 대한 고백의 동기로 작용하기에 화자의 경험이기도 하다. 액자 내화의 이야기는 화가인 30대 중년 과부 순희가 약혼자의 동생이자 아들과 비슷한 또래인 10대 소년과 사랑에 빠져 인습과 욕망 사이에서 방황하다가 결국은 평생 소년을 위하여 헌신하겠다는 사랑의 의지를 다지는 내용이다. 순희의 이야기가 끝난 후 화자는 노을을 바라보는 애틋한 시선으로 연소되지 못한 애절한 사랑의 열정을 바라보며 한 편의 소설이 창작되는 카이로스의 경험을 전달한다.

"인간에게 만일 가치있는 것이 있다고 한다면, 그것은 얼마나 많이 연소燃燒했는가 하는 것이다." 정열을 얼마만큼 쏟았는지에 따라 인간의 가치가 달라 질 수 있다는 것을 앙드레 지드의 말을 빌려 밝힌 화자의 인식과 맞닿는 몸의 은유는 열정적 젠더의식을 환기한다. 한편으로 "그러나 이 이야기는 타려고 해도 탈 수도 없는 가장 애끓는 이야기였다." (280면) 정열을 바치고 싶지만 불가역적 경험이 존재한다

으로 천착한 소설가 백신애의 삶의 실천적 가치와 맞닿는 몸의 의미를 사랑의 깊이로 환기한다. G 레이코프 & 존슨, 앞의 책, 21~71면 참조; 쥘리아 크리스테바, 김인환 역, 『사랑의 역사』, 민음사, 2008 참조.

23) 이미지 구조는 부분 – 전체의 구조와 속성 구조를 함께 포함한다. G 레이코프 M 터너, 앞의 책, 122면.

는 확신에는 삶의 가치가 그리 간단하게 실현될 수 없는 존재론적 의식이 환기된다.

이럴 듯 소설의 시작에서는 빛과 어둠이 혼용되는 순희의 연소되지 못하는 사랑을 내포한 몸의 은유는 화자가 추구한 인생의 가치로 예술적 승화의 의미 구성으로 성장을 보여주는 효과로 이어진다. 순희의 사랑은 텍스트의 시작 부분인 "타려고 해도 탈 수도 없는 가장 애끓는 이야기"다. 그러나 텍스트 끝 "여인은 길게 한숨을 지었다. 어디서 새벽 닭 우는 소리가 들려오며 내 눈에서 한 줄기 눈물이 흐름을 깨달았다."(325면)에서는 "내 눈에서 한 줄기 눈물"이 흐르는 공감이 된다. 순희의 열정이 화자의 눈물로 액화되는 과정은 예술적 승화에 다름이 아니다. "타려고 해도 탈 수도 없는 가장 애끓는 이야기"라는 불의 속성이 "그 어느 해, 여름의 석양"을 거쳐 "내 눈에서 한 줄기 눈물"로 액화되는 예술의 승화과정이 구현된 것이다.

순희의 이야기가 소설로 완성되는 과정과 맞물려 있는 몸의 은유는 에로스의 빛과 어둠이 반복되는 나선적 인지과정으로 전달된다. 순희의 사랑은 자신의 아들과 비슷한 또래인 정규에게서 예술적인 이상형을 발견하고 에로스의 절망과 희망을 반복하는 카이로스의 경험이다. "공교롭게도 다 - 찢어진 화폭에서 소년의 얼굴만은 여전히 그대로 남아 있"는 열정이 에로스의 빛이라면, "석양마을을 향하여 길게 음매 - 하고 새끼를 찾는 암소의 울음소리"(292면)와 같이 여인의 한숨소리는 모성애에 밀려난 에로스의 어둠이다.

나선적 정보로 제공되는 순수한 사랑의 열정으로서 몸의 의미는 울음이 되고 슬픔이 되고 마침내 불의 온기로 남는다. "가슴이 떨리고 음성이 벙어리같이 나오지 않았"던 사랑의 아픔은 순수한 자연의 생명력이다. "애원하듯 원망하듯 호소하듯 입을 다물고 나를 바라보는 그 소년의 얼굴!"은 지극히 청정된 미의 세계다. 그것은 "천신만고로 금강산 비로봉 위에 올라서던 그 순간에 마음과 몸이 함께 무한한 청정(淸淨) 앞에 무릎을 꿇던 그 순간과도 같은 감격"(310면)의 경험이다.

이처럼 자연의 "무한한 청정"으로 구현된 에로스의 속성은 빛과 어둠의 시간을 지난 영혼과 육체를 합일로 이끈다. "우리는 그 순간 모든 것을 다 잊었고 다 초월했답니다. 그 찰나에 우리의 괴로움도 번뇌도 다 사라지고 없어졌답니다."(323면)는 강한 사랑의 의지는 영혼과 육체의 합일로 생명력을 고양한다. "내 그 귀한 생명을 바쳐서라도 그 소년을 위하려는" 헌신적 사랑은 글쓰기로 완성되는 창작의 동기로 작용함으로써 역동적인 성장의 의미를 감정을 공유하는 몸의 연대의식으로 환기한다.

한편, 작가가 작고한 해에 창작된 서간체 소설인 「혼명에서」에 투영된 몸의 은유는 빛과 어둠이 혼융되는 혼명(昏冥)의 시간에 삶과 죽음의 경계를 넘어선 역동적 사랑을 되새김질하는 소설쓰기의 의미가 나선적 성장의 정보구성으로 전달된다. '나'라는 화자는 S로 호명되는 애인을 수화자로 삼아 자신의 고뇌와 일상의 갈등 그리고 지난 추억을 반추한다. 수화자인 S는 이 세상 사람이 아니라는 점에서 S를 향한 화자의 고백은 죽음이 삶이고 삶이 죽음이라는 실존의식을 보여준다. 그 심층에서는 혼명을 오가는 죽음의 문턱에서도 끝까지 소설 창작에 열정을 바쳤던 작가의 실천적 삶의 가치와 소통할 수 있다.

'귀먹은 자의 정적에서 외오는 독백1'에서는 "세상의 시끄러움 속에서 혼명하여져 나까지 잊어버리고 내가 남인지 남이 나인지도 모르고 살아왔"던 과거에 대한 회한이 제시된다. 이어지는 화자의 의식은 S와 세 번씩이나 차 속에서 우연히 만났던 인연을 곱씹으며 S가 남긴 삶과 죽음의 열기로 사랑을 각성한다. 그것은 흘러간 시간에 대한 기억이 아니라 자연적 결과로서 S의 삶과 죽음을 지금 - 여기 몸의 은유로 바라보는 화자의 실존적 경험인 셈이다. S와의 대화를 곱씹는 화자의 실존적 각성은 "추수가 끝나고 저물어 가는 황혼"에 바라보는 차창 밖 논둑을 태우는 '불'의 존재론적 은유와 대응된다.

S를 향한 화자의 사랑은 '연애 이상'의 힘, 즉 죽음마저도 극복하는 생명의 의기로서 '절대의 미'다. "나는 당신의 두고 간 그 맹렬하던 의기의 한 조각을 내 죽는 날까지 놓을 수 없습니다.", "나는 힘껏 틀어잡고 내 삶을 지탱해 나갈 것이며 내 가는 길의 운전수를 삼겠습니다." 이어지는 화자의 다짐은 결연한 의지로 부각된다. "당신은 살아서 나에게 '힘'을 가르쳐 주었으며 죽어서 나에게 희망希望을 가르쳐 주었습니다."(277~278면) 이 땅에 존재하지 않지만 자신에게 힘을 주고 희망을 준 절대적 타자로 인하여 화자는 자신이 추구한 '절대의 미' 즉 예술을 향한 열정적 의지를 천명한 셈이다.

'천국(天國)에 가는 편지'라는 마지막 장에서는 S의 죽음이라는 절망과 슬픔을 넘어선 역동적 성장으로서 몸의 의미가 나선적 정보로 전달된다. 화자에게 S의 죽음이 전해진 것은 이월 이십팔 일, S와의 새로운 삼월의 만남을 하루 앞둔 날이기에 그 충격은 더욱 크다. 그렇지만 화자는 "희망의 녹기(綠旗)를 높이 꽂은 저 - 봉우리 위)"(274면)로 S의 죽음을 바라본다. "맹렬하던 의기의 한 조각"으로 남아 있는 S에 대한 추억은 화자의 삶을 지탱하게 힘이자 생명의 불길[24]이다.

---

24) 삶은 불길이며, 불길은 삶이다. 불의 내면화, 즉 우리 안에 그 '울림'이 일어날 때,

"태양보다 맹렬한 의기로 살았으며 죽음 역시 사십 오도의 맹렬한 열
(熱)"(277면)로 조명되는 S의 죽음은 생명의 끝을 불의 열기로 긍정
하는 역량[25]이다.

　나선적 정보로 제공되는 성장의 의미로서 현존재의 각성으로서 몸
은 S의 죽음을 통하여 삶의 의미를 새롭게 반성하는 동시에 죽음을 사
랑하는 사람에게 다가가는 또 다른 희망으로 바라보며 병상의 허무와
불안을 창작의 열정을 불태웠던 작가의식과 맞닿는다. S를 향한 절대
적 사랑과 믿음으로 구현된 역동적인 성장으로서 소설쓰기는 죽음 너
머 희망을 창조하는 생명력의 열기인 셈이다. 삶과 죽음 사이를 오가
는 혼명의 시간을 글쓰기로 승화시킨 작가의 시간은 죽음에 도달하기
까지 삶의 열정을 불살랐던 역동적인 성장으로서 몸의 의미를 삶과
죽음이 하나라는 유기체 의식으로 환기한다. 이러한 역동적인 성장에
대한 이해를 통하여 독자는 언젠가는 맞게 될 죽음 앞에 부끄럽지 않
을 삶의 참다운 의미를 깨우침으로서 자신의 성장을 추구하는 실천적
삶의 의지를 강화할 수 있을 것이다.

5. 맺음말

　이 글은 일제강점기 한국 여성소설의 문화 사회적 교육의 가치를

　우리 "존재의 전환"이 가능하다는 것이다. 가스통 바슐라르, 안보욱 역, 『불의 시
　학의 단편들』, 문학동네, 2004, 158면, 245~246면.
25) 영원회귀는 긍정하는 역량이다. 영원회귀는 다양한 모든 것, 차이나는 모든 것, 우연
　한 모든 것을 긍정한다. 질들뢰즈, 김상환 역, 『차이와 반복』, 민음사, 2004, 260면.

확장하는 차원에서 식민지 소외된 현실에서 불꽃같은 삶을 살았던 백신애의 소설세계에 투영된 몸의 은유를 인지론적 시각으로 접근하여 예술창작을 향한 작가의 실천적이며 가열 찬 젠더의식을 해명하였다. 백신애 소설에 내재된 역사적 특수성과 작가 개인적 삶의 독창적 경험을 보편적 삶의 은유체계로 해명하는 인지론적 접근은 한국 소설의 사회 문화적 활성화와 세계적 소통에 중요한 실마리를 제공할 수 있다.

개념적 은유로 백신애 소설 텍스트에 드러난 인지구성의 원리를 파악하면 선형적 생존의 정보구성은 역사의식을, 대립적 갈등의 정보구성은 사회의식을, 나선적 성장의 정보구성은 연대의식을 맵핑하는 인지기제로 작가의 실천적 삶의 가치와 대응한다. 그의 소설 「꺼래이」, 「적빈」 등에서는 생존의 선형적 인지구성으로 역사의식을 제공하고 있으며, 「나의 어머니」, 「광인수기」 등에서는 갈등의 대립적 인지구성으로 유기적인 사회의식을 환기하고 있고, 「아름다운 노을」, 「혼명에서」에서는 성장의 나선적 인지구성을 통하여 역동적 연대의식을 잘 보여주고 있다.

이러한 분석을 지금-여기 몸의 은유로 보면, 소설 텍스트에 파악되는 생존과 갈등 그리고 성장의 구체적 경험을 통하여 우리는 역사의식, 사회의식, 연대의식 등과 맞닿는 몸의 은유로 21세기 한국 사회 현실을 돌아볼 수 있는 문화사회적 가치를 반성하게 된다. 작가의 젠더의식과 맞닿는 사회 문화의 가치는 다음과 같다. 첫째, 생존의 가치로서 역사의식을 환기함으로써 독자는 포스트모던 시대 삶의 목적과 방향성을 반성할 수 있다. 둘째, 갈등의 정화과정으로서 유기적인 사회의식에 대한 정보를 제공함으로써 독자는 다문화 시대 문화의 상대주의를 수용하는 건전한 시민의식 의식을 각성할 수 있다. 셋째, 성장의 의미로서 역동적 연대의식을 각성함으로써 우리는 삶의 진정한 가를 실천하려는 의지를 강화할 수 있다.

이처럼 백신애 소설 세계에 드러난 역동적인 몸의 인지구성으로 환기되는 다양한 실존의식을 통하여 독자는 은유적 시각으로 작가의 경계인으로서 삶이 남긴 가치로 지금-여기 우리의 현실을 반성할 수 있다. 소외된 타자들의 경험을 빛과 어둠의 조화로 확장시킨 백신애 소설 언어의 의미 생성의 경로를 통하여 독자는 소외된 기층문화의 생명력으로 그로테스크한 현실을 딛고 일어서는 치열한 삶의 희망을 보여준 작가의 실천적 삶의 가치로 지금 – 여기 삶을 성찰할 수 있기 때문이다.

일제강점기 근대 조선의 경계에 서 소외된 삶의 회복을 고독의 시간을 온 몸으로 점화시킨 열정으로 꾀한 백신애 소설세계의 몸의 인지구도를 통하여 우리는 작가의 실천적이며 헌신적인 삶의 의미를 반성하는 거리에서 21세기 차갑게 얼어붙은 우리의 현실을 새롭게 반성할 수 있을 것이다.

제3부

근대 여성소설의
정립과 몸의 시학

1장

강신재 소설의 인지경로와 몸의 은유

1. 머리말

강신재의 대표적 전후소설로 꼽을 수 있는 「해방촌 가는 길」과 「젊은 느티나무」는 여성의 성장 경험의 인지 구성을 통하여 인습과 편견에서 해방된 젠더 정체성을 보여주는 공통점이 있다.[1] 「해방촌 가는 길」과 「젊은 느티나무」 소설 표층에 드러난 감각적이며 서정적인 몸의 인지 구성과 맞닿아 있는 몸의 은유는 금기와 편견을 극복하는 성

---

[1] 강신재(1924-2001)는 1949년 《문예》지에 단편 「얼굴」과 「정순이」로 등단했다. 단편집 『회화』(1958), 『여정』(1959), 『임진강의 민들레』(1962), 『젊은 느티나무』(1970) 등 60편의 단편과 30여 편의 장편을 발표하였다. 특히 1958년 발표된 「해방촌 가는 길」과 1960년 발표된 「젊은 느티나무」는 강신재의 전후 단편소설이라는 공통점뿐만 아니라 각기 다른 타자성의 재현을 통한 몸의 은유로 여성의 성장과 사랑을 인습과 편견에서 해방된 여성의 삶을 추구한 작가의 젠더 정체성에 뿌리를 두고 있다. 김이석 외 『실비명 외』, 푸른사상, 2006, 200면 참조; 김미현 책임편집, 『강신재 소설선-젊은 느티나무』, 『한국문학전집』31, 문학과지성사, 2018 참조

장의 차원에서 여성의 해방과 사랑의 진정성을 환기한다. 한편으로 전후 여성소설[2]은 남성 작가에 비해 여성 작가의 작품이 상대적으로 많지 않지만, 전쟁의 폭력은 양성 모두에게 큰 해악을 끼친다는 점에서 그동안 소홀하게 다루어졌던 전후 여성 소설 연구도 다각적인 측면에서 천착될 필요가 있다. 이러한 입장으로 필자는 강신재의 「해방촌 가는 길」[3]과 「젊은 느티나무」[4]에 반영된 몸의 은유를 통하여 강신재가 추구한 여성 해방에 뿌리를 둔 젠더정체성을 조명하고자 한다.

강신재 소설에서 나타난 여성의 저항적 경험은 여성의 몸을 구속하는 모든 전근대적 금기에 대한 문제의식과 금기로 대립된 현실 극복의 의지뿐만 아니라 그 너머 우주적 소통을 향한 다름과 차이의 봉합으로 근대적 젠더를 정립하는 몸의 은유를 환기한다. 그 심층에서 여성의 자율적 욕망에 따른 몸의 감각으로 관능의 깊이를 농밀하게 천착한 젠더 수행성과 맞닿게 된다.

전후 혼란한 사회 문화적 상황 속에서 개인의 내면적인 갈등과 정서적인 상황을 주제의식으로 삼고 있는 소설들은 사회의식이 결여되고 있다는 이유로 비판을 받았다. 특히 여성 작가들의 작품은 감상적

---

2) 이 글에서 전후 여성소설은 여성작가에 의해 씌어졌으며 전후 사회문화와 연결되어 있는 여성의 경험을 보여주는 심층에서 여성 작가의 미래지향적 젠더의식까지를 해명할 수 있는 소설로 규정한다.

3) 「해방촌 가는 길」은 1957년 8월 『문학예술』8호에 발표되었지만 여러 작가들의 전후 소설과의 차이를 비교할 수 있는 차원에서 이 논문의 텍스트는 '한국 소설의 얼굴'로 기획된 『실비명 외』(김이석 외, 『실비명 외』 푸른사상, 2006)에 실린 「해방촌 가는 길」(200-228면)로 삼는다.

4) 「젊은 느티나무」는 『사상계』 1월호에 발표되었지만 이 논문의 텍스트는 김미현 책임편집, 『강신재 소설선-젊은 느티나무』(『한국문학전집』31, 문학과지성사, 2018)로 한다.

여류소설로 분류되어 외면되었고, 강신재 역시 축소되고 왜곡된 평가를 받았다. 그는 등단과 함께 감각적이고 서정적인 내용과 문체로 주목 받았지만, 그의 작품 속 비극적 상황은 현실을 외면하고 도피하는 것으로 해석되었다. 그러나 강신재는 현실을 도피하는 것에서 그치지 않고 부조리한 현실을 고발하는 모습을 보여주었고, 이러한 과정은 인물들의 성(性) 의식을 통해 구체화됨으로써 당시 여성의 섹슈얼리티에 대한 고찰을 가능하게 한다. 무엇보다 강신재는 여성주체가 몸의 경제적인 효율성을 의식하고 생존 전략을 획득하는 모습을 객관적으로 조망할 수 있도록 미학적으로 배려하고 있다.[5] 이와 같이 강신재 소설에 반영된 몸의 은유는 근대 2기 강경애, 박화성, 백신애 등의 여성소설에서 확장된 사회문화적 가치와는 다른 개별체로서 육체의 감각과 욕망을 자율적으로 내면화하는 여성성의 젠더 전복을 환기한다.

이 점에서 강신재 소설의 몸의 은유는 여성이 몸이 쾌락의 대상이 아닌 쾌락의 주체로 남성을 텍스트로 탐구하며 그 존재성의 의미를 그와 나의 경계를 지운 융합의 사랑으로 내면화하여 반성화고 형상화하는 과정으로 여성 성장의 사유와 도전을 육화한 작가의 젠더 정체

5) 섹슈얼리티에 관해 논의 하는 것은 몸과 자기 정체성, 그리고 사회 규범이 연결되는 지점을 살펴보는 것을 통해서, 근대적인 이데올로기의 중추를 이루는 관계망을 파악할 수 있는 방법론 중의 하나라고 할 수 있다. 따라서 섹슈얼리티에 관한 문제는 쾌락의 서열화와 더불어 사회적으로 승화된 젠더의 범주를 생각할 수 있게 하고, 또한 담론과 이데올로기가 욕망을 통제하고 생산해 온 과정을 고찰할 수 있게 한다. 그리고 강신재의 작품들은 전쟁 후 급격하게 변화된 여성의 의식과 섹슈얼리티를 섬세하게 나타내고 있으며, 이것을 통해 여성들이 사회의 억압적인 측면에 대해서 대응하는 모습들을 살펴볼 수 있게 한다. 또한 그의 작품 속에서 나타나고 있는 여성 인물들은 전쟁 후 피폐화된 현실 속에서 섹슈얼리티에 대한 자각과 실천을 통해 자신의 정체성을 형성하는 모습을 보여주고 있다. 최수완, 「강신재 소설의 여성 섹슈얼리티 연구」, 이화여자대학교 석사학위논문, 2006. 참조.

성에 뿌리를 둔 것이다. 특히 「해방촌 가는 길」과 「젊은 느티나무」에는 강신재 소설세계에는 여성의 성장을 가로 막는 사회적 금기가 여성의 몸에 가해진 공통점이 발견된다. 「해방촌 가는 길」에서는 여성의 해방을 가로 막는 차원에서 혼종 비판적 인습과 편견이 금기로 작동한다면, 「젊은 느티나무」에서는 여성 주체적 사랑을 가로 막는 차원에서 남매지간이라는 제도적 규율의 금기가 작동한다. 이러한 금기는 여성의 몸을 향한 사회적 편견과 억압으로 작용한다.

그러므로 전후 사회 문화와 연계된 폭력[6]의 문제를 전후 여성소설을 대상으로 다룬 선행연구들은 남성 작가들의 소설을 대상으로 한 연구에 비해 그 수가 제한되어 있고 텍스트에 드러난 폭력에 대한 연구가 젠더정체성의 해명으로 연계되지 못하였을 뿐만 아니라 전후 사회문화를 비판적으로 바라보는 여성작가의 젠더의식이 해명되지 못했다는 등의 한계를 드러내고 있다. 이러한 측면에서 살펴볼 때, 다른 작품들에 비하여 「해방촌 가는 길」에서 선명하게 부각된 여성의 역동적 경험은 전후문화의 폭력성과 밀접한 관련이 있다. 텍스트에 재현된 폭력의 문제는 전후 사회변화의 구조적 모순과도 맞물려 있을 뿐만 아니라 남성 작가들의 소설에서는 찾아보기 힘든 전후 여성 특유의 젠더의식과 맞물려 있는 것이다.

강신재의 소설에 대한 평가는 가장 여성스러운 감수성을 발휘한 여류작가라는 평을 공통분모로, 여성적 감성과 생활을 예리하게 포착하

---

6) 폭력은 결렬한 움직임과 같이 자연에 반하는 행위들에 의해서 뿐 아니라, 자연에 비할 때 무절제하고 도가 지나친 행위에 의해서도 나타날 수 있다. 폭력은 〈거부〉의 폭력일 수도 있고 〈질서〉의 폭력일 수도 있다. 어떤 이들은 뒤의 것으로 앞의 것을 설명하고 어떤 이들은 앞의 것으로 뒤의 것을 설명할 것이다. 프랑수아 스티른, 이화숙 옮김, 『인간과 권력』, 예하, 1989, 22-25면 참조.

였다는 긍정적인 평가와 현실과 동떨어진 주관적인 자의식이 강조됨으로써 편협한 세계관을 보여주었다는 부정적인 평가로 엇갈린다. 비교적 최근에 진척된 선행 연구[7]에서는 강신재의 소설 세계가 오랜 동안 여성적 감수성으로 해명되었던 편향성에서 벗어나 당대 구체적인 현실감각을 보여준 작가의식을 해명하고자 하는 노력이 돋보인다.

선행연구에서 살펴지듯이 강신재는 전쟁의 폭력성과 비극성을 직접적으로 고발하기보다 전쟁 후의 피해로 인한 여성의 구체적 일상과 이로 인한 젠더정체성의 변화를 보여준다. 1950년대에 발표된 강신재의 초기소설 「관용」, 「해결책」, 「해방촌 가는 길」에서는 당대 '양공주'로 회자되었던 여성인물을 다각적으로 형상화하여 가부장제 질서에 의한 젠더 권력으로부터 일탈하는 여성들을 긍정적인 인물로 묘사[8]함으로써 전후 남성 작가들과 다른 젠더의 관점을 보여준다. 특히 「해방촌 가는 길」에서는 전후 문화의 폭력적 시선에 대응한 여주인공 기애의 역동적 경험을 다각적으로 보여줌으로써 다른 여성작가들과도 구별되는 강신재의 독창적 젠더의식이 읽혀진다. 한편으로 「젊은

---

7) 강신재 전후 소설을 대상으로 한 선행연구를 개괄하면 다음과 같다. 김복순, 「1950년대 여성소설의 전쟁인식과 '기억의 정치학'-강신재의 초기 단편을 중심으로」, 『여성문학연구』10호, 2003, 32-66면; 이선미, 「한국전쟁과 여성가장: '가족'과 '개인' 사이의 긴장과 균열」, 『여성문학연구』10호, 2003, 88-116면; 송인화, 「강신재 소설의 여성성과 윤리성의 문제」, 『한국문예비평』제19집, 200.4, 133-158면; 최수완, 「강신재 소설의 여성 섹슈얼리티 연구」, 이화여자대학교 석사학위논문, 2006; 김정화, 「강신재 소설에 나타난 기법고찰 : 서정성을 부여하는 기법을 중심으로」, 『한국어문학연구』제48집, 2007, 257-288면; 곽승숙, 「강신재 소설의 여성성 연구」, 『어문논집』제64집, 2011, 189-215면; 서재원, 「1950년대 강신재 소설의 여성 정체성 연구」, 『한국문학이론과 비평』, 제154집(16권1호), 2012, 277-296면; 오은엽, 「강신재 초기 소설에 나타난 '양공주'의 형상화 연구 : 〈관용〉, 〈해결책〉, 〈해방촌 가는 길〉을 중심으로」, 『현대소설연구』, 50호, 2012.8, 261-297면.
8) 오은엽, 위의 논문 참조.

느티나무」는 감각의 주체로 여성의 감각을 주체로 하여 금기를 넘어 남성의 몸을 탐색하며 내면화하는 젠더 전복적 몸의 은유로 젠더 정체성을 감각의 탈영토성으로 보여준다. 그러므로 「해방촌 가는 길」과 「젊은 느티나무」에 구축된 몸의 인지구조에 따른 작가의 젠더 정체성을 해명하는 작업은 강신재 소설의 극과 극의 경계를 횡단하는 의미 효과로 작가의 여성주의를 구명하는 길이 될 수 있을 것이다.

버틀러는 젠더정체성의 개념을 단일한 정체성을 부인하는 방식의 젠더 수행성 이론으로 구체화한다. 버틀러는 현존하는 권력구조 안에서 우리가, 우리를 구성하는 섹스화된/ 젠더화된/인종화된 정체성을 취하여 주체가 되는 과정을 추적한다. 버틀러의 '주체'는 어느 한 개인이 아니라, 형성 중인 언어적 구조이다. '주체성'은 주어진 것이 아니며, 주체는 언제나 끝없는 생성 과정에 참여하고 있기 때문에, 여러 방식으로 주체성을 다시 취하거나 반복할 수 있다. 이처럼 버틀러는 모든 젠더 정체성을 규제적 허구이며 환상적 토대 위에서 구성되는 상상적 이상이라고 본다.[9] 이러한 젠더정체성의 시각으로 바라보면, 「해방촌 가는 길」과 「젊은 느티나무」에서 파악되는 금기를 내포한 폭력의 시선은 전후 사회 문화를 반성하는 작가의 비판적 현실인식과 상상적 이상과 감각의 젠더가 수행되는 근거로 작용한다.

---

9) 구성주의적 관점에서 바라보는 버틀러의 젠더정체성은 비본질주의에 입각한 구성주의적 여성 정체성을 전략적 논의 기반으로 하는 점에서 현실 정치적 이슈에 따라 가변적이면서도 임시적으로 구성되는 주체의 입장이 강조된다. 이에 따라 그의 젠더정체성은 패러디적 양식으로 원본을 부정하고, 행위 중에서 수행적으로 구성되며, 권력에 역설적으로 복종하면서, 자신의 내부에 자기 부정성을 안고 있는 우울증적인 것이다. 주디스 버틀러 지음, 조현준 옮김, 『젠더 트러블』, 문학동네, 2008 참조; 사라 살리 지음, 김정경 옮김, 『주디스 버틀러의 철학과 우울』, 앨피, 2010 참조.

강신재의 「해방촌 가는 길」과 「젊은 느티나무」에 드러난 여성정체성의 변화 요인으로 볼 수 있는 여성의 몸에 가해진 폭력적 시선[10]과 그에 대응한 역동적 경험을 파악하는 작업은 '역사적 사회적 문화적 구성물'[11]로서 전후 성정체성을 확장한 여성작가의 젠더의식을 심도 있게 해명하는 방법이 될 것이다. 이러한 입장에서 필자는 「해방촌 가는 길」과 「젊은 느티나무」에 드러나는 감각적 몸, 배타적 몸, 봉합적 몸 등의 의미작용으로 작용한 여성들의 역동적 경험을 일탈적 젠더 파악함으로써 전후 근대적 여성의 젠더정체성을 확장한 강신재의 젠더의식을 반성하고자 한다.

2. 감각적 몸의 의미구성과 전복적 젠더

강신재 소설에서 부각되는 여성의 감각은 여성과 다른 남성의 몸을 인지하며 체현하는 욕망의 주체로서 여성의 몸을 부상시킨 점에서 전

---

10) 이 글에서 '폭력적 시선'은 전후 사회문화와 연계된 폭력의 상징적 의미를 몸의 보편화된 시각으로 강조하는 만큼 여성의 삶에 구체화되고 편재된 전후 문화의 폭력성을 함축한다.

11) 젠더정체성은 본질론에 입각한 성의 시각보다는 구성론에 입각한 젠더의 시각의 측면에 무게를 둔다. 페미니즘에서 구성론적 영향의 성담론은 남성의 성이 규범이 되는 것에 반대하며, 성의 영역에도 젠더 불평등과 권력관계가 작용하는 것으로 파악한다. 하지만 루빈(Rubin)은 젠더 억압을 곧바로 섹슈얼리티의 억압으로 동일시하는 것은 한계가 있다며 젠더와 섹슈얼리티를 구분해야 한다고 주장하기도 한다. 크리스테바에게 시적 언어가 단일 개념이 아닌 복합 개념인 점을 고려할 때, '의미화의 경험'과 '의미화의 실천'을 구별하는 것과 같이 젠더와 섹슈얼리티를 이해할 수도 있을 것이다. 송명희, 『섹슈얼리티, 젠더, 페미니즘』, 푸른사상, 2000, 18-19면 참조; 줄리아 크리스테바, 김인환 역, 『시적 언어의 혁명』, 동문선, 2000 참조.

복적 젠더와 맞는 몸의 은유를 환기한다. 감각적 몸으로 금기를 인식하는 주체로서 여성은 남성의 몸을 욕망하는 주체성의 전복으로 감각의 탈영토성으로 남성의 몸을 탐구하는 젠더의식으로 근대적 젠더 정체성의 수행한 것이다.

먼저 「해방촌 가는 길」에서 드러난 감각적 몸의 의미는 여주인공의 몸에 가해지는 폭력으로 작용한다. 가난으로 인하여 검소한 생활을 하여야 했던 기애를 부정적으로 바라보는 미군부대 직장 내 동료들의 시선과 연결된다. 기애는 젊은 미혼 여성이지만 전쟁으로 궁핍하여진 가정형편으로 인하여 미군 부대 사무실에서 타이피스트로 근무하며 가족의 생활비를 벌어야 했다. 가난한 집안의 가장 역할을 해야 하였기 때문에 직장에서도 검소한 옷차림을 할 수 밖에 없었던 기애의 검소한 의복을 바라보는 직장 동료들의 시선은 전쟁 후 가난을 이해하기보다는 조롱하는 차원에서 폭력적이다. 기애는 자신을 비웃는 직장 동료들의 폭력적 시선을 자각한 후 가난에서 탈피하기 위한 방편으로 미군과의 성적 관계[12]를 맺으며 경제력을 확보함으로써 근대적 소비 문화의 주체로 부상하게 된다.

 "'제비' '미스 제비' 그렇게 불리고 있는 것이 바로 자기이고, 그리고 그것은 취직 이래 하루같이 입고 다니는 자기의 곤색 옷에 연유하는 별명이라고 알았을 때 기애는 부끄러움으로 사지가 빳빳해지는 것을 느꼈다."(204면) 기애가 미군과 동거를 하게 된 동기는 직장 내 소비

---

12) 텍스트에서 기애는 미군과 성적 관계를 맺고 동거하며 경제적 이득을 취한다. 오은엽과 같은 관점으로 서재원 역시 당대 회자되었던 양공주란 용어를 사용하여 기애의 정체성을 양공주로 기호화하였다. 오은엽, 앞의 논문 참조. 서재원, 「1950년대 강신재 소설의 여성 정체성 연구」, 앞의 논문, 289면 참조.

문화의 폭력적 시선임을 구체적으로 알아차릴 수 있게 하는 단서다. "부지런히 빨아 다리는 흰 블라우스와 함께 내리 석 달은 입어 온 기애의 진곤색 슈트"는 기애가 다니는 부대 내에서 많은 사람들의 입에 오르내리며 소문난 명물이 되어 버린 것이다. 기애는 단벌옷을 매일 입고 다니는 자신의 별명이 '제비', '미스 제비'라는 것을 알아차린 후 부끄러움과 굴욕감을 견딜 수 없다. 가난한 집안의 가장 역할을 해야 하기 때문에 검소한 생활을 할 수 밖에 없던 기애는 자신의 검소한 생활을 무교양으로 조롱하는 폭력적 시선을 극복하기 위한 방편으로 미군과의 성적 관계를 갖게 된 것이다.

"검소는 곧 무교양과 연결되었다."에서 엿볼 수 있듯이, 직장 내에서 동료의 교양을 소비문화의 가치로 평가하는 시선은 폭력이 된다. 기애의 검소한 생활력마저도 직장 내에서 무교양으로 치부하는 시선에는 동료의 고달픈 생활을 이해하기보다는 조롱하는 근대 소비문화의 폭력성이 작용한 것이다. 검소한 자신의 옷차림이 '제비'라고 불리며 조롱받는 폭력적 시선을 깨닫게 된 기애의 분노는 미군과의 성적 관계를 통해 이전과는 다른 소비문화의 주체로 부상하게 된 것이다. 이와 같이 검소한 옷차림을 무교양으로 조롱하는 소비문화의 폭력에 대응한 기애의 감정 변화는 가난을 수단과 방법을 가리지 않고라도 극복하겠다는 결연한 의지를 끌어내게 된다. "사람이 사람이기보다는 동물에 가깝도록 궁핍에 인종하며 살고 있다는 것은 부끄러운 일 이외의 아무것도 아니었다."는 판단으로 이어진 것이다.

"기애는 무모한 짓을 하였다. 그리고 그 대가의 하나로서, 언제나 어떤 종류의 비감함과 결부되어서만 생각되는 서울의 가족과의 결별이 있었다."(205면) 궁핍의 노예가 되는 되지 않겠다는 판단의 결과 기애는 미군과 성적 관계를 맺는 대신에 경제적 이익을 취하게 된 것이다. 그리고 가족과도 결별한 것이다. "죠오보다 자기가 불순하다는 생각은 기애의 마음에 들지 않았다. 먼 날의 자기의 '거래'를 위하여 저울질한 애정을 내민다는 것이 기애는 차츰 싫어져 왔다." 기애는 자신의 순수하지 못한 사랑을 반성한다.

기애는 죠오보다 자기가 내민 '거래'가 불순하다는 생각을 하며 스스로 환멸을 느낀다. 그러다 죠오에게 진정한 사랑을 느끼면서 지속적인 사랑을 나누려고 했지만 갑작스레 죠오가 본국으로 송환되어 떠나버리자 기애는 혼자 남겨져 절망할 수밖에 없었다. 죠오는 떠나기 전 기애에게 달러를 주며 기애에게 낙태를 권유한다. 기애는 죠오와의 이별 후 죠오가 던져준 달러로 뱃속의 아이까지 지워야 하는 아픔과 절망으로 죽음까지 생각한다. 처음에는 순수하지 못한 거래로 시작하였던 관계였지만 가족과 결별하면서까지 동거를 할 만큼 죠오를 진심으로 사랑하였기 때문에 이별의 슬픔과 상실의 아픔은 고통을 넘어 분노로 치닫기까지 했다.

비감한 심정으로 괴로워하던 중 기애는 육친의 정을 위로처럼 떠올린다. 육친과 결별하면서까지 무모하게 지키고자 했던 죠오와의 사랑이 깨어진 아픔을 위로하듯 눈물을 흘린 것이다. 기애는 "눈물은 슬펐지만 달콤하였고 푹신한 무엇"으로 자신의 상처를 위로하고 치유하듯 죠오가 떠나고 홀로 남겨진 대구를 떠나 가족이 있는 서울로 간 경험이 몸의 감각과 서정으로 전달된 것이다. 하지만 서울 해방촌 집으로 돌아온 기애는 자신의 비극적 삶이 위로받기보다 어머니에게마저 자신의 삶을 부끄러워하는 새로운 갈등을 경험하는 한편 자신도 어머니의 고루한 삶을 수용하지 못하는 한계를 직시하게 된다. 근대적 감각적 문화와 맞닿는 측면에서 기애는 어머니 장씨를 예전에 자신의 동료들이 자신의 옷차림과 외모를 무교양으로 바라보았듯이 자신 또한 어머니의 비루한 삶을 답답하게 바라보는 폭력적 시선의 전복을 보여준다.

근대적 소비문화의 주체가 되어버린 기애의 외적 변화는 어머니 장씨가 싫어하는 기애의 외양과 어머니 장씨의 옷차림의 비교를 통해서 부각된다. 기애는 어머니가 "자기의 더부룩한 머리 모양이며 너들너들 늘어진 플레어스커트며 어깨까지 헤벌어진 얼룩덜룩한 블라우스며를 남들에게 보이기 싫어하는 것을 알고 있었"(210면)지만 모른 척 했다. "그래도 순간적으로 장씨에게 동정적인 기분이 되기도 하여 사흘째 되는 엊저녁에는 머리도 감아 빗어 동여매고 꺼내 주는 치마저고리로 얌전하게 꾸며 보이기도"(212면) 하며 어머니가 요구하는 외양과 옷차림으로 어머니와의 갈등을 무마하려고도 한다. 하지만 어머니를 바라보는 기애의 시선에는 어머니에 대한 연민이 작용할 뿐 어머니와 동질감을 회복할 수는 없는 소비문화의 차이가 드러난다. 또한 기애는 노쇠한 어머니의 얼굴이 심약하게 자기의 낯빛만 엿보는 습관이 전보다 더 심해진 것을 보고도 "이상하게 배짱이 생겨난 것"(210면)처럼 자신의 삶을 신뢰하지 못하는 어머니를 무시할 수 있는 용기까지 얻는다.

한편 전후 근대적 소비문화의 주체로 부상한 기애와 전통적 문화를 고집하는 어머니 장씨와의 옷차림의 대비에서 드러난 모녀의 갈등에서는 기애가 소비문화 폭력적 시선의 피해자에서 가해자로 위치가 바뀌었음을 짐작할 수 있다. 기애는 "국방색 몸뻬에 흰 당목 적삼을 입고 비를 맞으며"(209면) 진일을 하는 어머니의 궁핍한 모습을 싫어할

뿐만 아니라, 어머니의 옷차림과 외양을 마땅치 않게 생각한다. 어머니의 옷차림과 궁핍한 모습을 고루하게 여기며 마땅치 않게 생각하는 기애의 시선에는 근대적 소비문화의 전복된 입장의 차이가 읽혀진다.

이와 같이 "기애는 미군과 동거 생활을 하는 성적 관계를 통해 경제력을 확보하는 측면에서 성적 욕망의 대상인 동시에 경제적 주체로 부상"[13]하는 소비문화 위치의 변동을 보여준 셈이다. 미군과의 성적 관계를 통하여 근대적 소비문화의 주체로 부상한 기애의 외모와 옷차림의 변화에는 소비문화의 폭력적 시선에 대한 저항을 넘어서 근대적 소비문화를 수용한 젠더 확장의 의미가 전달된다. 역설적이게도 어머니의 옷차림과 외양을 바라보는 기애의 시선에는 미군부대의 직장동료들이 자신을 향하여 보냈던 근대적 소비문화의 폭력적 시선이 반영되어 있다. 근대적 소비문화의 폭력의 대상이었던 기애가 오히려 근대 소비문화의 폭력적 시선으로 어머니의 전통적 생활 문화에 비판을 가하는 측면에서 기존의 여성의 정체성과는 다른 이탈로 몸의 전도적 경험을 보여준 것이다. 즉 자신의 검소한 삶을 바라보는 직장 동료들의 폭력적 시선에 대응한 기애의 경험은 소비하는 문화의 주체로 부상하는 젠더의 전도를 보여주는 지점에서 근대적 여성정체성을 가부장주의 문화에서 이탈된 주체적 삶의 의미로 구현하는 효과가 있다.

이에 비하여 「젊은 느티나무」[14]에 드러난 감각은 금기를 깨뜨린 몸의 은유를 환기한다. 금기된 욕망은 여성의 감각이 남성의 몸을 재현

---

13) 서재원, 앞의 논문, 289면.
14) 「젊은 느티나무」의 텍스트는 강신재의 대표 단편을 묶은 『강신재 소설선-젊은 느티나무』(김미연 책임편집, 앞의 책)에 실린 「젊은 느티나무」(101-131면)로 삼고 본문 인용은 괄호 안 면수로 표기한다.

하는 과정을 통한 근대적 젠더의식의 천착으로 자율적 생명력의 의미
를 강화하는 효과가 있다. 이 소설에서 여주인공 '나'는 어머니와 현규
의 아버지인 뮤슈 리의 재혼으로 인하여 법적인 오빠가 된 현규를 욕
망하는 감각으로 인습과 규율에 저항한 몸의 응시와 반성을 보여준
다. 탈영토적 몸의 감각으로 서정성을 환기하는 상상력으로 섬세하게
육화하는 욕망하는 남성에 몸을 재현하는 탈영토성으로 젠더 정체성
을 정립한 것이다.

「젊은 느티나무」 소설의 첫 문장 "그에게서는 언제나 비누 냄새가
난다."(101면)에서부터 그의 몸에서 난 비누냄새를 인지한 일인칭
'나'의 시점이 주체가 되어 감각의 욕망을 서정적으로 환기한다. 여성
이 비누 냄새로 지각하는 남성의 몸은 금지된 성적 영역이다. 금기의
대상인 남성의 몸을 욕망하는 여성의 감각은 서사 시작에서 끝까지
금기된 욕망의 탈영토성으로 내면화된다. "무얼 해?"라고 하며 그가
다가 올 때는 비누 냄새가 나고 그것을 맡은 것은 나의 감각이다. 그리
고 숙희는 "나에게 가장 슬프고 괴로운 시간이 다가온 것을 깨닫는"과
동시에 "엷은 비누의 향료와 함께 가슴속으로 저릿한 것이 퍼져나간"
감각으로 그와의 순간적 접촉을 지속적이며 내적인 갈망으로 형상화
한다.

욕망을 품는 숙희의 몸은 금기를 깬 것이다. 규범적으로 오빠인 현
규를 남자로 보고 소유하고자 하는 욕망을 갖게 된 것이다. "'그'를 무
어라고 부르면 마땅할까. 오빠라고 불러야 한다는 것이 나의 운명이
다."(111면) 오누이라는 사실을 인지하고 있으며 그도 자신과 같은 생
각을 하기를 바라기도 한다. "그가 학교에서 돌아와 욕실로 뛰어가서
물을 뒤집어쓰고 나오는 때면 비누 냄새가 난다."는 감각은 일회적인

몸이 경험이 아니라 지속되어진 몸의 경험이다. 이러한 지속성은 그를 기억하며 되새김하는 몸의 감각과 경험의 나와 다른 그의 몸을 지각하고 나의 몸으로 끌어들이는 일탈된 욕망의 회복으로 여성의 몸을 주체화하는 과정이다. "그의 눈 속에 과연 내가 무엇으로 비치는가? 하루해와 하룻밤 사이, 바위를 씻는 파도 소리같이, 가슴에 와 부딪고 또 부딪고 하던 이 한 가지 상념에 나는 일순 전신을 불살라본다."(102면) 반복적 경험으로 지속된 감각의 순간성의 지각이 익숙한 깨달음에 이른 통찰을 보여준다.

감각적 경험의 반복을 지속적으로 내면화한 통찰은 "나는 그를 영원히 아무에게도 주기 싫다. 그리고 나 자신을 다른 누구에게 바치고 싶지도 않다"(121면)는 감각으로 환기된 몸의 욕망이 영원성을 확인한 현실인식에 다름이 아니다. 금기된 욕망의 이탈은 사랑의 대상으로서 몸의 소유를 여성으로 주체화한 경험으로 성적 욕망의 자리바꿈을 통한 젠더의식의 전복으로 이어진 것이다. 영원히 아무에게도 주기 싫은 그는 몸으로 존재한다. 그리고 그의 몸은 나의 몸으로 감각되며 내면화된다. "나 자신을 결코 오누이라는 것이어서는 안 될 것을 알고 있"고, "나는 또 물론 그도 나와 마찬가지로 같은 일을 생각하고 있기를 바"라는 현실인식과 맞닿는 몸의 의미작용에는 남성이 여성의 몸을 바라보며 환기하는 관능과는 다른 몸의 의미가 환기된다. 그를 아무에게도 주기 싫은 의식은 영원한 사랑을 욕망하는 여성의 몸이다.

또한 나는 그도 나와 마찬가지로 같은 일을 생각하기를 바라며 행복의 의미를 곱씹는다. 그것은 나의 몸에 새겨진 괴로움과 상관이 있을 듯한 "어떤 조그만 기억, 어떤 조그만 표정, 어떤 조그만 암시도 내 뇌리에서 사라지는 일은 없"(121면)는 것들을 그도 느끼는 것으로 행복해지는 것이다. 숙희가 그의 존재를 인지하는 것은 순간적 감각으로 시작되어 영원을 지속하고자 하는 갈망으로 이어진 시간의 전복성과 맞닿는 몸의 은유를 환기한다. 그를 지각하며 욕망하는 경험은 나의 몸 외부 감각으로 시작된 감정을 내부로 각인하는 과정으로 욕망의 탈영토적 영역으로 몸을 환기한다.

"아아, 나는 행복해질 수는 없는 걸까?"(121면) 자문하며 "행복이란, 사람이 그것을 위하여 태어나는 그 일을 말함"을 깨닫는 여성의 몸은 나와 다른 그와의 공유된 경험이나 생각에 따라 행불행의 의미가 달라지면서 탄생의 목적까지도 결정되는 사랑의 탈영토성의 의미효과를 낳는다. 여성의 몸에 작용한 성적 욕망이 단순한 섹슈얼리티의 관능이 아닌 존재의 행복과 탄생의 의미로 자리바꿈한 것이다. 여성의 몸은 일상적이며 반복적이며 지속적인 시간성으로 남성의 몸을 감각으로 경험하며 되풀이되는 그 경험을 기억하며 되새김하는 기록인 셈이다. 남성의 몸을 기록하는 주체로서 여성의 몸은 기존 여성의 몸과는 다른 측면의 감각의 천착과 심화로 욕망하는 몸의 주체로서 성적 전복을 보여준 셈이다. 여성이 몸이 인지하는 대상으로서 남성에 대한 욕망을 탈영토의 의미작용으로 에로틱한 상상력의 주체성으로 여성의 감각적 이탈을 환기하는 과정이다.

남성의 몸을 대상으로 재현된 욕망의 상상력에 따른 감각의 천착은 여성의 탈영토성을 보여준다. "까무레한 피부와 꽤 센 윤곽을 가진 그의 얼굴을" 보는 각도를 달리하며 참 좋아진 나의 감각은 그의 표정에서 "나에게는 보이려 하지 않는, 혼자만의 표정도 무언지 가슴에 와 부딪는"과정으로 그의 몸과 나의 몸의 경계가 무화된 존재성의 의미를 천착한다. 아폴로의 그것처럼 모양이 좋은 그의 머리통의 입체적 형상뿐만 아니라 "아주 조금 곱슬거리는 머리카락이 몇 올 앞이마에 드리워 있"(104면)는 섬세한 모습의 포착은 마치 시각에서 촉각으로 이어지며 욕망하는 몸의 미묘한 떨림까지도 교차되는 효과를 낳는다.

"나는 어느 때까지나 불을 켜지 않"고 "저녁을 먹으러 내려가지도 않"았던 시간 속에서 그의 몸을 육화한다. "그가 마시다 둔 코크의 잔을 집어 들"어 가만히 입술을 대"거나 "그가 내가 마신 표주박에" 그가 했듯이 입술을 대어 보는 시간성에는 "우리를 비끄러매는 형식이 결코 '오누이'라는 것이어서는 안 될"(121면) 존재성을 나의 몸에 육화하여 체현하는 과정인 셈이다. 여성과 다른 남성의 몸이 여성에게 체현된 욕망하는 몸은 기록으로 성적 감각의 주체성이 회복되는 여성의 자율적 성적 욕망을 환기하는 몸의 은유로 젠더 정체성의 정립으로 의미 효과가 있다.

"나는 어느 때까지나 불을 켜지 않"고 "저녁을 먹으러 내려가지도 않"았던 시간 속에서 그의 몸을 육화한다. "그 대신에 그가 마시다 둔 코크의 잔을 집어 들"거 가만히 입술을 대"며 "그가 내가 마신 표주박에 입술을 대었듯이" 그의 존재성을 몸에 되새김한 것이다. "전류 같은 것이 내 몸속을 달렸"던 몸 안의 감각은 "현규가 그처럼 자기를 잃은 까닭을" 확인하는 동력이다. 현규의 감정을 몸의 움직임과 감각으로 재현하며 현규의 감정이 자신을 향하고 있음을 깨닫는 순간 "부풀어 오르는 기쁨으로 내 가슴은 금방 터질 것 같"은 새롭게 살아 숨 쉬는 환희를 만끽한다.

"전류 같은 것이 내 몸 속을 달렸다."(127면) O장관의 아들과 숙희의 만남을 질투한 현규가 숙희의 뺨을 때린 행위에서 숙희는 폭력성에 가려진 현규의 진실한 사랑을 본다. 그가 자신을 잃은 만큼 나를 사랑한 것을 느낀 몸의 감각은 "부풀어 오르는 기쁨으로 내 가슴은 금방 터질 것 같아"진 아이러니로 인간의 복잡 미묘한 감성체계를 보여주게 된다. "새우처럼 팔 다리를 꼬부려 붙"인 채 "소리 내며 흐르는 환희의 분류가 몸속에서 조금도 새어나가지 못하도록" 한 체위는 마치 어머니 속 태아의 모양과 같다. 숙이는 그렇게 절대적 타자인 현규와 교감한 것이다. 현규의 존재성을 내면화하여 내 안의 생명력으로 복원하는 감각은 남성이 여성의 몸을 성적 이미지로 파편화하는 성적 섹슈얼리티와는 다른 생명력의 복원으로 몸의 은유를 환기하는 차이가 있다.

3. 대립적 몸의 인지구성과 도전적 젠더

강신재 전후 소설에서 부각되는 가부장적 질서가 와해된 근대 사회 문화적 갈등과 맞닿는 몸의 은유는 대립적 사회 문화에 맞선 여성의 도전으로 전복적 젠더의식을 환기한다. 「해방촌 가는 길」에서는 전후 어려운 현실을 살아가는 기애를 바라보는 기애 어머니를 비롯한 근수 그리고 해방촌 이웃들의 배타주의 시선이 대립적 갈등의 요인으로 작용한다. 폐쇄적 인습에 뿌리를 둔 배타주의 시선은 기애가 성장을 꾀하는 모색하는 데 있어 극복해야 할 현실이다. 이처럼 혈연적 가족과 지연의 이웃의 관계성은 기애의 성장을 위한 입사의 공간으로 몸의 은유를 환기한다. 이러한 맥락에서 텍스트에 상정된 '해방촌의 장소성'[15]은 실제적 공간으로 고정시켜 보기보다는 미군과 동거를 한 여성

---

15) 이 작품에서 드러나는 전후 '해방촌'의 장소성은 아이러니하게도 역사의 진정한

의 근대적 갈등을 집약시켜 재현하는 차원에서 자유와 대립된 구속에서 해방을 내포한 장소성의 재현을 봄으로써 작가의 상상력이 작동하는 몸의 은유를 한층 더 풍부하게 이해할 수 있을 것이다.

이러한 맥락에서 살펴보면 전통적 관습에서 이탈하여 미군과의 동거했던 기애를 바라보는 어머니 장씨와 근수를 비롯한 해방촌 이웃들의 시선에서는 여성의 몸에 성적 순결을 인종의 구분으로 강요하는 전통적 인습의 폐쇄성이 드러난다. 이러한 측면에서 기애의 몸은 미군 부대에서와는 다른 배타적 민족주의[16]에 뿌리를 둔 성의 완강한 폐쇄성과 편견이 작동하는 대립적인 장소로 해방촌의 폭력성을 인식한 것이다. 기애는 죠오가 본국으로 떠난 후에도 근수와 결혼하지 않고 하인리와 다시 동거에 들어가는 방식으로 해방촌에서 강요된 배타적이며 국수적인 성문화의 순결성에 도전하는 몸을 억압하는 폐쇄된 인습에 저항한다.

민족이데올로기의 완강한 폐쇄성으로 자식의 몸을 억압하고 소외시키며 추방하기까지 한 인습과 편견에서 벗어난 해방과 자유로 성정체성을 추구한 것이다. 그 중심에는 어머니가 자신을 부끄럽게 여기는 데 대한 기애의 반항심리가 작용한다. "그러한 장씨에게 기애는 무엇인지 비굴한 것을 느끼지 않을 수 없었다. 그것은 묘하게 돌아가는 일이었다." 기애의 의식에서 어머니는 어머니라기보다는 자신과 무관

해방으로서 자유로운 삶의 의미보다는 가난과 소외로 인하여 자유롭지 못한 구속적 삶을 은유한다. 전후 '해방촌'의 장소성에 대한 심도 있는 논의는 차후 과제로 남긴다.
16) 민족주의와 민족이 주로 공적인 정치영역의 부분으로 논의되면서, 공적 영역의 장에서 여성이 배제되고 또한 그 결과 공적 영역의 담론에서 여성이 배제되었다. 니라 유발-데이비스 지음, 박혜란 옮김, 『젠더와 민족』, 그린비, 2011, 17면.

한 장씨 성을 가진 존재이다. "장씨 자신 돈은 반갑고 귀하면서 돈이 되는 그 물건에는 무언지 떳떳치 못한 것을 뉘우치듯이, 딸에 대하여도 기특하고 고마운 반면에는 낙담이 되고 꺼려하는 무엇이 없지 않았다." 기애는 어머니가 자신을 바라보는 시각에서 소외를 느낀 것이다. "장씨의 이런 기분은 또 그냥 기애에게 반영되고, 그러니까 장씨에게 느끼는 무엇인지 비굴한 그 느낌은 곧 기애 스스로에게 느끼는 비굴감이기도 하였다."(211면) 자식의 존재보다 사회적 시선을 더 의식하고 중요하게 생각하는 어머니에게 자신과 무관한 타자를 본 기애의 의식을 반영하여 내포작가는 기애가 초점화하는 어머니를 '장씨'라고 호명한 것이다.

딸의 입장을 이해하지 못하고 인습에 편승한 어머니의 태도를 객관적으로 비판한 작가의식과 맞닿아 있는 몸의 은유는 딸을 떳떳하게 여기지 못하는 어머니의 비굴한 태도를 섭섭하게 여기는 기애와 어머니와의 좁혀지지 않는 거리감으로 사회 편견과 인습에서 소외된 젠더 의식을 환기한다. "장씨에게 느끼는 무엇인지 비굴한 그 느낌은 곧 기애 스스로에게 느끼는 비굴감"이 되어버린 것이다. 기애가 집에 돌아온 날도 장씨는 딸을 본능적으로 반기기보다는 당황해한다. "단정하지 못한 기애 차림새에 남의 눈을 꺼리고만 싶은 장씨의 기분은 무의식중 그런 데에까지 걸쳐져 있는"(210면) 부끄러움이 기애에게는 굴욕감으로 감지된 것이다. 딸을 걱정하면서도 부끄러워하는 장씨의 비굴한 태도에서 기애는 굴욕감을 느낀다. 그것은 딸의 고통을 이해하기보다는 오랜 인습에 따라 체면을 우선시하는 어머니에 대한 서운한 감정에 다름이 아니다. 어머니 장씨는 돈을 만들어 준 딸이 고맙긴 하지만, 그 돈이 들어오기까지의 경로를 부인하고 싶은 마음에 "우리 아이가 그럴 리가 없지"(212면)라며 자신을 스스로 위로한다. 기애는 돈은 소중히 여기면서 딸의 정체성마저 부인하는 어머니의 행동에서 모욕감까지 느낀다.

기애가 어머니에게서 느끼는 모욕감은 어머니 장씨가 기애가 주는 돈을 반가워하면서도 그 돈을 마련한 딸인 자신을 부끄럽게 바라보는 이중적 시각[17]으로 강조된다. 기애는 죠오와 살면서 만든 돈으로 꾸준히 생활비를 보내며 집안의 살림이 나아졌으리라고 기대하였지만 어머니 장씨는 변함없이 초라한 모습이다. 그리고 기애의 눈치를 살피며 딸의 변화된 모습을 인정하고 수용하기 보다는 부끄럽게까지 여기며 숨기려고 한다. 이러한 어머니의 이중적 태도에 기애는 "자기의 실태實態가 끊임없이 그리고 전면적으로 모욕당하고 있는"(212면) 기분을 어찌할 수 없다. 이처럼 장씨의 배타적 의식에는 기애의 경험과 상처를 이해하고 감싸기보다는 부끄러워하고 부인하고자 하는 폐쇄적 인습이 자리한 것이다.

해방촌 집을 찾아온 기애는 "외국군인과의 동서 생활이 별 거리낄 일로 치부되지 않고 때로는 오히려 어떤 긍지조차 부여하고 있는, 거기는 또 그런 윤리가 지배하는 부대 안"(203면)과는 다른 폭력적 시선을 감당해야 했다. 이러한 관점으로 볼 때, 기애에게 해방촌의 삶은 자신의 상처를 위로받기 어려운 억압과 폭력이다. 기애의 어머니를 '어머니'라는 호칭 대신에 '장씨'로 명명하는 이유 또한 모녀간에도 서로

---

17) 어머니와 해방촌 이웃들이 기애를 바라보는 폭력적 시선에서는 성적 거래 관계에 관한 윤리성이 작용한다고 볼 수도 있지만 텍스트에 구체화된 어머니의 이중적 위선적 행동에서는 미군과의 성적 거래를 비판하는 윤리성보다는 배타주의 성 문화의 구속성에 더 큰 무게를 두고 있음이 포착된다.

믿고 소통할 수 없는, 깨어진 부조리한 관계성을 폭로하기 위한 작가적 입장으로 해석될 수 있다.

전쟁 전부터 기애에게 호감을 보낸 근수는 전쟁 전에는 부잣집 아들이었으나 전쟁으로 가족을 잃고 왼팔 부상까지 입었다. 근수는 막무가내 미군기관에 취직하기가 싫다는 방식으로 기애에게 자신의 전쟁 트라우마 드러내면서 취직도 못하고 팔조차 장애를 가진 자신을 기애가 무시하고 경멸한다는 자격지심을 보인다. 근수에게 청혼을 받은 기애는 근수에게 남성으로서 성적인 끌림을 갖지만 그러한 감정을 스스로 억제한다. 대신에 눈에 띠는 야한 화장과 옷차림 그리고 매니큐어를 바른 손톱을 내보이며 담배를 피우는 행동으로 자신이 근수에게 어울리지 않은 여자임을 환기한다. 이러한 기애의 행동은 근수에게 자신이 변한 모습 그대로를 인정받고자 했을 수도 있다. 그렇지만 근수는 예전과는 다르게 변화된 기애의 모습을 보고 고통스러워하며 기애의 변화된 모습을 흔쾌히 수용하지 못한다.

기애와 근수가 서로를 이해할 수 없는 입장 차이가 기애는 근수의 입가에 아픈 미소를 보지 못하고, 근수 역시 기애의 두 뺨 위로 눈물이 흐르는 것을 보지 못한 장면으로 확인된다. 근수는 기애와 결혼하기를 원하지만 기애는 미군과 동거하고 변화된 자신이 근수와 결혼할 자격이 없다며 청혼을 거절한다. 근수는 전후 변화된 현실을 수용하지 못한 채 자살하고 만다. 근수가 자살한 뒤 기애는 한동안 자책하며 괴로워하지만 미군인 하이리와 다시 동거를 시작하며 더욱 당당하게 살아가려고 다짐한다. 어머니와 근수 그리고 이웃과의 관계에서 드러나듯 기애에게 해방촌은 배타주의 폭력적 시선이 자리하는 공간이기에 기애는 그 곳을 박차고 나와 다시 미군 하리이를 적극적으로 유혹하여 동거하게 된다.

　텍스트 말미에서 기애는 자신이 선택한 하이리와의 성적 관계를 당당하게 여기며 변화된 삶의 의지를 보여준다. 기애가 두 번에 걸쳐 보여준 미군과의 동거는 '혼종적 정체성'[18] 즉, 혼종의 젠더정체성으로 이해될 수 있다. 혼종의 성정체성에 따른 변화된 삶의 의지는 기애가 새퍼드 보아를 바라보는 시각의 변화로 반성된다. 해방촌으로 돌아와 그녀를 가장 괴롭힌 주위의 배타적 시선들에 저항하는 방법으로 기애는 아이러니하게도 사람이 아닌 개에게 신뢰를 보낸다. "보아가 날 지켜줄 테니깐요. 도적으로부터 못난 녀석들로부터 그리고 꼬부랑 할머니들 눈과 입으로부터……"(225면) 기애는 수군덕거리는 주위의 배타적 시선에 대하여 굴하지 않을 용기를 갖게 된 것이다. 기애가 겪었던 죠오와의 동거와 임신, 낙태, 이별과 다시 하리이와 동거하는 과정은 진정한 사랑과 경제적 생산의 측면에서 철저한 자기 검증이 요구된다. 그렇지만 전후 암담한 여성의 삶을 고려할 때, 기애가 당당하게 선택한 하리이와의 동거를 통해서는 폐쇄된 성의 인습과 민족이데올로기로 여성의 성 정체성의 금기를 강요한 편견과 억압을 극복하는 방

---

18) 혼종적 정체성이란 민족의 순수성을 상상하는 공동체에서 타민족의 남성과 관계를 맺은 여성을 피가 섞인 '더럽혀진 존재'로 인지하는 데에서 나온 개념이다. 여성은 실제로 폭력의 회생자로서 민족사의 일부를 구성한다. 그렇지만 남성들에게 폭력의 피해자인 이런 여성들은 민족을 지켜내지 못한 남성들의 수치심을 떠올리게 하기 때문에 망각되어야 할 존재일 뿐이다. 이희원 외『페미니즘』, 문학동네, 2011, 165면. 동일한 입장에서 서재원은 기애를 양공주로 기호화하고 그의 여성 정체성을 '혼종적 정체성'으로 파악한다. 서재원, 앞의 논문, 279면. 그러나 강신재는 이 소설에서 양공주라는 호칭을 한 번도 사용하지 않았다는 사실을 전제로 할 때 기애의 성적 정체성으로 반성되는 여성의 해방을 민족이데올로기의 억압이나 구속에서 자유로운 상태로 볼 수 있다.

법으로 여성의 해방된 몸의 의미의 단면을 보여준 작가의 비판적 현실인식과 맞닿는 도전적 젠더의식을 엿볼 수 있다.

　한편으로 「젊은 느티나무」에서 부각되는 갈등하는 몸의 대립은 금기의 관계성으로 부각된다. 어머니의 재혼으로 인하여 오빠와 여동생이라는 관계가 성립된 성적 욕망의 금기는 여성이 남성의 몸을 지각하는 감각으로 현실 극복의 성장으로 몸의 은유를 환기한다. 법적으로 공인된 남매간의 성적 욕망은 금기로 작동한다. 인습과 자연이 대립되어 상충하는 몸의 갈등은 도전적 젠더의식을 추동하는 동기이다.

　여성과 남성의 다른 차이와 같은 인습과 자연의 다른 생명력의 차이를 내포한 몸의 대립적 갈등은 남매지간이라는 법적 금기의 관계와 맞물린 몸의 의미를 사랑의 기쁨과 슬픔의 감정과 인식으로 구체화한다. "맨 발로 풀 위를 걸으면 고향에 온 것 같"은 "아니 내가 나 자신에게 돌아온 것 같은 그런 맘"이 그를 사랑하는 나의 맘이라면 "테라스 앞에 오면 —그 안 넓은 방에 깔린 자색 양탄자, 이곳저곳에 놓인 육중한 가구"(109면)를 비롯한 가정이라는 울타리 안의 모든 물건과 풍경은 그와 나를 오누이로 규정짓는 규범인 셈이다. 집 밖 자연 속에서 그를 향하여 자유롭던 사랑의 단순한 감정과는 달리 부조리에 얽힌 감정으로 오누이나 동생이라는 말이 "내 맘속에서 혐오와 공포를 자아낸" 것이다. '테라스', '넓은 방에 깔린 자색 양탄자', '여기저기에 놓인 육중한 가구' 등으로 열거되는 근대 주거 문화 속에 "깃들인 신비한 정적"이 자리한다. 그 너머에는 "주위에 만발한 작약 라일락의 향기", "짙어진 풀내가 한데 엉겨 뭉긋한" 자연이 있다. 이곳 자연에 와서 선 "나는 내 존재의 의미가 별안간 아프도록 뚜렷이 보랏빛 공기 속에 떠 있는 것을 보는 것"이다. 이렇듯 "내 존재의 의미가 별안간 아프도록

뚜렷이" 감지되는 시간은 자연성과 인공성의 대립적 공간에 자리한
침묵은 나와 다른 존재를 나의 몸 안에 내면화하는 사랑의 과정을 성
숙에 다다르기 위한 입사식과 같은 시간성과 맞닿는 몸의 은유로 환
기한다.

"예절 바른 그가 식당에서 엄마의 상대를 하고 있을 동안 나는 멍하
니 창가에 앉아 저물어 가는 하늘을 바라다보고 있다."(116면) 하늘은
내가 바라보는 그의 존재성을 내포하는 은유라면 강은 그를 그리워하
는 나의 존재성을 내포하는 내 몸의 은유로 볼 수 있다. "강은 날씨와
시간에 따라 플래티나같이 반짝이기도 하고 안개처럼 온통 보얗게 흐
려버리기도 한다." 강이 날씨와 시간에 따라 반짝이기도 하고 흐려버
리기도 하듯이 나의 몸 또한 그의 존재성에 따라 기쁨이 되기도 하며
슬픔이 되기도 한 것이다. 즉 나의 몸은 하늘을 반영하는 강처럼 그를
비추는 거울이자 반영인 셈이다. "하늘이 보랏빛으로부터 연한 잿빛
으로 변하여 가는 무렵이면 그 강과 부드러운 회색 구름과 한 덩이가
되었다." 강은 하늘과 동일체인 것 모양 부드러운 구름을 품어 한 덩
이가 된 것으로 여성의 몸이 체현된 것이다. 날씨와 시간에 따라 강물
이 다른 색으로 육화되듯이 "플래티나같이 반짝이기도 하"는 기쁨과
"안개처럼 온통 보얗게 흐려버리기도 한" 슬픔으로 사랑에 빠진 여성
의 몸이 체현된 것이다. "나는 여러 가지 감정이 뒤범벅이 된 혼란 상
태에서 자기를 건져 내야 한다고 어두운 강물을 바라보며 늘 생각하
는 것이었다." 사랑의 기쁨과 슬픔의 대립적 감정이 반짝이는 감정과
흐려버리는 감정을 인지하는 감각은 하늘빛에 따라 달라지는 그 빛을
달리하는 몸의 의미로 사랑의 다채로운 색을 반사한다.

강의 자연성으로 여성의 몸을 환기한 것과 대조적인 측면에서 현실

적 인식이 부각된다. "하늘이 보랏빛으로부터 연한 잿빛으로 변하여 가는 무렵이면 그 강과 부드러운 회색 구름과 한 덩이가 되었" 듯이 여성의 몸에 담긴 감정의 변화가 부각된 것이다. "현규를 사랑하는 일 가운데 죄의식은 없었다. 그런 것은 있을 수 없었다." (117면) 그러나 그런 의미에서 엄마와 무슈 리를 배반하는 것은 "네 사람 전부의 파멸을 의미하는 것"이기에 나의 감정은 빛과 어둠의 반복과 맞닿는 몸의 변화로 부각되었다. 자신의 혼란된 감정 상태를 인지한 숙희의 인식은 "자기를 건져 내야 한다"는 생각을 한 것이다. 하늘이 빛을 거둔 어둠의 시간은 사랑의 감정보다 현실의 인식이 압도하는 절망과 고난의 시간이다. 이처럼 어두운 강물로 자신의 의식을 담고 있는 몸을 은유하는 사랑의 주체로서 화자는 "마음가는대로 몸을 내 맡길 수 없는 것"이라는 사유로 현실극복의 인식을 강화하기도 한다. 성장의 의미 작용으로 몸의 은유가 부각된 것이다. 갈등의 대립적 공간의 경계 달리 표현하면 입사로 상정된 시간성에 여성의 성적 욕망과 좌절과 고뇌가 성장을 향한 현실 극복의 경험으로 환기된 지점에서 자연으로서 몸의 은유가 강조된 것이다.

몸의 외부와 내부의 소통을 자연적 생명력으로 환기하는 과정은 나와 다른 그를 내면화함으로써 자연적 존재성을 복원하는 사랑의 의미로 볼 수 있다. "전류 같은 것이 내 몸속을 달렸"던 몸 안의 감각으로 나는 "현규가 그처럼 자기를 잃은 까닭을" 깨닫게 된 것이다. 즉 현규의 감정은 현규의 몸의 움직임과 감각을 포착하는 나의 기억으로 재현된다. 나의 몸 안에 현규가 자기를 잃은 까닭을 깨달음의 순간 "부풀어 오르는 기쁨이 찰랑대는 가슴은 금방 터질 것 같"은 새롭게 살아 숨 쉬는 환희로 충만하다.

이렇듯「젊은 느티나무」에 부각된 성의 대립적 차이를 여성의 감각으로 천착한 몸의 은유는 남성이 인지하는 여성의 몸과 다른 감각의 내면화와 통찰의 깊이로 하여 웅숭그린 새로운 생명 탄생의 단초와 맞닿는 사랑의 기록으로 자연적 생명력으로 복원하는 효과를 낳는다. 그러므로 이 작품에서 표면된 대립적 갈등은 법적인 남매관계의 금기와 맞닿는 문화의 속성을 하늘이 강에 반영되는 의미 과정으로 남녀 간의 육체의 다름의 차이를 극복하는 생명력을 환기한다.

이와 같이 강신재는 이 소설을 통하여 여성과 남성이라는 성적 차이에 있어 기존의 성인식과는 다르게 남성의 몸을 바라본 여성의 감각의 천착과 확장을 보여준 점에서 다른 작가들과는 차별화된 감수성과 젠더의식을 보여준 것이다. 근대 젠더 정체성의 정립 과정에 있어 법적 오누이라는 금기를 뛰어 넘는 몸의 감각적 욕망은 인습과 규율에 저항하는 여성 성장의 입사와 맞닿는 도전적 젠더의식뿐만 아니라 남성과 달리 사랑의 존재성을 내면화하는 경험으로 새로운 생명 탄생의 자연적 몸의 기록을 환기하는 효과로 이어진다.

4. 봉합적 의미작용과 융합의 젠더

궁극적으로「해방촌 가는 길」과「젊은 느티나무」소설 심층에 작동하는 금기를 깨뜨리는 도전을 내포한 몸의 인지구조는 타자성의 차이로 인한 상처를 봉합하는 융합의 사유로 근대적 젠더의식의 정립으로서 존재의식을 반영한다. 남성과 여성, 가부장주의와 민주주의, 식민과 제국, 동양과 서양, 억압과 해방 등의 차이를 봉합하는 몸의 의미작용은 융합의 사유를 유기적 생명력의 조화로 환기한다.

먼저 「해방촌 가는 길」에서 반복되는 남성과의 만남과 남동생을 향한 기애의 헌신에는 남성중심의 억압된 삶을 간과할 수 없다. 기애는 미군 죠오가 본국으로 떠나버리자 근수와 결혼을 거절하고 미군장교 하리이와 또 다시 동거를 시작하는 방식으로 미군의 경제력에 의존한다. 이처럼 기애는 아버지가 부재한 가정에서 자신이 가장 역할을 해야 했지만 미군과의 통한 경제력을 확보한다. 여성으로서 기애가 경제적인 독립을 온전히 하지 못한 이유는 전후 현실의 열악한 사회 구조와도 무관치 않다.

텍스트의 마지막에서 하이리가 떠나도 홀로 설 수 있다는 의지를 확고하게 드러내긴 하지만 그 또한 주체적인 여성의 삶으로서 지침을 구체적으로 보여주지는 못한 점도 같은 맥락에서 이해될 수 있다. 그러므로 남성중심의 폭력적 시선에 대응한 기애의 선택적 한계는 전후 현실의 절망적 갈등의 균열을 부각시키는 차원으로 이해될 수 있을 것이다.

"그악스런 폭우가 서울에도 퍼부었던 모양이었다." 여성의 해방을 향한 길이 고난과 역경을 기애의 몸으로 환기하는 측면에서 작품의 모두(冒頭)에서 기애가 가랑비 내리는 날 해방촌 비탈길을 힘겹게 올라가는 모습이 부각된다. "좁다란 언덕길"은 "굴러내려 데글거리는 돌멩이들" 때문에 "험한 골짜기"와 같다. "맑은 물이 돌돌 흘러내리고" 있는 길에 뾰죽한 돌부리들은 기애에게 짓궂은 악의를 가진 해방촌 이웃의 폭력적 시선처럼 느껴진 것이다. 그 돌부리에 "발목을 젖히려 들거나 호되게 복숭아뼈를 때려 치거나" 할 때마다 눈에서 불이 튀어 나온 것처럼 아픈 통증에 고통스러워한 것이다. 눈에서 불이 튀어

나도록 아픈 고통은 다른 감각으로 변하는 것을 감지되기도 한다. "그 지긋한 한 줄기의 감각은 곧 울상이 되려다 말곤 하는 기애의 마음속 과 썩 잘 어울리는 것"[19]으로 해방촌 가는 길과 맞닿아 있는 몸의 은유 를 여성의 성장을 향한 입사체험의 의미로 환기한다.

이러한 맥락에서 기애에게 해방촌에서 생활은 폭력이며 아픔으로 인지된다. 미국으로 떠나면서 죠오가 준 달러로 무면허 의사에게 중 절수술을 받은 후 서울 해방 촌 집으로 고통스럽게 돌아오는 모습이 기애의 의식에 맞춰 묘사된 것이다. 다시 비가 쏟아지는 험한 고갯길 을 올라가야하는 고통스러운 감각은 '굴러내리는 돌'의 무게로 전달 된다. 불편한 구두로 인한 발의 고통은 기애를 향해 "미친 듯이 껑충 대며 더할 수 없이 포악하게 으르렁대"(208면)는 세퍼드의 시끄러운 소리와 포악스런 모습으로 기애의 분노를 반영한다.

기애는 죠오가 떠난 슬픔과 성적 피해 의식에 분노와 광기를 보이 다 직장에서 쫓겨나 어머니와 남동생이 살고 있는 해방촌 판잣집으로 돌아온다. 죠오와 동거를 시작한지 2년만이다. 본국으로 송환된 죠오 와의 이별을 임신중절 수술까지 하며 감당해야 하였던 기애의 아픔과 분노에는 남성중심의 폭력적 시선이 작용한다. 근수의 자살로 인해 기애는 또 다시 절망하다가 미군장교 하리이와 동거생활에 들어가면 서 또 다시 가족의 생활비와 남동생의 학비를 대고 남동생 욱이가 똑 바로 성장하여 성공하기 위하여 자신이 헌신하겠다고 다짐한다. 하리 이와 동거하면서 남동생이 똑바로 성장하여 성공하도록 헌신하겠다 는 기애의 다짐에는 미군의 경제력에 의존한 여성의 경제적 취약함이

---

19) 김이석 외, 앞의 책, 200면.

노출된다. 이와 더불어 젊은 여성가장으로서 가족의 생활비와 남동생의 학비를 보내야 했던 책임감에는 가부장제 남성중심의 폭력적 시선이 작용한다.

기애가 생활전선에 뛰어들 수밖에 없는 상황은 아버지의 부재와 궁핍한 생활을 야기한 전쟁의 폭력성에 뿌리를 두고 있다. "이사 올 때 누르고 달래이던 굴욕감은 여전히 그대로 굴욕감이었다. 그것 자체가 죄악처럼 피해야만 하는 일이었다."(209면) "부친의 생존시에 그들은 이런 생활을 하지 않았고, 장씨가 지주였을 때만 해도 그들은 체면을 유지하며 살았다. 지금은 기애의 책임인 것이었다." 기애는 가난한 집안의 가장역할을 하여야 하는 책임감 때문에 미군부대에서 직장 생활을 했으며, 미군과 동거함으로써 가난을 어느 정도 극복하게 된 것이다.

텍스트 끝부분에서 해방촌을 바라보는 기애의 모습은 텍스트 시작부분과는 다른 긍정적 변화를 보여준다. 여성가장 역할을 해야 하는 기애의 욕망[20]은 자신만의 행복을 추구하는 욕심이 아니라 남성중심의 문화적 갈등을 봉합하는 가치를 확보한다. 이와 같이 작품의 시작부분에서 포악하게 으르렁댄 개를 향하여 보냈던 기애의 분노는 작품의 끝에서야 해소된다. 짖는 개가 자신을 지켜줄 것이라는 믿음을 통하여 기애는 어머니에게도 인정받지 못한 자신의 성적 정체성에 대한

---

20) 욕망과 분리할 수 없는 폭력은 또한 자유의 존재이기도 하다. 폭력, 의식의 자유의 조건. 의식은 무엇보다도 욕망이다. 그리고 욕망은 폭력의 원천이다. 아니면 그것은 폭력 그 자체이다. 왜냐하면 욕망으로서의 의식은 독립된 생명체로서 그 앞에 현존해 있는 타자의 제거를 목표로 하기 때문이다. 그러나 욕망은 지극히 빨리 타자의 욕망과 만난다. 대상에의 욕망은 타자의 욕망에 대한 욕망, 즉 타인에게 사랑받고 존중되며 인정받고자 하는 욕망이 된다. 이때 타인에게 인정받기 위한 투쟁, 폭력적 투쟁이 시작된다. 프랑수아 스티른, 이화숙 옮김, 앞의 책, 31면.

부끄러움과 분노를 떨쳐버린 것이다. "여지껏 본 개 중에서 으뜸 사나운"(225면) 새퍼드 보아의 "흉포한 모습을 보고 그 소리를 듣기를 좋아한" 기애의 태도는 작품의 시작부분 해방촌 가는 길에서 새퍼드를 만나 자신의 분노를 반영한 모습과는 다른 변화로서 삶의 의지를 보여준다.

기애는 여성가장으로 경제적 책임과 더불어 가부장제[21] 남성중심의 세계에서 성적 고통을 반복적으로 경험하였지만, 그러한 고통의 과정을 통하여 오히려 스스로 우뚝 서는 힘을 기르게 된 것이다. 그녀는 근수처럼 자살을 하지도 않고, 어머니처럼 종교에 빠지지도 않는 방식으로 현실에 발을 딛고 욱이의 장래를 위하여 헌신하며 살기로 결심한다. "똑바로 자라나다오. 그것은 누나처럼 근수처럼 그리고 어머니처럼 되지 않는 일이다. 다른 무슨 방법을 발견하는 일이다. 너는 그것을 해낼 소질이 있을 듯해 보인다……"(227-228면) 기애가 욱이에게 하는 당부에는 남성중심의 폭력적 시선을 수용한 포용력뿐만 아니라 자신보다 어린 동생에게 희망을 주는 미래지향적 젠더의 포용력이 읽혀진다.

"하리이가 지금 당장 어디루 가버린댔자 나는 꿈적도 하지 않을 걸……"(228면)이라는 마지막 문장에서 엿볼 수 있듯이 기애는 하이리도 다시 혼자가 되더라도 좌절하지 않겠다는 삶의 변화된 의지를 드러낸다. 이러한 기애의 의식변화는 비록 여성의 주체적 삶의 방향성을 명확하게 제시하지 못했지만 자신의 성적 정체성을 깨닫고 전후 현실의 갈등과 균열을 통섭의 시각으로 봉합하고자 하는 삶의 비전을

---

21) 가부장제 사회는 모든 중요 기관에서 여성을 배제하고 주변화했지만, 동시에 극히 사적인 영역에서는 여성의 신체를 성적으로 지배한다. 와카쿠와 미도리 지음, 김원식 옮김, 『전쟁과 젠더: 사람은 왜 전쟁을 하는가』, 알마, 2006, 68면.

내포한다. 하이리가 떠나도 홀로 설 수 있다는 기애의 자신감은 남성 중심의 갈등을 극복하였다기보다는 전후 사회 절망과 갈등의 균열을 미래지향적 삶의 의지로 융합하는 젠더정체성의 변화로 읽혀질 수 있는 이유다. 더 이상 남성과의 이별에 상처받지 않고 홀로 설 수 있다는 기애의 의지는 현실의 약자이지만 미래의 주역인 남동생의 성공을 바라는 새로운 희망을 낳기에 전후 사회 남성중심 문화적 갈등과 균열을 봉합하는 젠더정체성을 엿볼 수 있다. 또한 '개'의 동물적 감각의 이미지에 투영된 통섭의 젠더의식은 전후 인간 사회의 절망적 갈등의 균열을 우주적 생명의 조화로움으로 봉합하는 효과로 확대될 수 있다.

이에 비하여 「젊은 느티나무」에서 남성의 몸이 여성의 텍스트가 되어 젊은 느티나무로 뿌리내리는 몸의 은유는 여성의 주체적 성장의 기록으로 사랑의 진정성을 보여준 것이다. "나는 침대 위에 몸을 내던"지고 "새우처럼 팔 다리를 꼬부려 붙"인 채 "소리 내며 흐르는 환희의 분류가 내 몸속에서 조금도 새어나가지 못하도록"한 몸의 반성은 나와 다른 그의 몸을 내 몸으로 되새기는 고통과 환희의 시간이다. 어둠 속 번민과 고뇌의 시간은 현규가 숙희에게 건네는 미래에 대한 언약을 통하여 희망의 빛이 된다.

숙희와 같은 그의 사랑은 숙희 자신의 몸 안에 존재하는 젊은 느티나무의 뿌리를 내린 것이다. "젊은 느티나무의 그루 사이로 들장미의 엷은 훈향이 흩어지고 하였다." 나의 몸은 그를 젊은 느티나무로 붙든 것이다. 나의 몸과 다른 그의 몸을 지각하여 내면화한 여성의 감각이 금기를 깬 균열과 상처를 봉합하는 사랑의 의미를 젊은 느티나무의 자연적 생명력과 맞닿는 몸의 은유로 천착되며 심화된 것이다. "나는 젊은 느티나무를 안고 웃고 있었다. 펑펑 울면서 온 하늘로 퍼져

가는 웃음을 웃고 있었다. 아아, 나는 그를 더 사랑하여도 되는 것이
다……(131) 이 소설의 마지막에서 펑펑 울면서 온 하늘로 퍼져가는
숙희의 웃음으로 환기되는 몸의 은유는 그의 존재성을 내면화한 나의
감각이 남성과 여성뿐만 아니라 인간과 자연의 차이와 균열을 봉합
하여 새로운 생명력으로 융합하는 사랑의 희망과 가치를 확산하는 효
과가 있다. 젊은 느티나무의 그루 사이 들장미의 엷은 훈향은 바람으
로 힘으로 흩어진 것이다.

그러므로 들장미의 훈향이 흩어진 것을 지각하는 몸은 바람을 인지
한 것이다. 나의 몸과 바람 사이에 들장미에 훈향이 있듯이 젊은 느티
나무와 들장미 사이에 있는 나는 눈에 보이지 않는 바람과 함께 존재
하는 것이다. 이처럼 숙희의 몸의 인지구조는 눈에 보이지 않는 바람
처럼 나의 몸에 존재하는 자연적 존재성을 환기한다. 숙희에게 현규
가 젊은 느티나무의 존재성인 이유다.

숙희의 몸에 지각되는 사랑은 또한 반복적이다. "터키즈 블루의 원피
스 자락 위에 흰 꽃잎을 뜯어서 올려놓"(130면)기를 반복하는 경험과
같이 그를 생각하며 그리워하는 시간은 일상적이며 사소한 것 속에 사
랑의 의미를 발견하며 확인해가는 기다림의 흔적이다. "수없이 뜯어서
올려놓"은 것과 같이 무의식과 의식의 경계를 넘어 되풀이하며 되새김
하는 몸의 기록이다. 그것은 "찬란한 하늘 밑에서 이내 색이 바라고 초
라하게 말려들었"던 꽃잎에 새겨진 시간성의 흔적으로 인간의 존재성
을 반성한 효과가 있다. 찬란한 하늘 아래에서 인간은 이내 색이 바라
고 초라한 시간을 맞게 될 꽃잎과 같이 덧없는 존재인 것이다.

이러한 존재 사이에 바람이 있고 그 바람은 사랑과 같은 존재성으
로 생명이 있는 존재와 생명이 없는 존재 사이 경계를 지우는 탈영토

성의 감각과 사유를 몸의 은유로 환기한다. 바람과 같은 사랑의 존재성으로 그가 나의 몸으로 다가 온 것이다. 그가 이삼 미터의 거리까지 와서 멈춘 순간 나는 내 몸이 저절로 그 편으로 내달은 착각은 그에게 향한 내 몸의 느낌이다. 사실은 그와 반대로 젊은 느티나무 둥치를 붙든 나의 행동은 그의 육체성을 내 몸에 뿌리내린 자연적 생명력으로 젊은 느티나무를 인지한 것이다.

그의 몸과 나의 몸 사이에 나의 몸과 그의 몸이 융화된 젊은 느티나무가 존재한 것이다. 이 사이에 바람이 마주 불었듯이 사랑의 생명력이 파장한다. "나는 젊은 느티나무를 안고 웃고 있었다." 젊은 느티나무처럼 그의 몸과 하나 된 생명력은 마냥 기쁨의 웃음이 아니다. "펑펑 울면서 온 하늘로 퍼져가는 웃음"은 우주와 소통하는 역동적 사랑의 가치인 셈이다. 그렇게 역동적인 생명력을 온 몸으로 웃고 있는 존재론적 사랑은 남성과 여성의 경계를 지우듯 생물과 무생물의 경계를 지우며 하늘로 퍼져간다. "아아, 나는 그를 더 사랑하여도 되는 것이다." 모든 차이와 다름의 균열을 봉합하는 사랑의 가치는 우주론적 소통을 향한 융합의 젠더로 우리의 미래를 희망과 행복을 보게끔 한 탈영토적 젠더의식과 맞닿는 몸의 은유에 다름이 아니다.

이와 같이 전후 격동의 시대 파란 많은 전후 여성의 경험을 통하여 엿볼 수 있는 강신재의 젠더수행성은 전후 사회 절망을 딛고 남성중심의 문화에서 야기된 갈등과 균열을 우주적 생명력의 조화로 봉합하는 차원에서 전후 남성작가 또는 다른 여성작가들의 작품과는 차별된 독창성[22]으로 경계를 초월하는 존재론적 사유로 금기를 깨는 젠더

---

22) 인간은 웃고 있어도 눈물이 날 수 있고, 슬퍼도 웃음을 흘릴 수 있기에 눈물과 웃

정체성의 수행을 보여준 것이다. 일상화된 반복과 지속을 통하여 남성의 몸을 지각하고 반성하고 내면화한 탈영토성의 욕망은 남성과는 다른 실존적 의미로 사랑의 경험을 경험의 깨달음에 통찰로 환기하는 차이로 욕망의 자리바꿈과 전복으로 근대적 젠더의 전복을 순간적 감각을 사랑의 영원성으로 환기하는 효과를 낳는다. 그러므로 보다 윤리적이며 실천적인 진정한 여성의 해방과 사랑을 향한 미래지향적 성장으로서 근대 젠더정체성의 확장과 심화는 아직 진행 중인 과제이며, 그 도착은 우리의 미래로 열려져있다.

요컨대, 전후 사회 균열과 상처를 봉합하는 차원에서 몸의 사유와 감각을 동물의 영역과 식물의 영역까지 포섭하여 여성의 해방과 사랑의 성장을 꾀한 강신재의 상상력이야말로 미래지향적 방향으로 근대 젠더정체성의 의미를 확장하고 심화한 효과가 있다. 이처럼 전후 남성중심의 폭력적 시선을 역동적 생명력[23]으로 봉합하는 융합의 가치

음은 대립 개념이 아니라 보완 또는 유사 개념일 수 있다. 눈물 속에 웃음이 웃음 속에 눈물이 반영된다는 뜻이기 하다. 이런 맥락에서 강신재는 갈등 속에서 서정적 합일을 추구하는 아이러니스트이고 여성의 불행에도 민감하고 따뜻한 휴머니스티이며, 사랑의 불가능성을 염려하여 사랑의 가능성으로 전복시킨 생래적 로맨트스트라고 할 수 있다. 그리고 강신재 소설의 감각적이면서 수동적으로까지 보일 수 있는 서정적 여성들은 세계의 다양성을 경험하는 데에 더 적합한 유동적 주체이고, 불행한 운명의 인간적 비극은 세계의 부조리나 폭력성을 문제 삼는 효과적 장치이며, 감각적인 언어는 리얼리티를 강화하기 위한 가면으로 볼 수 있을 것이다. 김미현, 「비누 냄새와 점액질 사이의 거리」 김미현 책임편집, 앞의 책, 작품 해설, 432-433면 참조.

23) 강신재는 여성의 몸에 가해지는 억압과 구속 그리고 편견에서 자유로울 수 있는 인권적 차원의 여성 해방으로 근대 젠더정체성을 정립하였다. 강신재의 젠더 정체성이 추구한 근대성에 비추어 보면 여성의 몸을 소외하고 억압하는 폭력과 구속에서 자유로운 길과 맞닿는 몸의 은유는 개별적 인격체로서 존재론적 해방을 통한 상호 존중으로 진정한 사랑의 가치를 환기하는 효과를 낳는다.

를 통하여 살펴지는 작가의 젠더의식은 진정한 여성의 해방과 사랑을 우주적 조화를 추구하는 몸의 은유로 동물적 탈영토성과 식물적 뿌리 내림의 탈영토성의 확장과 심화를 환기하는 차원에서 유기체적 융합의 사유와 감각을 보여준 것이다.

5. 맺음말

이상에서 살핀 바와 같이 필자는 강신재 전후 소설 「해방촌 가는 길」과 「젊은 느티나무」에 재현된 여성인물의 금기를 뛰어 넘고자 하는 현실 의지에 주목함으로써 감각적, 대립적, 봉합적인 몸의 인지구성을 파악함으로써 전복적이고 도발적이며 융합으로서 젠더 정체성과 맞닿은 작가의식을 몸의 은유로 해명하였다.

「해방촌 가는 길」과 「젊은 느티나무」 심층에서 전쟁의 폭력에 뿌리를 두고 있는 전후 사회 문화의 금기와 이에 따른 편견과 억압을 극복하고 초월하고자 한 여성의 의지와 사유는 여성의 해방과 성장을 추동하며 젠더 정체성의 확장과 심화와 맞닿는 근대적 젠더의 정립의 의미로서 경험을 풍부하게 보여준다. 이처럼 전후 사회 문화의 폭력과 억압 그리고 전통적 관습과 규율에 대응한 여성이 금기를 깨는 역동적 경험에는 근대 젠더정체성을 몸의 사유와 감각으로 확장하고 심화한 여성 성장의 의미가 다음과 같이 탐색된다.

첫째, 감각적 몸의 인지구조를 통하여 전복적 젠더 정체성과 맞닿는 몸의 은유를 환기한다. 「해방촌 가는 길」에서 기애의 감각은 전쟁으로 인하여 가난한 집안의 여성가장 역할을 해야 하기 때문에 직장에서도 검소한 옷차림을 해야 했지만 직장 내에서 기애를 바라보는 시선은 전쟁의 아픔과 가난을 이해하기보다는 조롱하는 폭력과 편견에 맞서 도전한다. 직장 동료들의 폭력과 편견에 대응한 기애는 미군과 성관계를 맺고 동거한 후 근대적 소비문화의 주체로 부상하였지만 어머니의 봉건적이며 구차한 생활에 동조하지 못하며 비판적 시각을 보낸다. 근대적 소비문화의 주체로서 전복된 젠더의 위치 와 입장의 차이가 반영되어 있지만, 성 거래를 통한 경제력의 확보라는 측면에서 성적 윤리성이 성찰되지 않은 한계가 포착된다.

이에 비하여 「젊은 느티나무」에서 숙이는 어머니의 재혼으로 남매관계가 성립된 현우를 사랑하게 됨으로써 사회적 금기에 도전하는 젠더를 환기한다. 소설 첫 문장에서부터 그의 몸에서 난 비누냄새로 남성의 몸을 인지하는 감각은 금기된 관계인 법적 남매지간의 성적 욕망을 여성이 주체가 되어 몸의 상상력을 천착하는 지점에서 젠더의 전복의 의미를 심화하는 효과로 작용한다. 이렇듯 사회적 규범적 금기를 깨뜨린 몸의 일탈로 남성의 몸을 욕망하는 여성의 몸으로 남성을 천착하여 생생하게 육화해보인 감각은 서사 시작에서 끝까지 몸의 욕망을 심화시킨 여성서사의 성장으로 전복적 젠더와 맞닿는 몸의 은유를 환기하는 효과를 낳는다.

둘째, 대립적 몸의 인지구조를 통하여 도발적 젠더 정체성과 맞닿는 몸의 은유를 환기한다. 「해방촌 가는 길」에서 대립적 몸의 구성은 미군과 동거를 한 기애는 자신을 부끄럽게 여기는 어머니 장씨에게서 굴욕을 느끼는 한편 근수를 비롯한 해방촌 이웃들의 시선에서 폐쇄적 인습의 구속과 억압을 느끼며 그들의 편견에서 탈피하는 차원에서 미군과 동거를 반복하는 도발적인 젠더와 맞닿는 몸의 은유에 대한 정

보를 제공한다. 성 문화의 측면에서 해방촌은 미군 부대와는 다른 배
타주의 성문화에 뿌리를 둔 억압과 구속의 공간이며 진정한 여성의
해방과는 거리가 먼 인습을 고수한 폐쇄적 사회이다. 기애는 배타주
의 인습의 폭력적 시선에 대응하는 행동으로 죠오가 본국으로 떠난
후에도 근수의 청혼을 받아들이지 않고 하리이와 다시 동거하는 혼종
의 젠더정체성으로 배타적 성문화에 대항한 도발적 젠더를 구축하였
지만, 인종을 초월한 진정한 사랑을 실현하는 측면에서 거래가 아닌
성적 윤리의 엄격한 자기검증이 요구된다.

이에 비하여 「젊은 느티나무」에서 법적 남매간의 관계는 규율과 자
연의 대립적 몸의 인지구성으로 작동하는데 그 사이 금기를 깨뜨리는
몸의 감각은 도발적 젠더정체성을 부각하는 몸의 은유를 환기한다.
어머니의 재혼으로 인하여 오빠와 여동생이라는 관계가 성립된 성적
욕망의 금기는 여성이 남성의 몸을 지각하는 감각으로 현실 극복의
성장으로 몸의 은유를 환기한다. 법적인 남매간의 성적 욕망은 금기
로 작동한다. 인습과 자연이 대립되어 상충하는 몸의 갈등은 도전적
젠더의식을 추동하는 동기이다. 즉 여성과 남성의 다른 차이로 인습
과 자연의 생명력의 차이를 내포한 몸의 대립적 갈등은 남매지간이라
는 법적 금기의 관계와 맞물린 몸의 의미를 사랑의 기쁨과 슬픔이 공
존하는 사랑의 감정을 하늘의 색과 구름까지 포용하는 강의 수용성과
맞닿는 젠더의 도전으로 사랑의 가치를 환기한다.

셋째, 봉합적 몸의 인지구조를 통하여 융합의 젠더 정체성과 맞닿
는 몸의 은유를 환기한다. 「해방촌 가는 길」에서 전후 사회 문화의 갈
등과 균열을 봉합하는 차원에서 기애는 주위의 시선에 굴하지 않고
당당하게 살아가겠다는 의지로 미군과 동거하는 혼성의 정체성을 실

현하는 방식으로 융합의 젠더의식을 환기하는 몸의 은유를 구현한다. 융합의 젠더정체성은 남동생의 학비를 대겠다는 헌신적 자세뿐만 아니라 작품의 시작에서 새퍼드에게 자신의 분노를 표출한 모습과는 달리 새퍼드를 반려동물로 인식하는 태도의 변화로 포용을 보여준 다. 또한 하이리가 떠나도 이별에 상처받지 않고 홀로 설 수 있다는 기애의 의지는 의존하는 여성이 아닌 반려로 남성과 조화로운 삶의 행복을 추구하는 융합의 젠더 정체성을 실현한 것이다.

이에 비하여 「젊은 느티나무」에서 법적 오누이라는 금기를 깨뜨린 숙희의 욕망과 맞닿는 몸의 은유는 남성과 여성, 인습과 자연의 차이와 균열을 봉합하는 융합의 젠더의식으로 나와 다른 거리에서 존재하는 그가 내 속에 뿌리내리는 사랑의 존재성을 환기하는 효과로 이어진다. 현규를 향한 숙희의 사랑이 몸 안팎에 존재하는 젊은 느티나무의 뿌리를 내린 것은 일시적인 감각의 포착의 사랑의 영원성을 지속시키는 효과를 낳는다.

이렇듯 강신재는 근대적 여성의 몸에 가해진 금기의 폭력을 극복하고 초월하는 젠더의 확장과 심화로 근대적 젠더정체성을 수행과정을 구체적이며 상대적인 거리에서 보여주었다. 「해방촌 가는 길」과 「젊은 느티나무」에는 여성의 성장을 가로 막는 사회적 금기가 여성의 몸에 가해진 공통점이 있다. 「해방촌 가는 길」에서는 여성의 해방을 가로 막는 차원에서 혼종 비판적 인습과 편견이 금기로 작동한다면, 「젊은 느티나무」에서는 여성 주체적 사랑을 가로 막는 차원에서 남매지간이라는 제도적 규율의 금기가 작동한다.

한편, 이들 소설 속에서 금기를 깬 여성주인공의 해방과 사랑을 향한 도전에는 몸의 사유와 감각이 확장되고 심화된 차이가 있다. 예컨대 전자에서 여성 해방의 길을 환기한 몸의 은유는 여성의 몸에 가해지는 민족이데올로기의 인습과 편견에 도전하는 사유와 맞닿는 여성의 감각을 길의 탈영토성으로 확장되는 데 비하여, 후자에서 여성의 사랑을 젊은 느티나무로 환기한 몸의 은유는 욕망하는 주체의 젠더를 전복하는 사유와 맞닿는 여성의 감각을 뿌리내림의 탈영토성으로 심화된 가치를 창출한다.

요컨대 강신재의 「해방촌 가는 길」과 「젊은 느티나무」에서 감각적, 대립적, 봉합적인 몸의 인지구조는 전후 사회 문화를 극복하는 여성 성장의 차원에서 전복적이며 도발적 젠더 정체성뿐만 아니라 융합의 젠더 정체성의 포용과 맞닿는 몸의 은유를 환기한다. 우주적 존재성의 소통으로 새로운 조화를 동식물의 영역까지 포섭하여 보여준 강신재의 상상력이야말로 전후 현실의 고통과 균열을 우주적 생명력의 조화로 봉합할 미래지향적 방향성으로 융합의 젠더수행성을 확장하고 심화한 것이다. 결과적으로 강신재는 근대 여성의 해방을 꾀하는 측면에서 여성의 감각을 천착하여 심화한 몸의 경험으로 세상의 모든 차이와 균열을 봉합하는 젠더정체성의 사유를 사랑의 가치로 확산하는 소설 시학의 성과를 거두었다. 그 심층에서 환기되는 진정한 여성 해방과 사랑의 실천적 가치는 독자의 주체적 삶의 몫으로 열려진 것이다.

2장
박경리 소설의 인지구도와 몸의 은유

1. 머리말

박경리의 전후 장편소설[1]에는 전후 문화와 연동된 '사랑서사'가 관통한다. 이러한 관점으로 필자는 박경리의 전후 장편소설 '사랑서사'[2]의 인지구도를 전후 문화와 연계된 몸의 은유로 파악함으로써 작가의

---

1) 박경리는 『민주신보』(1958)에 『애가』를 발표하면서 본격적인 장편 창작의 길로 들어선다. 본 논문에서 텍스트로 삼은 장편소설은 『현대문학』(1959.2-11)에 발표된 『표류도』를 제외하고는 주로 신문이나 여성지에 연재된 장편소설이지만, 이 글에서 텍스트는 『애가』(마로니에북스, 2013); 『은하』(마로니에북스, 2014); 『내 마음은 호수』(마로니에북스, 2014); 『표류도』, (나남출판, 1999); 『성녀와 마녀』(인디북, 2003); 『그 형제의 연인들』(마로니에북스, 2013); 『가을에 온 여인』(마로니에북스, 2014) 등으로 한다.

2) 이 논문에서 '사랑서사'의 용어는 김은경이 언급한 "박경리 소설의 한 수사학의 의미"를 포함할 뿐만 아니라, 사랑 이야기와 그 의미가 서사화 되는 '낯설게 하기'의 문학적 형식 전체를 포괄하는 개념으로 확장한다. 김은경, 「박경리 문학의 한 수사학, 사랑 서사」, 박경리 『녹지대』2, 현대문학, 2012, 329면 참조.

전후 현실인식과 젠더의식을 구명하고자 한다.

박경리 소설세계는 초기 단편소설에서부터 최후의 대작 『토지』에
이르기까지 네 단계로 구분된다. 선행연구를 돌아보면, 물론 박경리의
문학의 최고봉인 『토지』연구[3]가 가장 활발하다. 그리고 첫 번째 단계
인 단편소설 연구[4]와 세 번째 단계의 소설 연구[5] 등의 성과는 박경리
의 전쟁 경험과 가족관계의 변화를 고려한 점에서 의의가 있다. 또한
박경리 소설 전반에 걸쳐 파악되는 주제 또는 작가의식[6] 내지는 다른

---

3) 『토지』에 대한 선행 연구는 워낙 방대하기에, '사랑서사'의 통속적 전략과 비교하는
   측면에서 『토지』의 통속성을 고찰한 논문을 검토한다. 손용문, 「토지의 통속성 고
   찰」, 광운대학교 석사학위논문, 1998.
4) 조지혜, 「박경리 문학에 나타난 상호주관성 연구」, 서울대학교 대학원 문학석사 학
   위논문, 2017. 2; 이금란, 「가족 서사로 본 박경리 소설 연구 : 초기 단편을 중심으
   로」, 『현대소설연구』 19권 19호, 한국여성문학학회, 2003, 313-334면.
5) 장미영, 「박경리 1960-70년대 장편소설 연구 : 가족관계의 갈등과 화해를 중심으
   로」, 『여성문학연구』 26권 26호, 한국여성문학학회, 2009, 273-298면; 서재원, 「박
   경리 초기소설의 여성가장연구-전쟁미망인 담론을 중심으로」, 『한국문학이론과
   비평』제50집, 한국문학이론과 비평학회, 2011.03; 이상진, 「운명의 패러독스, 박경
   리 소설의 비극적 인간상」, 『현대소설연구』 56호, 한국현대소설학회, 2014, 373-
   408면; 오혜진, 「전근대와 근대의 교차적 여성상에 관해 : 박경리의 《김약국의 딸
   들》,《시장과 전장》,《토지》를 중심으로」, 『국제어문』 47권, 47호, 2009, 323-352면.
6) 김혜정, 「박경리의 여성성 연구」, 충북대학교 대학원 박사학위 논문, 1999; 김현숙,
   「박경리 작품에 나타난 죽음과 생명의 관계」, 『현대소설연구』 17권, 17호, 한국현대
   소설학회 2002, 309-329면; 조윤아, 「박경리의 '소설가 주인공 소설' 연구 - 〈내 마
   음은 호수〉,〈영원한 반려〉,〈겨울비〉를 중심으로」, 『비평문학』 29호, 한국비평문학
   회, 2008, 4415-440면; 김은경, 「박경리 문학에 나타난 지식인 여성상 고찰」, 『여성
   문학연구』 20권 20호, 한국여성문학학회, 2008, 20권 20호, 221255면; 고지혜, 「박
   경리 소설의 낭만적 특성 연구」, 고려대학원 대학원, 2009; 이금란, 「박경리 소설
   에 나타난 가족 이데올로기 연구」, 숭실대학교 대학원 박사학위논문, 2006; 서재원,
   「박경리 초기소설의 여성가장연구-전쟁미망인 담론을 중심으로」, 『한국문학이론
   과 비평』제50집, 한국문학이론과 비평학회, 2011.03; 유임하, 「박경리 초기소설에
   나타난 전쟁체험과 문학적 전환」, 『현대문학의 연구』 46호, 2012, 481-508면.

여성작가 작품과 비교 연구[7] 또한 진척을 거두었다.

반면에 최초의 장편소설인 "『애가』로부터 『표류도』, 『가을에 온 여인』 등으로 이어지는 일련의 연애소설로 구성되는" 두 번째 단계의 연구[8]가 가장 미진할 뿐만 아니라, 이 시기 장편소설에 대한 대부분의 평가는 대중소설 내지는 통속소설의 관점으로 소설 속 남녀 간의 사랑이야기에 주목하였다.

그런데 "박경리의 문학적 사유가 후기에 제출한 '생명 사상'이 상호주관성에 대한 그의 모색이 도달한 결론이라면, 그에 이르기까지 그리고 그것을 뒷받침하는 것으로 소통의 문제와 주체들 사이의 사랑이라는 최고 형태의 상호주관적 관계에 대한 탐구가 지속적으로 이루어졌다"[9]는 점을 숙고할 필요가 있다. 박경리 소설세계의 연속성을 밝히는 측면에서 그 어느 때보다 많은 작품을 발표한 두 번째 단계 전후 장편소설을 관통하는 '사랑서사' 연구는 박경리의 독창적 문학성뿐만 아니라, 독자를 향한 전후 소통의 가치를 발견하는 측면에서 그 의미를 결코 간과할 수 없다.

박경리 소설세계의 연속성을 밝히는 측면에서 그 어느 때보다 많은 작품을 발표한 두 번째 단계 전후 장편소설 연구는 박경리의 전후 소설에 내장된 사랑서사와 맞닿는 몸의 인지구도를 통하여 작가의 젠더

---

7) 이선미, 「한국전쟁과 여성가장 : '가족'과 '개인' 사이의 긴장과 균열 : 1950년대 박경리와 강신재 소설의 여성가장 형상을 중심으로」, 『여성문학연구』, 10호, 2003, 388-116면.

8) 이상진, 「탕녀의 운명과 저항 : 박경리의 『성녀와 마녀』에 나타난 성 담론 수정 양상 읽기」, 『여성문학연구』 17권, 17호, 한국여성문학학회, 2014, 289-324면. 2007.

9) 조지혜, 「박경리 문학에 나타난 상호주관성 연구」, 서울대학교 대학원 문학석사 학위논문, 2017. 2.

의식을 확인할 수 있을 뿐만 아니라, 독자를 향한 전후 소통의 차원에
서 몸의 은유를 환기한다.

　이러한 문제의식에서 출발한 이 논문은 신문이나 잡지에 연재하거
나 문예지에 발표된 장편소설의 '사랑서사'에 주목하여 박경리가 『토
지』를 창작할 수 있었던 저력과 박경리 전후소설의 성과를 조명하고
자 한다. 손용문[10]은 『토지』가 대중 예술로서 성공한 요인을 '도식성'
과 '자극성'에 기초한 통속성으로 분석하였다. 도식성은 통속 소설을
읽을 때 첫 장을 넘김과 동시에 마지막 장을 예견할 수 있는 것이라면,
'도식성'을 가진 통속 소설은 즉각적이고 직접적인 '자극성'이란 특질
을 동시에 갖는데 『토지』의 통속성은 '도식성'과 '자극성'을 통해 독자
들에게 재미를 느낄 수 있게끔 한다는 것이다.[11] 박경리 전후 장편소설
의 '사랑서사'에서 자주 발견되는 "클리쉐Cliche"[12]야말로 『토지』의 통
속적 전략과 닮아 있다.

　이러한 관점으로 필자는 박경리 전후 장편소설 『애가』, 『은하』, 『내
마음은 호수』, 『표류도』, 『성녀와 마녀』, 『그 형제의 여인』, 『가을에 온
여인』 등에 드러난 '사랑서사'의 인지구성에 따른 몸의 은유를 경험주
의 시각[13]으로 파악하고자 한다. 상대주의에 뿌리를 둔 경험주의 시각

---

10) 손용문, 「토지의 통속성 고찰」, 광운대학교 석사학위논문, 1998.
11) 바꾸어 생각하면, 박경리의 전후 장편소설에 나타난 '사랑서사'는 박경리의 『토
　　지』가 탄생할 수 있는 태반으로 볼 수 있다.
12) 대중문화나 영화에서 부각되는 클리쉐Cliche 효과는 박경리 전후 장편소설에서 통
　　속적 전략으로 이해된다. 조윤아, 「근대와 전근대 사이에서 방황하는 대학생들의
　　낭만적 고뇌」, 박경리, 『은하』, 작품해설, 마로니에북스, 2014, 275-276면 참조.
13) 은유가 인간 경험을 보여주고 어떤 경우에든 인간 경험을 구성한다는 사회적 구
　　분에 따라 개은유가 다를 것으로 예상하는 측면에서 필자는 개념적 은유로 전후
　　소설의 심층의미로 자리한 작가의 경험을 읽게 될 것이다. G, 레이코프 M. 존슨,

은 우리의 경험과 이해가 신체적 활동에서 비롯되고 그것들로 인하여 제약된다고 본다. 또한 몸의 은유는 '그릇', '힘', '균형', '경로', '중심-주변' 등과 같은 영상도식의 작용방식을 통한 세계의 다양성을 박경리가 바라 본 사랑의 역사로 이해할 수 있게끔 도움을 준다.[14]

특히 레이코프와 존슨의 개념적 은유는 "예측이 아닌 동기 부여를 지니고 있다"[15]는 점에서 박경리 전후소설의 방법론으로 장점이 있다. 개념적 은유[16]로 접근하면 박경리의 전후 장편소설은 전후 훼손된 인간성 복원이라는 목표영역에 도달하기 위하여 '사랑서사'라는 근원영역을 끌어들여 전후 문화와 연관된 신체적 경험을 다각적으로 사상(Mapping)하는 '삶으로서의 은유'[17]와 환유의 상호작용에 다름이 아

노양진 나익주 역, 『삶으로서의 은유』, 박이정, 2006; 졸탄 커베체쉬, 『은유』, 한국문학사, 2003참조..

14) 크리스테바에 사랑의 역사에 따르면 박경리 전후소설의 사랑서사와 맞닿는 몸의 은유는 나르시시즘을 낳는 나르시스의 자기애로부터 타자성의 애증관계를 재현하는 심층에서 인간성 복원의 가치를 환기하는 효과로 볼 수 있다. G, 레이코프 M. 존슨, 위의 책, 21-27, 392면 참조; M 존슨, 노양진 역, 『마음 속의 몸: 의미, 상상력, 이성의 신체적 근거』, 철학과현실사, 2000 참조; 쥘리아 크리스테바, 김인환 역, 『사랑의 역사』, 민음사, 2008 참조.

15) 우리는 모든 언어에서 정확히 똑 같은 은유를 기대할 수 없지만 기대할 수 없지만, 보편적인 인간체험을 부정하는 은유 역시 기대할 수 없다. 졸탄 커베체쉬, 이정화 외 공역, 『은유』, 한국문학사, 2003, 135면 참조.

16) 레이코프와 존슨의 은유 이론은 오늘날 인지언어학이라는 은유의 새 지평을 연 성과가 크다. 특히 레이코프는 일반적인 사건과 행위에 은유를 살펴보고, 그것들이 근원영역인 움직임과 힘에 의해 구조화된다는 것을 발견하였다. 이러한 과정은 근원영역으로 작용하는 '사랑서사'를 통하여 작가의 전후 현실의식을 구조화하는데 도움이 된다. 졸탄 커베체쉬, 위의 책, 40면 참조.

17) 수많은 은유 이론에서 특별하게 레이코프와 존슨의 개념적 은유로 접근한 까닭은 그의 이론이 작중인물들이 경험하는 일반적인 사건과 행위에 편재된 은유를 환유의 구조과정으로 파악하는 데 도움이 되기 때문이다. G, 레이코프 M. 존슨, 노양진 나익주 역, 앞의 책 참조..

니다. 그러므로 이 논문은 전후 인간성 복원에 도달하기 위한 '사랑서
사'와 연동된 몸의 인지구도로 전후 문화와 연동된 젠더의 허무의식,
사회의식, 실존의식 등으로 몸의 은유를 조명할 것이다.

2. 전후 시간적 구도와 허무의식

구조적 은유는 우리 경험 내부의 체계적인 상관관계에 그 근거를
둔다.[18] "인생은 여행이다"와 상응하는 "사랑은 여행이다"의 시간 구
조의 인지구성은 여행의 출발과 도착 그리고 여정의 경로를 함축한
다. 이처럼 '사랑서사'의 신체적 경험에 따른 구조적 은유는 여행의 경
로와 상관된 처음, 중간, 끝의 시간성으로 플롯을 반영할 뿐만 아니라
여정과 맞물리는 교통수단의 속도를 통하여 허무의식을 내포한다.

'사랑서사'의 시간성에 따른 몸의 은유는 여행의 경로와 상관된 속
도의 관성으로 환기된다. 교통수단인 자동차나 기차 역 공항 등에서
환기되는 속도의 관성은 여정의 시간성을 허구세계의 관심과 흥미로
증폭시키는 거리에서 독자로 하여금 현실을 직시하게끔 하는 효과를
낳는다. 허구세계에 몰입하는 거리를 통하여 독자는 작가의 전후 역
사의식과 맞닿게 된다.

먼저, "사랑은 여행이다"의 시간성의 구조에 따른 교통수단의 신체
적 경험으로 속도의 관성이 살펴진다. 구조적 은유로서 시간성에는
전후 허무의식이 내포되어 있다. 이 점에서 '사랑서사'에 내포된 허무

---

18) G, 레이코프 M. 존슨, 위의 책, 21-37면.

의식은 전쟁의 공포와 아픔을 사랑의 슬픔으로 전달하는 효과가 있다. 전후 신체적인 모든 사랑의 경험에는 전쟁의 어둡고 허무한 그림자가 반영된 것이다.

『애가』에서 민호가 버스를 타고 서울에서 바닷가 마을로 이동하는 시간 구조는 설희와의 만남과 결혼을 거쳐 다시 진수를 향한 사랑의 시간적 관성이 허무의식으로 작용한다.『은하』에서도 낭만적 사랑과 속물적 사랑이 대비되는 시간적 관성에서 허무의식이 작용한다. 이는 기차나 자동차 등의 교통수단에 따른 남녀 간의 다른 사랑의 속도뿐만 아니라 만남과 이별, 삶과 죽음의 각기 여정의 속도를 함축한다.

인희를 향한 진호의 낭만적 사랑은 인희가 고향으로 떠날 기차역을 향한 택시의 속도감으로 절박하게 전달된다. 기차를 타고 가는 인희를 붙잡으려고 진호가 기차역으로 달려간다. 택시를 타고 기차역으로 가면서 "빨리 좀 갈 수 없소?"라고 운전수에게 속도를 재촉한다. 택시에서 내려 기차를 붙잡으려고 하지만 기차가 떠나는 순간 독자의 긴장은 고조된다. "기차에서 몸을 내밀고 손을 흔드는 여자"를 발견한 진호가 떠나는 기차를 따라 달려갈 때 독자는 안타까움과 슬픔을 경험할 지도 모른다."[19] 낭만적 사랑을 독자의 공감으로 확장시키는 거리에서 독자의 감정이 정화되는 효과를 기대할 수 있다.

이와 대비된 속물적 시간성은 인희와 성태가 결혼 후 서울로 여행을 떠나는 기차 안의 속도로 인지된다. 인희의 아버지를 자신의 재력

---

19) 조윤아는 이 장면을 클리쉐Cliche로 설명한다. 그리고 남녀의 삼각관계는 물론이고 우연하게 일어나는 교통사고 등과 같은 익숙한 장치들이 곳곳에 포진해 있는 점에서『은하』를 클리쉐가 많이 들어있는 대중소설로 본다. 조윤아, 앞의 글, 275-277면 참조.

과 권력으로 압박하여 인희와 결혼 한 성태는 인희를 단지 성적 욕망의 대상 내지는 소유물로 바라본다. 강진호가 보여준 낭만성과 다른 속물성이 읽혀지는 이유다.

한편 인희의 계모와 인희 남편 성태가 택시를 타고 불륜의 현장인 산사로 가는 자동차 안의 속도에서는 섹슈얼리티에 탐닉한 속물적 욕망이 전달된다. "자동차는 쾌속으로 달라기 시작하였다. 길변의 가로수가 휙휙 달아난다." 성태와 계모의 욕망이 자동차의 빠른 속도와 진동으로 폭로된 것이다. "시식덕거리는 것이 하도 아니꼬웠는지 운전수는 개나리 봇짐을 지고 가는 사람이 앞에 어른거리자 팡팡하고 클랙슨을 누른다."(164면) 운전수가 클랙슨을 팡팡 누르고 달리는 자동차의 속도에서는 속물적 욕망에 분노하는 작가의식을 엿볼 수 있다.

한편, 『성녀와 마녀』에서 '사랑서사'의 시간성은 파티가 끝나고 형숙과 하란이 각각 타고 가는 자동차 장면의 차이로 각기 다른 사랑의 운명을 환기한다. 안박사가 수영에게 형숙과의 결혼을 만류하면서 자신의 출생 비밀을 이야기하는 것을 듣고 형숙은 기절하였다 깨어난다. 수영의 권유를 뿌리친 채 자동차를 홀로 타고 간 형숙의 시간성은 수영과의 결혼이 이루어지지 못한 동기로 작용할 뿐만 아니라, 수영을 대신하여 총을 맞고 홀로 죽게 되는 운명의 관성으로 작용한다.

이와 달리, 『표류도』에서 자동차 안에서 속도감은 사랑하는 상현을 바라보는 현회의 내면의식으로 인지된다. "사랑하지만 적당한 거리를 두고 다만 사랑하는 분위기만을 마시며 자동차의 속도에 흔들리고 있는"(47면) 현회의 절제된 감정은 흔들리면서 사랑의 신뢰감을 확보하는 시간성으로 작용한다. "조금도 흐트러지지 않는 그의 태도"를 바라보는 현회의 의식은 "하얗게 눈에 뒤덮인 넓은 가로"를 스치는 자동차의 속도감으로 환기된다. '남편'이라는 이름으로 일상을 함께 하며 위로받을 수 없는 아쉬움에도 불구하고, "인간에 대한 신뢰감"으로 상현을 바라본 현회의 의식이 반영된 것이다.

이렇듯 사랑하는 남성을 믿음으로 바라보는 현회의 시간성은 『은하』에서 남성들의 속도감과는 다른 젠더의 차이를 함축한다. 『은하』의 서사 후반에서 성태가 인희를 자동차에 억지로 태워 집으로 가는 중에 운전사에게 속도를 재촉하는 시간성은 인희의 분노를 고조시키는 남성의 폭력으로 작용한다. 자동차 안에서 성태는 속도를 재촉하고 속도가 빨라지는 만큼 인희의 증오는 고조된다. "인희는 죽을 수밖에 없다고 생각했다. 차라리 이 사나이를 따라가느니보다 혀를 깨물고 죽어버리는 편이 나을 것 같았다."(259면) 전근대적인 결혼에 대한 작가의 비판의식이 인희의 분노로 표출된 것이다.

『은하』마지막에서 "운전수! 빨리 병원으로!" 강진호는 인희를 안고 언덕을 기어 올라간다.(260면) 군용트럭에 탄 사람들이 내려서 운전수와 성태를 트럭에 운반하는 동안에도 진호는 운전수를 재촉하면서 인희를 구하고자 한다. 인희에게 가해진 성태의 폭력성은 성태의 죽음으로 파국을 보여준다. 같은 차를 탔지만 인희에게 폭력을 휘두른 성태는 죽고 인희는 강진호의 도움으로 살게 된다. 이는 전근대적 정략결혼에 대한 비판의식을 강조하는 효과가 있다.

또한 진호가 병원에서 "또 그 소리, 때려줄까?"하면서 "인희의 뺨을 소리 나게 때리고는 스스로 놀라며 무안한 듯 픽 웃는"(265면) 시간성에는 성태가 인희의 뺨을 때린 폭력성과 구별되는 자기반성의 태도가 부각된다. 인희에게 정신 차리라는 의미에서 뺨을 때린 후, "스스로 놀라며 무안한 듯 픽 웃는" 진호는 순간적으로 휘두른 자신의 폭력에 대하여 주체적인 반성을 보여준 것이다.

이렇듯 남성의 폭력성과 관계 깊은 자동차의 속도감은 남성의 자기반성 여부에 따라 욕망의 차이를 낭만과 속물로 달리 드러낼 뿐만 아니라 그것을 수용하는 여성의 태도에 따라 각기 다른 운명의 결과를 맞이하게 된다. 서사의 끝에서 성태가 죽음으로 파국을 맞이한 것과는 달리, 진호는 인희로 하여금 사랑의 여정을 새롭게 시작할 시간성을 밤하늘 어둠을 밝히는 우주의 시간성으로 보게끔 한다. 자기반성과 상호존중의 태도로 성숙한 사랑에 이르는 시간성을 보게 되는 이유다.

『내 마음의 호수』에서는 교통사고의 시간성이 부각된다. 처음과 끝에 배치된 자동차의 속도감은 '사랑은 여행이다'는 구조적 은유에 따른 관성을 보여준 것이다. 소설의 처음에서 부각된 교통사고는 소설가 혜련이 권태로운 일상을 새로운 갈등으로 추동하는 동기로 작용한다. 소설 마지막 장면에서 자동차의 속도감은 혜련과 영설 그리고 명희의 사랑이 정리되고 진수와 병림의 새로운 사랑의 출발을 예고한다.

시누이 문명회와 올케 유혜련이 탄 자동차에 영설이 뛰어든 사고가 일어나기 직전 차 안에서 혜련은 "왜 문학을 하는가"라는 명희의 질문에 "권태" 때문이라고 말한다. 그리고 일어난 교통사고는 소설가의 권태를 깨뜨리는 갈등의 동기로 작용한다. 소설의 끝 장면에서는 자동차가 속력을 내어 달리는 장면으로 사랑의 새로운 미래를 암시한다. "자동차는 속력을 내어 달린다. 가로수와 산이 마구 달아난다. "일단은 해결이 되었군." 혼잣말처럼 준이 중얼거렸다."(625면) 마치 자동차 사고가 난 일을 해결한 것처럼 준은 진수와 병림을 태우고 자동차의 속력을 내면서 혼잣말처럼 중얼거린 것이다. 그것은 차 안에 같이 탄 진수와 병림의 새로운 사랑의 앞날을 "가로수와 산이 마구 달아"나는 자동차의 속력으로 예기하는 효과가 있다. 그들의 사랑 앞에는 영설과 혜련의 사랑도, 병림을 향한 명희의 사랑도 더 이상 부담이나 위험이 될 수 없다는 것을 "가로수와 산이 마구 달아"나는 자동차 속도감으로 보여준 것이다.

"명희는 진수에게 잠시 눈을 주었다. 그러나 아무 말없이 돌아섰다가 트랩을 밟는다. 비행기 안으로 들어가기 전에 명희는 돌아보며 손을 들었다."(264면) 공항의 이별로 병림을 향한 명희의 사랑이 아쉬움을 뒤로하고 일단락된다. 작품의 마지막 장면은 자동차 사고 같은 영설과 혜련의 사랑이 혜련의 죽음으로 정리된 지점에서 그들의 딸 진수와 병림의 사랑을 예고한 것이다. 또한, 공항의 이별 장면은 『애가』, 『두 형제의 여인들』 등에서와 같이 슬픈 사랑의 운명을 암시한다.

『가을에 온 여인』에서는 자동차 속도감이 위태로운 신체적 경험으로 부각된다. 바다 낭떠러지 아슬아슬한 길과 공중을 나는 듯한 자동차의 속도감은 오부인의 죽음을 암시한다. "어때요? 핸들만 한번 돌리면?" 성표에게 건네는 그녀의 말은 자동차가 바다로 떨어지는 공포만큼이나 위태로운 사랑의 운명을 암시한다. "고기밥이 되겠죠."라는 성표의 무심한 반응에 오부인은 "무섭지 않으세요?"(237면)라고 묻는다. 이 장면은 서사의 마지막에서 강사장을 죽이고 난 후 오부인이 성표와 운전수 앞에서 권총으로 자살한 비극의 복선으로 기능한다.

오부인은 강사장을 총으로 쏴 죽이고 자신을 배반한 성표에게 누명을 뒤집어씌우려 계획하였지만, 그것이 수포로 돌아간 사실을 고백하고 자신의 미간에다 권총을 쏘고 자살한다. "살인범 신성표! 연극의 차질"은 오부인의 '두뇌의 실수' 즉 이성적 판단의 잘못이 아니고 '심장의 잘못'(516면)이다. 끝까지 성표를 죽일 수 없었던 운명에는 오부인의 사랑이 작용한 것이다.

한편, 상현이 미국으로 떠난 후 상현과의 만남을 꿈꾸는 현회의 의식 속 공항의 시간성은 『애가』, 『두 형제의 여인들』의 이별이나 『내 마음의 호수』에서 미래를 예고하는 장면과는 다른 사랑의 환상을 보여준다. 이렇듯 각기 다른 이별을 환기한 '사랑서사'의 시간성과 맞닿는 몸의 은유는 전후 역사의식을 슬픈 사랑의 허무의식으로 환기하는 심층에서 황무지 같은 전후 현실의 부정성을 강조하게 된다.

3. 전후 공간적 구도와 사회의식

공간 지향적 은유는 상호 간의 체계 즉 위-아래, 안-밖, 앞-뒤, 접촉-분리, 깊음-얕음, 중심-주변의 공적 지향을 중심으로 전체 체계를 조직하는 것이다.[20] 공간 지향성은 전후 사회의식에 뿌리를 둔 작중인물들의 신체적 경험으로 축적되는 관계와 갈등을 "위와 아래, 안과 밖, 앞과 뒤, 접촉과 분리, 깊음과 얕음, 중심과 주변"등의 대립적 관계로 환기한다. 이를 재현하는 극장이나 영화 스크린뿐만 아니라 호텔, 백화점, 다방, 가정 등의 공간적 지향은 작중인물의 경험으로 축적되는 관계와 갈등의 방향성을 환기한다.

이에 따르면 박경리 공간적 관성이란 '사랑서사'의 후경으로 배치된 작가의 실제 경험과 허구세계와의 다른 차이 즉 현실과 상상이 상

---

20) G, 레이코프 M. 존슨, 노양진 나익주 역, 앞의 책, 37-57면 참조.

호작용하는 신체적 경험으로 작가의 사회의식을 내포한다. 작중인물의 관계와 갈등을 함축하는 공간적 관성은 작중인물의 신체적 경험의 일정한 방향성으로 작가의 사회의식을 보여준다. 전후 부조리한 삶을 고발하는 작가의식을 천착할 수 있는 이유다.

먼저, 『애가』 텍스트에서 부각된 공간성의 인지경로는 현실 공간인 서울과 바닷가 마을로 대비된다. 이는 실제 공간성의 의미뿐만 아니라 삶과 죽음, 만남과 이별을 상징하는 공간 지향적 의미로 작가의 현실인식의 방향성을 보여준다. 작중인물의 슬픈 사랑이 영화 〈길〉의 장면으로 이동되는 공간 지향성을 통하여 독자는 전후 부조리한 현실을 비판하는 작가의식과 맞닿게 된다.

영화 〈길〉에서 환기되는 여주인공의 죽음은 설희의 슬픈 사랑을 반영한다. '접촉-분리'의 방향성은 만남과 헤어짐의 대비적 공간성을 보여준다. 진수와 동거했던 미군 장교가 떠난 공간에서 진수는 민호와 사랑에 빠지게 되고 진수를 오해하는 지점에서 민호는 설희와 결혼한다. 민호가 다시 진수와 사랑하게 되는 지점에서 설희는 죽음으로 민호와 이별한다.

이와 같이 『애가』에서 공간성은 작중인물의 만남과 이별을 각기 다른 '길'의 방향성 즉 '접촉-분리'의 차이로 환기한다. 진수는 병원에서 의사인 민호를 만났고 민호는 바닷가 마을에 위치한 설희 오빠의 병원에서 설희를 만난다. 민호가 설희를 만나서 결혼을 결심하게 된 장면은 영화 〈길〉의 장면과 오버랩된다. 빨래를 너는 설희 모습에는 이탈리아 영화 〈길〉의 전후 공간성이 투영된다. 비극적 사랑을 연상케 하는 전후공간의 방향성이 작중 인물의 경험으로 환기된 것이다. 그리고 오형박사와 민호가 보는 영화 〈길〉에서 여주인공이 부르는 슬픈

노래가 영화 속 여주인공이 빨래를 널며 부르는 공간의 슬픈 노래로
재현된다.

　"설희는 참말, 상화의 말대로 그의 시 구절 구절에 살아 있었다. 입
김이라도 느껴질 지경으로 생생하게 살아 있다. 목소리, 머리카락, 눈
동자 같은 것도……"(288면) 작품 제목이기도 한 윤상화의 시집 〈애
가〉는 "연인이 살았을 때에는 발설되지 못했던 윤상화의 사랑"[21]을 담
고 있다. 〈애가〉를 통하여 설희는 민호의 기억 속에 다시 살아난다. 영
화 〈길〉의 슬픈 노래로 환기된 전후사회의 공간적 관성이 〈애가〉의
의미로 작용하는 것이다. 같은 맥락에서 독자는 전쟁의 슬픔과 아픔
을 위로하고 치유하고자 하였던 작가의식을 엿볼 수 있다.

　『은하』에서 '사랑서사'의 공간 지향적 관성은 영화 〈무분별〉의 장면
을 통하여 환기된다. 영화 〈무분별〉의 공간 지향성은 비오는 날 인희
와 진호의 만남으로 '사랑서사'의 방향성을 환기한다. 인애는 "영화는
〈무분별〉이란 제목으로 인희가 좋아하는 잉그리드 버그만이 나오는
가벼운 오락물"이지만 인희는 지루한 마음으로 영화 감상을 하다가
도중에 몇 번이나 눈을 감고 끝까지 영화를 보지 않는다.(94면) 인희
가 끝까지 보지 않은 영화 〈무분별〉의 공간 지향성은 인희의 불행한
결혼을 예고하는 관성으로 작용한다.

　진호가 인희에게 우산을 받쳐주는 만남에서는 인희가 고난과 시련
을 피할 수 있는 사랑의 대상으로 진호의 역할이 예고된다. 인희는 자
신이 겪는 첫사랑의 상처 때문에 진호의 존재를 미처 생각하지 못한

---

21) 최유찬, 「죽음을 넘는 사랑의 노래」, 박경리 『애가』, 작품해설, 마로니에북스,
　　2013, 301면.

다. "자기 바로 옆에 한 남성이 우산을 받쳐주며 같이 걷고 있"는 진호와의 첫 만남에서 진호를 사랑의 동반자보다는 자신의 첫사랑의 친구로만 생각한 것이다. 이러한 인희의 무분별함이 영화 제목으로 예고된 것이다. 인희가 자신의 주체적인 판단보다 아버지의 부탁을 무분별하게 수용하는 입장에서 불행한 결혼의 방향성이 결정되기 때문이다. 〈무분별〉을 끝까지 보지 못한 공간 지향성의 의미는 인희가 진호와의 사랑을 깨닫기까지 갈등과 불행의 경험에 다름이 아니다.

『내 마음은 호수』에서는 〈애인 줄리에트〉라는 영화 스크린의 공간 지향성을 통하여 예술과 인생 그리고 사랑을 각기 다른 각도에서 바라보는 작중인물들의 시각으로 전후 사회의식을 함축하는 효과가 있다. 영화를 보고 난 후 펼쳐 보인 혜련과 명희 그리고 준의 시각의 차이는 '중심-주변'과 상응하는 사회의식의 전체 체계로서 갈등의 방향성을 환기한다.

"준은 언니 소설을 지금도 좋아해?"라며 명희는 준에게 묻는다. "글쎄, 전에 좋아했지, 그렇지만 유혜련 씨는 싫다. 존경할 수는 있어도 사랑을 받을 여성은 아닌 것 같애."(87면) 준은 혜련의 소설에 대한 느낌의 변화와 동시에 소설가와 여성으로서 혜련의 정체성을 대비시킨다. "난 언니 소설이 싫어. 좀 색다르지만 이내 염증을 느끼거든, 소설이란 위안을 주고 피로를 풀게 해야지." 명희는 올케인 혜련의 소설이 직접적으로 독자에게 위안을 주거나 오락의 기능을 하지 못한 데 대한 불만을 토로한다.

"옛날 같음 명희 말에 항의하겠다만, 문학이 어디 오락물이냐구, 이젠 시시하고 열도 식었다."(87면)는 반응에는 전쟁을 겪고 난 후 문학에 대한 열정마저 사라진 사회의식이 드러난다. 여기에는 혜련의 소설의 '우울'과 '피로'를 영화의 환상적 '흥미'와 '재미'로 비교하는 신체적 경험과, 어떠한 문학도 창작할 수 없을 만큼 피폐해진 인간성 훼손의 차이의 각기 다른 사회의식이 읽혀진다.

영화 〈애인 줄리에트〉의 정보체계는 "〈푸른 수염〉이라는 전설"을 영화화한 "환상적인 불란서 영화"로 전달된다. "언니, 영화 좋죠? 아주 환상적이고 장면이 모두 시 같아요."(88면) 명희는 영화의 예술성을 시적 문학성으로 높이 평가한다. "아무리 인생을 각색해봐도 그것이 그것이지 뭐니? 태어나고 사랑하고 죽고, 이질적이란 그다지 의의 있는 것이라곤 생각 안 해." 여기에서는 영화나 문학을 인생의 보편성으로 보는 방향성이 강조된다.

"인생은 네 말대로 보편적인 것인지 몰라도 개개인 모두 이질적인 존재야." 예술의 보편성과는 다른 각도에서 준은 예술의 다양성을 강조한다. "다만 개성이 너무 강하면 또 그것이 작품에 반영되었을 때 반역적일 수도 있고, 몽상적일 수도 있고, 예언적일 수도 있지."(87면) 준은 인간 개개인의 이질적 존재성이 반영된 경로뿐만 아니라 그것을 수용하는 시대적 특수성을 반영하여 보편적 예술성에 대한 반론을 피력한 것이다. 이렇듯 창작자의 개성과 그것을 수용하는 입장의 상대적 상호작용으로 예술의 다양성을 바라보는 입장에는 다층적 공간 지향성이 강조된다.

준은 혜련의 문학성을 예술의 다양성으로 들여다보더라도 "결코 그렇게 높이 평가할 수는 없"다고 평가한다. "그분의 문학은 자신의 일기 같은 가치밖에 없는지도 모르지."(87면) 다음 세대에 재고의 가치가 없는 개인의 일기 수준으로 혜련의 소설을 폄훼한 것이다. 여기에는 사적 경험의 공간성보다 공적 경험의 공간성을 지향하는 문학관이

강조된다. 명희가 환상적 블란서 영화의 보편적 감동과 비교하는 점
에서 혜련의 소설세계의 '피로'와 '우울'을 평가 절하한다. 이에 비하
여, 준은 혜련의 사적 경험의 공간 지향성을 예술의 다양성의 요소로
보긴 하지만 다음 세대에 재인식되는 공적인 소통의 가능성은 부인한
것이다.

현실과 예술성의 상관관계는 〈애인 줄리에트〉 영화에 대한 공간지
향성으로 전달된다. 준은 블란서 영화와 미국 영화의 상호 간의 체계
로 '깊음-얕음'의 예술성의 방향성을 보여준다. 전후 문화와 연관된
영화의 전체 체계를 장사속이 '드러나지 않음-드러남'의 가치 지향성
을 평가하는 경로가 작중 인물 시각에 반영된 것이다. 뒤이어 세 사람
은 망각과 행복의 상관성에 대하여 이야기를 나눈다.

세 사람이 행복과 망각을 바라보는 경로는 각기 다른 공간 지향성
을 보여준다. 망각과 행복의 상호 간의 체계를 '안-밖' 또는 '앞-뒤'로
바라보는 공간 전체의 방향성은 전쟁 트라우마의 의미로 읽혀질 수
있다. 혜련이 망각을 보는 관점에는 과거의 아픈 기억이 현실을 지배
하기에 행복할 수 없는 현실 인식의 공간적 방향성이 암시된다. 혜련
이 인지하는 현실에는 행복이라는 안과 뒤의 공간 지향성이 확장되기
에 피로하고 우울한 것이다. 혜련이 현실의 행복을 위하여 억지로 과
거의 기억을 지울 수 없다는 망각의 방향성에는 전쟁 트라우마가 자
리한 전후 부조리한 사회의식이 읽혀진다.

한편 명희는 단순한 망각과 행복의 상호 작용으로 낙관적 세계인식
을 보여준다. 명희는 자신의 행복을 위한다면 과거의 기억에서 완전
히 자유로울 수 있는 공간성 지향성을 망각이 '있다-없다'와 체계에서
망각이 '있다'의 공간 지향성으로 낙관적 현실의식을 보여준 것이다.

이들의 대화를 듣고 "약간 미간이 흐려지는 듯했으나 그것은 순간적인 것"에서 드러나듯이 준의 반응은 그리 단순하지 않다. 혜련과 명희가 나눈 대화에 비판의식을 갖지만 그것을 내놓고 드러내지 않는 표정에서는 상대성을 배려한 공간 지향성이 살펴진다.

이런 준에게 혜련이 "강 선생은 지금도 글을 쓰세요?"라고 묻는다. 준은 "먼 옛날에 집어치웠습니다. 재주도 없거니와 동란 속에서 목숨을 부지하는 일만으로도 저에겐 벅찼으니까요."(89면)라고 자조 섞인 목소리로 대답한다. 전쟁 속에 준이 포기한 글쓰기의 의미는 동족상잔의 고통으로 인간성이 훼손된 공간성으로 확장된다. 망각과 행복의 상호관련성마저 부정하는 인간성 훼손의 의미는 망각할 수 없기에 글쓰기도 할 수 없는 전후 부조리한 사회의식의 공간 지향성이 환기된다.

"체험이 다 나중에 작품에 재료가 되겠지." 명희의 위로 같은 조언을 준은 부정한다. "재료? 천만에. 문학 하는 것보다 생활하는 게 더 중요하다고 느꼈으니까, 이제는 문학 애호가는 될 수 있어도 문학가라는 데 매력을 안 느껴." 문학 창작에 대한 허무감에 혜련 또한 동의한다. "그렇습니다. 문학보담 인생이 더 중요합니다."(89면)라고 말하는 혜련에게 "그럼 언닌 왜 문학을 하세요?"라고 명희가 묻는다. "약하디약한 웃음"으로 "저는 인생을 잃었기 때문에."라고 혜련은 허무의식을 드러낸다. "잃은 게 아니고 발견을 못했겠죠." 명희는 올케인 혜련이 인생을 잃었다는 대꾸를 "오빠 명구와의 애정을 부정하는 것"(90면)으로 인식한 것이다.

이렇듯 영화를 본 후 세 사람이 나누며 영화를 보고 소설을 창작하는 예술관과 맞닿는 망각과 행복의 신체적 경험의 각기 다른 가치 지향성을 통하여 작가는 전후 부조리한 사회의식을 환기한 것이다. 〈애인 줄리에트〉라는 영화를 본 작중인물들의 각기 다른 사회의식을 통하여 한 인간으로서 소설가로서 여성으로서 박경리의 실천적 삶의 방향성을 다각적으로 탐색할 수 있다.

다음으로 살펴지는 '사랑서사'의 공간적 관성은 집, 백화점, 호텔 등과 대응한 비판적 사회의식을 내포한다. 『은하』에서 배치된 호텔과 백화점 등의 공간 지향성에서는 전후 자본주의 물화된 경험이 우연성으로 환기된다. 인애는 성태와 결혼 후 서울에서 호텔에 머무는 동안에 성태와 같이 미도파 백화점에 가서 여러 가지 물건을 사다가 진호의 약혼녀 성자를 우연히 만난 적이 있다. 인애는 미도파에서 성자와의 불쾌했던 기억이 떠올라 미도파가 아닌 신신백화점에 들어갔다 나오는 길에 우연히 진호를 만나게 된다.

"강진호는 얼른 인희를 알아보지 못했다. 인희는 백화점 쇼윈도 옆으로 몸을 사리며 외면을 했다. 그러나 강진호는 친구들과 같이 웃다가 쇼윈도에 비친 인희의 얼굴을 보았다."(206면) 진호의 약혼녀를 우연히 만났던 미도파 백화점을 피하여 들어간 신신백화점에서 우연하게 진호와 만나게 된 것이다. 우연한 만남을 반복하여 보여주는 공간의 방향성에는 전후 물화된 가치 지향성과 맞물린 부조리한 사회의식을 엿볼 수 있다.

『성녀와 마녀』에서는 대비적 여성이미지를 통한 가족의 질서에 따른 공간적 지향성의 가치가 환기한다. 성녀와 마녀의 캐릭터를 배치한 대립적 공간성은 인물 상호 간의 체계 즉 '위-아래' 또는 '안-밖'의 관계와 갈등을 중심으로 가정이라는 전체 조직의 의미를 구체화한다. 소설이 시작되는 부분에는 장충단 공원의 개나리가 지기 시작한 늦봄의 일요일 정오 저명한 외과의 안박사 자택의 공간성이 배치된다.

안박사의 딸 수미의 스물 두 번째 파티를 준비하는 안박사 자택에서 가정부 신여사는 안주인의 역할을 한다. "안박사의 부인이 육이오사변으로 돌아간 후 가정부로 와 있는" 신여사의 지휘아래 하인들은 분주하게 움직인다. "오래 묵혔던 홀의 페치카에는 불을 지펴 실내의 온기를 조절하고 식당에는 풀기가 빳빳한 식탁보, 냅킨을, 분홍빛 카네이션을 꽂은 유리병도 군데군데 배치하는 것을 잊지 않았고 신여사의 온화한 취미를 살려 젊은이들에게 알맞은 분위기를 마련하고서 손님들이 오기를 기다리고 있는" 분위기에서 물화된 가치를 추구하는 신여사의 주도면밀한 성격과 안박사 자택에서 신여사의 위치가 확인된다. 또한 "수미의 약혼자 허세준을 비롯한 여러 친구들을 초대했고 음악대학의 강사이며 젊은 작곡가인, 수미의 오빠 수영의 친구들이 오게 되어 있었다."(7-8면) 파티에 초대된 작중인물의 소개에도 신여사의 관점이 포착된다. 수미의 생일 파티를 준비하는 질서정연한 분위기는 작품 마지막에서 가정의 형식적 질서를 부각시키는 공간적 관성으로 작용한다.

"수영은 형숙의 영상을 안고 하란은 허세준의 추억을 간직한 채" 가정이란 질서 속에 마주 해야 하는 차가운 공간 지향성이 파티를 준비하는 첫 장면과 대비적인 식당 분위기로 전달된다. 가정이란 질서가 사랑의 상처를 각자 간직한 가정이란 질서가 '조용히'라는 차가운 분위기로 함축된 것이다. "상반된 인간과 인간이 모인 가정이란 질서"를 보여주는 하란의 시각은 작품 첫 장면에서 포착되었던 신여사의 주도면밀함이 작용하였던 식탁과 공통된 '질서 속에서' 물화된 가치를 지향하는 공간성을 내포한다.

소설의 끝 부분에서 부부가 아픈 과거를 각자 간직한 채 식당에서 조용히 대면하는 가정의 공간 지향성은 냉철하고 차분한 성녀의 캐릭터로 마녀의 열정과 대비되는 신체적 경험을 함축한 것이다. 똑 같은 집 안 대조적인 식탁의 분위기 속에서도 '질서'라는 공통된 공간적 지향성이 작용한다. 앞서 생일파티를 설레는 흥분으로 기대하는 분위기에 비하여 작품의 마지막 장면에서는 각자의 상처를 안은 채 "가정이란 질서 속에서" 조용히 대면해야 하는 가정의 의미를 하란의 시각으로 보여주는 것이다. 그것은 남편 수영을 "'돌아왔다. 허울만이 돌아왔다.'"(275면)고 바라보는 하란의 관점에는 물화된 인간성이 반영된 것이다. 그리고 하란과 수영이 가정의 질서와 조용히 대면할 수밖에 없는 결정적 동기는 그들의 결혼을 적극 주선하였던 안박사의 행동 뒤에 하란을 성녀로 바라본 신여사의 관점이 작용한다.

한편, 성녀 캐릭터로 묘사되는 하란의 공간 지향성은 하란이 결혼 전 입원하였던 병실의 하얀 색 차가움의 이미지로 부각되는 데 비하여 마녀 캐릭터로 묘사되는 형숙의 공간 지향성은 '요부의 피'와 같은 빨간 색 뜨거움의 이미지로 부각된다. 하란이 지켜낸 가정의 질서는 각자 추억을 조용한 침묵으로 간직해야하는 백색의 차가움의 이미지로 몸의 의미를 환기하게 된다. 이에 비하여 수영을 대신하여 총을 맞아 붉은 피를 콸콸 흘리며 수영이 지켜보는 가운데 죽어간 형숙은 순수한 사랑의 정열을 붉은 색 이미지로 몸의 의미를 환기한다. 형숙이 총에 맞아 죽게 되는 장면에서 부각되는 붉은 색 피의 이미지는 『가을에 온 여인』의 마지막 장면에서도 부각된다.

『가을에 온 여인』에서 첫 장면은 신성표가 간밤에 꾼 꿈을 회상하는 장면으로 시작된다. 신성표가 회상하는 나쁜 꿈자리는 "벌판에 우거진 수풀이 물속에서 썩은 것처럼 온통 거무칙칙한 수박색"의 이미지다. "불쾌한 꿈의 뒷맛을 씹는데 어젯밤의 여자가 연상"된 것으로 푸른 별장의 오부인과의 비극적 만남이 예고된다. 또한 푸른 별장의 화려한 삶이 오페라 무대의 화려함과 조응된다면 앞으로 성표가 살아가야할 현실은 오페라 무대 뒤의 분장실과 재즈곡이 거슬리는 다방의 저속함과 조응된다. 배신과 복수, 위험과 자학 등을 화려함으로 숨겨 보여주는 오페라 무대 같은 푸른 별장의 그로테스크한 공간성과 상반된 저속한 현실의 삶은 다방의 "따끈한 커피 맛"의 공간 지향성을 보여주게 된다.

한편 『그 형제의 여인』에서는 일상적 공간 지향성으로 '사랑서사'의 경험을 보여준다. 두 형제가 겪게 되는 사랑의 갈등이 일상적 공간성의 갈등으로 강조된 것이다. 형 인성이 근무하는 병원의 공간적 지향성은 의사로서 인성이 성실하게 근무하는 일상 속에서 특별한 사랑을 경험하는 의미로 전달된다. 병원의 공간성에서 특별한 사랑을 경험하게 인성이 아내를 바라보는 갈등을 통하여 평범한 삶의 가치를 보여준다.

"인성은 환자나 간호사 가릴 것 없이 인성 근처에 있는 모든 여성에게 질투를 보이는 아내의 경박함에 눈살을 찌푸리고 아내에게 애정을 느끼지 못하지만, 출산으로 힘에 겨워하는 아내의 얼굴을 보면서 아름답다고 생각하고 아버지로서 흐뭇한 기분을 갖기도 하는 평범한 행복을 보여주기도 한다."[22] 이러한 일상성은 『가을에 온 여인』에서 푸른 별장의 특수한 공간성과는 대비적인 각도에서 행복을 구체적으로

---

[22] 조윤아, 「타성을 벗어나게 하는, 관습을 넘어서야 하는 그 형제의 사랑」, 박경리 『그 형제의 사랑』, 작품해설, 마로니에북스, 2013, 466면 참조.

보여주는 의미가 있다. 또한 『그 형제의 여인』에서 부각되는 병원의 공간성은 『성녀와 마녀』에서 명의로 소문난 안박사가 형숙의 죽음을 무능력하게 목도해야 했던 공간성과 대비적인 일상을 보여주게 된다.

『표류도』에서는 현회가 운영하는 다방 '마돈나'의 공간성이 부각된다. 첫 장면에서 강현회의 의식에 초점을 맞춰 그녀가 운영하는 마돈나 다방의 분위기와 마돈나의 종업원 그리고 마돈나를 찾는 손님들의 소개된다. 〈마돈나〉를 운영하는 현회의 빈곤한 삶의 경제적 논리에는 물화된 자본의 공간 지향성이 반영된 것이다.

이에 비하여 현회가 사랑하는 유부남 상현을 바라보는 내면의식에는 자연적 공간성이 반영된다. "얼음의 무늬는 울밀한 수림도 되고 묘방한 바다도 되고 신기루 어른거리는 사막도 된다." 상현과의 사랑을 꿈꾸는 현회의 의식에는 '얼음의 무늬'가 '울밀한 수림'. '묘방한 바다', '신기루 어른거리는 사막'을 만들어 낸 자연의 공간성으로 '푸른 섬'을 보여준다. "전설과 우리들과 서로의 입김, 속삭임이 있고 푸른 섬 안의 우리들의 집"도 있는 '그곳'의 자연 지향성은 예술적 공간 지향성으로 확장된다. '농담濃淡의 각종 채색彩色'과 '은은히 번져가는 음音'을 통하여 "바람소리, 파도 소리까지도-그것은 내 내부 속에서 종합된 위대한 사랑의 예술"(21면)로 창조되는 사랑을 보여준 것이다. 또한 현회가 상현과 사랑의 행위를 반추하는 공간성에는 자연의 풍요로움이 드러난다. "강물이 흘러간 곳에 이루어진 삼각주 같은 것"으로 반추되는 사랑의 행위에는 '홍수'가 '풍요한 수전'을 이루어 '범람하는 홍수의 미래'(181면)로 나아가는 풍요로운 생명력이 전망된다.

이와 같이 박경리 전후장편소설 '사랑서사' 공간 지향성에 따른 몸의 은유는 전후 현실의 부조리함을 비판적 현실의식으로 훼손된 인간 복원을 꾀한 젠더의식을 환기한다. 사랑서사와 맞닿는 몸의 은유를 통하여 전후 아픔과 상실의 시간을 소설쓰기로 극복하여 당대 전후 사회의 상실과 상처를 극복하며 치유하고자 노력하였던 작가의 헌신적 사회의식을 보게 되는 이유다.

4. 전후 존재적 인지구도와 생명의식

존재론적 은유는 물리적 대상이나 물질에 대한 경험으로 추상적인 사건, 활동, 정서 생각 등에 대한 심오한 근거를 제공하는 방식으로 다양한 목적을 충족시킨다.[23] '사랑서사'의 존재론적 은유는 "물리적 대상이나 물질에 대한 경험"으로 전후 인간성 복원을 꾀한 사랑의 의지로 읽혀진다. 전후 인간성 복원에 도달하는 신체적 경험으로 독자와 소통하는 사랑의 실천적 의지를 보여준 것이다.

이에 따르면 박경리 "물리적 대상이나 물질에 대한 경험"에 내포된 '사랑서사'의 존재론적 의미와 맞닿는 몸의 은유는 소설 심층에서 드러난 인간과 자연 그리고 우주까지 확대되는 유기적체로서 생명의식을 환기하는 효과가 있다.

『애가』에서 드러나는 '사랑서사'의 존재론적 은유는 "물리적 대상이나 물질에 대한 경험"을 함축하는 작품 표제 '애가'의 의미와 맞물려 있다. '애가' 즉 '슬픈 노래'에 대한 경험은 영화 〈애가〉와 시집 〈애가〉의 심층에서 사랑의 역동적 생명력을 보여준다. '사랑서사'의 존재론

---

23) G, 레이코프 M. 존슨, 노양진 나익주 역, 앞의 책, 21-71면 참조..

적 은유에 따른 신체적 경험의 속성은 '슬픈 노래'를 추동한 사랑의 의지로 파악된다. 슬픈 사랑의 의미는 서사 전반부에서 오형박사와 민호가 보았던 전후 이탈리아 영화 〈길〉에서 여주인공이 빨래를 널면서 불렀던 '슬픈 노래'로 설희의 죽음을 환기한다. 남편의 배신으로 죽음을 선택한 설희의 존재론적 의미는 윤상화가 설희에 대한 사랑을 담은 시집 〈애가〉에서 새로운 사랑의 생명력을 보여주게 된다. 작품 제목으로 메타화된 시집 〈애가〉의 존재론적 은유를 통하여 전후 인간성 회복을 신체화된 경험의 '슬픈 노래로 환기하며 전후 독자들의 아픈 삶의 치유를 꾀하였던 작가의 실천적 삶의 가치를 '생명사랑'의 의지로 새롭게 바라볼 수 있는 까닭이다.

『은하』에서 드러난 '사랑서사'의 존재론적 은유는 밤하늘 어둠 속에서 빛나는 '은하'의 우주의 어둠을 밝히는 별빛의 속성으로 인지된다. 작품의 말미에서 진호가 인희에게 건네는 사랑의 언약은 우주의 어둠을 밝히는 '은하' 즉 수많은 별무리 중 하나의 별로 사랑의 가치를 환기한다. 그것은 고난과 시련을 딛고 삶의 의미를 우주로 확장하는 사랑의 가치로 사랑의 의지를 투영한다.

"어떠한 장애물이 앞을 가로막고 있다 할지라도 서로가 깊이 사랑하고 있다는 일만은 아름다운 일이다." 소설 전반부에서 서술자 목소리로 전달되는 "서로가 깊이 사랑하고 있다는 일"의 존재론적 의미는 "고난을 극복하는 아름다운 일"이며, "살아가는 보람이며 축복받을 일"(21면)의 가치로 환기된다. 그것은 인희가 결혼의 대가로 받은 돈을 할멈에게 건네는 연민과도 닮아 있다. 사랑의 가치가 남녀 간 사랑뿐만 아니라 인간애로 환기되며 밤하늘 어둠 속에 빛나는 '은하'를 통한 우주의 존재론적 의미로 확산되는 이유이다. 그러므로 진호가 인희에게 건넨 사랑의 언약이야말로 인희가 할멈에게 보았던 고난을 견뎌낸 삶의 귀중한 보람이자 축복에 이를 수 있는 사랑의 의지인 셈이다.

『내 마음은 호수』에서 존재론적 은유는 '호수'의 자연성으로 인지된다. '호수'의 자연성은 물을 담고 있는 그릇이며 하늘을 반영하는 거울로 사랑의 의지를 내포한다. 이는 독자로 하여금 전쟁으로 잃어버린 낭만을 경험하게끔 하는 작가의 인간성 복원의 의지와 맞닿는다. 물과 하늘을 포용하는 '호수'의 존재론적 의미는 '바다'로 향하는 역동적 생명력으로 인간성 복원의 의지를 보여준다.

『내 마음은 호수』에서 준이 어두운 바다를 바라보며 명회에게 전쟁의 참상과 그로 인하여 겪어야 하였던 "피비린내 나는 진실의 광장"을 이야기 하는 장면에서는 '호수'의 존재론적 의미가 '바다'에 이르는 탈영토성이 읽혀진다. 준의 경험을 통하여 작가는 "무수한 생명들이 그리구 죽음이 와글거리구 있었"던 전쟁의 진실을 고발한 것이다. 전쟁의 참상은 무수한 생명들과 죽음이 와글거리는, "아무 의의도 없는, 마치 태양 아래 뻗어진 지렁이와 같은 진실"에 다름이 아니다.

준은 "마치 태양 아래 뻗어진 지렁이와 같은" 신체적 고통으로 전쟁의 실상을 폭로한 것이다. "산산 골골의 하늘밖에 원망할 줄 모르는 어진 백성들은 죽음의 대열로 채찍질 당하구 아녀자들의 썩은 시체는 까마귀 밥이 되구 독재자들의 성벽은 황금으로 높아지기만"(147면)한 동족상잔의 비극인 것이다. "적의를 강요하는 독재자들은 먹다 남은 고기로 사냥개를 기른" 폭력성이 "낭만하는 생활이 아름답게 보이는 기만마저 박탈당한 전쟁의 폐해"(147면)를 초래하게 된 것이다. 이러한 현실인식에는 전쟁의 비극을 망각할 수 없는 준엄한 역사의식에 뿌리를 둔 것이다.

　　작품의 표제에서부터 함축된 호수의 존재론적 은유는 김동명의 시 「내 마음은 호수요」뿐만 아니라 그의 시를 가사로 한 가곡 〈내 마음은 호수〉를 통한 소설 창작의 탈영토성을 내포한다. 이는 사랑의 의지를 호수에만 가둬두기보다는 바다로 확장하는 사랑의 의지를 메타화한 것이다. 시가 노래가 되고 그 노래가 소설이 되는 새로운 의미 생성의 경로는 동족상잔의 아픔을 직시하고 인간성 회복에 도달하는 사랑의 의지에 다름이 아니다. 호수에 담긴 남녀 간의 사랑의 존재론적 의미가 바다로 확산되는 의미 생성 과정을 통하여 독자는 전쟁의 아픔을 치유하는 인간성 회복의 실천적 가치를 모색할 수 있다. 요컨대 시가 노래로, 노래에서 소설이 창조되는 경로를 거친 '사랑서사'의 존재론적 은유를 통하여 독자는 남녀 간의 사랑의 가치를 역사의 질곡을 넘어선 인간성 회복의 가치로 확장한 작가의 실천적 삶의 가치를 발견하게 된다.

　　이에 비하여 『가을에 온 여인』에 내포된 '사랑서사'의 존재론적 은유는 오부인의 비극적 운명을 통하여 사랑의 의지를 신체 기관으로 보여준다. 서사 마지막에서 오부인이 성표와 운전수 앞에서 권총으로 자살하는 장면에서는 두뇌보다 심장에 따른 사랑의 의지가 드러난다. "살인범 신성표! 연극의 차질"에 반영된 오부인의 죽음에 내포된 존재론적 의미는 신성표에게 누명을 씌우기보다 자신의 죽음으로 사랑의 의지를 보여준 것이다. '두뇌의 실수'가 아닌 '심장의 잘못'으로 선택된 오부인의 운명이야말로 성표를 향하였던 사랑의 의지다. 심장의 경험 즉 신체의 기관으로 존재론적 운명을 극적으로 보여준 것이다.

　　한편으로 『표류도』에서 '사랑서사'의 존재론적 은유는 섬을 움직이게 하는 역동적인 사랑의 의지로 환기된다. 이 작품 내포된 존재론적 의지는 현회가 운영하는 다방의 이름 '마돈나'의 전후 서구문화의 속성과 그 다방 입구에 자리한 청도자기 꽃병으로 은유된 전통문화의 속성 사이를 오가는 복합적 삶의 힘이다. '표류도'의 존재론적 의미는 현회가 사랑을 꿈꾸는 세계로 그려진다. "빙판을 이룬 유리창"에 "수증기가 묘한 모양으로 얼어 있"는 모양을 본 현회의 의식은 "이상한 상상도"를 떠올린다. 그녀의 머리속에 그려진 "이상한 상상도"는 '마돈나'의 상업적 관계성과는 다른 사랑의 의지를 보여준 것이다. 사랑의 역동성이야말로 '표류도'의 존재론적 의미인 셈이다.

　망막한 인생 바다를 헤쳐갈 수 있는 원동력으로서 사랑의 의지가 현회의 환상 속 '표류도'에 투영된다. '표류도'는 '얼음의 무늬'가 '울밀한 수림'. '묘방한 바다', '신기루 어른거리는 사막'과 조화를 이루는 '푸른 섬'이다. "전설과 우리들과 서로의 입김, 속삭임이 있고 푸른 섬 안의 우리들의 집"도 있는 '그곳'에는 자연과 인간의 어울림이다. 그 사이 전설은 예술이 된다. '농담濃淡의 각종 채색彩色'과 '은은히 번져가는 음音'을 통하여 "바람소리, 파도 소리까지도-그것은 내 내부 속에서 종합된 위대한 사랑의 예술"로 변화되는 것이다. 자연과 인간 사이 전설을 위대한 사랑의 예술로 변화되게 하는 힘이야말로 사랑의 존재론적 가치인 셈이다.

　"사랑한다는 것은 이런 것이다. 무한한 환각 속에서 내 피가 따뜻하게 맴돌고 있는 이러한 것이다."(21면) '표류도'에 내포된 사랑의 속성은 모든 인간이 외로움을 잊고 살아가도록 피를 따뜻하게 맴돌게 하는 역동적인 생명력이다. 인간은 모두 외롭고 고독할 수밖에 없는 섬이지만 그것을 견디며 살아가게 하여 움직이며 세상을 변화하게 하는 힘은 따뜻한 사랑이다. "피가 따뜻하게 맴돌고 있는" 생명력으로 우주를 바라볼 수 있는 이유다. 사랑의 생명력이야말로 '나'와 '너' 사이 외로움과 고독을 건너 "위대한 사랑의 예술"로 세상을 변화시킬 수 있는 존재론적 의지인 것이다. 같은 맥락에서 "어떠한 폭풍의 예측도 우리의 행위를 막지는 못한다."는 결연한 의지에서는 사랑의 영구적인 힘을 내포한 존재론적 의미가 읽혀진다.

　요컨대 박경리 전후장편소설 심층에 자리한 작가의 실존의식을 통하여 독자는 훼손된 인간성 복원을 사랑의 의지로 도모한 작가의 실천적 삶의 가치와 맞닿는다. 전후 인간성 복원을 사랑의 의지를 존재론적 몸의 은유를 통하여 작가의 근대 젠더 정체성의 정립의 의미를 '생명사상'에 이르는 '생명사랑'의 각성으로 볼 수 있다.

5. 결론

　이 논문은 박경리의 전후 장편소설 『애가』, 『은하』, 『내 마음은 호수』, 『표류도』, 『성녀와 마녀』, 『그 형제의 여인』, 『가을에 온 여인』 등의 '사랑서사'와 맞닿아 있는 몸의 은유를 통하여 전후 사회를 바라본 작가의 젠더의식을 구명하였다. 전후 문화와 깊은 관련을 보여준 작중인물의 신체적 경험으로 보면, 박경리 전후 장편소설 '사랑서사'와 연동된 몸의 은유는 전후 시간성과 공간성 그리고 존재성을 반영한 우리 역사적 아픔을 들여다볼 수 있는 거울이자 전후 훼손된 인간성 복원을 꾀한 작가의 젠더의식과 소통할 수 있는 통로이다.

　이러한 관점에서 필자는 박경리 전후 장편소설 '사랑서사'의 인지구도에 따른 젠더의식을 전후 허무의식과 사회의식 그리고 생명의식으로 파악함으로써 전후 인간성 회복을 꾀한 작가의식을 입체적으로 조명하였다. '사랑서사'의 인지구조와 맞닿아 있는 몸의 은유는 다음과 같이 젠더의식을 환기하는 효과가 있다.

첫째, 전후 '사랑서사'의 시간적 구도에 따른 허무의식이 환기된다. "사랑은 여행이다"의 구조적 은유와 맞닿아 있는 전후 부조리한 시간 구조는 호기심과 긴장감을 증폭시키는 거리에서 독자로 하여금 현실을 직시하게끔 하는 효과가 있다. 둘째, 전후 '사랑서사'의 공간적 구도에 따른 전후 대중문화 내지는 예술의 공간적 구조에 따른 사회의식이 환기된다. 이는 전후 현실의 부조리함을 간파한 작가의 비판적 현실인식과 맞닿는 몸의 은유는 전후 독자들의 상실과 아픔을 위로하고 치유하는 헌신적 사회의식을 환기한다. 셋째, 전후 '사랑서사'의 존재론적 인지구도에 따른 심층적 의미가 생명사랑을 환기한다. 이는 전후 현실의 부조리함을 고발하며 독자들의 아프고 고단한 삶을 위로한 작가의 실천적 삶의 가치가 작가가 최종적으로 추구한 '생명사상'에 닿아 있음을 발견하게 하는 효과가 있다.

이와 같이 박경리 전후 장편소설을 관통하는 '사랑서사'의 인지구성에 따른 몸의 은유는 남녀 간의 통속적 사랑의 차원에만 머물지 않고 전후 현실에 바탕을 둔 작가의 실천적 삶으로서 사랑의 차원을 시간성과 공간성 그리고 존재성 등의 의미로 전후 역사의식과 사회의식 그리고 실존의식을 확장한다. 그 심층에서 우리는 전후 인간성 복원을 향한 작가의 '생명사랑'의 실천적 가치와 맞닿는다.

3장
한말숙 소설의 인지구조와 몸의 은유

1. 머리말

한말숙의 전후소설 「신화의 단애」에는 전후 사회 문화와 긴밀하게 연관된 여성의 성장과 맞닿는 몸의 은유를 통하여 새로운 신화 창조의 주역으로 미래 지향적 젠더의식을 탐색할 수 있는 길이 열려져 있다. 이러한 관점에서 필자는 이 소설에 함축된 전후 여성 성장의 인지 구도를 파악하는 방식으로 근대 여성의 신화적 지형도를 그려 보인 작가의 젠더 정치성을 천착하고자 한다.

1957년 〈한국문학〉에 발표된 「신화의 단애」는 한말숙의 등단작이자 전후 소설이다. 무엇보다 이 소설은 신화를 다시 쓰는 주체로서 여성 성장의 의미가 다각적으로 탐색되는 특별한 의미가 있다. 이에 따라 「신화의 단애」의 함축된 몸의 인지구조를 파악하면 전후 문화와 밀착된 몸의 은유를 상대적인 관점으로 이해할 수 있는 젠더 확장으로서 근대 여성의 정체성을 파악할 수 있을 뿐만 아니라 미래지향적 젠더의 방향성을 새롭게 바라볼 수 있을 것이다.

주인공인 가난한 여대생 진영이 전후 어려운 현실을 겪고 비로소 자신의 꿈을 향한 신념을 다지며 그림을 그리는 일에 삶의 방향을 향한 꿈의 날개를 펼치는 과정을 보여주는 인지구조는 전후 여성 성장의 의미로 여성이 다시 쓰는 신화를 몸의 은유로 환기하는 효과가 있다.

전후 근대성을 다각적으로 바라보는 차원에서 전후 소설에 드러난 몸의 의미는 우선적으로 젠더[1]의 측면이 탐구될 필요가 있다. 이러한 젠더의 시각에서 보면 여주인공 진영의 성장 경험을 담보한 몸의 의미 작용은 단순한 남녀의 생물학적 차이가 아닌 사회적 의미를 내포한 젠더 역할을 수행하는 몸 담론[2]보다 포괄적이며 유연한 가치로 몸의 은유를 환기한다.

소설 제목에서 살펴지듯이 여주인공 진영이가 도달하고자 하는 신화는 전후 현실의 고난을 극복하는 여성 성장 과정을 거쳐 인간과 세계의 조화로운 행복을 이루고자 하는 젠더 확장으로서 희망을 내포한다. 몸 담론을 통하여 '신화의 단애'를 쉽게 풀어보자면, 여성의 이상적인 꿈인 신화에 도달하기까지 험난하고 위험한 낭떠러지 즉 육화된

---

1) 몸 담론을 통한 젠더 읽기는 1995년 북경여성대회에서 남성과 여성이라는 성별 개념으로 생물학적 개념인 sex가 아닌 사회문화적 개념인 gender를 사용하기로 한 맥락에서도 전후 사회 문화적 특징에 대응하는 존재론적 의미를 다각적으로 해명할 수 있는 당위성을 확보한다. 송명희, 『섹슈얼리티, 젠더, 페미니즘: 송명희의 문화비평』, 푸른사상, 2000 참조.

2) 소설 텍스트에 나타난 몸 담론의 의미는 텍스트가 생산된 사회 문화와 연관된 존재의 일상적 행위와 의식이 작가의 비판적이며 창조적인 시각으로 변용된 점에서 작가의 젠더의식 내지는 젠더 정치성을 풀 수 있는 열쇠이다. 송명희, 「김훈 소설에 나타난 몸담론」, 『한국문학이론과 비평』 제48집, 한국문학이론과 비평학회, 2010, 55-74면 참조.

고난을 극복하고 자신의 꿈을 성취하고자 하는 진정한 삶의 의미를 깨닫게 되는 성장과정인 것이다.

텍스트에 드러난 진영의 성장 과정을 통한 신화를 읽어내자면 그것은 전후 현실의 고난과 시련을 경험하는 여성 서사로서 젠더 확장의 의미를 몸의 담론으로 재현하고 있음을 살필 수 있다. 한국 전쟁의 폭력은 사회 문화적으로 커다란 영향을 끼칠 뿐만 아니라 남녀 차이에 따라서도 다른 상처와 성장의 의미를 남긴 점에서 젠더 차이에 따른 경험을 간과할 수 없다.

이처럼 한말숙의 전후소설 텍스트에 부각된 몸 담론의 중심에는 전쟁의 폭력과 전후 문화의 폐단을 남성 작가와 다른 여성주의 관점으로 그려냄으로써 인간성을 훼손하는 폭력과 억압에 저항하면서 주체적 인간으로서 여성의 가치와 회복을 꾀하였던 여성 작가의 젠더의식이 작용한다. 이 작품에 관심을 보인 앞선 평가를 살펴보면, 유인순은 "30년대에 이상이 기다리던 날개 돋기는, 50년대에 한말숙에게서 스케취 북이 되어 펼쳐진 것이다."[3]며 「신화의 단애」에 드러난 여주인공의 그림그리기를 향한 꿈을 높이 평가하였다.

이와 같은 맥락에서 필자는 「신화의 단애」 텍스트에 드러난 몸 담론을 통하여 한국 여성문학사를 다시 쓰는 전후 여성 성장소설의 가능성으로서 젠더 확장의 변화를 들여다보고자 한다. 한말숙 소설에 대한 전반적인 평가는 "전후 세대적 요소와 실존주의적 기질, 자극적인 취재"[4]라는 관점이 압도하였다. 「신화의 단애」에 집중한 선행연구는

---

3) 유인순, 「다시 읽는 한말숙의 〈신화의 단애〉」, 『한국언어문화』13, 한국언어문화학회, 1995, 75~93면.
4) 한말숙은 「별빛 속의 계절」과 「신화의 단애」가 김동리에 의해 『현대문학』(1957)에

주로 "여성인물 형상화"[5], "여성작가의 글쓰기"[6], "성의 가치관"[7] 등
으로 여성주의의 접근 방법이 시도되었다. 특히 여주인공 진영이라는
캐릭터에 주목해서는 "윤리의 부재"[8], "돈을 추앙하는 기회주의자"[9],
"한국전쟁 직후 삶의 목표를 상실한 채 방황하는 극단적인 인간의 모
습"[10] 등으로 비판적 시각을 보이기도 하였다. 또한 실존주의적 측면
에서 "실존에 대한 불안과 고뇌가 없는 실존성이 부재한 작품"[11]이라
는 최혜실의 시각과 다른 각도에서 유수연[12]은 「신화의 단애」 텍스트
에 나타난 실존성을 탐색하였다.

추천되어 등단한 이후 많은 장단편을 발표했다. 김동리는 추천사에서 한말숙의 문
단데뷔작이 보여준 특징이란 전후 세대적 요소와 실존주의적인 기질, 자극적인 것
의 취재라고 지적한 바 있다. 김동리, 「추천기」, 『현대문학』, 1957.6. 257면.

5) 유인순은 이 작품에 드러난 여주인공의 그림그리기를 향한 꿈을 "이상이 기다리던
날개 돋기"의 희망으로 견주어 높이 평가하였다. 유인순, 앞의 논문 ; 방금단은 「신
화의 단애」를 '모순되고 시대를 아름답고 따뜻하게 해 줄 수 있는 전망이 존재하는
소설'이라고 평가하였다. 방금단, 「전후소설에서 여성인물의 형상화 연구」, 『돈암어
문학』19, 돈암어문학회, 2006.

6) 변신원은 「신화의 단애」는 실존주의적, 근원주의적 의문을 제기하였다고 평가한
다. 변신원, 「한말숙 소설연구-결핍의 글쓰기로부터 자족의 세계로」, 『현대문학의
연구』19권, 한국문학연구학회, 2002, 227-254면.

7) 조미숙은 부르디외의 장과 아비투스 시각으로 「신화의 단애」가 성에 대한 가치관
의 변화를 극명하게 보여주는 작품이라고 평가한다. 조미숙, 「지식인 여성상의 사
적 고찰-여성작가들의 작품을 중심으로」, 『한국문학연구』28집, 동국대학교 한국문
학연구소, 2005. 163-197면.

8) 정태용, 「20년의 정신사」, 『현대문학』, 1965,

9) 천상병, 「자기소외와 객관적 시선-한말숙론」, 『현대한국문학전집13』, 신구문화사,
1967.

10) 권영민, 『한국현대문학사』, 민음사, 1993, 166-167면.

11) 최혜실, 「실존주의 문학론」, 구인환 외, 『한국전후문학연구』, 삼지원, 1995.

12) 유수연은 「신화의 단애」에 나타난 실존성을 살펴보고 1950년대 실존주의 문학
가로서 한말숙의 위상을 재정하고자 노력하였다. 유수연, 「한말숙 「신화의 단애」
에 나타난 실존성 연구」, 『한국문학과 비평』 제57집, 한국문학과비평학회, 2012,
371-390면.

한편 주지하였듯이, 유인순은 이상의 문단에서의 한말숙이 "인색한 정도가 아니라 무례할 정도"로 오독되고 있음을 간파하였다. 그 결과 「신화의 단애」 다시읽기를 통한 문학적 성과로서 "전후 현실을 어둠과 부조리로 인식하지만 상처받은 사람에게 보다 소중한 것은 미래에 대한 꿈"을 제시한 작가의식이 식민지 시대 천재작가 이상의 '꿈'과 비견할 수 있음을 주장[13]하였다.

선행연구에서 살펴지듯이, 「신화의 단애」 텍스트에 드러난 여성의 경험은 남성작가들의 소설 속 여주인공과는 다른 여성의 성장으로서 젠더 확장의 변화를 독자로 하여금 새롭게 깨우치게 하는 점에서 여성 작가 한말숙의 '지혜로운 젠더 정치성'[14]에 뿌리를 두고 있다. 이와

---

13) "식민지 치하에서 젊은 지식인 이상이 날개가 돋기를 기다려 절망적 상황에서 벗어나려던 안간힘을 형상화한 것이 〈날개〉였다면, 전후의 궁핍하고 절망적인 상황에서 스케취 북 하나에 매달려 창조의 꿈을 꾸고 미래를 향한 문을 열어놓으려 한 것이 한말숙의 〈신화의 단애〉이다. 30년대에 이상이 기다리던 날개 돋기는, 50년대에 한말숙에게서 스케취 북이 되어 펼쳐진 것이다." 유인순, 앞의 논문, 92-93면 참조.

14) 젠더는 존재론의 양식으로 젠더를 구성하는 정치적 매개변수들을 그려내는 계보학적 탐구의 대상이다. 젠더가 구성된다고 주장하는 것은 젠더의 허구성이나 인위성을 주장하기 위해서가 아니라, '실재인 것'과 '진정한 것'을 그 대립물로 대치시키는 이분법적 도식에 놓여 있는 것으로 생각된다. 젠더 존재론에 관한 계보학 연구에서 젠더의 특정한 문화적 배치에 있어 사랑의 가치를 강화하고 확대하는 여성주의 측면에서 필자는 지혜로운 젠더의 정치성의 새로운 가능성을 본다. 밀란 쿤데라는 지혜를 무조건적 사랑을 실천하는 삶의 가치로 보았고 줄리아 크리스테바는 시적언어의 혁명과 같은 사랑의 역사로 인간의 존재성을 천착하였다. 인류의 참된 도덕적이며 가장 근본적인 시험은 무조건적 사랑의 실천에서 비롯된다는 것을 반성하는 측면에서 전후 한말숙의 소설쓰기가 구현한 '신화의 단애'의 심층의미를 '지혜로운 젠더 정치성'으로 들여다 볼 수 있는 이유다. 주디스버틀러 지음, 조현준 옮김, 『젠더트러블』, 문학동네, 2008, 147-148면; 밀란 쿤데라, 신현철 옮김, 『지혜』, 하문사, 1997. 참조; 줄리아 크리스테바, 김인환 역, 『사랑의 역사』, 민음사, 2008; 『시적 언어의 혁명』, 동문선, 2000 참조.

같은 입장에서 필자는 「신화의 단애」 텍스트에서 전후 문화와 연관되는 몸 담론을 통하여 전후 여성의 새로운 성장으로서 젠더확장의 변화를 한말숙의 '지혜로운 젠더 정치성'으로 해명하고자 한다.

「신화의 단애」에서 재현된 몸은 실제 현실을 살아가는 몸과 다른 언어 의미로 작품이 창작된 당대 사회 문화와의 접속 과정을 '변용'[15]하게 된다. 그것은 실제 삶을 살아가는 현실 공간의 특수한 신체의 기호가 아닌 텍스트가 창작된 당대 보편적 사회 문화를 주체적인 시각에서 비판적으로 바라본 작가의식을 함축한 담론이기 때문이다. 이 점에서 텍스트에 드러난 몸 담론을 파악하는 방법은 전후 현실을 비판적으로 바라 본 한말숙의 젠더의식을 조명하는 길이 될 뿐만 아니라, 전후 여성 성장소설이 보여주는 변화로서 미래지향적 젠더 확장의 다양한 경로를 해명할 수 있는 단초가 될 것이다.

2. 아버지 부재의 인지구조와 자기각성

텍스트에 드러난 몸 담론의 일차적 특징은 전쟁으로 인하여 아버지가 부재한 상태의 상징적 의미로 혼란한 사회 문화와의 상관성과 연관된다. 전후 궁핍한 현실에서 여대생인 진영이가 어떻게 살아가야하

---

15) 몸은 인간이 살아가는 구체적인 현실의 공간에서 어떤 방식으로든 그 세계의 사회 문화와 연결되면서 생을 살아가는 물질적인 육체의 실체이다. 이를 고려하더라도, 소설 속에서 몸은 살아내는 일상성의 의미를 통하여 담론으로 존재를 확인할 수밖에 없는 몸이다. 이러한 몸 담론의 의미를 메를로-퐁티는 '번역', 아서 단토는 '변용'이라고 표기하였다. 아서 단토에 의하면 예술은 평범한 일상의 변용에 있다. 아서 단토, 『일상적인 것의 변용』, 김혜련 역, 한길사. 2008, 55-58면 참조.

는 가는가 하는 차원에서 바라볼 때, 텍스트에 드러난 몸 담론은 전쟁의 참상을 직접 폭로하기보다는 전후 일상으로 전쟁의 폐해를 간접적으로 보여주는 '아프레케르[16]'한 전후 인식으로서 작가의 세계관이 작용한다. 전후 현실의 고난과 가난 속에 진영이가 어떻게 살아가야하는 가는가 하는 차원에서 살펴보는 몸 담론은 전후 문화의 속성과 밀접하게 관련되었기 때문이다. 이는 전쟁의 폭력성과 더불어 아버지 부재로 은유되는 기존의 전통적 삶과는 다른 열악한 경제구조로 인하여 가난한 젊은 여성이 생존하기 위하여 얼마만큼 힘들게 살 수 밖에 없었는지를 보여주기 위한 여성작가의 젠더 정치성이 작용한 젠더 확장으로서 변용의 의미를 내포한다.

진영은 전쟁 후 서울에서 대학을 다니는 여대생이다. 그녀는 미술을 전공하지만 자신이 돈을 벌어 생활하고 공부도 해야 하는 열악한 경제적 여건으로 그림을 그릴 수 있는 시간적 여유조차 없다. 그 누구의 경제적 지원이 없이 대학을 다니고 생활하여야 하기 때문에 어쩔 수 없이 클럽에서 댄서로 아르바이트를 하면서 춥고 배고픈 생활을 연명해야 되는 처지인 것이다. 스스로가 가장 역할을 하는 진영의 몸은 기존의 가족 제도에서와는 다른 경제적 독립의 차원에서 그림을 그려야 하는 여대생과 돈을 벌어야 하는 댄서로 존재의 정체성이 해

---

16) 「신화의 단애」는 전쟁을 체험한 젊은이들이 삶을 통해 기존의 가치에 대한 파괴와 부정의 몸짓으로 자기 확인의 과정을 보여주고 있다. 전쟁의 참상을 클로즈업하기보다 전장이 소설의 후경으로 그려지는 소설이 주를 이루는 서사적 경향은 이 시기의 작가들이 현실에 직접적으로 대응한 양상이라기보다는 '아프레게르'한 전후 인식이 당대 작가들에게 더 큰 문제로 인식되었던 까닭으로 판단된다. 신종곤, 「1950년대 전후소설에 나타난 현실인식의 굴절 양상」, 『현대소설연구』제16호, 한국현대소설학회, 2002, 336-337면 참조.

체된다.

소설 모두(冒頭)[17] 인용문에서는 전후 서울의 늦은 밤거리에서 댄스 홀로 공간 이동이 시작된다. "새까만 거리에는, 헤드라이트의 행렬이 한결 뜸해졌다." 서울의 밤거리를 바라본 시각은 곧바로 호텔 댄스홀로 이동되어 댄스홀의 장면을 보여준다. 밴드는 다시금 왈츠로 바뀌었고 시간은 마구 흘러간 상황이 진영의 지각으로 전달된다. 시간이 지나가지만 별로 초조하지 않는 진영의 의식이 애당초에 자신이 댄서로 취직할 것이 잘못했다는 생각을 한다. "오늘 저녁을 먹고, 이 한 밤을 여관에서 자기 위한 돈이-그것도 단돈 이천 환이면 되지만-필요 한데 한 달 후가 다 무엇이냐."(158면) 당장의 생존을 걱정하는 진영은 "한 달 동안 일을 한 연후에야 겨우 월급을 탄다는 것은 안 될 말이"라는 현실 비판의식을 보여준다.

여기에서 부각되는 진영의 몸의 의미는 전후 사회 문화와 더불어 경제적 교환의 주체로서 의식을 반영한다. 진영의 몸은 '헤드라이트', '밴드', '왈츠', '댄서' 등의 언어에서 살펴지듯이 전통 문화와는 다른 서구 문화에 노출되어 있다. 도시의 밤거리에서 호텔 댄스 홀로 공간이 이동되면서 클로즈 업 되는 진영의 의식에는 미술 공부를 해야 하는 대학생의 정체성보다는 댄서로 일을 하며 힘들게 먹고 살아야 하는 몸의 고단함이 기성의 해체적 의미로서 강조된다.

진영은 당장 돈이 필요해서 댄서로 취직하였지만 한 달 후에야 월급을 탈 수 있는 열악한 경제 상황을 비관하면서 댄서로 취직한 것을

---

17) 텍스트는 김이석 외, 『실비명 외』(푸른사상, 2006)에 실린 「신화의 단애」로 삼고 본문 인용은 괄호 안 면수로 표기한다. 김이석 외, 『실비명 외』, 푸른사상, 2006.

잘못했다고 생각하기도 한다. "한 달 동안 일을 한 연후에야 겨우 월급을 탄다"는 사실이 노동과 돈의 불평등한 교환가치로서 여겨져서 못마땅한 것이다. 당장 저녁에 잘 곳도 마땅하지 않는 처지를 걱정한 진영의 고단한 몸은 가족의 경제적 지원이 없이 살아가야 하는 전후 부조리한 현실의 열악한 경제 상황과 연결되어 있다. 이처럼 여대생이지만 댄서의 몸으로 돈을 벌어야 하는 진영은 전후 열악한 경제 여건에서 젊은 여성이 자신의 생존을 전적으로 책임져야하는 상황이기에 전통적 삶의 질서에 따른 여성과는 다른 기성의 해체로서 젠더 확장의 변화를 보여준 것이다.

"팁은 얼마나 주려나."(159면) 댄서로서 진영의 몸은 진영의 의식에서 팁과의 교환가치로서 환산된다. 댄서로 몸이 지치고 힘든 만큼 돈을 벌 수 없기 때문에 춤추는 재미보다 팁에 대한 관심이 부각된 것이다. "리드는 서툴고 맘보는 재미없었"지만 "밴드에 맞추어서 열심히 춤을 추었"던 이유는 생계를 유지하기 위하여 젊은 여성이 몸에 의존하여 돈을 벌어야 하였던 전후 현실의 절박하였던 생존의 문제와 연관되어 있다. 돈 벌이가 목적이기에 춤을 추는 행위도 힘겹고 '재미'가 없게 느껴진 것이다.

"열심히 춤을 추어서 추위나 덜어볼까" 하는 속셈이었지만 홀드는 차츰 가까워졌고 춤을 추는 남성의 술 냄새가 진영의 얼굴에 확 끼치며 뺨에 남자의 수염이 까칠까칠 닿았을 때도 진영은 오로지 팁의 액수만을 생각한다. 춤을 추는 남자의 성은 진영이가 여성으로서 욕망하는 성적 대상이 아니라 돈을 벌기 위한 대상인 셈이다. 이와 같이 진영의 몸은 춤을 추는 시간과 등가의 의미를 가지기에 춤을 추는 동안의 진영의 몸은 남성의 팁을 받아야 하는 교환가치로 환산될 뿐 만 아니라 기성과는 다른 여성의 입장에서 성적 재미의 여부를 평가하게 된 것이다. 이처럼 댄서로 돈을 벌기 위한 주체로서 '재미'의 여부를 인식한 것은 수동적 여성의 섹슈얼리티와는 다른 각도에서 기성의 해체를 내포한다.

같은 맥락에서 전후 부조리한 삶의 경험으로서 진영이의 몸과 맞닿아 있는 전후 사회 문화적 의미는 하룻밤 잠잘 곳과 먹을 것이 없어서 헤매고 다니는 도시 공간의 이동 경로로 해체된다. 진영이 춤을 추는 화려한 호텔 댄스홀과는 달리 진영이 생활해야 하는 공간은 열악하기 그지없다. 방세도 밀린 하숙집은 아버지가 부재한 기성의 해체를 보여주는 점에서 전쟁미망인이 남편도 없이 자식만을 데리고 힘들게 살아가야하는 가난한 공간과도 같은 전후 문화의 속성을 내포한다. 아버지가 부재하는 전후 가난한 현실이 가부장제 사회 기성의 해체를 은유적으로 보여준 셈이다. 진영의 남자 친구인 경일의 자취방 역시 불도 때기 어려워 추위에 떨어야하는 전후 가난한 현실을 경험하는 공간이다. 전후 생존을 위한 일상생활의 공간에서는 진영이가 댄서로 아르바이트를 하는 호텔의 화려한 댄스홀과는 달리 열악한 가난이 부각된다.

이와 같이 진영이 아르바이트를 하는 호텔 댄스홀이나 생존을 위한 생활공간은 아버지의 법이 부재하는 공간으로서 몸의 의미를 기성의 해체로 보여준다. 열악한 생활공간과는 대비적인 화려한 도시 공간에서 떠돌며 돈을 벌어야 하는 진영의 시간은 전후 도시 속 훼손된 몸의 보편적 속성으로 기성의 해체를 반영한 것이다. 이러한 연유로 진영이 여대생이지만 기성의 생활과는 다른 방식으로 돈을 벌며 살아가는 것은 전후 문화와 밀접한 연관성을 갖는다. 아버지가 부재하는 전후 문화의 속성을 고려할 때, 호텔 댄서로 팁을 벌거나 기피자에게 성

286 3부 : 근대 여성소설의 정립과 몸의 시학

을 제공하는 방식으로 돈을 벌어 생존해야 하는 진영의 생활 방식은
여성의 성 윤리나 정조 관념으로만 재단하기보다는 전후 불우한 현실
을 극복하여야 하였던 생존 과정이 강조된 것으로 이해할 수 있다. 그
이면에는 전후 아버지가 부재한 현실의 열악한 경제상황과 더불어 전
통 여성과 다른 환경에 노출되어 있는 여성의 차이뿐만 아니라 남성
과 다른 여성의 경험 차이가 읽혀지기 때문이다.

이와 같이 전후 문화와의 연관성과 관련되어 기성을 해체하는 진영
의 몸의 의미는 텍스트 말미에서 고흐의 소묘집의 날짐승, 까마귀에
서 파란 불꽃과 명멸하는 별빛의 이미지에서도 재현된다. 진영은 거
리의 책점에 들러 고흐의 소묘집素描集의 책장을 들춰보았다. 까마
귀가 날고 있는 모습에서 사육死肉을 파먹고 사는 날짐승의 육체성
을 금시에라도 썩은 물이 악취를 풍기며 뚝뚝 떨어질 것 같은 감각으
로 인지한다. 자기 자신이 까마귀 같다는 진영의 느낌과 맞닿는 몸의
은유는 전후 아버지 부재의 사회 혼란 속 "볼통한 젖가슴이 육중하게
흔들린"(171-172면)의 육체성에 대한 공포와 환멸로 자신을 반성한
다.[18] 팁으로 해서 연명하는 그녀의 살이 까마귀의 살만 같다는 자기
반성을 진저리를 치며 자신의 몸을 흔들어 본 행동을 통하여 아버지
부재로 인한 혼란스럽고 무질서한 삶에 대한 저항으로 자기성찰을 환
기한다.

즉, 진영은 기피자가 준 돈의 일부로 산 '고흐의 소묘집素描集'을 보

---

18) 타락한 육체성에 대한 공포와 환멸로 자신을 반성하는 진영의 경험을 보여주는
작가의식과 맞닿는 몸의 은유는 실제 전후 현실을 살며 견디는 것의 애매한 역설
과 우연한 아이러니로 존재의 가벼움을 인간 스스로 반성하고 자신의 실존적 의
미를 겸허하게 돌아볼 수 있게끔 하는 지혜를 환기한다. 밀란 쿤데라, 신현철 옮
김, 『지혜』, 위의 책 참조.

면서 자신의 몸의 의미로서 생존의 가치를 해체한다. 당장 먹고 살기 위한 돈을 벌기 위하여 춤을 추고 기피자에게 성을 제공하기로 하였던 자신의 몸을 고흐의 소묘집 속 이미지로 반성한 것이다. 뒤이어 진영은 자신의 몸을 "육중하게 흔들"리는 "불룩한 젖가슴"의 동물적 육체성으로 해체한다. 진영은 남자들의 주머니에서 나온 돈을 받기 위하여 실존하였던 자신의 몸을 "死肉을 파먹고 사는 날짐승" 까마귀 같음을 반성한다. "팁으로 해서 살아 있는 그녀의 살이 까마귀의 살만 같"은 자신의 몸에 대해 진저리를 친 것이다. 전쟁을 겪은 후 물질적 빈곤과 삶의 불안으로 인해 수단과 방법을 가리지 않고 돈을 벌어야 했던 몸의 의미를 고흐의 까마귀가 나는 밀밭 그림의 이미지에 빗대어 해체한 것이다.

젠더의 측면에서 살펴보자면, 진영이 남성들에게 의존하여 돈을 벌어야 하였던 여성의 육체성은 동물적 이미지로 해체되는데 비하여 그림 그리기와 사랑의 그리움을 환기하는 여성의 이상은 파란 불꽃과 명멸하는 별 빛의 이미지로 해체된 것이다. 고흐의 소묘집의 까마귀에서 파란 불꽃과 명멸하는 별 빛으로 해체되는 몸의 이미지야말로 진영이 기성을 해체하는 젠더 전복으로서 가치관의 변화를 보여주기 때문이다. 이렇듯 진영이가 여대생과 댄서 사이 정체성을 오가며 기성의 가치를 해체하는 몸의 의미는 전후 부조리한 문화를 바라 본 작가의 현실비판을 반영한다.

이러한 점에서 진영이 여대생이지만 댄서로 춤을 추며 성을 파는 방식은 아버지 법이 부재한 전후 현실에서 가부장제 전통의 경제관념에 따르는 삶과는 다른 방식으로 살아가야 하는 전후 여성의 삶의 의미로서 기성의 해체를 내포한다. 자신의 몸을 팔아 살아가야 하는 과정은 진영이 자신의 삶의 진정한 희망을 찾아가기 위한 시련의 과정인 셈이다. 그것을 성 윤리의식의 부재로 바라보고 비난하기보다는 전후 현실의 열악한 경제적 여건에서 젊은 여성이 살아가기 위한 극단적 몸부림을 보여준 전후 여성의 성장 과정으로 바라볼 필요가 있다.

요컨대, 내포작가는 진영이 춤추고 성을 팔아 돈을 벌 수 밖에 없었던 전후 사회 혼란 속 열악한 경제 여건에서 스스로 돈을 벌고 살아가야 하는 젊은 여성의 절박한 생존을 아버지 부재의 사회로 비판하는 지점에서 여성의 자아 각성을 보여준 것이다. 아버지 부재 혼란한 사회 속 댄스 홀에서 팁을 받으며 살아가는 상황의 인지구조는 '고흐의 소묘집素描集' 속 "死肉을 파먹고 사는 날짐승"인 까치의 생존으로 전달된다. 즉 "死肉을 파먹고 사는 날짐승"인 까치의 생존을 부정적으로 인지하는 몸의 은유는 "팁으로 해서 살아 있는 그녀의 살" 즉 자신의 몸에 대해 진저리를 치면서 살아 있음을 반성하는 자아 각성으로 여성 성장을 환기한다. 이와 같이 까치의 몸을 통하여 전후 부정적 현실을 인식하는 몸의 변용과 맞닿는 작가의 젠더의식은 전후 부정적 현실인식을 통한 통렬한 자기 각성으로 진정한 인간의 삶을 우리로 하여금 심문하게끔 한다.

3. 현실 유희의 인지구조와 저항의식

당장의 생존으로 살아가는 진영의 경험으로서 환기되는 전후 현실 극복의 의미와 맞물린 몸의 은유는 전쟁의 폭력으로 인한 상실과 폐허를 딛고 전쟁 트라우마의 정신적 충격을 치유하여야 하는 새로운 신화 창조의 공간이다. 미래를 향한 전망이 없이는 삶의 절망을 극복하기 어려운 고난이 낭떠러지 바위처럼 펼쳐진 실존을 확인하게끔 하는 공간인 셈이다. 순간 아래로 떨어지면 죽음이 있는 공간과 맞닿는 몸의 은유는 필할 수 없는 상황이기에 즐기는 유희로서 저항의식을 환기하는 효과가 있다.

이러한 점에서 진영이 곱씹는 "죽으면 썩는 몸이다. 살아있는 순간 다시는 없을 이 지극히 소중한 순간"(163면)이라는 독백은 스스로 실존의 한계를 인식하는 절박함의 공간적 경험이다. 이러한 경험은 진영이 혼자만이 겪는 고난이 아니라는 취지에서 관습적 약호로 공동체 의식이 강조된 것이다. 이러한 효과는 진영의 독백을 넘어서 전후 현실의 공포와 절망을 반영하는 사회적 약호이다. 이러한 약호는 시공간을 초월하여 "피할 수 없으면 즐겨라"와 같은 보편적 인지구조로 현실극복의 의지를 유희하는 저항으로 읽게 하는 효과를 낳는다.

극단적 실존의 공동체적 인식과 맞닿는 현실을 극복하기 위한 신화적 상상력의 인지구조를 통한 몸의 은유는 현실을 유희하는 전복적 경험으로 저항의식을 환기한다. 이는 전쟁으로 인하여 세계와 자아의 조화로운 행복을 추구한 신화를 향한 삶의 희망이 끊어져버린 전후 삶의 공포와 불안 그리고 절망을 낭떠러지로 인식함으로써 살아남기 위해서는 낭떠러지 밑을 보지 않아야 하는 작가의식에서 현실 유희를 장치한 것으로 해석된다.

그러므로 현실을 유희하는 진영의 몸의 은유는 낭떠러지와 같은 두렵고 절망적 삶을 견딜 수 있는 힘의 변용으로 전후 현실의 고난 극복을 향한 저항의식과 맞닿게 된다. 서사에 펼쳐지는 구체적인 현실 유희의 예는 진영의 일상과 의식에서 살펴진다. 진영은 남자 친구 경일이 있지만 하루 생존을 위하여 거리를 배회하면서 그녀에게 돈을 줄 남성을 찾기도 한다. 여대생의 입장에서 이러한 자신의 처지를 비관하거나 비판하기보다는 돈을 벌기위하여 춤추는 시간이 따분하여 재미없지만 생존을 위해 유희한다. 또한 끼니를 해결할 수 없어 고구마로 허기를 메꾸고 따뜻한 방에 누워서도 "지금 나는 행복하다"는 자족의 심경의 유희를 보여주기도 한다. 하숙집에서 하숙비를 밀려 쫓겨나 후 하루 종일 아무것도 먹지 못한 배고픈 처지에서도 살아 있는 현실을 슬퍼하고 절망하기보다는 유희한 것이다. 당장 먹고 잘 자리를 구하기 위해 낯선 남자와 춤을 추거나 계약 동거에 즉흥적으로 동의하는 순간에도 자신의 삶을 비관하기보다는 그 순간을 즐기며 유희한다.

"어디로 갈까? 오백 환으로 재워줄 여관은 없다. 설혹 재워준다 하더라도 불을 지펴줄 리 없다." 댄스홀에서 나온 진영은 잘 곳이 없어 어디로 가야할 지를 고민한다. "이토록 추운 밤에 내 몸을 꽁꽁 얼려 재우다니 죽으면 썩는 몸이다."에서 드러나듯이 죽음에 대한 몸의 공포가 진영의 의식에서 전쟁의 그림자처럼 드리운다. 전쟁이 남긴 죽음의 트라우마와 가난은 언제 죽음이 닥치지 모르는 전후 현실의 공포와 연관되어 있다. "살아있는 이 순간, 다시는 없을 이 지극히 소중한 순간을 나는 내 몸을 하필이면 얼려 재"울 수 없다는 간곡한 의지에서는 현실의 욕구에 충실할 수밖에 없는 몸의 피동적인 의미가 드러난다. "그것은 안 될 말이다." 진영은 냉돌에 재울 수 없는 자신의 몸의 소중함을 다시금 자신에게 확인시킨 셈이다. 경일한테 가서 자리라고 생각하였지만 그 방도 냉돌임에는 틀림없다는 것을 진영은 안다. 그럼에도 불구하고 진영은 혼자 견디기 어려운 추위를 극복하기 위하여 같이 자는 공간성을 자문한다. "그래도 같이 자면 한결 따뜻할 것이 아닌가."(163면) 진영은 냉골의 추위를 견디는 방법은 경일이와 같이 자는 것을 생각한 것이다. 진영에게 경일의 몸은 연애와 사랑이라는 가치 추구보다 먼저 실존적 운명의 극복으로 따뜻한 감각으로 환기된 것이다.[19]

여기에서 주목하게 되는 몸의 담론은 진영이 마치 타자처럼 자신의 몸을 자신이 재운다고 하는 부분이다. 피동적인 몸의 의미가 특별하게 강조된 것은 전쟁의 공포를 경험한 몸의 훼손을 비판적으로 바라보는 작가의 현실인식과 상관된다. 이렇듯 진영이의 현실 비판에 기반을 둔 진영의 존재의미와 인간관계는 순간적이며 유희적이다. 미래를 위한 오늘의 전망이 부재하기에 지금-여기 순간을 살아내야 할 만큼 전후 현실의 공포와 절망이 암울했던 것이다.

진영을 둘러싼 모든 인간관계 역시 즉흥적이고 유희적이다. 이는 전후 암담한 현실 공포를 극복하기 위한 작가의 현실 저항의식과도 밀접한 관련이 있다. 진영의 애인 경일 그리고 경일의 남자친구 준섭과 관계에서도 진지한 남녀관계나 친구관계보다는 장난과 같은 관계성의 유희가 드러난다. 진영은 호텔 댄스홀에서 나와 통금 사이렌이 울린 밤거리에서 경일이 집을 찾아 가기보다는 경일이의 친구인 준섭의 하숙집을 찾아가는 대목에서도 보통의 남녀관계와는 다른 파격을 보여준다. 진영이 자신의 애인인 경일의 친구인 준섭이 집을 찾아가는 이유는 단지 "경일의 하숙보다 가깝고 파출소보다는 갈만한 곳"(164면)이

---

19) 신의 짓궂은 장난과 같은 전후 실존적 운명에 대응한 인간의 속물성을 천착하는 심연에 보여주는 사람의 따뜻한 체온은 오히려 현실 유희의 가벼움 그 너머에 웅숭그린 인간의 연약함과 생존의 어려움을 관조할 수 있는 현실 저항의 효과를 낳는다.

라는 것이다. 여기서도 상식적인 남녀관계를 벗어난 현실 유희의 관계성이 포착된다. 이와 같이 진영이가 자신의 애인의 친구 집을 찾아가서 잠을 자는 행동에는 진지한 생각이나 이유가 없이 즉흥적이다.

준섭이 또한 진영이가 자신의 친구 경일의 애인임에도 불구하고 밤 늦게 찾아오는 진영을 한 점 망설임 없이 자연스럽게 맞아주는 남녀 관계의 파격으로서 유희를 보여준다. 또한 평상시에는 자신의 친구의 애인인 진영에게 스스럼없이 연애편지를 습관처럼 지속적으로 보내기도 한다.

진영의 애인 경일이도 준섭이 집에서 자신의 애인인 진영이 잠을 잔 것을 알면서도 그 어떤 고민이나 진지한 행동을 보여주지 않은 채 현실을 유희하는 습관적 행위를 반복한다. 별 이유 없이 습관적으로 진영을 장난스럽게 때리기만 하는 현실 유희의 행동을 보일 뿐이다. 경일이가 자신을 때리는 행위에도 진영은 그것을 폭력이라고 생각하지 않고 유희하기에 그 어떠한 반항도 하지 않는다.

이와 같이 진영과 경일이 그리고 준섭의 관계에서 드러나듯이, 진영을 중심으로 발생한 모든 관계와 행동은 보통의 상식을 바탕으로 한 진지한 사유보다는 암담한 현실의 문제를 회피함으로써 전후 현실의 절망을 극복하고자 하는 현실 유희적 측면이 부각된다. 이는 황폐한 전후 현실의 공포와 절망을 극복할 수 있는 그 어떤 해결책이 없기에 지금-여기 순간을 유희할 수밖에 없었던 전후 사회 문화를 비판하는 작가의 현실 저항의식을 반영한 것이다.

이렇듯 작가의 현실 극복 의지에 뿌리를 둔 절망과 공포의 시간에서 탈주하기 위한 현실 도피적인 유희성은 진영과 기피자의 관계성에서도 드러난다. ""애당초에 삼십만 환은 너의 허리 때문이 아니야. 이

걸 봐. 이렇게 죽음이 쫓아다니지 않아? 나는 일 년을 살 돈이 있으면 그것으로 우선 하루라도 살고 보아야 해. 살 시간이 없어. 바뻐." 하고 빙긋 웃으며 돌아선다." 경찰에게 잡혀가기 전 기피자와 진영이 나누는 대화는 즉흥적이며 유희적이다.

진영은 청년에게 바짝 다가서서 자못 심각하게 "가지 마세요."라고 말하고, 청년은 웃으며 "나는 너를 사랑해."(169면)라고 말한다.[20] "경찰에게 잡혀가는 기피자에게서 진영이 돈을 받으면서 순간적으로 사랑을 고백하는 부분이다. 진영에게 돈을 주는 기피자 청년은 "나는 너를 사랑해."라고 고백하면서 사라진다. 진영이 또한 앵무새처럼 그의 고백을 즉흥적으로 따라한다. 진영은 기피자의 말을 따라 "저도 사랑해요."라고 말을 하고 보니 "정말 사랑하는 것 같다."(170면)고 느끼기까지 한다. 기피자는 낭떠러지의 절박한 공간에서 진영에게 돈을 주고 경찰에게 잡혀간 것이다. 진영이 받은 돈은 기피자의 절박한 삶의 마지막 희망일 수 도 있을 것이다. 별 뜻 없이 전하는 언어유희를 통하여 절대적인 삶의 순간으로 현실 저항의 가치가 환기되는 이유다.

한편으로 일주일 동안의 계약 동거를 제의받은 대가로 기피자로부터 받은 돈으로 진영은 화구를 사서 그림을 그리고자 하는 욕망을 실현하고자 하는 의지를 드러낸다. 동시에 진정한 사랑의 의미를 곱씹게 되는 의식의 변화를 보여준다.

그녀가 곱씹는 사랑이라는 말은 그녀의 의식에서 어떠한 의미를 생

---

20) 진영과 청년이 나누는 짧은 대화에는 운명으로부터 공포를 느낀 영혼의 환상이 투영되어 있다. 그것은 전후 생존이 위협받는 폭력과 억압 앞에 포위되어 더 이상 탈출할 길이 없기에 순간을 즐기며 사랑해야한다는 현실 유희의 저항과 같은 전율을 내포한다.

성하기보다는 단지 관습적으로 상기하는 추상명사숫자처럼 그녀의 머릿속에서 자동반응으로 나열될 뿐이지만 미래를 향한 절망적 현실의 시간을 견뎌낼 수 있는 생산적 유희로 작용한다. "사랑이라는 말은 필요치 않았다."(172면) 현실 극복으로서 언어유희는 현실의 절망을 극복하고자 하는 무의식적 저항을 환기한 것이다. 또한 기피자에게 돈을 받고 그 돈을 값비싼 음식과 물건을 사는 데 소비해버리는 진영의 행동에서도 현실의 절망을 피할 수 없기에 유희하는 태도가 부각된다.

그러나 피할 수 없기에 절망적인 현실의 순간을 즐기는 방식의 유희작용과 맞닿는 몸의 은유는 진영이 정말 하고 싶었던 그림을 그리고자 하는 욕망을 실현하고자 하는 의지로 현실 극복으로서 성장을 환기한다. 미래가 약속 되지 않는 현실의 벼랑 끝에서 그림을 그리고자 한 욕망을 실현하기 위해서는 험난한 길이 예고되어 있지만 그 길을 지난 새로운 신화가 창조되는 세계를 몸의 은유와 맞닿는 현실 유희는 낭떠러지 같은 전후 현실의 피할 수 없는 절망을 견디며 극복하기 위한 근대 여성의 주체적 삶을 위한 저항의지로 이어진다.

4. 이상 추구의 인지구조와 자아실현

이 작품에서 궁극적으로 작가가 추구해보인 신화의 의미와 맞닿는 몸의 은유는 이상을 추구하며 정진하는 여성의 자아실현을 환기한다. 신화의 단애와 맞닿는 몸의 은유는 우리로 하여금 진영이 그림을 그리고 싶다는 열망과 진정한 사랑을 하겠다는 이상을 추구해나가는 과

정이 곧 현실의 절망과 공포를 딛고 새로운 신화를 형성하는 의미로
서 자아를 실현하는 길이라는 이해에 도달하게끔 한다.

실존적 삶의 순간을 넘어 진영이가 추구하는 이상적 삶의 가치로서
신화는 그림 그리기와 사랑의 진정성을 실현하고자 하는 진영의 신념
으로 확인된 것이다. 미술을 전공한 여대생으로서 진영이가 그림 그
리기와 진정한 사랑을 실현하는 이상의 추구로서 자아 정체성을 확인
하는 궁극적 의미는 여성의 본격적인 자아실현으로서 전후 이상적 여
성주의와 맞물린 젠더확장의 변용을 함축한 것이다.

공간 이동에 따른 진영의 몸은 타자에서 주체로 이동되는 자유의지
로서 젠더의식의 전환으로서 확장을 다음과 같이 보여준다. 공간적으
로는 클럽과 남자친구 집 그리고 호텔과 하숙집 그리고 쇼핑센터로
몸의 이동이 옮겨진 것이다. 이러한 공간 이동에 따른 행동의 변화는
다음과 같이 타자에서 주체로의 전환을 암시한다. "기다리다/춤추다/
찾아가다(경일의 하숙집-준섭의 하숙집-다방-호텔-시장)/ 편지를
쓰다 /스케취 북을 들고 앉다 등[21]으로 파악되는 몸의 이동 경로에서
는 주체적 자아의 공간적 삶으로의 가치 전환이 포착된다.

이와 맞물려 있는 진영의 몸의 의미는 생존해야 하는 현실 극복의
차원을 넘어 자아실현의 의미로서 젠더 확장을 보여준다. "진영은 위
스키를 마셨다. 이내 몸이 상쾌해진다. 폭신한 베드에 엎드려본다. 기
분이 여간 좋지 않다." 현실극복의 차원을 넘어서 자아실현을 추구하
는 몸의 의미가 "상쾌해진" 변화로 환기 된 것이다. '상쾌해진' 몸은 "
귀신이라도 농락해 보고 싶을 만큼 삶에 대한 자신이 강력히 솟구친"

---

21) 유인숙, 앞의 논문, 81면.

역동적 생명력을 보여준다. "무서울 것도 꺼릴 것도 없다. 오로지 그려
야 한다는 의욕만이 파랗게 불탈 뿐"(172면)에서 환기되는 그림 그리
기를 향한 열정은 진영의 확고한 삶의 목표를 지향한 꿈이다.[22] 이상
적인 삶의 목표를 향한 정진하는 존재의 의미는 자아실현으로 여성의
성장을 보여 준 것이다.

진영이 그림을 그리기 어려웠던 상황에는 남녀의 차별성이 작용하
였다. 경일은 화가의 꿈을 성취하기 위하여 그림을 그리지만 진영은
댄서로 돈을 벌기 위하여 댄서로 일을 해야 한다. 진영은 "내일은 일
찍부터 나가서 돈을 벌어야하지 않느냐고 그녀는 속으로 다짐"(166
면)하면서 댄서 옷을 챙겨야 하는 상황에서 그림에만 몰두할 수 있는
경일을 부러워한다. 그리고는 자신도 그림을 그리겠다는 확고한 의지
를 갖는 변화를 보인다. 여기에서 진영의 몸은 단순한 생존의 의미를
뛰어넘어 전후 양성 불평등한 사회 모순을 딛고 자신을 꿈을 실현하
는 신화의 이상을 추구하고자하는 몸의 실천적 열망을 보여주기에 이
른다.

이러한 상황의 묘사를 통하여 작가는 양성이 불평등한 전후 사회적
환경을 고발한 데에 머물지 않고 전후 여성주의의 이상을 보여준 것
이다. 여성의 시각에서 그림 그리기에 대한 진영의 꿈은 남성과 다른

---

22) 지혜로운 젠더의 수행과 맞닿아 있는 꿈의 영역이야말로 몸의 은유를 통한 환상
의 원천이자 이상 실현의 보고(寶庫)로 볼 수 있다. 작가의 시학적 상상력으로 구
현된 몸의 은유는 이상의 추구를 통한 노력으로 자아실현에 도달하는 지혜의 길
이다. 그것은 마치 꿈을 찾아 떠난 양치기 청년인 산티아고가 삶의 참된 의미를 발
견하는 과정을 보여준 파울로 코엘료의 『연금술사』와 같이 자아실현이라는 신화
에 도달하기 위한 여정 즉 자신의 보물을 찾는 삶의 가치인 셈이다. 자아실현으로
서 삶의 여정을 한말숙은 '신화의 단애'로, 파울로 코엘료는 '연금술'로 은유한 것
이다. 파울로 코엘료, 최정수 옮김, 『연금술사』, 문학동네, 2018. 참조.

3장 한말숙 소설의 인지구조와 몸의 은유 297

환경 즉 남녀 불평등한 사회에 대한 작가의 비판의식과 맞물려 있다. 진영은 국전에서 입상한 경일이 보다 자신이 성적이 우수하지만 국적에서는 낙선했던 사실을 환기하면서 "시기와 비슷한 불길이 몸 어느 곳에서부턴지 소리 없이 이는" 감정으로 "오로지 그려야 한다는 의욕만이 파랗게 불탈 뿐이다."라며 꿈을 향한 자유의지를 보여준다. 앞서 밝혔듯이 생존을 위하여 춤추고 성을 거래하였던 진영의 몸은 추악한 동물성의 이미지로 은유되었다. 그렇지만 삶의 원동력으로서 그림 그리기에 대한 이상을 추구하는 몸의 언어는 파랗게 타오르는 역동적 생명력의 이미지로 바뀌어 표현된 것이다.

여기에서 포착되는 감각적 언어의 표현은 작품 시작부분에서 보였던 팁을 생각하면서 춤추는 시간을 재미없어하며 지루해하였던 댄서홀의 분위기와 연결되었던 몸의 외향적 접촉을 보여준 것과는 대비적으로 정인 자신의 주체적인 열정을 보여주게 된다. 오래된 꿈의 신화가 전후 현실의 삶으로 끊어져버린 절망에도 불구하고 진영은 미래의 비전을 새로운 젠더의식으로 보여주는 것이다. 그것은 다름 아닌 여성의 자아실현으로서 신화의 창조이자 사랑의 회복인 셈이다. 이렇듯 진영이 그림 그리기와 사랑을 추구하는 자유의지야말로 양성평등을 추구한 삶의 가치로서 자아실현을 내포한다.

그림 그리기와 사랑을 추구하는 진영의 자유의지에는 몸에 대한 인식이 교환적 가치가 아닌 존재적 가치로 함축되어 있다. 진영의 몸의 이동은 생존의 도구로 성을 매매하였던 과정을 거쳐 전후 현실의 절망을 극복함으로써 자신의 신화로서 근원적인 생명력의 가치를 추구할 수 있는 그림 그리기에 대한 신념을 확인하게 된 것이다.

이에 따라 남성의 물질에 의존하여 성으로 거래되던 진영의 몸은

추악한 동물성의 이미지로 은유되었지만, 삶의 원동력으로서 그림 그
리기에 대한 이상을 추구하는 몸의 언어는 역동적 생명력의 이미지로
은유된 변화를 보여준다. 진영은 기피자에게 받은 삼십만 환으로 호
텔에 머무르며 경일에게 삶의 희망으로서 사랑의 그리움을 전하는 편
지를 쓴다. 그림 그리기의 열망에 이어 편지를 쓰는 행위에서 읽혀지
는 몸의 의미는 진영이가 스스로 삶의 주체적 의미로서 자유의지를
획득하는 주체적 삶의 성장을 반영한다. 진영의 의식에서 예술을 향
한 의욕이 파랗게 불타고 있다면 사랑을 향한 그리움은 어둠 속 별빛
처럼 명멸하고 있다.

한편으로 진영은 진정한 사랑을 이루겠다는 이상을 보여준다. "사
랑 사랑…… 진영은 그 말의 감각을 느껴보려 하였으나 그 추상명사
가 마치 숫자처럼 그녀의 머릿속에서 나열될 따름이다." 아직까지 진
영에게 사랑은 추상명사일 뿐이다. 사랑이라는 말은 필요치 않는 실
천적 삶으로서 생활로서 사랑을 구체화하고자 한 진영의 의지가 확고
하게 드러난다. 지금 경일을 포옹하고 싶을 뿐이라는 생각으로 진영
은 "경일씨 어세 오세요, 보고 싶어요"라는 편지내용의 끝을 맺었다.
"창밖은 밤이었다. 무수한 불빛이 어둠 속에서 별빛처럼 명멸하고 있
다. 진영이 침대에서 일어나 높은 창가에 스케치북을 들고 앉은 장소
성과 맞닿는 몸의 은유는 어두운 밤하늘 별빛처럼 명멸하는 무수한
불빛의 존재성[23]으로 환기한다.

---

23) 어둔 밤 어둠을 밝히는 별에 대한 쿤데라의 지혜로 이 소설을 창작한 한말숙의 젠
더 정치성의 의미를 해명할 수 있을 것이다. 어두운 밤이면 나타나 자신의 반짝이
는 별과 같이 무수한 불빛으로 환기되는 인간의 존재성은 자신의 이상적 가치를
위하여 생명력의 에너지를 쏟아 세상을 밝히며 자신의 존재성을 증명하듯 명멸한
다. 지금 여기 밤하늘의 별빛은 이미 수십 년 혹은 수백 년 전의 별빛인 것처럼 이

진영이 추구하는 사랑의 가치는 세상의 어두움을 밝히는 실존의 가치로서 성장의 의미를 내포한다. 진영은 주체적 삶의 신념으로서 그림 그리기의 꿈과 더불어 자유로운 사랑을 추구하는 삶으로서 새로운 신화에 대한 열망을 보여준 것이다. 달리 표현하자면 진영은 생존의 도구로 성을 매매하였던 경험을 반성하고 전후 현실의 절망을 딛고 일어선 궁극적인 이상으로서 실존의 가치를 그림그리기에 이어 사랑의 실현으로 확인하는 자유의지를 전쟁의 공포가 남긴 상처를 치유하는 젠더 확장으로 보여준 것이다.

요컨대, 신화의 단애와 맞닿는 몸의 은유는 명멸하는 무수한 불빛으로 이상을 추구하는 존재성으로 어둠을 수도 없이 밝혀야 할 여성의 자아실현을 환기하는 한 것이다. 신화의 낭떠러지는 젊은 여성 진영이 겪어야 했던 성장을 향한 과정으로서 전통적 삶의 가치가 단절되고 양성이 불평등한 전후 현실의 절망인 셈이다. 현실의 절망을 딛고 자신이 꿈꾸었던 그림 그리기의 희망을 확인한 의식의 변화는 현실의 고통과 절망을 통하여 진정한 삶의 이상을 추구하고자 한 여성 성장 의지를 보여준 것이다. 그림 그리기로 자신의 존재성을 확인하고자 하는 진영의 꿈은 주체적으로 이상을 추구하는 능동적인 여성

상적 가치로 세상을 밝히며 자아를 실현한 존재성은 이 땅에서 더 이상 생존하는 삶이 아닌 죽음일지언정 그 빛을 후세까지 발하게 된다. 수 천 광년이나 떨어진 곳에 있는 별빛은 수천 년 전에 빛나던 것이기에 만약 그 별이 수명이 다해 폭발해서 이미 사라졌다고 해도 우리에게는 여전히 빛으로 보인 것처럼 말이다. 요컨대 별이 죽어 사라진 뒤에도 그 빛이 수 세기 광년을 가로질러 우리 눈에 비칠 때까지 계속해서 별빛이 반짝이는 것처럼 우리 몸의 비물질적인 것이 여전히 남아 그 흔적을 드러낼 것이다. '신화의 단애'의 심층의미야말로 우리 몸의 비물질적 가치의 흔적에 다름이 아니며 그 심층에서 작가의 지혜로운 젠더정치성을 보게 되는 이유다. 밀란 쿤데라, 신현철 옮김, 『지혜』, 앞의 책, 참조.

의 변용으로서 몸의 가치 지향을 보여준 셈이다. 또한 전쟁으로 인하여 훼손된 몸의 가치를 일의 열정과 사랑으로 회복하고자 하는 신념과 맞닿는 몸의 은유는 자아실현의 과정을 어둠을 밝히는 무수한 빛의 명멸하는 존재성으로 여성의 성장을 환기한다. 이를 통하여 우리는 근대적 여성의 미래지향적 젠더의식을 새로운 신화 창조로 그려낸 작가의 젠더 정치성을 확인할 수 있다.

5. 맺음말

이 논문은 한말숙의 전후소설 「신화의 단애」에 드러난 몸 담론과 맞닿는 근대 여성의 성장으로서 젠더의식을 변용의 의미구조를 내포한 몸의 은유로 반성하였다. 여성의 성장으로 신화의 지형도를 펼쳐 보인 이 소설의 인지구조는 전후 아버지 부재의 현실에 대한 부정성으로 자아 각성, 현실 극복을 위한 유희로서 저항의식, 그리고 이상 추구를 통한 자아실현으로 근대 여성의 젠더의 의미를 보여주었었다.

이와 같이 근대 여성이 심문하여야 할 자기 각성과 현실 극복 그리고 이상의 실현을 향한 의지에는 한말숙이 「신화의 단애」로 근대 여성의 지형도를 제시한 젠더 정치성이 작동한다. 한말숙은 여대생인 진영이 댄서로 일하면서 성을 팔아 살아갈 수밖에 없는 상황으로 전후 현실에서 열악한 여성의 경험을 통하여 전후 아버지 부재의 혼란 속에 생존을 위한 육체성에 대한 반성을 끌어냄으로써 근대적 여성의 정체성을 다음과 같이 진정한 인간적 삶의 가치 탐구로 정립한 것이다.

첫째, 아버지 부재의 현실의 부정성을 '고흐의 소묘집素描集' 까치

의 생존으로 인지하는 몸의 은유와 맞닿는 자아의 각성이 환기되었
다. "死肉을 파먹고 사는 날짐승"인 까치의 생존을 부정적으로 인지하
는 몸의 은유는 "팁으로 해서 살아 있는 그녀의 살" 즉 자신의 몸에 대
해 진저리를 치면서 살아 있음을 반성하는 자아 각성으로 여성 성장
을 환기한다. 이와 같이 까치의 몸을 통하여 전후 부정적 현실을 인식
하는 몸의 변용과 맞닿는 작가의 젠더의식은 전후 부정적 현실인식을
통한 통렬한 자기 각성으로 진정한 인간의 삶을 우리로 하여금 심문
하게끔 한다.

　둘째, 현실 극복의 의지와 맞닿는 몸의 은유는 현실 유희로 저항의
식을 환기한다. 당장의 생존으로 살아가는 진영의 경험으로서 환기되
는 전후 현실극복의 의미와 맞물린 몸의 은유는 전쟁의 폭력으로 인
한 상실과 폐허를 딛고 전쟁 트라우마의 정신적 충격을 치유하여야
하는 새로운 신화 창조의 공간이다. 순간 아래로 떨어지면 죽음이 있
는 공간과 맞닿는 몸의 은유는 필할 수 없는 상황이기에 즐기는 유희
로서 저항의식을 환기하는 효과가 있다. 이러한 점에서 진영이 곱씹
는 "죽으면 썩는 몸이다. 살아있는 순간 다시는 없을 이 지극히 소중
한 순간"이라는 독백은 전후 실존의 한계를 인식하는 절박함의 경험
이 개인의 차원을 넘어선 공동체 의식으로 강조된 것이다. "피할 수
없으면 즐겨라"와 같은 보편적이며 상대적인 몸의 은유와 맞닿는 공
간 지향성의 현실 유희를 통하여 전후 현실극복의 역설적 의지로 저
항의식을 보게되는 이유다.

　셋째. 이상 추구의 과정과 맞물려있는 몸의 은유는 어둠을 밝히는
빛의 명멸하는 존재성으로 자아실현을 시련 극복을 통한 성취로 환기
한다. 오래된 꿈의 신화가 전후 현실의 삶으로 끊어져버린 절망에도

불구하고 진영은 미래의 비전을 새로운 젠더의식으로 보여주는 것이다. 그것은 다름 아닌 여성의 자아실현으로서 신화의 창조이자 사랑의 회복인 셈이다.

이렇듯 진영이 그림 그리기와 사랑을 추구하는 자유의지야말로 양성평등을 추구한 젠더의식으로 자아각성과 저항의식을 통하여 도달하게 된 여성의 신화 창조로서 자아실현을 환기한다. 전후 부조리한 현실을 유희하며 전후 현실의 절망과 고난을 거쳐 도달하게 되는 여성 성장의 경험과 맞닿는 몸의 은유가 그림그리기와 실천적 사랑의 의미로 강조되었다. 전후 현실의 절망에 당당하게 맞서 싸우지 않고 유희하였던 진영의 부조리한 삶의 태도는 치열한 삶의 태도와 성 윤리 의식을 보여주지 못한 점에서 비판을 가하기보다는 전후 열악한 환경을 극복하고 마침내 자신의 존재 가치를 깨닫는 전후 여성의 성장을 향한 고난 과정을 강조하기 위한 작가의 젠더정치성으로 이해되어야 한다. 결과적으로 「신화의 단애」에 반영된 몸의 은유는 아버지가 부재한 전후 세대 여성의 자기각성과 현실 유희의 저항을 통하여 이상적 가치를 추구하며 자아실현에 도달하는 실존적 의미를 몸의 물질 너머 비물질적 가치의 지형도로 생생하게 펼쳐 보여준 작가의 시학적 상상력에 뿌리를 두고 있다. 바야흐로 지혜로운 젠더 정치성의 새로운 신화를 일과 사랑의 진정한 가치를 실현으로 예고한 것이다.

참/고/문/헌

〈1부 1장〉

1. 기본자료

• 나혜석기념사업회, 서정자, 『나혜석 전집』, 푸른사상, 2013.
• 이상경 편, 『나혜석 전집』, 태학사, 2000.

2. 논문

• 곽승숙, 「강신재 소설의 여성성 연구」, 『어문논집』 제64집, 2011, 189-215면.
• 김인환, 「줄리아 크리스테바의 정신분석과 문학-프로이트에서 크리스테바로」, 『불어불문학연구』 vol.37, No.0, 한국불어불문학회, 1998, 62-63면.
• 박죽심, 「근대 여성 작가의 자기 표현 방식-나혜석, 김명순, 김일엽을 중심으로」, 『어문논집』32권, 중앙어문학회, 2004, 329-330면 참조.
• 서정자, 「일제 강점하 한국여류소설연구」, 숙명여대 박사학위 논문, 1987.
   ＿＿＿, 「나혜석 문학과 미술 이어 읽기」, 『현대소설연구』제38호, 2008.8.
• 송명희, 「이광수의 「개척자」와 나혜석의 「경희」에 한 비교 연구; 이덕화, 「신여성문학에 나타난 근대체험과 타자의식」, 『여성문학연구』제4호, 한국여성문학회, 2000.
   ＿＿＿, 「나혜석 문학의 공간과 젠더지리학」, 『인문사회과학연구』

제16권3호, 부경대학교인문사회과학연구소, 2015.8.

_____, 「나혜석의 미술과 문학의 상호텍스트성」, 『한국문학이론과 비평』제47집(14권 2호), 한국문학이론과 비평학회, 2010. 6. 383-406면.

_____, 「나혜석와 요사노 야키코의 모성이데올로기 비판과 여성적 글쓰기」, 『인문사회과학연구』17권3호, 부경대학교인문사회과학연구소, 2016.

_____, 「나혜석 문학연구의 현황과 과제」, 『현대문학이론연구』46권46호, 현대문학이론학회, 2011, 71-95면.

• 손유경, 「나혜석의 구미만유기에 나타난 여성 산책자의 시선과 지리적 상상력」, 『민족문학사연구』36권 36호, 한국비교문학회, 2008, 170-203면.

• 안미영, 「근대소설연구에서 몸 담론의 전개과정과 쟁점」, 『여성문학연구』15호, 한국여성문학학회, 2006, 127-163면 참조

• 안숙원, 「신여성과 에로스의 역전극- 나혜석의 「현숙」과 김동인의 「김연실전」을 대상으로」, 『여성문학연구』3권, 한국여성문학학회, 2000.

_____, 「나혜석 문학과 미술의 만남」, 『제3회 나혜석 바로알기 심포지엄 발표집』. 정월 나혜석 기념사업회, 2000, 81-104면.

• 안혜련, 「920년대 〈여성적 글쓰기〉의 모색 : 나혜석, 김명순, 김원주를 중심으로」, 『한국언어문학』50권50호, 한국언어문학회, 2003.

• 우미영, 「서양 체험을 통한 신여성의 자기 구성 방식 : 나혜석 박인덕 허정숙의 서양 여행기를 중심으로」, 『우리문화』12호, 한국비교문학회, 2004, 131-160면.

- 이덕화, 「영국과 한국에 있어서의 초기 해방 두 여성작가들의 여성성의 실천적 의미 비교 연구」, 『우리문화』16호, 한국여성문학학회, 2006.
- 이송희, 「서정주 시 텍스트의 인지시학적 연구」, 전남대학교 박사학위논문, 2008.
- 정미숙, 「나혜석 소설의 '여성'과 젠더수사학」, 『현대문학이론연구』46권0호, 현대문학이론학회, 2011.9.
- 조미숙, 「나혜석 문학의 공간의식 연구-나혜석의 소설과 희곡을 중심으로」, 『인문과학연구』제39집, 강원대학교 인문과학연구소, 2013.12.
- 최인순, 「한.중 계몽서사에 나타난 신여성의 비교연구」, 『한국문학연구』35호, 동국대학교 한국문학연구, 355-382면.
- 최정아, 「나혜석문학과 미술에 나타난 인상주의적 경향 고찰」, 『한중인문학연구』제30집, 2010. 117-143면, (22면).
- 최혜실, 「여성 고백체의 근대적 의미나혜석의 「고백」에 나타난 '모성'과 '성욕(sexuality)'」(1999);
  _____, 「신여성의 고백과 근성」(1999))
- 홍지석, 「나혜석論」:몸의 회화로서 풍경화-1920-20년대 나혜석 미술비평을 중심으로」, 『나혜석연구』제8집, 2016.6.

3. 단행본과 번역서
- 서정자, 『나혜석 문학 연구』, 푸른사상, 2016.
- 송명희, 『페미니스트 나혜석을 해부하다』, 지식과교양, 2015.
- 이상경, 「가부장제에 맞선 외로운 투쟁」, 『역사비평』33호, 역사비평

사, 1995, 321-339면.

- 이호숙, 「위악적 방어기제로서의 에로티즘」, 『페미니즘과 소설비평』, 한길사, 1995.
- 최동호, 서정자 외 4명, 『나혜석, 한국 문화사를 거닐다』, 푸른사상, 2015.
- 노엘 맥아피 지음, 이부순 옮김, 『경계에 선 줄리아크리스테바』, 앨피, 2007.
- G, 레이코프 M. 존슨, 노양진 나익주 역, 『삶으로서의 은유』, 박이정, 2006.
- 줄리아 크리스테바, 서민원 역, 『공포의 권력』, 동문선, 2001.

〈2부 1장〉

1. 기본자료

- 강경애, 『인간문제』, 창작과 비평사, 2006.
- 한겨레 신문, 『남과 북이 함께 복원한 강경애 문학세계』, 2006년 8월 24일자.
- 허경진 허휘훈 채미사 주편, 『강경애』, 연변대학교 조선문학연구소, 보고사, 2006.

2. 논문

- 고아라, 「강경애 소설의 사회교육적 효용 연구」, 연세대학교 교육대학원 석사학위논문, 2004.
- 김미현, 「강경애 소설의 관념성-후기소설의 변화를 중심으로 한 재

론」, 8-30면.

• 김양선, 「1930년대 장편소설에 나타난 여성문제인식」, 국제여성연구논총, 1991.

• 김원희·송명희, 「강경애『지하촌』의 표현양식과 의미생성」, 『한국문학이론과 비평』제38집, 한국문학이론과 비평학회, 2008, 79-102면.

• 김원희, 「문학 교육을 위한 백신애 소설세계의 인지론적 연구」, 현대문학이론학회 제41집, 2010, 309-328면.

      _____, 「강경애『인간문제』인지론적 연구」, 한국문학이론과 비평학회 제49집, 2010, 12, 189-210면

• 박금주, 「한국 근대 여성소설의 타자적 여성성 연구」, 한남대 박사논문, 2002.

• 박성창, 「문학텍스트와 외국어 교육」, 『한국어 교육과 문학』, 제6회 한국어 교육 국제 학술회의, 서울대학교 국어교육연구소, 2004.

• 송명희, 「강경애의『인간문제』에 대한 여성비평적 연구」, 『비평문학』, 1997, 224-248면.

      _____, 「한국 여성문학의 방향성」, 『여성과 문학』1호, 한국여성문학연구회, 1988.

      _____, 「강경애 문학의 간도와 디아스포라」, 『한국문학이론과 비평』, 제38집, 2008, 7-33면.

• 송지현, 「1930년대 한국소설에 있어서의 여성자아 정립양상 연구」, 전남대 박사논문, 1991.

• 서정자, 「일제 강점하 한국여류소설연구」, 숙명여대 박사학위 논문, 1987.

      _____, 「체험의 소설화, 강경애의 글쓰기 방식」, 『여성문학 연구』

(13호), 한국여성문학회, 2005.

• 정영자, 「박화성 소설 연구」, 수련어문논집 12권, 1985.

• 오문석, 「문학교육의 위기와 문학교육이론의 성장」, 『인문학연구』, 제40집, 조선대학교 인문학연구원, 2010, 7-30면.

• 윤옥희, 「1930년대 여성 작가 소설 연구」, 성균관대 박사논문, 1996.

• 안선진, 「강경애의 「소금」」, 경상대학교 경상어문 제13집, 경상대학교 경상어문학회, 2007. 281-302면.

• 이규희, 「강경애론」, 이화여대 석사학위논문, 1974.

• 윤인진, 『코리안 디아스포라』, 고대출판부, 2003.

• 이상경, 「강경애 연구:작가의 현실인식 태도를 중심으로」, 서울대 박사논문, 1984.

• 이상경, 『강경애-문학에서의 성과 계급』, 건국대학출판부, 1997.

• 이승아, 「1930년대 여성작가의 공간의식 연구」, 이화여대 석사논문, 2000.

• 정현숙, 「균열과 통합의 여성 서사-강경애의 「소금」론」, 『한국문학이론과 비평』, 제38집, 2008, 57-77면.

• 조정래, 「〈지하촌〉의 세계와 〈사하촌〉의 세계」, 『국제어문』제9 10 합집, 1989.

• 차원현, 「식민지 시대 노동소설의 이념지향성과 현실 인식의 문제」, 외국문학, 1991.

• 최시한, 「근대 소설의 형성과 '공간'」, 『현대문학이론연구』제32집, 현대문학이론학회, 2007.

3. 단행본과 번역서

- 김윤식, 『한국현대문학연작사전』, 일지사, 1979.
- 김열규, 『우리의 전통과 오늘의 문학』, 문예출판사, 1987.
- 박찬기 외, 『수용미학』, 고려원, 1992.
- 서정자, 『한국근대여성소설 연구』, 국학자료원, 1999.
- 석영중, 『러시아 현대시학』, 민음사, 1996.
- 이재선, 『한국소설사』, 홍성사, 1981.
- 이재선, 「인간문제 : 경향소설의 한 모형」, 『현대소설의 서사시학』, 학연사, 2002.
- 윤인진, 『코리안 디아스포라』, 고대출판부, 2003.
- 최현주, 『한국 현대 성장 소설의 세계』, 도서출판 박이정, 2004.
- 차봉희 편저, 『수용미학』, 문학과지성사, 1985.
- Bakhtin, Mikhal. 『프랑수아 라블레의 작품과 중세 및 르네상스의 민주문화』, 이덕형, 최건영 역. 아카넷, 2001.
- 로버터 루트번스타인, 『생각의 탄생』, 박종성 옮김, 창작과 비평사, 2007.
- G 레이코프 & 존슨, 임지룡 외 역, 『몸의 철학』, 박이정, 2001.
  ＿＿＿＿＿＿＿＿, 노양진 · 나익주 역, 『삶으로서의 은유』, 박이정, 2006.
- 졸탄 쾨벡세스, 김동환 옮김, 『은유와 문화의 만남』, 연세대학교 출판부, 2009.
- S. 리몬-캐넌, 최상규 역, 「소설의 시학」, 문학과 지성사, 1994
- S. 랜서, 김형민 역, 『시점의 시학』, 좋은날, 1998.
- 줄리아 크리스테바, 김인환 역, 『검은 태양(우울증과 멜랑콜리)』, 동

문선, 2004.

- 프랭크 커머드 , 조초희 옮김, 『종말의식과 인간적 시간』, 문학과 지 성사, 1993.
- 펠릭스 가타리, 『기계적 무의식』, 민음사, 윤수종 옮김, (주)도서출 판 푸른숲, 2003.

〈2부 2장〉

1. 기본자료

- 박화성, 서정자 편, 『박화성 문학 전집 제 16권』, 단편집 Ⅰ. 푸른사 상, 2004.

　　　　　　　　　　,『눈보라의 운하』, 여원사, 1964,
- 東亞日報 , 1931, 4. 3.

2. 논문

- 고석규, 「1930년대 목포의 문화경관-박화성문학의 이해를 위하 여」, 『제1회 박화성 학술대회』, 박화성연구회, 2007, 12-22면.
- 고창석, 「박화성 소설에 나타난 여성적 공간」, 『박화성 문화 페스티 벌』, 박화성연구회, 2008, 22-26면.
- 김덕현, 「장소와 장소상실, 그리고 장소 감수성」, 『문학과 장소』, 배 달말학회 전국학술대회 발표논문집, 2008, 10. 1-12면.
- 권삼조, 「박화성 초기 소설 연구」, 계명대 대학원 석사학위논문, 1996
- 김원희, 「1930년대 박화성 단편소설의 관계시학과 역동성」, 현대문

학이론연구, 제33집, 2008, 373-393면.

• 박금주, 「한국 근대 여성소설의 타자적 여성성 연구」, 한남대 박사
  논문, 2002.

• 박화영, 「박화성 소설을 통해 본 목포의 식민지 근대성」, 한국 문학
  이론과 비평학회 30집, 2006,

• 변화영, 「박화성 소설을 통해 본 목포의 식민지 근대성」, 한국 문학
  이론과 비평학회 30집, 2006, 345-378면.

• 서정자, 「박화성론」, 숙명여대 대학원 석사논문, 1981.

 _____, 「일제 강점하 한국여류소설연구」, 숙명여대 박사학위 논문,
  1987.

• 신춘자, 「「환귀」에 나타난 기독교 의식연구」, 한국문예비평연구, 1
  권, 1997, 95~111면.

• 윤옥이, 「1930년대 여성 작가 소설 연구」, 성균관대 대학원 석사논
  문, 1996.

• 이미림, 「박화성 여행소설 연구 : 1930년대 전반기 문학을 중심으로
  서」, 『국어국문학연구』, 국어국문학회, 2009, 287-312면.

• 이승아, 「1930년대 여성 작가의 공간의식 연구」, 이화여대 대학원
  석사논문, 2001

• 이정순, 「박화성 소설의 경향성 연구」, 『어문논총』, 제 17호, 전남대
  학교 국어국문학과연구소, 2006, 8, 31~53면

• 정영자, 「박화성 소설 연구」, 수련어문논집 12권, 1985, 31-60면.

3. 단행본과 번역서

• 김윤식, 『한국현대문학연작사전』, 일지사, 1979.

• 변신원, 『박화성 소설 연구』, 국학자료원, 2001.
• 서정자, 송명희, 야마다 요시코 외, 『박화성, 한국문학사를 관통하
  다』, 푸른사상, 2013.
• 태혜숙, 『한국의 탈식민 페미니즘과 지식생산』, 문학과학사, 2004.
• 한국소설학회편, 『공간의 시학』, 예림, 2002.
• 가스통 바슐라르, 곽광수 역, 『공간의 시학』, 민음사, 1999.
• 노엘 맥아피, 이부순 역, 『경계에 선 줄리아 크리스테바』, 앨피,
  2004.
• 에드워드 렐프, 김덕형 · 김현주 · 심승희 역, 『장소와 장소상실』, 논
  형, 2005.
• 이-푸 투안, 구동회 · 심승희 역, 「공간과 장소」, 대윤 출판사, 2007.
• 줄리아 크리스테바, 김인환 역, 『시적 언어의 혁명』, 동문선, 2000.

〈2부 3장〉

1. 기본 자료
• 김혜실 편, 『백신애 편-아름다운 노을 (외)』, 범우, 2004.
• 조연근 발행, 『학원한국문학전집7』, 동녘, 1990.

2. 논문
• 김정자, 「소설의 공간기법적 의미」, 서울사대 선청어문16/17합본,
  1988, 767-788면.
• 김지영, 「백신애 소설연구」, 『현대소설연구』 제38집, 한국현대소설
  학회, 2008, 35-67면.

- 박성창,『한국어 교육과 문학』, 제6회 한국어 교육 국제 학술회의, 서울대학교 국어교육연구소, 2004.
- 조주현,「미친년 넋두리」,『또하나의 문화』제9호, 1992, 173-180면.
- 한명환,『백신애 문학 연구의 향방과 전망』,『순천향 인문과학논총』23집, 2009, 103-133면.

3. 단행본과 번역서

- 김봉군,『현대 문학의 쟁점 과제와 문학 교육』, 새문사, 2004.
- 신주철,『한국어 교육에서 한국문학 교육의 이론과 실제』, 커뮤니케이션북스, 2006.
- 쥘리아 크리스테바, 김인환 역,『사랑의 역사』, 김인환 역, 민음사, 2008.
- 질들뢰즈, 김상환 역,『차이와 반복』, 민음사, 2004.
- 프랭크 커머드, 조초희 옮김,『종말의식과 인간적 시간』, 문학과 지성사, 1993.
- 토니 마이어스, 박정수 옮김,『누가 슬라보예 지젝을 미워하는가』, 앨피, 2003.
- 가스통 바슐라르, 안보욱 역,『불의 시학의 단편들』, 문학동네, 2004.
- M. H. ABRAMS, 최상규 역,『문학용어사전』, 예림기획, 1997.
- G 레이코프 & 존슨, 노양진 나익주 역,『삶으로서의 은유』, 박이정, 2006.
- G 레이코프 M 터너, 이기우 양병우 옮김,『시와 인지』, 한국문화사, 1996.

_____, 이기우 옮김, 『인지의미론』, 한국문화사, 1994.

• 슬라보예 지젝, 김종주 옮김, 『환상의 돌림병』, 인간사랑, 2002.

• 알랭 바디우, 박정태 옮김, 『들뢰즈-존재의 함성』, 이학사, 2001.

• 줄리아 크리스테바, 김인환 역, 『검은 태양(우울증과 멜랑콜리)』, 동
  문선, 2004.

〈3부 1장〉

1. 기본자료

• 김이석 외 『실비명 외』, 푸른사상, 2006.

• 김미현 책임편집, 『강신재 소설선-젊은 느티나무』, 『한국문학전집』
  31, 문학과지성사, 2018.

2. 논문

• 곽승숙, 「강신재 소설의 여성성 연구」, 『어문논집』 제64집, 2011,
  189-215면.

• 김복순, 「1950년대 여성소설의 전쟁인식과 '기억의 정치학'-강신재
  의 초기 단편을 중심으로」, 『여성문학연구』10호, 2003, 32-66면.

• 김은하, 「탈신민화의 신성한 사명과 '양공주'의 섹슈얼리티」, 『여성
  문학연구』10, 2003, 158-179면.

• 김정화, 「강신재 소설에 나타난 기법고찰 : 서정성을 부여하는 기법
  을 중심으로」, 『한국어문학연구』 제48집, 2007, 257-288면.

• 송인화, 「강신재 소설의 여성성과 윤리성의 문제」, 『한국문예비평』
  제19집, 200.4. 133-158면.

- 서재원, 「1950년대 강신재 소설의 여성 정체성 연구」, 『한국문학이론과 비평』, 제154집(16권1호), 2012, 277-296면.
- 심진경, 「전쟁과 여성 섹슈얼리티」, 『현대소설연구』, 39호, 2008, 55-77면.
- 오은엽, 「강신재 초기 소설에 나타난 '양공주'의 형상화 연구 : 〈관용〉, 〈해결책〉, 〈해방촌 가는 길〉을 중심으로」, 『현대소설연구』, 50호, 2012.8, 261-297면.
- 이선미, 「한국전쟁과 여성가장: '가족'과 '개인' 사이의 긴장과 균열」, 『여성문학연구』10호, 2003, 88-116면.
- 최수완, 「강신재 소설이 여성 섹슈얼리티 연구」, 이화여자대학교 석사학위 논문, 2006.

3. 단행본과 번역서
- 김미현, 「비누 냄새와 점액질 사이의 거리」, 김미현 책임편집, 『강신재 소설선-젊은 느티나무』, 『한국문학전집』31, 문학과지성사, 2018, 작품 해설, 419-433면.
- 송명희, 『섹슈얼리티, 젠더, 페미니즘』, 푸른사상, 2000.
- 이희원 외, 『페미니즘』, 문학동네, 2011.
- 니라 유발-데이비스 지음, 박혜란 옮김, 『젠더와 민족』, 그린비, 2011.
- 사라 살리 지음, 김정경 옮김, 『주디스 버틀러의 철학과 우울』, 앨피, 2010.
- 세실 도팽 외, 이은민 옮김, 『폭력과 여성들』, 동문선, 2002.
- 와카쿠와 미도리 지음, 김원식 옮김, 『전쟁과 젠더: 사람은 왜 전쟁

을 하는가』, 알마, 2006.

• 주디스 버틀러 지음, 조현준 옮김, 『젠더 트러블』, 문학동네, 2008.

            , 조현준 옮김, 『젠더는 패러디다 : 젠더 트러블의 읽기와 쓰기』, 현암사, 2014.

• 줄리아 크리스테바, 김인환 역, 『시적 언어의 혁명』, 동문선, 2000.

• 프랑수아 스티른, 이화숙 옮김, 『인간과 권력』, 예하, 1989.

〈3부 2장〉

1. 기본자료

• 박경리, 『애가』, 마로니에북스, 2013.

     , 『은하』, 마로니에북스, 2014.

     , 『성녀와 마녀』, 인디북, 2003.

     , 『내 마음은 호수』, 마로니에북스, 2014.

     , 『표류도』, 나남출판, 1999.

     , 『그 형제의 연인들』, 마로니에북스, 2013.

     , 『가을에 온 여인』, 마로니에북스, 2014.

2. 논문

• 고지혜, 「박경리 소설의 낭만적 특성 연구」, 고려대학원 대학원, 2009.

• 김은경, 「박경리 문학에 나타난 지식인 여성상 고찰」, 『여성문학연구』 20권 20호, 한국여성문학학회, 2008, 20권 20호, 221-255면.

• 김현숙, 「박경리 작품에 나타난 죽음과 생명의 관계」, 『현대소설연

구』17권, 17호, 한국현대소설학회 2002, 309-329면.

• 김혜정, 「박경리의 여성성 연구」, 충북대학교 대학원 박사학위 논문, 1999.

• 배경열, 「박경리의 초기단편소설고찰」, 『한국문학이론과비평』18권 1호, 한국문학이론과 비평, 2003, 2208-245면.

• 서재원, 「박경리 초기소설의 여성가장연구-전쟁미망인 담론을 중심으로」, 『한국문학이론과 비평』제50집, 한국문학이론과 비평학회, 2011.03.

• 손용문, 「토지의 통속성 고찰」, 광운대학교 석사학위논문, 1998. 오혜진, 「전근대와 근대의 교차적 여성상에 관해 : 박경리의《김약국의 딸들》,《시장과 전장》,《토지》를 중심으로」, 『국제어문』47권, 47호, 2009, 323-352면.

• 유임하, 「박경리 초기소설에 나타난 전쟁체험과 문학적 전환」, 『현대문학의 연구』46호, 2012, 481-508면.

• 이금란, 「박경리 소설에 나타난 가족 이데올로기 연구」, 숭실대학교 대학원 박사학위논문, 2006.

_____, 「가족 서사로 본 박경리 소설 연구 : 초기 단편을 중심으로」, 『현대소설연구』19권 19호, 한국여성문학학회, 2003, 313-334면. 이상진, 「운명의 패러독스, 박경리 소설의 비극적 인간상」, 『현대소설연구』56호, 한국현대소설학회, 2014, 373-408면.

• 이상진, 「탕녀의 운명과 저항 : 박경리의 『성녀와 마녀』에 나타난 성 담론 수정 양상 읽기」, 『여성문학연구』17권, 17호, 한국여성문학학회, 2014, 289-324면. 2007.

• 이선미, 「한국전쟁과 여성가장: '가족'과 '개인' 사이의 긴장과 균

열」,『여성문학연구』10호, 2003.

_____,「한국전쟁과 여성가장 : '가족'과 '개인' 사이의 긴장과 균열 : 1950년대 박경리와 강신재 소설의 여성가장 형상을 중심으로」,『여성문학연구』, 10호, 2003, 388-116면.

• 조윤아,「박경리의 '소설가 주인공 소설' 연구 - 〈내 마음은 호수〉, 〈영원한 반려〉, 〈겨울비〉를 중심으로」,『비평문학』29호, 한국비평 문학회, 2008, 4415-440면.

• 장미영,「박경리 소설 연구-갈등 양상을 중심으로-」, 숙명대학교 대학원 박사학위논문, 2001, 12.

_____,「박경리 1960-70년대 장편소설 연구 : 가족관계의 갈등과 화해를 중심으로」,『여성문학연구』26권 26호, 한국여성문학학회, 2009, 273-298면.

• 조지혜,「박경리 문학에 나타난 상호주관성 연구」, 서울대학교 대학 원 문학석사 학위논문, 2017. 2.

• 최윤경,「박경리의『표류도』연구」,『어문논총』, 전남대학교 한국어 문학연구소, 2013.08.

3. 단행본과 번역서
• 권영민,『한국현대문학사』2 , 민음사, 2002,
• 이상진,『박경리』, 새미, 1998.
• 프랭크 커머드 지음, 조초희 역,『종말의식과 인간적 시간』, 문학과 지성사, 1993.
• M. 존슨, 노양진 역,『마음 속의 몸: 의미, 상상력, 이성의 신체적 근 거』, 철학과현실사, 2000.

- G. 레이코프 M. 존슨, 임지룡 외 역, 『몸의 철학: 신체화된 마음의 서구 사상에 대한 도전』, 박이정, 2002.

  ＿＿＿＿＿＿＿＿＿, 노양진 나익주 역, 『삶으로서의 은유』, 박이정, 2006.
- 김인환 역, 『사랑의 역사』, 민음사, 2008 참조.
- 졸탄 커베체쉬, 이정화 외 공역, 『은유』, 한국문학사, 2003.

〈3부 3장〉

1. 기본자료
- 김이석 외, 『실비명 외』, 푸른사상, 2006.

2. 논문
- 고석규, 「1930년대 목포의 문화경관-박화성문학의 이해를 위하여」, 『제1회 박화성 학술대회』, 박화성연구회, 2007, 12-22면.
- 고창석, 「박화성 소설에 나타난 여성적 공간」, 『박화성 문화 페스티벌』, 박화성연구회, 2008, 22-26면.
- 김덕현, 「장소와 장소상실, 그리고 장소 감수성」, 『문학과 장소』, 배달말학회 전국학술대회 발표논문집, 2008, 10. 1-12면
- 김미영, 「전후 여성작가의 작품에 나타난 여성주인공의 성의식(性意識) 연구」, 『우리말글』 제30집, 우리말글학회, 2004.
- 유인순, 「다시 읽는 한말숙의 〈신화의 단애〉」, 『한국언어문화』13, 한국언어문화학회, 1995.
- 이정순, 「박화성 소설의 경향성 연구」, 『어문논총』, 제 17호, 전남대

학교 국어국문학과연구소, 2006, 8, 31~53면

• 방금단, 「전후소설에서 여성인물의 형상화 연구」, 『돈암어문학』19
집, 돈암어문학회, 2006.

• 변신원, 「한말숙 소설연구-결핍의 글쓰기로부터 자족의 세계로」,
『현대문학의 연구』19권, 한국문학연구학회, 2002.

• 송명희, 「김훈 소설에 나타난 몸담론」, 『한국문학이론과 비평』 제48
집, 한국문학이론과 비평학회, 2010.

• 신종곤, 「1950년대 전후소설에 나타난 현실인식의 굴절 양상」, 『현
대소설연구』제16호, 한국현대소설학회, 2002.

• 유수연, 「한말숙 「신화의 단애」에 나타난 실존성 연구」, 『한국문학
과 비평』 제57집, 한국문학과비평학회, 2012.

• 정영자, 「박화성 소설 연구」, 수련어문논집 12권, 1985, 31-60면.

• 조미숙, 「지식인 여성상의 사적 고찰-여성작가들의 작품을 중심으
로」, 『한국문학연구』 28집, 동국대학교 한국문학연구소, 2005.

• 정태용, 「20년의 정신사」, 『현대문학』, 1965.

3. 단행본과 번역서

• 권영민, 『한국현대문학사』, 민음사, 1993.

• 김동리, 「추천기」, 『현대문학』, 1957.6.

• 김우종, 「한말숙의 문학세계」, 『신과의 약속』, 일신서적출판사,
1994.

• 송명희, 『섹슈얼리티, 젠더, 페미니즘』, 푸른사상, 2000.

• 최혜실, 「실존주의 문학론」, 구인환 외, 『한국전후문학연구』, 삼지
원, 1995.

• 밀란 쿤데라, 신현철 옮김, 『지혜』, 하문사, 1997.
• 아서 단토, 『일상적인 것의 변용』, 김혜련 역, 한길사. 2008.
• 주디스버틀러 지음, 조현준 옮김, 『젠더트러블』, 문학동네, 2008.
• 줄리아 크리스테바, 『시적 언어의 혁명』, 동문선, 2000.
• 파울로 코엘료, 최정수 옮김, 『연금술사』, 문학동네, 2018.

322

찾/아/보/기

김 원 희

전남대학교 대학원에서 문학박사 학위를 받았다. 2005년 박사학위 취득 후 인제대학교, 전남대학교, 부경대학교, 동서대학교 등에서 시간 강사로 근무하였으며 현재 창원대학교 시간강사로 재직 중이다.

〈저서〉
『한국단편소설 시작의 시학: 1920-30년대』, 『한국 현대소설과 탈근대적 존재시학』, 『한국문학과 창조적 여성성』

〈공저〉
『한국문학과 비평총서 1-기호학』, 『박화성, 한국 문화사를 관통하다』, 『재외한인문학 예술과 치료』

〈논문〉
「현진건 소설의 극적 소격과 타자성의 지향」, 「김유정 단편에 투영된 탈식민주의」, 「이상 소설의 장르 확장과 탈근대적 존재시학」, 「김유정 단편소설의 크로노토프와 식민지 외상의 은유」, 「김경욱 소설의 매체 접속 양상과 은유」, 「대학생의 비판적 읽기와 창의적 쓰기를 위한 지도 방안」, 「전경린 「천사는 여기 머문다」에 나타난 기호 읽기」, 「문학교육을 위한 정미경 〈밤이여 나뉘어라〉의 인지론적 연구」, 「장용학 「요한 시집」에 내포된 몸의 은유」 외 다수

한국 근대 여성소설과 몸의 은유

초 판 인 쇄 ┃ 2019년 2월 15일
초 판 발 행 ┃ 2019년 2월 15일

지 은 이 김원희

책 임 편 집 윤수경

발 행 처 도서출판 지식과교양
등 록 번 호 제2010-19호
주 소 서울시 도봉구 삼양로142길 7-6(쌍문동) 백상 102호
전 화 (02) 900-4520 (대표) / 편집부 (02) 996-0041
팩 스 (02) 996-0043
전 자 우 편 kncbook@hanmail.net

ISBN 978-89-6764-139-9 93800   정가 25,000원